A

Weimar, 1922: Am neugegründeten Bauhaus beginnen sechs junge Freunde ihr Kunststudium. Sie tauchen ein in eine völlig neue Welt, in der sie lernen, alles zu hinterfragen, was sie zu wissen meinen. Doch so sehr diese durch und durch progressive Kunstrichtung sie beflügelt und ihr ganzes Leben prägt, so sehr bringt es sie auch an ihre Grenzen.
Mit dem Aufstieg der Nazis gerät nicht nur das Bauhaus immer weiter unter Druck, sondern auch für seine Studenten beginnt eine Zeit, in der sie für ihre Ideale einstehen und sich für eine Seite entscheiden müssen.

Naomi Wood, geboren 1983, studierte in Cambridge und promovierte an der University of East Anglia, an der sie auch Kreatives Schreiben unterrichtet. Mit ihrem Roman *Als Hemingway mich liebte* (2016) gelang ihr der internationale Durchbruch. Sie lebt mit ihrer Familie in Norwich.

Claudia Feldmann übersetzt seit mehr als zwanzig Jahren aus dem Englischen und Französischen, unter anderen Eoin Colfer, Morgan Callan Rogers und Louisa Young.

Naomi Wood

DIESE GOLDENEN JAHRE

Roman

Aus dem Englischen von
Claudia Feldmann

ATLANTIK

Die Originalausgabe erschien 2019 unter dem Titel
The Hiding Game im Picador Verlag / Pan Macmillan, London.

*Atlantik Bücher erscheinen im
Hoffmann und Campe Verlag, Hamburg.*

1. Auflage 2020

www.hoffmann-und-campe.de *www.atlantik-verlag.de*
Umschlaggestaltung: Vivian Bencs © Hoffmann und Campe
Umschlagabbildung: © akg-images
Satz: Dörlemann Satz, Lemförde
Gesetzt aus der Albertina
Druck und Bindung: GGP Media GmbH, Pößneck
Printed in Germany
ISBN 978-3-455-00899-9

Ein Unternehmen der
GANSKE VERLAGSGRUPPE

FÜR JOAN, ARI UND ED

»WIEDER IST ES ERSTAUNLICH, WIE WEHRLOS ALLES ZUSAMMENBRICHT.«

Victor Klemperer: *Ich will Zeugnis ablegen bis zum Letzten. Tagebücher 1933–1941*

EINS

ENGLAND

Walter ist tot. Irmi hat mich mitten in der Nacht angerufen, um es mir mitzuteilen. Sie klang bestürzt und verstand nicht, warum ich es nicht auch war. »Er war dein Freund, Paul«, sagte sie. »Wie kannst du so gleichgültig bleiben?«

»Ich weiß es nicht«, erwiderte ich.

Walter, der Unberechenbare, der Unsympath – im Grunde war er ebenso wenig mein Freund wie Jenö, der schon vor Jahrzehnten in London untergetaucht ist. Warum sollte ich traurig sein, dass Walter tot ist? Sein Leben bestand nur aus eigennützigem Verrat und gedankenloser Gehässigkeit, und als ich Berlin endgültig verließ, hatte ich jeden Kontakt zu ihm abgebrochen.

Ich empfand nichts, was mich nicht weiter überraschte.

Jetzt ist die Hälfte unserer Clique tot: Walter durch den Schlaganfall; Kaspar, den sie mit seinem Flugzeug über Alexandria abgeschossen haben; und Charlotte, die in Buchenwald gestorben ist, nur wenige Kilometer nördlich von Weimar, wo diese Geschichte beginnt.

Ich denke jeden Tag an Charlotte. Die Erinnerungen an sie sind wie Stromschläge. Manchmal sitze ich mit dem Pinsel in der Hand vor einer Leinwand, und dann durchzuckt mich plötzlich ein Schmerz, selbst nach all dieser Zeit. Fast dreißig

Jahre sind seit ihrem Tod vergangen; vierzig, seit wir zusammen in Berlin gelebt haben. Jetzt besucht sie mich in meinen Träumen, beim Mittagessen oder wenn ich in der Badewanne liege. Ich sehe sie an ihrem Webstuhl sitzen, in ihren Männerkleidern durch den Tiergarten schlendern oder wie sie kurz vor der Razzia erklärt, dass sie Deutschland nicht verlassen wird.

Von mir aus hätte Walter dreimal sterben können, wenn sie dafür verschont geblieben wäre. Aber was nützen diese Gedanken schon. Ich gebe ihm die Schuld an ihrem Tod. Er hätte Ernst Steiner bitten können, sie aus dem Lager herauszuholen, er hätte mit den richtigen Leuten reden können. Es hätte in seiner Macht gestanden. Aber vielleicht war es sogar sein letzter, krönender Schachzug, sie dort in dem Wald sterben zu lassen, wo wir sechs im Sommer so oft kampiert hatten, bevor wir mit unseren Rädern durch das flirrende Helldunkel der Bäume in die Stadt zurückfuhren. Damals in diesen ersten goldenen Jahren am Bauhaus.

Jeder von uns würde das, was geschehen ist, anders erzählen, und ich kann meine Subjektivität nicht leugnen. Mir ist klar, dass die Geschichte im Rückblick von Kummer gefärbt ist: Mein Glück erscheint strahlender, und der Schmerz hat den schweren Zeiten vielleicht mehr Tiefe verliehen. Manchmal beneide ich mein jüngeres Ich, dann wieder erscheint mir die Vergangenheit wie eine Ruine.

Dies ist mein Bericht darüber, was wir in den zwanziger Jahren erlebt haben, einem Jahrzehnt voller Glanz und Tragik. Doch wenn ich diese Geschichte erzähle, muss ich ehrlich und unvoreingenommen sein. Und ich muss ein Geständnis ablegen. All die Jahre habe ich Walter die Schuld gegeben, doch dabei habe ich die Augen davor verschlossen, was ich getan oder vielmehr *nicht* getan habe, um Charlotte zu retten.

Ein Freund von mir meinte einmal, ein Geheimnis sei wahrlich schändlich, wenn es niemals in Worte gefasst werden könne, und das Schweigen werde mit Scham erkauft. All die Jahre habe ich geschwiegen, doch nun soll damit Schluss sein. Als Charlotte und ich zusammen in Berlin lebten, gab es einen Augenblick, als auch ich sie hätte retten können. Walter stellte mich vor die Wahl, alle Fakten lagen auf dem Tisch – und ich entschied mich, nichts zu unternehmen. Es war keine hastige, übereilte Entscheidung. Ich dachte zwei Wochen lang darüber nach.

Wenn Walter Charlotte getötet hat, dann habe auch ich sie getötet.

WEIMAR 1922

ZWEI

Unser erstes Jahr am Bauhaus – was für ein schillerndes Jahr! Damals waren wir zu sechst: Walter und Jenö, Kaspar und Irmi, Charlotte und ich. Schon von Anfang an in dieser Kombination. Wir waren achtzehn und Jenö zwanzig, als wir mit dem Vorkurs begannen. Uns wurde alles über Farbe und Form, Stofflichkeit und Materie beigebracht. Wir lernten das gesamte Wesen eines Objekts kennen: die Papierhaftigkeit von Papier, die Holzhaftigkeit von Holz, die Faserigkeit von Faden und Seil. Vor allem aber lernten wir zu fasten und wie das Fasten in unserem hungrigen Ich eine ganze Welt aus Glanz, Chaos und Genuss entstehen lassen konnte.

Vom ersten Tag des Semesters an war ich fasziniert von Charlotte. Ich begegnete ihr mittags in der schuleigenen Kantine. Die Septembersonne schien zwischen den Bäumen hindurch auf die langen Tische, und ihr Gesicht war eine Leinwand, auf der sich Licht und Schatten mischten. Vielleicht lag es daran, dass ihr Blick so schwer zu deuten war; er war zurückhaltend und zugleich intensiv.

Ich saß mit Walter und Jenö am einen Ende des Tisches. Ich hatte die beiden bei der Einführungsveranstaltung des Direktors kennengelernt, und wir hatten uns auf Anhieb gut verstanden. Charlotte saß am anderen Ende.

Walter und Jenö sprachen darüber, wo ihre Brüder während

des Krieges gewesen waren. Ich hatte keine Lust, über meinen Bruder Peter zu sprechen – es war zu schmerzlich und zu kompliziert –, außerdem war ich abgelenkt von Charlotte. Ihr kinnlanges blondes Haar war in einer geraden Linie geschnitten, und sie hatte hübsche grüne Augen, die jedoch nichts preisgaben. Mit ihrem schlanken, geradezu knochigen Körper hatte sie etwas Jungenhaftes an sich. Sie lächelte kaum.

Als Walter und Jenö aufbrachen, um sich die Stadt anzusehen – Walter wollte Goethes Haus besichtigen –, blieb ich sitzen und sah zu, wie Charlotte einen Apfel aß, dessen Rot in der Nähe ihrer Augen noch mehr zu leuchten schien.

»Du bist in Meister Ittens Klasse«, sagte ich.

Sie errötete. »Sind wir das nicht alle?«

Ich fragte, ob ich mich zu ihr setzen könnte, und sie deutete auf den Stuhl ihr gegenüber.

»Wie heißt du?«

»Charlotte«, sagte sie.

Sie hatte einen leichten Akzent. »Woher kommst du, Charlotte?«

»Aus Prag. Und du?«, fragte sie. »Ich meine, wie heißt du?«

»Paul. Paul Beckermann.«

Manchmal überkommt einen das Glück mit solcher Wucht, dass einem schwindelig wird, und in diesem Moment musste ich mich buchstäblich am Stuhl festhalten. »Ich habe Lust auf einen Spaziergang. Kommst du mit?«

Sie lächelte, und da war es endgültig um mich geschehen. Während ich neben ihr herging, dachte ich: Sag ihr nicht, dass du sie liebst. Nicht fünf Minuten nachdem du sie kennengelernt hast.

Wir gingen zum Ilmpark, und Charlotte erzählte mir, dass sie mit dem Segen ihrer Mutter bereits an der Karls-Universität in Prag gewesen war. Dort hatten sie Marmorbüsten kopiert und die Muskulatur von lebenden Modellen gezeichnet. »Als ob wir Chirurgen wären, die sich anschickten, die Leute aufzuschneiden«, sagte sie verächtlich. Ihre Eltern waren außer sich gewesen, als sie ans Bauhaus gewechselt hatte. Sie wollten, dass sie Familienporträts malte oder, noch besser, eine gute Partie machte. »Mein Vater spricht immer noch nicht mit mir«, sagte sie, als wir zum Fluss kamen. »Er dachte, er hätte meine Zukunft bereits sicher geplant. Er ist nicht einfach nur wütend, sondern regelrecht verbittert.«

Dieses ernste Mädchen, das da neben mir durch den Park lief. Vielleicht hätte ich mich in dem Moment von ihr abwenden und flüchten sollen, als es noch möglich war.

»Das Bauhaus!«, sagte sie mit einem Anflug von Panik. »Was um alles in der Welt sollen wir hier tun?«

»Ich weiß es nicht«, erwiderte ich, denn seltsamerweise war mir die Frage gar nicht in den Sinn gekommen. Seit ich Kirchners *Badende bei Moritzburg* gesehen hatte, wusste ich, dass ich nirgendwo anders sein wollte.

»Ich wohne da drüben.« Sie deutete auf ein rosafarbenes Haus. »Oben in der Mansarde. Gleich neben der Bibliothek. Ich kann fast den Rokokosaal sehen.«

»Und das Schloss.«

»Ja. Manchmal rieche ich sogar den Mist aus den Pferdeställen.«

Wir kamen an Goethes Gartenhaus vorbei, hellblau mit einem Schindeldach, das wie ein umgedrehtes V aussah, und ein kleines Stück weiter arbeiteten ein paar Studenten in einem Beet. Sie winkten uns zu. Irgendwie schienen sie bereits zu wissen, dass wir zu ihnen gehörten. An der Brücke entdeckte ich Walter und Jenö, und wir gingen am Fluss entlang zu ihnen. Die Ilm floss langsam, und an der Oberfläche bildeten sich lauter kleine Strudel, als wäre alles Mögliche hineingeworfen worden. Jenö grinste von der Brücke auf uns hinunter, vielleicht dachte er sich schon seinen Teil.

Die Bäume spiegelten sich verzerrt im Wasser, nur die Spitzen fehlten. Es war noch warm, und wir badeten unsere Füße an einem flachen Abschnitt, wo junge Weidenschößlinge wuchsen. Nur Walter blieb ein Stück zurück, er könne nicht schwimmen, erklärte er uns mit misstrauischem Blick auf die Strudel. Wir sprachen hauptsächlich über uns, woher wir kamen und aus welcher spießigen Enge wir geflohen waren. Keiner von uns war im Krieg gewesen. Uns war bewusst, welches Glück wir hatten, und im sanften Schein des Nachmittags schimmerte unser Leben wie Gold.

Es gab noch weitere Einführungsveranstaltungen an diesem Nachmittag, und so kehrten wir gemeinsam zurück zur Schule, begierig darauf, Meister Klee und Meister Kandinsky kennenzulernen, die Stars der Malerei. Viele von uns waren vor allem ihretwegen gekommen, aber wie sich zeigte, hatten die beiden wenig mit den Erstsemestern zu tun oder mit den Bauhaus-Babys, wie wir genannt wurden.

Stattdessen erteilte uns Meister Itten, ein Schweizer Maler, unsere erste Lektion. Er hatte eine dunkelrote Kutte an, war kahl geschoren und trug eine runde Brille, die bisweilen so spiegelte, dass man seine Augen dahinter nicht sehen konnte. Als meine Eltern hergekommen waren, um sich die Schule anzusehen, hatten sie dem Direktor freundlich nickend gelauscht, denn diesen Typ Mann, gepflegt mit Anzug und Krawatte, kannten sie. Ich wünschte, sie hätten jetzt Meister Itten sehen können, der aussah wie ein Mönch und in dessen ganzem Wesen das Feuer der Hingabe brannte.

Er verzichtete auf eine Einleitung, sagte nur, es gebe nicht genug Geld für Stühle, und wir sollten uns auf den Fußboden setzen. Nachdem er uns in Gruppen eingeteilt hatte, arrangierte er jeweils in der Mitte ein paar Bücher und eine Zitrone und wies uns an, ein Stillleben zu zeichnen. Dann verließ er den Raum.

In der Schule war ich immer gut in naturgetreuer Wiedergabe gewesen, und ich war so vertieft in die Aufgabe, dass ich gar nicht merkte, wie viel Zeit vergangen war, als Meister Itten wieder hereinkam. Ich zeigte Charlotte mein Skizzenbuch, und sie nickte, mochte mir ihres aber nicht zeigen. Itten sah sich die Zeichnungen von jedem Einzelnen an, und er bewegte sich so leise, dass ich mich fragte, ob er überhaupt Schuhe anhatte. Alle wirkten verunsichert. Bei mir waren die Bücher eckig und die Zitrone rund, aber wir befanden uns am Bauhaus, und das war bestimmt nicht richtig.

»Nein«, sagte er schließlich und bestätigte damit unsere Befürchtungen. Er nahm eine der Zitronen, ging damit nach vorne und schnitt sie mit einem Taschenmesser durch, sodass sich ihr Duft zart im Raum ausbreitete. Dann biss er hinein, und alle verzogen das Gesicht. »Wie können Sie eine Zitrone zeichnen, ohne zuvor ihr Fleisch zu kosten? Sie zeichnen mit Ihrem *ganzen* Körper. Ihrem Mund, Ihrem Bauch, Ihrer Lunge. Wenn Sie denken, es geht nur um die Hand und die Augen und das Hirn, sind Sie tot, und Ihr Bild ist es auch. Eine Zitrone ist nicht einfach nur eine Zitrone: Sie ist ihre Säure, ihre Adstringenz, ihre Kerne, ihre Segmente, ihr pyramidenförmiges Inneres. Sie ist nicht mit Luft gefüllte gelbe Haut oder Bleistiftstriche auf Papier. Die Zitrone ist eine Odaliske. Sie müssen sie verführen. Sich von ihr verführen *lassen.*«

Er warf die Frucht in den Raum, und Walter fing sie auf.

Itten begann, auf und ab zu gehen, ganz von seinem Thema gefangen. »Eine Zeichnung ist keine Vorarbeit. Sie ist das Ziel.

Schon Vasari wusste das: Was wir tun, wenn wir zeichnen, ist ein Akt des *furor*, der Leidenschaft. Erst als Leonardo Papier statt Papyrus zur Verfügung hatte, konnte er nicht nur zeichnen, sondern erfinden. Die Denker der Renaissance forderten die Künstler auf, ein Gleichgewicht zwischen *decorum* und *licenza* zu finden. Die Zeichnung ist Freiheit, weil sie alle Möglichkeiten eröffnet: Die Zitrone kann eine Brust sein, ein Mund, ein Tumor, oder« – er breitete die geöffneten Hände aus – »die Zitrone ist in Wirklichkeit gar nicht da. Fangen Sie noch einmal von neuem an. Aber mit *licenza*«, sagte er und schlug mit der Hand auf den Tisch. *»Licenza! Licenza! Licenza!«*

Der Meister sah zu, wie wir die Zitrone zu erforschen begannen, an ihr schnupperten, sie schälten und kosteten. Später legte er seine Hände auf Charlottes Schultern. »Ihnen sitzt noch der Schlaf im Nacken«, sagte er. »Den müssen Sie abschütteln.«

Es war bereits dunkel, als wir zu unserem Willkommensfest kamen. Irgendwann nach dem Mittagessen waren die Fenster der Kantine mit Zeitungen verhüllt worden. Leute aus der Stadt versuchten hineinzuspähen, aber außer ein paar schmalen Lichtstreifen war nichts zu sehen. Beim Näherkommen hörten Walter und ich seltsame Musik aus dem Innern. »Das ist es«, sagte er, aber ich hatte keine Ahnung, was »das« sein könnte. Ich dachte an Charlottes ängstliche Frage: »Was um alles in der Welt sollen wir hier tun?« Vielleicht würde dieser Abend ihr eine Antwort geben.

Um in die Kantine zu gelangen, mussten wir durch einen Tunnel in Form eines Bierfasses kriechen. Drinnen hatten ältere Studenten die Wände mit Motiven bemalt: rote Vierecke, blaue Kreise und gelbe Dreiecke – die Farben und Formen des Bauhauses. Von der Decke hingen Bänder und Stofffetzen. Ein Trompeter spielte unmelodische *Bieps* und *Bops*.

Wir hatten schon ein paar Gläser getrunken, als Meister Itten erschien. Jetzt trug er eine Art Bürgermeisterumhang, einen napoleonischen Hut und türkische Schuhe mit hochgezwirbelter Spitze. Er schlug gegen sein Glas, und während der Lärm verstummte, entdeckte ich Charlotte, die ganz in der Nähe stand.

»Diesen albernen Aufzug verdanke ich den Studenten des Abschlussjahrgangs.« Gelächter erhob sich aus der Menge. Fast alle hier trugen schlichte schwarze Hemden und Hosen, Frauen wie Männer. »Aber das hat einen Sinn. Heute Morgen hat der Direktor Ihnen die praktischen Aspekte Ihres ersten Jahres erklärt. Sie werden etwas über Stofflichkeit, Licht, Farbe, Temperatur und Form lernen. Das gilt für alles, nicht nur Malfarbe und Kohlestift, sondern auch für Draht, Stein und Papier. Von jetzt an werden Sie nur zeichnen und malen, wenn Sie das Material verstanden haben. Ziel ist die Produktion, aber bis dahin ist es noch ein weiter Weg. Der Grund dafür, dass ich in diesem Aufzug vor Ihnen stehe« – von einer Seite des Raumes ertönte ein Johlen, und der Direktor in seinem Anzug trat unbehaglich von einem Fuß auf den anderen – »und dass Sie auf allen vieren hereinkrabbeln mussten, ist, dass Sie – dass *wir* – hier sind, um zu spielen. Außerhalb dieses Raumes gibt es Leute, denen die Vorstellung spielender Erwachsener gegen den Strich geht, aber das ist unsere Herangehensweise. Spielen. Wagen. Ausprobieren. Studieren. Beobachten. *Licenza.* Die Zunge in die Zitrone stecken. Nennen Sie es, wie Sie wollen. Ich will, dass Sie jeden Tag eine Zeitlang nichts tun. Gar nichts. Für viele ist das eine schreckliche Vorstellung. Tun Sie es trotzdem. Nichts zu tun, ist ein radikaler Akt. Was wir hier tun werden – und das sollten Sie frühzeitig lernen –, hat nur für den Augenblick Bestand. In vielen meiner Kurse werde ich Sie sogar dazu drängen wegzuwerfen, was Sie erschaffen haben. Unser grundlegendes

Prinzip ist nicht Originalität, sondern methodisches Vorgehen. Denken ist schaffen, und schaffen ist denken. Wenn Sie sich an dieses Prinzip halten, können Sie gar nicht anders, als Freude zu empfinden. Kreativität ist in ihrem kindlichsten Ursprung assoziativ, regellos und chaotisch. Gott schütze die Bauhaus-Babys!«

Jubel und Beifall ertönten von allen Seiten, selbst der Direktor, der gar nicht wie ein Architekt aussah, sondern eher wie ein Buchhalter, klatschte. Dann rief ein Student alle Erstsemester nach vorne.

»Brillant, nicht wahr?«, sagte Charlotte neben mir.

»Ja«, antwortete ich, obwohl ich nicht so recht verstanden hatte, was er wollte. »Wirklich beeindruckend.«

Wir stellten uns in einer Reihe auf und krochen wieder nach draußen. Dann gingen wir im Gänsemarsch zum Frauenplan, einem Platz mit vielen Cafés, in dessen Mitte ein Brunnen stand. Dort musste jeder Einzelne vortreten, sich umdrehen und sich rücklings in die ausgestreckten Arme von zwei älteren Studenten fallen lassen. Untermalt von einem schrillen Trompetenstoß wurde er dann mit dem »Weihwasser« des Brunnens als Bauhaus-Baby getauft. Die Leute in den Cafés sahen uns an, als wären wir verrückt, und die Kellner fuchtelten mit den Armen, als wollten sie streunende Hunde verjagen.

Doch die »Täufer« störten sich nicht daran. Der Direktor und Meister Itten waren längst verschwunden.

Ich spürte Charlottes Unruhe, während wir zusahen, wie unsere neuen Freunde getauft wurden: erst Jenö und Walter, dann Irmi und Kaspar. Als sie an der Reihe war, wirkte sie merkwürdig angespannt, und sie trat nur zögerlich an den Brunnen. Sie drehte sich zwar um, doch als sie sich fallen lassen sollte, riss sie die Arme hoch, taumelte und fing sich wieder. Alle sahen sie an. Sie versuchte es noch einmal. Der »Täufer« benetzte ihre

Stirn, der Trompeter trötete, und Charlotte wurde wieder auf die Füße gestellt. Als sie fertig war, ging sie auf einen Kellner zu, der draußen vor den Tischen seines Cafés stand, und sie kam ihm so nah, dass ihm nichts anderes übrigblieb, als ihr im letzten Moment auszuweichen.

DREI

In diesem Winter erstarrte Weimar im Frost. Mit Raureif überzuckert wirkte die Stadt wie verzaubert. Wenn es dunkel war, konnte man durch die mit Kopfstein gepflasterten Straßen schlendern und in die warm erleuchteten Fenster der alten Häuser schauen, und es war leicht, von Geheimnissen und Zaubertränken, Hexen und Gespenstern zu phantasieren. Die Butzenscheiben zerteilten das Licht wie der Diamant eines Verlobungsrings, und alles funkelte in der Kälte.

Weimar wird für mich immer einen besonderen Zauber haben. Nördlich vom Bauhaus und südlich vom Ettersberg gelegen, war sie die hübscheste Stadt, die ich je gesehen hatte. Es gab kaum ein gewöhnliches Gebäude, und nahezu jedes hatte einst einen Dichter oder Philosophen beherbergt. Frauenfiguren, Engel und Löwen schmückten die Häuser, sodass Weimar – besonders wenn die Weihnachtsbeleuchtung die oberen Stockwerke erhellte – uns zu beobachten schien.

Obwohl die Einwohner uns nicht mochten, uns misstrauten, ja bisweilen sogar hassten, liebte ich die Stadt: die klassizistischen Häuser in Zartrosa, Zitronengelb und Lindgrün, den Duft der auf Kohlenfeuer gerösteten Maronen, die Gingkobäume, deren Früchte im Sommer stanken, und die grün angelaufenen Statuen von Goethe und Schiller vor dem Theater, wo drei Jahre zuvor die Verfassung der neuen Republik unterzeichnet worden war. (Allerdings gab es selbst im reichen Weimar Männer in viel zu dünnen Mänteln, Suppenküchen, Schlangen von Arbeitslosen, Bettlerinnen und Kinder, die im Abfall nach Essbarem suchten, aber ich war so fasziniert von all der Schönheit, dass ich sie zunächst kaum wahrnahm.)

Es war mir ein Rätsel, wieso das Bauhaus ausgerechnet hier gegründet worden war, an einem so überaus konservativen Ort. Immerhin waren wir weit genug vom Zentrum entfernt, sodass die Leute uns mehr oder weniger ignorieren konnten. Die Schule befand sich in einem gelben Jugendstilbau, der ganz schlicht gehalten war, ohne Schnörkel oder Putten. Die Fassade wurde beherrscht von großen fabrikähnlichen Fenstern, die knapp über Augenhöhe begannen, sodass man von außen nur die Scheitel der Studierenden sehen konnte und anhand der Frisur erraten musste, wer dort saß.

Diesen Winter über gehörten wir ganz Meister Itten. Unser Unterricht fand in den großen Werkstätten statt, und dort erforschten wir die wahre Natur unserer Materialien. Der Meister forderte uns immer wieder auf, intensiver hinzuschauen, er war geradezu besessen von der Reinigung des Sehens. »Die Welt ist nur ein Abklatsch, solange sie nicht wahrhaft gesehen wird«, sagte er, während er barfuß in der Werkstatt umherging. »Schmerz wird Sie mehr Schönheit sehen lassen.«

Ich verstand noch nicht so recht, was das bedeutete. Charlotte und die anderen schienen es schneller zu begreifen. Zu Hause in Dresden war ich von meinen Kunstlehrern für meine malerischen Fähigkeiten gelobt worden, und es war irritierend, hier nicht als besonders talentiert zu gelten. Aber genau deshalb war ich hierhergekommen. Oder zumindest redete ich mir das ein.

Itten hatte ganz eigene Kriterien, nach denen er Arbeiten beurteilte. Einmal sollten wir beispielsweise unsere Eindrücke von der Somme malen. Max, der dort gewesen war, malte erschöpfte Männer mit Bajonetten. Willem hingegen, der nie einen Fuß nach Frankreich gesetzt hatte, durchbohrte sein Papier sechsmal mit dem Bleistift. Der Meister zog Willems »Bild« vor und schenkte Max' figürlicher Darstellung kaum einen Blick.

Es gab eine Menge Zitronenlektionen. Wir ertasteten Glas mit der Zunge, arrangierten Texturen von Leder, Fell und Blechdosen, kratzten einander mit Stahlwolle, erschnupperten den Unterschied zwischen Sägespänen und geschmirgeltem Treibholz. Erst gegen Ende des Tages kamen wir zum Malen, im Stehen, mit angehaltenem Atem, mit Musik, nach einer Meditation, mit der linken Hand, mit der rechten Hand und nach Gymnastikübungen, alles in der ungeheizten Werkstatt. Nur um zu sehen, was dabei herauskam.

Während des ganzen Semesters war ich aufs angenehmste abgelenkt. Wie konnte ich Charlotte gefallen? Wie konnte ich sie zum Lächeln bringen? Wie konnte ich ihr bei ihren Arbeiten helfen? Wie konnte ich sie beeindrucken, ohne allzu beflissen zu wirken? Ich wollte ihr noch nicht verraten, wie stark meine Gefühle für sie waren, weil es sie womöglich abschrecken würde. Aber es gab vielversprechende Anzeichen, dass sie in mir mehr als nur einen Freund sah. Manchmal strich sie mir eine Haarsträhne hinters Ohr, oder sie legte mir Zettel in die Brotdose, mit Skizzen von nackten Frauen, Nachrichten, in denen alle Ps rot geschrieben waren, oder dem Porträt eines Mannes mit Schmachtlocke, der niemand anderes sein konnte als ich. Die kleinste Geste erfüllte mich wochenlang mit Glück.

Unser Miteinander war ein ständiger zarter Flirt: Lippen, die sich beinahe berührten, Hände, die einander beim Spaziergang streiften, ein unablässiges, vorsichtiges Suchen nach der Haut des anderen. Waren wir zusammen, war alles wunderbar; waren wir getrennt, verzehrte ich mich nach ihr. Ich hatte das Gefühl, ich müsste zerbersten.

Es klingt nach nicht viel, aber kurz vor Weihnachten zog sie mir eines Morgens die Schuhe an, und das war der vielleicht erotischste Moment meines jungen Lebens. Sie kniete sich vor mich hin, nahm nacheinander meine Füße und schob sie in meine Schnürschuhe. Sie hob den Kopf und sah mich an, ein Funkeln in ihren grünen Augen – was bedeutete es? Dass sie wusste, was wir waren? Was aus uns werden würde? –, dann band sie die Schnürsenkel zu. »Da«, sagte sie. »So ist es viel besser.« Während des Unterrichts blickte sie immer wieder zu mir herüber; auch sie schien das Besondere dieses Morgens gespürt zu haben. Ich lächelte ihr zu, und sie lächelte halb zurück.

Den ganzen Tag drückten die Schuhe, aber ich lockerte sie nicht.

So vergingen die Tage.

Während des Winters malte ich mir unzählige Male aus, wie wir zusammenkommen würden. Wir würden in den Wald gehen und uns auf der Erde wälzen. Sie würde mich am Fluss küssen, und wir würden uns im hellen Gras wälzen. Wir würden zusammen in meinem Zimmer lesen und uns vor dem Ofen wälzen. Immer wieder dieses Wälzen. Weiter kam ich in meiner Vorstellung nicht, denn ich wusste, ihr jungenhafter Körper würde nicht wie der von anderen Frauen sein, und das machte ihre Nacktheit unwahrscheinlicher und erregender. Außerdem war ich noch Jungfrau und wusste nicht, wie es dann weitergehen würde.

Verstohlen beobachtete ich sie. Nach einer Weile konnte ich ihre Gesichtsausdrücke vorhersehen, wenn wir beim Unterricht oder in der Kantine waren, wo wir immer alle zusammen aßen. Unser Lachen flog bis zur Decke, und wir fühlten uns größer als alle anderen. (Es war allseits bekannt, dass wir sechs unzertrennlich waren. Ich glaube nicht, dass die anderen es uns verübelten, aber sie waren sicherlich neidisch. Manchmal setzten sich einige beim Frühstück oder Mittagessen zu uns, aber sie kamen danach nie wieder. Vielleicht waren wir abweisender, als wir dachten.)

Am schönsten war es, wenn Charlotte ganz ernst ein Objekt studierte, eines der Materialien etwa, die der Meister uns gegeben hatte, dann merkte, dass ich sie ansah, und mich unter ihrem Pony hinweg strahlend anlächelte. »Oh, Paul, ich wusste gar nicht, dass du da bist.« Oder das Gegenteil: Wenn jemand – meistens Walter – etwas Abfälliges gesagt hatte (er schaffte es immer wieder, bei ihr ins Fettnäpfchen zu treten) und sie eine finstere Miene zog, sodass ihre Lippen fast nicht mehr zu sehen waren.

Wenn sie im fahlen Winterlicht bei mir auf dem Bett lag und schlief, fragte ich mich oft, ob unsere Tochter ihr wohl ähnlich sehen würde, und dann fügte ich unserer kleinen Familie im Geist noch mehr Töchter und Söhne hinzu – Mama Bildhauerin, Papa Maler und alle arm und hungrig und sehr glücklich.

Wer liebt, leidet oft Höllenqualen, aber wenn alles gut läuft, scheint die Seele zum Himmel zu schweben. Unsere Geschichte begann langsam, wie alle guten Liebesgeschichten. Zu Beginn des neuen Semesters bezeichneten mehrere von den anderen Studenten sie als meine Freundin, und ich hätte vor Freude schnurren können.

Ich glaube, Walter verliebte sich ebenso schnell in Jenö wie ich mich in Charlotte. Aber Walter war ein ganz anderer Typ. Irgendwann – und ich weiß nicht mal, ob es eine bewusste Entscheidung war – beschloss ich, auf zurückhaltende Weise um Charlotte zu werben. Walter hingegen war unglaublich theatralisch. Wenn Jenö ihn nicht genug beachtete, schmollte er und zeigte es so deutlich, dass Irmi bisweilen sagte: »Jetzt mach doch nicht so ein Gesicht, Walter!« Doch wenn Jenö ihm seine Aufmerksamkeit schenkte, war es, als würden tausend Lampen den Raum erhellen. Dabei schien Jenö sich oft zu fragen, wieso ausgerechnet er zum Schwarm dieses hochgewachsenen Westfalen geworden war. Ich wusste nicht mal, ob Jenö auf Frauen oder Männer stand. (Aber wie gerne hätte ich meinen Eltern die Unerhörtheit eines schwulen Liebespaars am Bauhaus unter die Nase gerieben!)

Walter war nicht im klassischen Sinne attraktiv, aber er hatte etwas Nobles. Man konnte ihn sich gut auf einem dieser Ölgemälde von preußischen Jägern mit ihren Hunden vorstellen, den Mund verkniffen vor lauter Reichtum und Missfallen. Und tatsächlich gehörte er dem Adel an, wenn auch dem verarmten, und war über siebzehn Ecken mit Friedrich dem Großen verwandt. Er trug eine Brille mit runden Gläsern und hatte sinnliche Lippen und sehr bewegliche Nasenflügel. Sein Haar war beneidenswert üppig, und mit dem dunklen Hautton sah er aus wie ein Italiener. In seiner Miene lag das Herrscherbewusstsein von Generationen, er betrachtete die Welt wertend, als wäre sie ein Pferd. Und zugleich sah man ihm die Armut seiner Kindheit an. Ich genoss seine Gesellschaft sehr, und wenn ich nicht mit Charlotte zusammen war, dann fand man mich in diesem Winter bei Walter.

Er hatte etwas Verführerisches an sich, insbesondere an der Seite von Jenö, der im Gegensatz zu ihm schlicht wie ein Schrank wirkte. Jenö war ganz Masse, es gab keinen einzigen schlanken Körperteil an ihm. Umso erstaunlicher war es, dass er Drachen baute, die fein wie Schmetterlingsflügel waren, und zierliche Skulpturen aus Dingen, die er im Müll fand: Topfdeckel, Zahnräder, ein Kinderschuh. Sein Gesicht war symmetrisch, was ihm etwas Friedfertiges, aber auch ein wenig Beschränktes verlieh. Ich fand seinen Blick nichtssagend, andere hielten ihn für geheimnisvoll. Doch im Grunde spricht hier nur der Neid. Jenös Geist, das muss ich zugeben, war ein Labyrinth.

Nein, ich hatte nie verstanden, was andere an Jenö fanden, obwohl viele der Bauhaus-Frauen ihn sehr mochten. Andererseits mochten auch viele der Bauhaus-Frauen mich, was mich sehr überraschte. Mit einem Mal befand ich mich in der ungewöhnlichen Situation, dass ich Verabredungen zum Kaffee oder dergleichen absagen musste, wenn ich merkte, dass dahinter ein romantisches Interesse stand. Irmi zog mich auf, ich sei der Herzensbrecher des Bauhauses, war aber der Meinung, das sei nicht der schlechteste Ruf.

Charlotte und ich, Walter und Jenö, Irmi und Kaspar. Wobei ich zwischen Kaspar und Irmi nichts anderes als Freundschaft entdecken konnte, aber am Bauhaus schloss auch eine Freundschaft Küsse und Zärtlichkeiten ein. Wir alle liebten einander.

Gott, waren wir glücklich.

VIER

Charlotte war eine wahre Künstlerin, eine nahezu vollkommene Bauhäuslerin. Sie konnte Wolkenkratzer aus Papier machen, mit Ziehharmonikaböden und veränderlicher Tiefe. Sie konnte mit allem arbeiten, was sie irgendwo fand, baute aus Haarnetzen und Rohrstücken ausgefallene Skulpturen. Meistens warf sie sie hinterher weg. Einige fischte ich aus dem Abfall und nahm sie mit in mein Zimmer. Sie grinste spöttisch, wenn sie sie später über meinem Bett hängen sah wie bizarre Totems.

Doch durch alles, was Charlotte am Webstuhl hervorbrachte, schimmerte Frustration (es war fast eine Erleichterung festzustellen, dass sie nicht perfekt war). Ihre Webarbeiten schienen nicht aus Wolle zu bestehen, sondern aus Rosshaar und Zwirn. In ihren Stoffen waren Knoten und Knubbel, gestauchte und zum Zerreißen gespannte Fäden. »Frauenarbeit«, schimpfte sie. »Mit Nadel und Faden hat noch nie jemand was erreicht.« Offensichtlich ärgerte es sie, dass sie auf diesem Gebiet so schlecht war.

Jenö war ein genialer Bildhauer, Kaspar und Walter bauten großartige Dinge in der Metallwerkstatt, und Irmi war, genau wie Charlotte, in fast allem gut. Ich war enttäuscht, dass ich am Bauhaus nicht malen konnte, denn das war meine Stärke, aber die Malerei galt als altmodisch und uninteressant. In diesem ersten Jahr hatte ich nie die Chance zu zeigen, worin ich wirklich gut war.

Charlotte meinte, das hätte nichts zu bedeuten – und das nach einem Tag, an dem sie so produktiv war, dass sogar Meister Itten sie ermahnte, langsamer zu machen (obwohl er ihre stetig wachsende Sammlung von Skulpturen mit stillem Staunen musterte). Sie baute Kathedralen aus Papier und kleine Laternen mit Fenstern und Kammern im Innern. Ich bestaunte ihre Arbeiten und warf meine ins Feuer.

An diesem Abend gingen wir in den Schwan. »Du hast das Talent, mit dem man Geld verdienen kann«, sagte Charlotte, als wir uns an die Theke setzten. Ihre Finger waren voller Schnitte vom Papier. »Wer braucht denn schon Steinmetze oder Weber? Die Malerei hingegen kommt nie aus der Mode.«

»Aber muss ich denn nicht jetzt zeigen, was ich kann?«

»Wir wollen alle weiter sein, als wir sind.«

Im Schwan waren immer auch ein paar Einheimische, aber man tolerierte sich gegenseitig. Der Schankraum war eine dunkle Höhle, die Tische voller eingeritzter Initialen, die Luft staubig von den durchgesessenen Polstern, und es roch nach Malz und Früchten. Wir liebten diesen Ort.

»Aber wie soll ich mich denn beweisen, wenn ich nie malen darf? Du hast es gut. Was du heute geschafft hast! Ich habe bloß eine Laterne zusammengebastelt, und du hast Manhattan gebaut.«

»Vielleicht geht es dem Meister gar nicht darum, beeindruckt zu werden. Vielleicht ist ihm das gar nicht wichtig.«

»Von Willem war er beeindruckt.«

»Weil er Löcher ins Papier gebohrt hat? Das war doch nur Show.« Charlotte drehte ihr Glas im Kreis, dann trank sie ihr Bier. »Du willst, dass alles schön ist. Weil du dann nicht scheitern kannst.«

»Ja, ich weiß, das hat man mir schon öfter gesagt.«

»Aber offenbar hörst du nicht zu«, sagte sie und zupfte an meinem Ohrläppchen. »Wie kommt es«, fragte sie und sah mich forschend an, »dass du mit achtzehn schon so ein müder alter Hund bist?«

Draußen schwankten die Bäume im Februarwind, der unter der Tür hindurchpfiff. Ein Stück Zeitungspapier wurde gegen die Butzenscheiben geweht und flog dann davon. Schon vor Wochen war der Brunnen zugefroren, und die Münzen darin waren durch die Eisschicht unsichtbar geworden.

»Kann ich dem Krieg die Schuld geben?«

»Natürlich nicht.«

»Entschuldigen Sie«, sagte eine Männerstimme. Ich drehte mich um. Hinter mir an der Theke saß ein ziemlich dicker Mann mit Glatze. Die Finger, mit denen er sein Glas hielt, waren so breit und stumpf, dass sie aussahen wie abgesägt. Er trug einen langen Kittel, der bis über den Sitz seines Hockers hing; so einen hatte mein Vater immer bei der Arbeit an.

»Ja?«

Er stand auf, und seine Größe überraschte mich, im Sitzen hatte er eher untersetzt gewirkt. »Ich habe zufällig Ihr Gespräch mit angehört, und ich hätte da vielleicht eine Idee. Ich habe ein Atelier, draußen am Ettersberg, in einer alten Tischlerwerkstatt.«

»Das ist schön«, sagte ich, weil mir nichts Besseres einfiel.

»Wir malen großformatige Ölgemälde auf Bestellung. Vor allem Landschaften. Aber auch allegorische und mythologische Szenen. Der Kunde sagt, was er haben will, und wir malen es. Wiesen, Bauernhäuser, Schafe, Mädchen und so weiter.«

»Aha. Blut und Boden und so?«, fragte Charlotte.

»Nein«, erwiderte er und warf ihr einen abschätzigen Blick zu. »Was der Kunde will. Die Plünderung Trojas zum Beispiel oder die preußischen Ebenen bei Sonnenaufgang.« Er gab mir seine Karte. »Sie sagten, am Bauhaus hätten Sie keine Gelegenheit zu malen. Nun, wenn Sie malen und sogar noch Geld dafür kriegen wollen, dann kommen Sie in mein Atelier. Sie sind jederzeit willkommen.« Der Mann musterte mich von Kopf bis Fuß, als wollte er für eine Uniform Maß nehmen. »Einem guten Maler zahle ich einen anständigen Lohn.«

»Was heißt das genau?«

»Tausende. Zehntausende. Je nachdem, was der Tag mit dem Geld macht. Sie können es ja mal mit einer Nachtschicht versuchen, so verpassen Sie Ihren Unterricht nicht.«

Laut der Adresse auf der Karte lag sein Atelier im Wald, nicht weit von der Stadt entfernt, an der Straße Richtung Westen.

»Probieren Sie's aus. Falls es Sie interessiert.« Er hob die Hand an die Stirn, als wollte er sich an die Mütze tippen, dann ging er zu einem Tisch, an dem mehrere Männer in Overalls saßen.

»Tu's nicht«, sagte Charlotte warnend, sobald er außer Hörweite war. »Das lenkt dich nur ab.«

»Aber zehntausend? Stell dir das mal vor.«

»Die Plünderung Trojas, Sonnenaufgang über der preußischen Ebene? Das macht alles kaputt, was der Meister uns am Bauhaus beibringt.«

»Ich würde ja nur am Wochenende dort arbeiten.«

»Brauchst du das Geld so dringend?«

»Ich fände es schön, wenn ich nicht von meinen Eltern abhängig wäre.«

Charlotte legte die Hand auf meinen Kopf und drehte sie, als wollte sie mir etwas ins Hirn schrauben. »Die große Suche nach Klarheit, und dann willst du völkische Ölschinken malen!«

Sie schnalzte missbilligend mit der Zunge, ich grinste.

»Das ist keine gute Idee«, sagte sie. »Und das weißt du auch.«

Während Charlotte noch zwei Bier bestellte, spürte ich den

Blick des Mannes in meinem Rücken. Ich fragte mich, ob er darauf wartete, dass ich zu ihm ging und ja sagte. Als ich mich schließlich umdrehte, überraschte es mich nicht, dass er direkt zu mir herübersah. Mit seinem kahlen Schädel und den großen Augen sah er aus wie ein Hund. Am Hals hatte er einen tätowierten Anker. Vielleicht war er während des Krieges auf See gewesen. Ich konnte ihn mir gut als Matrose vorstellen oder als Kapitän eines großen Schiffes. Ich drehte die Visitenkarte um. Auf der anderen Seite stand in schwarzer Fraktur sein Name: Ernst Steiner.

FÜNF

Eine Zeitlang vergaß ich Steiners Einladung. Mein Vater hatte das Schulgeld für das Frühjahrssemester bezahlt, und damit war die Geldnot erst einmal gebannt. Doch als ich ein paar Wochen später das Durcheinander auf meinen Schreibtisch aufräumte, fand ich die Visitenkarte wieder. Ich betrachtete sie eine Weile, überlegte, was sie für mich bedeutete, und dachte an Charlottes Warnung. Die Karte war cremeweiß, dick und teuer, die Schrift war zwar altmodisch, aber geprägt. Seine Kundschaft musste in der Tat wohlhabend sein.

Der Mann war mir nicht sonderlich sympathisch gewesen, aber sein Geld könnte sich auf lange Sicht als hilfreich erweisen. Wenn es eine Möglichkeit gab, meine Eltern nicht länger um das Schulgeld zu bitten, musste ich sie ergreifen.

Doch wenn ich ehrlich bin, ging es mir nicht nur um das Geld. Wäre es nicht schön, dachte ich, wenn jemand mein Talent und meine Fähigkeiten bewunderte? (Wie schuljungenhaft, von jemandem wie Ernst Steiner hören zu wollen, dass ich gut genug war!)

Die Bäume zeigten bereits erste grüne Spitzen, als wir an einem warmen Tag Ende März zum Zelten zu unserem Lieblingsplatz fuhren, einer kleinen Lichtung im Wald. Nachts war es dort ein wenig unheimlich, aber tagsüber war sie unser Königreich. Sie lag nicht weit von der Goethe-Eiche entfernt, deren Krone so gewaltig war, dass im Sommer die gesamte Studentenschaft des Bauhauses darunter Schatten gefunden hätte.

Wir fuhren alle sechs nach dem Unterricht dorthin. Auch wenn es wie ein Klischee klingt: Mit dem Rad durch die Straßen der Stadt zu fahren und dann hinauf in den Wald fühlte sich an wie fliegen. Zwischen den Buchenreihen öffneten sich immer wieder Wege, und es sah aus wie auf den Fotografien von Manhattan, die ich gesehen hatte: Straßenschluchten zwischen Wolkenkratzern, die sich nach hinten verjüngten. Eine Weile konnte ich mir einbilden, ich wäre ein New Yorker Taxi, das sich durch das Straßennetz fädelte, und der Wald eine Großstadt, erfüllt vom Geruch nach gebratenen Zwiebeln und der Luft aus den U-Bahn-Schächten.

Es wäre kein großer Umweg, dachte ich, beim Atelier vorbeizufahren und zu fragen, ob ich eine oder zwei Probeschichten machen könnte.

Von meinem Rad sah ich, wie Walter mich angrinste und Charlotte ebenfalls. Jenö war schon ein gutes Stück vor uns. In dem Augenblick liebte ich meine Freunde, ihre Gesichter, auf denen die vorbeiflirrenden Schatten der Bäume spielten, ihr Haar, das im Sonnenlicht schimmerte. Es gab Geschichten von Pilgern, die in den Wald gegangen waren, um den Beginn des Frühlings zu feiern, und diese Feste hatten in wilden Orgien geendet. Unser heiliger Trupp bestand zwar nur aus sechs Leuten, aber hoffen durfte man ja.

Die mächtigen Buchen im Wald loderten gen Himmel wie ein Feuer, kirschrot, zartgrün und rostbraun. Ihre Rinde war so weich, dass man mit einer Münze seinen Namen hineinritzen konnte. Im Herbst leuchtete der Wald in allen Goldtönen, und im letzten Licht der Abendsonne schimmerten die Buchen manchmal violett, blau oder purpurn. Im Winter knarrten die

Äste im Wind, aber im Sommer ließ er die Blätter sirren, als stünde der Wald unter Strom.

An der Abzweigung sagte ich den anderen, ich würde nachkommen. Charlotte warf mir einen Blick zu, sagte aber nichts.

Ernst Steiners Atelier befand sich am Waldrand, ein Stück von der Straße zurückgesetzt. Als ich mit dem Rad über den Kiesweg fuhr, sah ich Steiner zu meiner Überraschung auf den Eingangsstufen der großen Holzhütte sitzen. Er hatte wieder den Arbeitskittel an und säuberte etwas mit einem alten Lappen. Im ersten Moment erkannte er mich offenbar nicht, doch dann breitete sich ein Lächeln auf seinem Gesicht aus. »Ah, Sie sind's!«

Wieder fiel mir auf, wie massig sein Schädel war und vollkommen haarlos, wie bei einem Baby. »Ich komme wegen der Stelle«, sagte ich unsicher. Ich fragte mich, ob er wohl meinen Zeichenblock sehen wollte; ich hatte extra ein paar dottergelbe Sonnenuntergänge und kugelige Schafe gemalt. Er würde mich doch bestimmt nicht einfach drauflos malen lassen, ohne sich vorher meine Arbeit angeschaut zu haben.

»Ich dachte, Ihre Freundin hätte Ihnen davon abgeraten hierherzukommen.«

»Ich könnte das Geld gut gebrauchen«, erwiderte ich und ärgerte mich sofort. Ich wollte nicht zu gierig wirken. »Und ich würde gerne malen.«

Steiner warf den Lappen weg und bedeutete mir, ihm zu folgen. Er öffnete die Tür, und wir betraten einen großen Raum, in dem lauter Männer in Overalls – Frauen gab es hier nicht – gleichzeitig an mehreren Bildern arbeiteten: grellbunte Ölschinken, die, wie Steiner mir erklärte, bei amerikanischen Sammlern und preußischen Junkern großen Anklang fanden. Überall lagen Sägespäne, und die Fenster waren stumpf vor Staub. Als wir in sein Büro gingen, kamen wir an zwei Männern vorbei, die gerade eine besonders kitschige Szene malten: Frauen, die, beschienen von geradezu kindlichen Sonnenstrahlen, im goldenen Wasser eines Flusses pummelige Babys badeten.

»Die sind gut, nicht wahr?«, sagte Steiner grinsend.

Ich wusste nicht, was ich darauf erwidern sollte. Das Bild war scheußlich, aber wer Kitsch mochte, fand es wahrscheinlich schön. Auch in seinem Büro gab es nichts, was auf wirkliche Kunst hinwies, nur Aktenordner und Hauptbücher. Wir hätten ebenso gut in der Schuhfabrik meines Vaters stehen können.

Steiner schlug ein großes Notizbuch auf und zeigte mir eine Skizze von einem Teich, an dem sich mehrere Frauen entkleideten, um zu baden. Es war genauso geschmacklos wie das Zeug, das bei meinen Eltern an den Wänden hing.

»Können Sie morgen kommen? Dann holt der Kurier es ab.«

»Aber das ist doch nur eine Skizze!«

»Drei Männer in Nachtschicht, und Sie machen morgen den Rest. Das ist im Nullkommanichts fertig.«

Ich willigte ein, obwohl ich seinen Optimismus, was den Zeitplan anging, nicht nachvollziehen konnte.

»Was ist Ihre Spezialität?«, fragte er, und sein Blick wanderte zu meinem Mund.

Ich wusste nicht, was er hören wollte, doch dann fiel mir etwas ein, das ein Lehrer mir mal gesagt hatte. »Ich bin gut mit Licht.«

»Na, das passt doch. Wie heißen Sie eigentlich?«

»Paul Beckermann.«

Mit ausladender Handschrift schrieb er meinen Namen auf die Fläche, die, wie mir inzwischen klar war, der golden leuchtende Morgenhimmel werden sollte. »Dann«, sagte er grinsend, »gehört all das Ihnen.«

Ich brauchte nicht lange, um vom Atelier zur Lichtung zu radeln. Von hier oben konnte ich kilometerweit über die samtigen Felder Thüringens blicken. Zu meinen Füßen lag Weimar, und direkt hinter dem Bauhaus verwandelte die Stadt sich wieder in Grün.

Im Wald war es immer kühler als in der Stadt, und ich fand meine Freunde an einem Lagerfeuer vor. Walter pflückte Laub von Jenös Schuhsohlen, und Charlotte unterhielt sich mit Irmi, die gerade in ein Zimmer ihr gegenüber am Fürstenplatz gezogen war.

Von der anstrengenden Fahrt bergauf war mir ein wenig schwindelig. Die Bäume verschwammen vor meinen Augen, aber die Flammen des Feuers waren so deutlich zu erkennen, als hätte ein Kind einen Rand um sie gemalt. Ich konzentrierte meinen Blick darauf, um mein Gleichgewicht wiederzufinden, doch dann sah ich im Feuer einen Schwarm Krähen, der sich ausbreitete und wieder hineingesogen wurde. Ich nahm meinen eigenen Geruch wahr, er war stechend und animalisch.

»Wo ist Kaspar?«, fragte ich.

»Wieder umgekehrt«, sagte Walter und tätschelte seinen Bauch. »Der Ärmste hat die Steigung nicht geschafft. Wo warst du?«

»Ich hatte noch was zu erledigen.«

Drei Zelte waren bereits rund um das Feuer aufgebaut. Ich fragte mich, mit wem ich mir eins teilen würde. Wahrscheinlich mit Walter; Jenö allein und die beiden Frauen zusammen.

»Wie geheimnisvoll«, sagte Irmi.

»Nicht unbedingt«, entgegnete Charlotte.

Ich holte Steiners Visitenkarte heraus und warf sie ins Feuer. Charlotte lächelte, aber wir wussten beide, dass es nur eine Geste war.

»Und, wie gefiel dir die Flusslichtung im Abendrot?«, fragte Walter, und die anderen lachten.

Alle wussten also bereits Bescheid. »Schon gut, schon gut, ich geb's ja zu, ich bin ein unverbesserlicher Romantiker.«

»Charlotte meint, dich würde womöglich der ›Imitationsimpuls‹ überkommen.«

»Klingt ansteckend«, sagte Jenö. »Wie die Grippe.«

»Es sind bloß Ölschinken, und dafür gibt's einen Haufen Geld. Ihr werdet mich noch beneiden, wenn ich demnächst in meinem eigenen Auto durch die Stadt fahre.«

»Ich finde das nicht weiter schlimm«, meinte Irmi. »Warum denn nicht? Vor allem wenn es so leicht verdientes Geld ist.«

»Bald kann er uns dann porträtieren«, spottete Charlotte. »Ich sehe es schon vor mir, wie die Ahnengalerie in einem alten Schloss.«

»Der Erste, der nett zu mir ist, bekommt ein Geschenk.«

»Und das wäre?«, fragte Jenö.

»Ich werde nett zu dir sein«, sagte Irmi.

»Dann wirst du das Erlesenste bekommen, was man von Steiners Geld kaufen kann: Champagner, italienische Trüffel, neue Kleider und Schuhe.«

Irmi lachte. Während wir uns unterhielten, rückte sie näher an mich heran. Ihr Haar war zu einem komplizierten Zopf geflochten, der ihr über die Schulter hing. Sie hatte ein breites Lächeln und kleine Zähne mit einem etwas dunkleren Rand. Ihre grauen Augen waren wechselhaft wie das Wetter, ganz anders als Charlottes unergründlicher Blick. Walter hatte die beiden mal wenig schmeichelhaft als »Granit und Kristall« bezeichnet, allerdings hatte ich nie erfahren, wem er welches Material zuordnete.

Als es dunkel wurde, erzählte Jenö eine Geistergeschichte. Sie war eher für Kinder gedacht und relativ harmlos, es ging darin um einen Jungen, der allein im Wald lebte und jeden hereinließ, der klopfte und ihn als seinen Sohn bezeichnete, auch den Mann mit der Axt. Ich beobachtete Charlotte, während sie zuhörte, ihre Miene zeigte keinerlei Regung. Ich stellte mir vor, wie sie genauso konzentriert in der Oper in Prag saß oder die lebenden Modelle an der Karls-Universität studierte. Hatte irgendjemand anders sie je so geliebt, wie ich sie liebte? Ich glaubte nicht, dass das möglich war.

»Wusstet ihr«, sagte Walter, als Jenö geendet hatte, »dass der Geist von Charlotte von Stein hier im Wald umgeht?«

»Unsinn«, sagte Irmi.

»Doch, das stimmt«, entgegnete Walter. »Sie und Goethe sind damals oft hier im Wald spazieren gegangen. Sie war verheiratet, aber ihr Mann war viel auf Reisen, sodass sie sich mit Goethe treffen konnte, so oft sie wollte. Sie begegneten sich im Ilmpark, und er verliebte sich auf der Stelle in sie.«

Das Gefühl kannte ich: Charlotte und Charlotte, Goethe und ich, wir alle frisch verliebt im Park an der Ilm.

»Charlotte las seine Gedichte und gab ihm Anregungen. Er lobte sie für ihren wachen Blick und ihre Einfühlsamkeit. Sie waren enge Freunde, vielleicht auch Geliebte. Auf jeden Fall liebte sie ihn mehr, als sie ihren Mann je geliebt hat. Keine ihrer vier Töchter hatte überlebt, und sie sagte, mit ihm durch diesen Wald zu spazieren spende ihr Trost. Goethe hätte ihr kein ernsthafterer, treuerer Freund sein können, und er bezeichnete sie als seine Seele. Wenn man ihre Briefe liest … Sie sind so voller Zuneigung, dass man ihre Kraft auf jeder Seite spürt.«

Walter nahm seine Brille ab, putzte sie mit einem Taschentuch und blinzelte, bevor er sie wieder aufsetzte. Er bemerkte meinen Blick und lächelte, fuhr dann jedoch in ernstem Ton fort: »Eines Tages fuhr Goethe einfach weg, ohne Charlotte etwas davon zu sagen. Er schrieb ihr aus Venedig, erklärte ihr, er werde ein oder zwei Jahre fort sein. Charlotte war außer sich vor Kummer. Wie hatte er sie hier alleinlassen können? Ohne auch nur Lebwohl zu sagen? Seine Herzlosigkeit war unverständlich und unverzeihlich. Die ganze Zeit über wanderte sie durch diesen Wald und wartete auf seine Rückkehr. In dem Jahr schrieb sie eine Oper über Dido, die Aeneas verflucht und Rache geschworen hatte, weil er ohne sie von Karthago fortgesegelt war. Goethe bezeichnete seine Zeit in Italien als die glücklichste seines Lebens. Und während er von dem Land schwärmte, wo die Zitronen blühen, lief sie hier unglücklich zwischen den Buchen umher. Nach seiner Rückkehr wurden sie wieder Freunde, aber es war nie wieder so wie zuvor. Wie kann ein Mann, der so feinsinnig über die *conditio humana* schreibt, so grausam sein, sie hier zurückzulassen, ohne sich auch nur zu verabschieden?«

Wir schwiegen alle, überrascht von Walters nachdenklicher Stimmung; sonst war er eher sarkastisch und von sich überzeugt. Doch dann wandelte sich sein Ernst in Albernheit. »Wenn ihr aufmerksam lauscht, könnt ihr hören, wie die Bäume mit einer Frauenstimme – vermutlich Charlottes – klagen: Goethe, Goethe, Goethe!«

Und damit sprang er auf, umschlang einen Baum in leidenschaftlicher Umarmung und begann, sich daran zu reiben.

Jenö schüttelte den Kopf. »Du spinnst!«

»Das klingt nach einem Ölschinken für dich, Paul«, sagte Charlotte. »Dido und Aeneas. Oder Goethe und Charlotte unter der Eiche.«

Ich ignorierte sie, aber Walter ärgerte sich, dass die Aufmerksamkeit von ihm abgelenkt wurde. »›Hütet euch!‹, klagt Charlotte bis zum heutigen Tag« – seine Stimme klang hoch und hexenhaft schrill – »›hütet euch, ihr Männer mit wankelmütigem Herzen! Der Wald wird sich an euch rächen!‹«

Er ließ den Baum los, legte sich auf den Waldboden und ließ

in einer Art seltsamem Beerdigungsritual Laub auf sein Gesicht fallen.

Auf einmal hörten wir in der Ferne Schüsse, und er sprang hastig auf. Verschiedene Klubs nutzten den Wald für Schießübungen. Walters Gesicht bekam im Feuerschein etwas Dämonisches. »Seht ihr? Der Wald fordert Blut!«

Charlotte warf eine Kastanie nach ihm. »Ach, hör schon auf, Walter!«

Und wir anderen lachten.

SECHS

Steiner behielt recht, was seine Zeitplanung anging. Nachdem die Badeszene fertig war, folgte in meiner ersten Schicht im Atelier eine liebliche deutsche Landschaft: Wiesen, Berge, Schafe, Bauern und so weiter. Dazu Schwäne, die mit langen Hälsen und mächtigen Schwingen durch die Lüfte flogen, und Kinder, die im Fluss planschten. Das Bild war für eine reiche Dame aus Zürich mit großen Brüsten, sagte Steiner, und sie würde mit Schweizer Franken bezahlen, also »richtigem« Geld.

Die Bilder waren kitschig, und wir hatten sehr wenig Zeit, aber mir gefiel die Arbeit sofort. »Gut gemacht«, sagte Steiner um vier Uhr morgens zu mir, nachdem ich die planschenden Kinder mit Lichtern versehen hatte. »Die sehen so richtig schön drall aus.« Ich war kaum fertig, da wurde das Bild schon abgeholt, obwohl die Farbe noch gar nicht trocken sein konnte.

Von da an arbeitete ich ein- oder zweimal in der Woche bei ihm, und ich merkte bald, was für einen hohen Ausstoß das Atelier hatte. Alle paar Tage kamen neue Aufträge herein, und Steiner hatte eine Gruppe von Arbeitern (es war nie von Künstlern die Rede), die rund um die Uhr für ihn malten, damit der Kurier die Bilder in den frühen Morgenstunden abholen konnte. Oft tauchte der Kurier auch mitten in der Nacht auf, und niemand wusste, warum die Bilder noch vor Tagesanbruch verschickt werden mussten. Er hieß Leo, und sein Gesicht war so glatt wie ein Boxhandschuh.

Ich habe keine Ahnung, wann Steiner schlief, da er immer im Atelier zu sein schien, ganz gleich, ob ich für die Tag- oder Nachtschicht eingeteilt war. Er organisierte alles von seinem Büro aus und brüllte uns Anweisungen zu, während unablässig das Telefon klingelte und neue Aufträge hereinkamen. Die Mark verlor in absurdem Tempo an Wert, aber es gab immer mehr Amerikaner, die idyllische Flussszenen wollten, Bauernhöfe und Sonnenuntergänge, Mädchen mit endlosen Zöpfen und stillende Mütter mit üppigem Busen.

Außerdem wurden die Bilder durch den Wechselkurs billig.

Zu meiner Überraschung nahmen die anderen Arbeiter kaum Notiz von mir, und abgesehen von ein paar neugierigen Blicken wurde ich sofort in ihren Kreis aufgenommen. Bald folgten die ersten herablassenden Bemerkungen über das Bauhaus. Wie sich zeigte, hielten sie uns für sensationell dumm. Als ich ihnen erklärte, dass uns der Gestaltungsprozess wichtiger war als das Ergebnis, erntete ich nur Gelächter. »Das«, spottete ein massiger Mann namens Daniel, »sagen die Leute, wenn sie kein Talent haben.«

Endlich verdiente ich eigenes Geld. Steiner bezahlte mich direkt am Ende jeder Schicht, indem er mir einen dicken Stapel Scheine in den Fahrradkorb legte. Ich schrieb meinem Vater und teilte ihm mit, dass ich seine Unterstützung nicht mehr bräuchte, ich hätte eine Teilzeitstelle gefunden und sei entschlossen, mein Studium an der Schule, die er so verabscheute, selbst zu finanzieren. Er antwortete mir nicht, schickte allerdings auch kein Geld mehr. Bestimmt dachte er, ich würde bald wieder ankommen und betteln, und in der Tat kam mir der Gedanke, dass es vielleicht ein wenig voreilig gewesen war, jegliche weitere Unterstützung abzulehnen.

Es tat gut, wieder für mein Talent geschätzt zu werden. Wie schon mein Lehrer damals sagte Steiner, ich hätte ein Händchen für Licht. Bei Meister Itten hätte ich damit keinen Blumentopf gewinnen können. Wenn ich auf die Anweisung, einen Himmel zu malen, einen Himmel gemalt hätte, hätte er mich ausgelacht. Aber hier draußen im Waldatelier ging es nicht um Einzigartigkeit und Individualität. Hier war nur eine kitschig überhöhte Abbildung gefragt, und ich war überrascht und auch ein wenig beschämt, wie sehr mir nicht nur die altmodischen Bilder gefielen, die wir malten, sondern auch das Gefühl der Wertschätzung. Meister Itten mochte mich nicht, aber das war mir egal. Ich hatte einen anderen Meister gefunden.

Außerdem war Meister Itten offensichtlich so begeistert von Charlotte, dass es keinen Sinn hatte, um seine Aufmerksamkeit zu buhlen. Vielleicht hing es damit zusammen, dass sie beide Ausländer waren und sich schon deshalb näherstanden. Er verbrachte im Unterricht immer mehr Zeit mit ihr als mit allen anderen, und manchmal trafen sie sich auch privat, und er unterwies sie darin, was sie essen, wie viel sie schlafen und wie sie ihren Körper in Form halten sollte.

Eines Mittags, als Charlotte von einem solchen Treffen kam, wirkte sie gedankenversunken und zugleich aufgeregt. Während wir die Treppe in der Schule hinuntergingen, die mit farbkräftigen konstruktivistischen Wandbildern bemalt war, sagte sie, der Meister hätte ihr vorgeschlagen zu fasten. Er meinte, Essen dämpfe die Sinne, und durch das Fasten würde unsere Farbwahrnehmung geschärft. Die wahre Form der Dinge träte zutage. Der Hunger würde ein Paradies in unserem Herzen eröffnen. Außerdem würde das Fasten auch unserer Seele guttun.

Ich sah zu, wie Charlotte zielstrebig in die Kantine ging, offensichtlich fest entschlossen, auch die anderen davon zu überzeugen, bei ihren Plänen mitzuziehen. Als ich mir mein

Essen holte (vegetarisch und mit reichlich Knoblauch gewürzt), dachte ich daran, wie sie morgens an der Bandsäge gestanden und fasziniert die glühende Naht zwischen der Säge und dem Metall betrachtet hatte. Vielleicht stellte sie sich so etwas in ihrem Innern vor: einen scharfen, klaren Blick, der alles durchdrang.

»Ich weiß nicht«, sagte Irmi, nachdem sie sich den Vortrag über Hunger und das Paradies angehört hatte. »Das klingt nicht sehr verlockend.«

»Wir erlangen eine neue Transparenz. Meister Itten sagt, erst dann werden wir uns selbst erkennen, und die wahre Gestalt unserer Wünsche wird sichtbar. Durch das Fasten werden wir zu besseren Künstlern«, schloss Charlotte ein wenig lahm.

»Und all das mit Zitronenwasser und trocken Brot?«, fragte Kaspar. »Was ist mit Absinth? Damit finden wir doch viel schneller Transparenz.« Er hatte Charlotte sehr gern, aber einige Aspekte des Bauhaus-Lebens waren ihm suspekt. Er hielt nichts von den Festen, verweigerte sich Ittens Vegetarismus und belächelte spöttisch die Körperwahrnehmungsübungen.

»Er hat gesagt, das hätte ihn als Künstler am stärksten geprägt.«

»Schön für ihn. Aber deshalb muss ich das ja nicht machen.«

»Du und deine ewige Trägheit«, sagte Charlotte und stupste ihn an. »Probier doch mal was Neues aus.«

»Meister Itten ist verrückt!«

»Meister Itten ist weltberühmt!«

»Ich finde, wir sollten es machen«, sagte Jenö aus heiterem Himmel.

Charlotte und Irmi sahen ihn überrascht an. Vermutlich hatte Charlotte eher mit meiner Unterstützung gerechnet als mit Jenös, aber ich hatte bisher noch gar nichts dazu gesagt. Tatsächlich fand ich ihre Idee schrecklich und in Anbetracht der

Tatsache, dass die Menschen überall in Deutschland hungerten, außerdem geschmacklos.

»Warum?« fragte Walter. »Kennst du die wahre Gestalt deiner Wünsche nicht?«

»Es kann sicherlich nicht schaden.«

Nun, da Jenö eingewilligt hatte, konnte Walter sich nicht dagegenstellen. »Na ja, warum nicht? Vielleicht bringt es uns ja wirklich weiter. Und ich könnte ein bisschen Inspiration durchaus gebrauchen.«

Walter tat sich in Ittens Unterricht genauso schwer wie ich. Wir schafften es wohl beide nicht, uns von den Regeln zu lösen, die wir in der Schule gelernt hatten. Und wie bei mir richtete sich seine Hingabe auf ein anderes Ziel.

»Paul?« Charlotte sah mich mit ihren klaren Augen unverwandt an.

Ich war der Einzige, der sich noch nicht geäußert hatte, und ich wollte keine Missstimmung zwischen uns heraufbeschwören. Charlotte war begeistert von ihrem Plan, und dann würde ich eben mitmachen, wenn auch nur um ihretwillen. »In Ordnung«, sagte ich ohne großen Elan. »Lasst uns heute Abend damit anfangen.«

»Gut. Irmi, bist du auch dabei?«

Irmi nickte.

»Schwarzbrot und Zitronenwasser zum Frühstück und Abendessen«, sagte Charlotte. »Sonst nichts.«

Kaspar verzog das Gesicht.

»Einverstanden?«

Er zuckte nur mit den Schultern.

»*Bon appétit*«, sagte sie und hob einen Löffel Eintopf zum Mund. »Das ist dann wohl für eine Weile unsere letzte Mahlzeit.«

Einige Tage später saßen wir bei Irmi auf dem Fußboden im Kreis und machten eine von Meister Ittens Atemübungen. Wir sollten zehn Sekunden lang ein- und dann fünf Sekunden lang ausatmen. Mir war schwindelig, und schon seit einer Weile flirrte alles um mich herum.

In den ersten Fastentagen hatten meine Gelenke zu schmerzen begonnen. Meine Haut sah matt aus, das Weiße in meinen Augen war grau und meine Zunge aufgedunsen. Obwohl ich so gut wie nichts aß, roch ich ständig nach Kantine. Ich hatte schon mehrmals daran gedacht, das Fasten abzubrechen.

Aber Charlotte war so voller Energie und so offensichtlich begeistert, dass ich dabeiblieb. Vielleicht hatte sie ja recht, und ich würde wirklich alles ganz neu sehen – obwohl ich die wahre Gestalt meiner Wünsche bereits sehr genau kannte. Außerdem bedachte uns Meister Itten mit wohlgefälligen Blicken. Jetzt gehörten wir alle zu seinen Auserwählten, nicht nur Charlotte.

Obwohl wir während der Atemübung eigentlich die Augen geschlossen halten sollten, sahen Kaspar und ich uns immer wieder an, und wir hatten Mühe, nicht zu lachen. Kaspar konnte nicht still sitzen, er änderte ständig seine Haltung oder spielte mit seinen Locken. Obwohl er nur Schwarz trug und gern Nietzsche zitierte, war er keineswegs ein Nihilist. Im Gegenteil, er war sinnlich und voller Appetit, und ich wusste, dass er während der vergangenen Tage heimlich etwas gegessen hatte, um bis zum Abend durchzuhalten. Ich konnte ihn gut verstehen. Er machte nur wegen der anderen mit, und wäre ich nicht so verliebt in Charlotte gewesen, hätte ich bestimmt auch gemogelt.

Als wir fertig waren, öffnete Jenö das Fenster, um frische Luft hereinzulassen. »Sieh mal«, sagte er zu Charlotte. »Von hier aus kann man dein Zimmer sehen.«

Sie trat zu ihm. »Oh, stimmt! Bald wirst du alle meine Geheimnisse kennen, Irmi. Ich werde die Vorhänge zuziehen müssen.«

Walter streckte sich auf dem Sofa aus und betrachtete Jenö. So, wie er dalag – ein Bein angezogen, den Kopf in die Hand gestützt –, stellte man ihn sich fast zwangsläufig nackt und auf einem Ölgemälde vor. »Wie lange sollen wir eigentlich von vier Scheiben Schwarzbrot am Tag leben?«

»Meister Itten meinte, zwei Wochen wären gut, drei noch besser.«

»Es hat keinen Zweck!«, sagte Kaspar. »Spätestens um zwei kriege ich nichts mehr auf die Reihe.«

»Sag das mal den Arbeitslosen«, entgegnete Walter.

»Jetzt spiel hier nicht den Moralapostel.«

Die zwei hatten eine merkwürdige Beziehung. Obwohl sie sich immer wieder gegenseitig stichelten, war ihre Zuneigung zueinander spürbar. Kaspar war jedem gegenüber offen; Walter, Jenö und ich waren zurückhaltender.

»Wartet's ab«, sagte Irmi, die mir verraten hatte, dass sie das Fasten wider Erwarten sehr spannend fand. »Die Welt hat schon ein wenig ihre Farbe verändert. Die Dinge werden klarer.«

»Und nehmen deine Wünsche eine neue Gestalt an, Irmi Schüpfer?«

Irmi sah mich an und errötete. »Nein.«

Jenö setzte sich neben Walter. Wir sprachen nie über sie als Paar, vielleicht weil sie beide Männer waren, aber über mich und Charlotte sprachen wir auch nicht. Ich nehme an, alles wurde einfach so akzeptiert, wie es war, außerdem sagte Jenö ohnehin nie viel. Oder vielleicht redete er nur nicht mit mir. Er nahm seinen Skizzenblock heraus und begann zu zeichnen.

»Hier steht« – Kaspar hielt ein Buch in der Hand – »dass ich zwischen zwei Verabredungen eine Woche vergehen lassen soll.« Kaspar ging ständig mit irgendwelchen Frauen aus, er hatte immer eine an seiner Seite. Er war manchmal launisch, aber er konnte auch sehr charmant sein, und diese Kombination fanden offenbar viele in der Weberei unwiderstehlich. »Ich lasse immer höchstens ein paar Tage vergehen.«

Walter hatte sich aufgesetzt und verfolgte interessiert Jenös Striche auf dem Papier. Er hätte nur eine winzige Bewegung machen müssen, um den Kopf auf Jenös Schulter sinken zu lassen.

»*Seien Sie entschlossen in Ihrem Werben, aber nicht übermäßig leidenschaftlich*«, fuhr Kaspar fort. »*Sie sollten die Auserwählte keinesfalls mit Ihrer Zuneigung bedrängen. Was Sie als spielerischen Flirt betrachten, kann auf manche Frauen bedrohlich wirken.* Du lieber Himmel, von wann ist denn das?« Er drehte das Buch um und suchte nach einem Datum. »Bin ich bedrohlich? Ich dachte immer, die Frauen wollen, dass ich weitermache.«

»Du bist so bedrohlich wie ein Teddybär«, scherzte Irmi. »Frag doch Paul, was du sagen sollst.«

»Wieso denn mich?« Ich sah sie überrascht an.

»Du gehst doch jeden Tag mit einer anderen Kaffee trinken.«

»Weil sie mich immer einladen«, erwiderte ich, obwohl ich wusste, wie albern die Ausrede war.

»Und das, wo du doch jetzt so viel Geld verdienst«, stichelte Charlotte.

Ich wurde rot. Charlotte machte oft Bemerkungen über meine Arbeit. Manchmal waren sie komisch, manchmal ernst. Sie meinte, solange ich *dort* war, würde ich niemals *hier* sein. Im tiefsten Innern wusste ich, dass sie recht hatte, aber die Bezahlung war einfach zu gut und die Befriedigung, nicht mehr auf die Unterstützung meines Vaters angewiesen zu sein, zu groß.

»Mann, hab ich einen Hunger«, sagte Kaspar und warf das Buch beiseite.

»Fühlst du dich nicht besser? Lebendiger?«, fragte Charlotte.

»Nein. Mir tut der Magen weh.«

»Gestern gab es einen Moment, da habe ich eine Amsel mit gelbem Schnabel gesehen«, sagte sie. »Auf dem Friedhof neben der russisch-orthodoxen Kirche. Ich konnte den Blick nicht von ihr lassen. Den ganzen Tag habe ich mich herumgeschleppt und mich gefragt, was das Ganze soll, genau wie ihr, aber dann gab es plötzlich nur diesen Vogel und sonst nichts. Es war, als würde ich mir eine Oper ansehen. Die wenigen Minuten kamen mir vor wie Stunden, und die ganze Zeit waren so viele Bilder in meinem Kopf: Was wäre, wenn ich die Flügel dieses Vogels hätte? Oder was würde passieren, wenn ich seine winzigen Knochen mit meiner Hand zerquetschte? Solche Visionen hätte ich mit vollem Magen nicht gehabt.«

»Du klingst schon genauso verrückt wie der Meister«, spottete Kaspar.

Jenö legte den Skizzenblock weg und ging in die Küche. Walter betrachtete die Zeichnung und warf mir einen merkwürdigen Blick zu. »Unser hübsches Paulchen«, sagte er. »In Uniform hättest du großartig ausgesehen.«

Ich griff nach dem Block. Jenö hatte mir seltsamerweise einen strengen Ausdruck verpasst, obwohl ich nichts Übles im Sinn hatte, erst recht nicht gegenüber Charlotte, die ich vermutlich überwiegend angesehen hatte, während er mich malte. Ich klappte den Skizzenblock zu. Mein Gesichtsausdruck war zu beunruhigend, um ihn länger anzusehen.

SIEBEN

Während der ersten Tage fragte ich mich, was das Fasten wohl mit Charlotte machen würde. Ich wusste, sie würde die Dinge auf die Spitze treiben wollen, es lag nicht in ihrer Natur, etwas einfach geschehen zu lassen. Im Stillen hoffte ich, unsere leeren Mägen würden uns zueinander treiben. Vielleicht würden wir unsere Atemübungen machen, ein paar Kerzen anzünden, und dann würden wir im magischen Licht eines Fastennachmittags schließlich im Bett landen, zu schwach, der Versuchung auch nur einen Augenblick länger zu widerstehen. Wir würden uns herumwälzen und gemeinsam den Gipfel stürmen.

Überall sah ich Anzeichen, die diese Phantasie nährten, aber vielleicht waren sie auch nur das Werk meines hungernden Geistes. Die Amseln fielen mir als Erstes auf. Ihr Gesang war so süß, als würde Charlotte selbst mir ein Ständchen bringen. Dann ließ sie immer öfter Sachen bei mir, Taschen, Notizbücher und sogar Kleidungsstücke – Zeichen, dass sie nach und nach bei mir einzog. Weitere Zettel von ihr und alle Ps rot geschrieben. Vielleicht hatte Meister Itten recht: Wenn in dieser mittelalterlichen Stadt ein Paradies erstehen konnte, dann tauchte es möglicherweise auch in einer Ecke meines Zimmers auf.

Nach einer Woche begann ich zu vibrieren. Selbst wenn in meinem Zimmer ein Feuer im Ofen brannte, zitterten meine

Hände, und ich fröstelte am ganzen Körper. Eines Morgens wachte ich auf und fragte mich, ob meine Sinne sich tatsächlich geschärft hatten. Ich lag einfach nur da und sah zu, wie Charlottes Laterne über mir im Luftzug hin und her schwankte. Gleichzeitig spürte ich die wunderbare Wärme der Decke und die ungleichmäßigen Sprungfedern der Matratze. Ich döste vor mich hin und ließ mich von einem angenehmen Traum zum nächsten treiben, während die Laterne wie ein vollkommener kleiner Planet über mir schwebte. Wenn diese Träumerei ein Ergebnis des Fastens war, dann träumte ich nur zu gern weiter.

So ließ sich das Leben durchaus ertragen. Gut, ich musste oft daran denken, was Kaspar jetzt wohl heimlich verdrückte (Krapfen, Blutwurst, Knödel), aber ich war konzentrierter. Es war, als hätte das Fasten alle überflüssigen Teile meines Gehirns ausgeschaltet. Ich brachte Stunden damit zu, mich auf Meister Ittens Unterricht vorzubereiten, und dachte dabei, wie gut mir mittlerweile gelang, was er von uns forderte, nämlich das wahre Wesen des Materials zu begreifen. So konnte ich ohne weiteres im Atelier ein alter Meister sein und am Bauhaus ein Modernist.

Charlottes erste Eskalation ließ nicht lange auf sich warten, aber zu meiner Überraschung geschah sie anderswo und ohne mich.

Obwohl ich im dritten Stock wohnte, hörte ich Frau Kramer sehr gut, als sie durchs Treppenhaus rief: »Herr Beckermann! Besuch für Sie!« Auch Charlottes Stimme war unten im Flur zu hören. Erstaunlicherweise mochte meine Vermieterin sie sehr gerne. Während Charlotte die Treppe hochkam, dachte ich: Heute ist der Tag, heute kommen wir zusammen. Meine Haut kribbelte vor erregter Vorfreude.

Doch nichts hätte mich auf den Anblick vorbereiten können, der mich erwartete, als ich die Tür öffnete. Charlotte hatte sich die Haare abrasiert. Ihr Kopf war vollkommen kahl, und ihr Blick erschien mir noch undurchdringlicher als sonst. »Ich war gerade bei Jenö«, sagte sie etwas atemlos. »Es ist an der Zeit, über das Fasten hinauszugehen.«

»Was meinst du damit?«

»All diese Haare.« Sie zupfte an einer von meinen Locken. »Das ist doch nur Schnickschnack!« Sie kam in mein Zimmer und sah sich um, als rechnete sie damit, hier noch jemanden vorzufinden. »Oh«, sagte sie, als sie die Laterne entdeckte, und runzelte die Stirn. »Mir war gar nicht aufgefallen, dass du die behalten hast.«

Ich berührte ihren kahlen Schädel. »Hast du das für Meister Itten getan?«

»*Lehrt euch nicht die Natur, dass es für einen Mann eine Schande ist, wenn er langes Haar trägt?*«

Ich sah sie verwirrt an.

»Erster Brief an die Korinther.«

»Ich wusste nicht, dass du so bibelfest bist.«

»Meine Kindheit war voller Wunder«, erwiderte sie. »Und was du auch nicht weißt, Paul, ist, dass ich eine Besessene bin.«

»Doch, das wusste ich. Wer hat dich rasiert?«

»Jenö.«

»Heute Morgen?«

»Ja, habe ich doch eben gesagt. Na los, Paul!« Charlotte sah mich voll aufgeregter Erwartung an.

Ich blickte auf die Uhr: Es war kurz vor zwölf. Dabei hätte ich schwören können, dass es erst neun war. Während ich Feuer machte, holte sie Schere und Rasiermesser aus ihrer Tasche, breitete auf dem Fußboden vor dem Waschbecken Zeitungen aus und stellte einen Stuhl darauf. Dann ließ sie das Handtuch knallen wie ein Matador. »Sind Sie bereit, Herr Beckermann?«

Bevor ich antworten konnte, schnitt sie bereits drauflos. Die Locken, die meine Mutter immer geliebt und als meine »Pracht« bezeichnet hatte, fielen auf das Zeitungspapier. Charlotte schnippelte sich methodisch voran. »Wusstest du, dass Nonnen nur durch Atemübungen ihre Menstruation unterdrücken konnten? Sie waren die wahren Meisterinnen des Fastens. Viel besser als die Mönche, die Starkbier tranken, um den Hunger zu mildern. Die Nonnen aßen während der Fastenzeit gar nichts, und sie waren diejenigen, denen Jesus und die Muttergottes am häufigsten erschienen. Das kann doch kein Zufall sein, oder?«

»Sind sie dir auch schon erschienen?«

»Nein. Aber ich habe Jesus mal im Traum gesehen.«

»Und was hat er gesagt?«

»Nichts. Er hat nur die Hand auf meine Stirn gelegt, und als ich aufwachte, war die Stelle ganz heiß.« Sie nahm meine Hand und legte sie sich auf die Stirn. »Den ganzen Tag über fühlte ich mich auf angenehme Weise leer.« Sie lächelte. »Von da an war ich geradezu besessen von Margareta von Cortona. Ich beschloss, in ein Kloster einzutreten und Nonne zu werden, wovon mein Vater allerdings wenig hielt. Aber es ist genau, wie Meister Itten sagt: Es geht nicht darum, allem zu entsagen, sondern mehr Raum zu schaffen, um besser sehen zu können.«

Ich erzählte ihr nicht, dass meine Mutter vor ein paar Jahren auch eine Offenbarung gehabt hatte. Während der Fastenzeit hatte sie eine Vision, wie der Schützengraben, in dem mein Bruder hockte, von einer britischen Granate getroffen wurde. Danach hielt sie mehrere Tage lang Wache und aß nichts, überzeugt davon, dass sie ihn dadurch am Leben erhalten konnte. Und Peter hatte tatsächlich überlebt – wenn auch um einen hohen Preis.

Charlotte griff nach dem Rasiermesser, das wohl Jenö gehörte. Meine Locken waren so schnell verschwunden, als hätte es sie nie gegeben. »Glaubst du, Walter ist in Jenö verliebt?«

»Ja, natürlich«, erwiderte ich.

»Und meinst du, Jenö weiß es?«

»Ich glaube, er ignoriert es, damit sie Freunde sein können.« Ich sah, wie sich ihr Gesichtsausdruck veränderte, während sie mit dem Rasiermesser um mein Ohr fuhr. »Was ist mit Irmi und Kaspar?«

Sie lächelte, als wüsste sie etwas, das sie nicht verraten wollte. »Sie ist zu ernst für ihn.«

»Aber Kaspar ist der ernsteste Mann, den ich kenne!«, protestierte ich.

»Er will, dass du das denkst. In Wirklichkeit ist er ein Clown.«

In dem Moment rutschte ihr das Messer weg, und ich spürte, wie ein Blutstropfen meinen Hals hinunterrann. »Charlotte, kannst du …«

»Hm?«

Ich stellte mir vor, wie ich mit dem Kinn auf das Waschbecken knallte, mir die Zunge aufplatzte und mein Mund sich mit Blut füllte. Mir wurde übel, und ein bräunlicher Schleier schob sich vor meine Augen. Ich versuchte, ihn wegzublinzeln, aber es half nichts. »Kannst du das wegmachen?«

Charlotte tupfte das Blut mit einem Taschentuch weg. »Entschuldige, Paul, das hatte ich vergessen.« Sie drehte den Wasserhahn auf. »So, alles weg.«

Mir war schummrig, und ich wartete darauf, dass sich der Schleier vor meinen Augen verzog. Wieder hörte ich das Schaben des Rasiermessers. Während sie weitermachte, hielt ich mich am Waschbecken fest und konzentrierte mich, so gut es ging, auf die kalte, glatte Oberfläche unter meinen Händen. Ich konnte kein Blut sehen, seit ich als Kind miterlebt hatte, wie ein

Freund sich auf dem Spielplatz einen Nagel aus dem Fuß gezogen hatte und das Blut überallhin gespritzt war.

Schließlich klärte sich mein Blick, und ich stand auf und betrachtete mich im Spiegel, ebenso kahl wie Meister Itten. Ich berührte erst ihren Kopf, dann meinen. »Wie seltsam wir aussehen«, sagte ich. »Wie Zauberer.«

Später gingen wir zum Park. Ich spürte die Luft an meiner Kopfhaut und Charlotte sicher auch an ihrer. Wir spazierten am Fluss entlang. Auf den Bänken saßen Mütter mit ihren Kindern und aßen Butterbrote, umringt von Tauben, die auf ein paar Brosamen warteten. Wir sahen eine Weile zu, wie die Kleinen ihnen Krümel zuwarfen, dann schlenderten wir weiter zur Brücke. »Ist dir warm genug?«, fragte ich.

Sie schaute aus ihrem orangefarbenen Schal heraus. »Geht so. Mir war nicht klar, wie gut Haare isolieren.«

»Du siehst aus wie ein Mönch.«

»Du auch.«

Wir legten uns ans Flussufer und sahen den Wolken zu, die über uns hinwegzogen. Ich fragte mich, was die anderen wohl machten. Jenö rasierte wahrscheinlich gerade Walters Schädel. Von Kaspar und Irmi hatte sie nichts gesagt – vielleicht hatten die beiden sich der Rasur widersetzt. Es hätte mich nicht gewundert, wenn sie vernünftiger waren als wir.

»Komm, wir spielen das Versteckspiel«, sagte sie. »Du bist der Schläfer.«

Das war ein Ritual zwischen uns. Einer schloss die Augen und zählte bis zwanzig. Der andere suchte sich ein Objekt, versteckte es in seiner Hand und beschrieb es mit drei Worten, und der Schläfer musste erraten, was es war. Ich öffnete die Augen. Ihre Hand war zur Faust geballt.

»Lichtbrechend. Farblos. Sehr nass«, sagte sie.

»Das sind vier Worte. Du schummelst.«

»Meinetwegen, dann eben nur nass.«

»Es ist nicht zufällig Wasser?«

Sie öffnete die Hand, und ein paar Tropfen fielen herab. »Wie hast du das bloß erraten?«

»Gut, jetzt bist du der Schläfer.«

Sie schloss die Augen und zählte.

Ich hielt ihr meine Faust hin. »Ummantelt. Gehackt. Schweinisch.«

»Würstchen?«, riet sie mit verwirrter Miene.

»Falsch.« Ich öffnete meine Hand. »*Imaginäre* Würstchen.«

»Das gilt nicht. Das Objekt muss hier sein. Greifbar.«

»Woher weißt du, dass es das nicht ist? Der ganze Fluss könnte doch voller Würstchen sein, wenn du nur imstande wärst, seine Einzigartigkeit zu erkennen.«

»Selbst Meister Itten würde davon ausgehen, dass der Fluss nur aus Wasser besteht.«

»Meister Itten sieht manchmal nicht, was direkt vor seiner Nase ist. Nimm doch nur mal meine Bilder.«

Ich hatte es kaum ausgesprochen, da bedauerte ich es bereits. Ich wollte nicht, dass wir wieder über Steiners Atelier stritten, nicht an einem so herrlichen Tag wie diesem. Und wie eine Geste der Götter rissen plötzlich die Wolken auf, und die Sonne ließ Juwelen aus Licht auf dem Wasser tanzen.

»Charlotte! Sieh doch nur!«

Die Bäume loderten gelb auf, das Gras dahinter schimmerte smaragdgrün, und die Ilm funkelte so hell, dass ich mich fragte, ob ich das Paradies nicht schon gefunden hatte.

Auch Charlotte schillerte in allen Regenbogenfarben, und zugleich wirkte sie fast durchsichtig.

In meinem Bauch breitete sich ein Gefühl der Freude aus, und gleichzeitig verspürte ich den seltsamen Wunsch, mein

Inneres nach außen zu kehren, der Welt meine Nerven zu zeigen. Für einen kurzen Moment hatte ich das Gefühl, alles zu wissen, alles zu spüren. Ich stand auf einem Gipfel. Da war mir klar, dass ich so lange wie nur möglich mit dem Fasten weitermachen würde, um zu sehen, was es noch an Geschenken bereithielt. Ich wollte mehr davon.

Selbst als die Wolken sich wieder vor die Sonne schoben, kümmerte es mich nicht, denn Charlottes Hand lag in meiner. Hier war es – das Paradies, mitten im Gestrüpp am Ufer der Ilm.

ACHT

ENGLAND

Im Sommer ist das Licht hier kaum zu gebrauchen. Es ist, als würde es durch einen Schleier hereinfallen, lässt gerade Linien krumm erscheinen und nimmt den Farben die Kraft. Das liegt an der Seeluft. Ganz anders als in unserer Wohnung damals in Kreuzberg, wo der Staub von der Gießerei die Fensterscheiben trübte. Charlotte hat immer gesagt, ich reagiere sehr empfindlich auf das Wetter, und das stimmt: Ein sonniger Tag kann in meinem Herzen einen Palast öffnen. Er ist nur nicht so gut zum Malen.

Ich lebe jetzt schon so lange in England, dass ich mich eigentlich daran gewöhnt haben müsste. In manchen Jahren male ich nur im Winter und verbringe den Sommer damit, das Meer und die Fischerboote zu betrachten, Männer, die wasserperlende Netze mit schillernden Fischen einholen. Und während ich allein in meinen Gummistiefeln umherstreife und so tue, als wäre ich Paul Brickman, ein Engländer wie alle anderen, bilde ich mir ein, ich wäre glücklich. Es ist beinahe genug.

Der Ausblick erinnert an ein Steiner-Bild: rollende Wellen, öliges Sonnenlicht und dralle Kinder. Ich habe in vielerlei Hinsicht Glück gehabt: Ich war zu jung, um in den Ersten Weltkrieg zu ziehen, und in den dreißiger Jahren konnte ich aus Deutschland fliehen, weil Irmi mir Geld geliehen hat. Nein, ich möchte mein Leben mit niemandem tauschen. Walter mit seinem Lamento über Goethe; Charlotte und ich im Sonnenschein an der Ilm; Meister Ittens Zitronenlektion – all diese Erinnerungen sind mir kostbar.

Mein Haus hier ist komfortabel und geräumig. Alles hat seinen Platz. Wobei ich nicht viel besitze. Eine einfache Küche und ein Wohnzimmer, darüber mein Schlafzimmer und ganz oben das Atelier, perfekt ausgerichtet für das ergiebigere Winterlicht. An den Wänden des Ateliers hängen Fotos aus dem Dessauer Bauhaus: eins von uns auf einem Balkon und eins vom Metallischen Fest. Daneben ein Wandbehang von Charlotte, der bei der Razzia in Berlin beschädigt wurde. Er macht den nüchternen Raum ein wenig freundlicher. Einen ihrer Wandbehänge zu betrachten ist wie Musik zu hören. Das Garn singt.

Abgesehen von seiner Schlichtheit verrät das Haus nicht, woher ich komme. Es gibt keine Breuer-Stühle und keine Brandt-Lampen. Mit seinen Schaukelstühlen, sanft getönten Wänden und Holzmöbeln entspricht es eher dem Shaker-Stil als dem Bauhaus. Im Wohnzimmer hängt ein Bild, das ich sehr mag: *Concetto Spaziale (Bianco)* von Lucio Fontana, eine zerschnittene Leinwand. Ich glaube, genau darauf hatte Charlotte abgezielt, als sie anfing, große Löcher in ihre Arbeiten hineinzuweben, eine spezielle Technik, die sie in Dessau ausprobierte. Wenn sie am Leben geblieben wäre, hätte sie vielleicht in dieser Richtung weitergemacht: im Gewebe Raum schaffen. Immer wenn ich den Fontana anschaue, denke ich an das Leben, das sie vielleicht gehabt, und an die Arbeiten, die sie vielleicht erschaffen hätte.

Irmi ruft wieder an. Ihre Stimme klingt voll und ein wenig verspielt, obwohl es um ernste Dinge geht. Wir haben schon vor langer Zeit aufgehört, über unsere Clique zu sprechen, weil es jedes Mal zu Spannungen führte, aber jetzt gibt es kein anderes Thema. Walter ist tot, und Irmi muss sich um alles kümmern. Sie fragt, ob ich zur Beerdigung komme, nächste Woche in Mitte.

»Ich kann nicht.«

Ich will nicht dabei sein, wenn er beerdigt wird. Ich würde mich gezwungen fühlen, ihm zu verzeihen, oder Irmi mit ihrem unerschütterlichen Glauben an das Gute würde mich dazu drängen. Und ich könnte es nicht ertragen, wenn Jenö auch dabei wäre. Wir würden zu dritt dastehen, zusehen, wie der Sarg in die Erde gesenkt wird, und nicht wissen, wie wir um unseren Freund trauern sollen. »Ich kriege keine Einreiseerlaubnis.«

»Unsinn«, widersprach sie. »Du bist Sachse, natürlich lassen sie dich rein.«

»Aber vielleicht nicht wieder raus.«

»Du malst keine Traktoren und Arbeiter. Du bist für sie nicht interessant.«

Sie kann sagen, was sie will, nichts wird mich dazu bringen, zu Walters Beerdigung zu gehen.

»Es ist nicht seine Schuld, dass Charlotte im Lager gestorben ist, Paul.« Irmi war schon immer sehr direkt, hat nie um den heißen Brei herumgeredet.

»Er hätte sie da rausholen können.«

»So einfach war das nicht.«

»Er hätte nur mit Steiner reden müssen.«

»Ernst Steiner hatte damals einen hohen Posten.«

»Eben.«

»Das meinte ich nicht. Steiner konnte sich nicht erlauben, sich für eine einzelne Gefangene einzusetzen.«

»Bei Franz hat Walter es ja auch geschafft.«

»Das war 1937! Als sie dorthin kam, war vieles anders.«

»Das glaube ich dir nicht.«

»Es ist völlig egal, was du glaubst. Du warst nicht da, du warst in England. Und Jenö auch. Ihr habt keine Ahnung, wie es hier war.«

Geräusche in der Leitung. Ich frage mich, ob wir abgehört werden. Vielleicht ist das ein verbreitetes Gesprächsthema: wer was getan hat und wie viel Ausgewanderte dazu sagen dürfen. *Richtet nicht, damit ihr nicht gerichtet werdet.* Das stand auf einem Stickbild, das meine Mutter in unserem Wohnzimmer in Dresden aufgehängt hatte. Doch ich kann nicht anders, ich verurteile Walter, ich hasse Walter, und mein Hass hilft mir, mich besser zu fühlen. Damals, 1944, hätte er einen Hund, ein Pferd, eine Ratte besser behandelt als sie!

»Charlotte hatte recht. Er hat immer gegen sie intrigiert, versucht, ihr zu nehmen, was sie hatte. Sie im Lager zu lassen war sein letzter Racheakt. Verstehst du das nicht?«

Irmi seufzt. »Er war kein Ungeheuer, Paul.«

»Warum hat er dann nichts getan?«

»Ich weiß es nicht. Außerdem …«

Ich versuche, sie zu unterbrechen, aber sie lässt mich nicht zu Wort kommen.

»Nein. Du hörst mir jetzt zu. Walter ist tot! Es lässt sich nicht mehr ändern. Du hättest auch etwas tun können, aber das hast du nicht. Und Jenö und ich auch nicht. Dieser ganze Zorn ist doch sinnlos.« Im Hintergrund ist eine Stimme zu hören, vielleicht ist es ihr Mann Teddy. »Bitte. Komm doch wenigstens um meinetwillen, um der alten Zeiten willen. Ich würde dich so gerne sehen.«

»Tut mir leid, aber ich kann nicht.«

»Komm schon«, sagt sie in sanfterem Tonfall. »Ich bin pleite. Du schuldest mir immer noch hundert Mark für den Flug nach Amsterdam. Wie viel wäre das heute?«

»Ich überweise es dir.«

»Lass gut sein.« Ihre Stimme wird wieder hart. »Ich will dein Geld nicht, es sei denn, du kommst her.«

Weil ich nicht weiß, was ich darauf erwidern soll, lege ich auf und schaue hinunter auf den Strand, wo die Leute in der letzten Wärme des Tages ins Wasser tauchen.

Es ändert nichts, ob ich nach Berlin fahre oder nicht. Walter König kann ohne mich beerdigt werden.

NEUN

Wir fasteten seit einer Woche, als ich etwas sah, das mich an meiner Wahrnehmung zweifeln ließ.

Es war nach einer Nachtschicht in Steiners Atelier. Wir hatten an einer Himmelfahrt Christi gearbeitet, mit glühendem Heiligenschein und lauter drallen Putten. Das Bild war für eine jüdische Bank in Hamburg bestimmt, sagte Steiner lachend, damit die Kunden sich dort wohler fühlten. Die Arbeit war nicht weiter schwierig, weil das Licht so überzeichnet und grotesk war, und Steiner erlaubte mir, ein wenig früher zu gehen.

Sobald ich am Stadtrand ankam, fuhr ich direkt zur nächsten Bäckerei. Sie war nicht so gut wie die in der Nähe meines Zimmers, aber bis ich dort gewesen wäre, hätte ich für das Geld nur noch ein halbes Brot bekommen. Wie die anderen Kunden schob ich mein Rad in den Laden, um die Geldstapel aus dem Fahrradkorb schaufeln zu können, und der Bäcker scherzte wie immer, dass ihm der Korb lieber wäre als das Geld.

Der Bäcker schenkte mir einen Kaffee ein – oder genauer gesagt Muckefuck – und schnitt mir das Schwarzbrot, das mein Frühstück und Abendessen sein würde, in Scheiben. Er behandelte uns Maler immer sehr freundlich, wir waren seine ersten Kunden des Tages, und ich glaube, ihm gefiel unsere Gesellschaft so früh am Morgen.

Als ich gerade den letzten Schluck Kaffee trank, sah ich Jenö draußen an der Bäckerei vorbeigehen. Obwohl es erst halb fünf und noch dunkel war, konnte ich ihn im Schein der Ladenbeleuchtung ganz deutlich erkennen. Er sah aus, als quälte ihn etwas. Im ersten Moment wollte ich hinauslaufen und ihn fragen, was los war, da ich mir nicht erklären konnte, was er um diese Zeit in dieser Gegend machte, doch etwas an seiner Miene ließ mich zögern. Er wirkte so in sich gekehrt, dass ein Gespräch vielleicht nicht das Richtige wäre. Und so sah ich ihm nur nach, bis er um die Ecke und Richtung Innenstadt verschwand. Er war so in Gedanken versunken, dass er mich nicht bemerkt hatte, obwohl ich direkt am Schaufenster gestanden hatte, nur eine Armeslänge entfernt.

Ich ging zu Bett, ohne weiter über Jenös überraschendes Auftauchen nachzudenken. Es war noch so früh, und ich hatte solchen Hunger gehabt, dass ich annahm, ich hätte ihn mir nur eingebildet, ein Geist in den leeren Straßen.

Nach der langen Nacht verschlief ich den halben Samstag. Unter der Decke war es auch am einfachsten, nicht ans Essen zu denken. Jedes Mal wenn ich aufwachte, wunderte ich mich, dass Charlotte nicht neben dem Bett stand und mich fragte, ob ich es richtig fand, dass ich wegen der Arbeit bei Steiner einen ganzen Tag meines Lebens verpasste. Wir verbrachten meist die Wochenenden zusammen, fertigten Arbeiten für den Unterricht an, radelten durch den Wald oder gingen an der Ilm spazieren. Ich tippte ihre Laterne an, die über mir hing, und hoffte, sie würde Charlotte herbeizaubern.

Am Nachmittag begann ich zu zeichnen, was ich schon lange nicht mehr getan hatte. Meine Pension lag an einer engen Kurve, wo die Prostituierten der Stadt oft standen und auf Kundschaft warteten. Im Haus gegenüber trafen sich donnerstags die Kommunisten und dienstags die Anhänger der NSDAP, wobei Letztere deutlich zahlreicher waren als Erstere. Von meinem Fenster aus konnte ich den Alten Friedhof sehen, auf dem viele berühmte Männer begraben waren, außerdem die russisch-orthodoxe Kirche und die Statue eines behelmten Kriegers mit erhobenem Schwert. Ich kannte seinen Namen nicht, aber er gefiel mir, vielleicht weil ich mich selbst darin erkannte: ein Mann, bereit zur Tat.

Den ganzen Nachmittag zeichnete ich die Frauen unten auf der Straße. Obwohl es mir eine Muse nahm, freute ich mich immer, wenn eine von ihnen einen Kunden fand. Ich stellte mir das Essen vor, das sie sich hinterher leisten konnte, und fragte mich, ob sie bei den Männern dachte: »Da ist mein Frühstück« und »Da ist ein Schnitzel«.

Als ich später jemanden die Treppe heraufkommen und meinen Namen rufen hörte, nahm ich an, es wäre Charlotte, die mir erklären wollte, warum sie erst so spät kam. Doch als ich die Tür öffnete, stand Irmi da. »Paul«, stieß sie atemlos aus. »Wo warst du?«

»Hier«, antwortete ich. »Was ist denn los?«

»Den ganzen Tag?«

»Ja. Wieso?«

»Es ist etwas passiert. Mit Jenö und Walter. Sie haben Ärger gekriegt. Vielleicht kriegen wir alle Ärger.« Irmi sah auf meine Glatze. »Ich weiß nicht, warum ihr euch alle die Haare abrasieren musstet. Das macht alles nur noch schlimmer. Zieh dir was über, wir müssen los.«

Wir liefen die Treppe hinunter, und als wir unten auf der Straße ankamen, riss meine Vermieterin ihr Fenster auf und rief mir zu: »Schluss mit dem Lärm, Herr Beckermann! Ich dulde dieses Gepolter im Haus nicht!«

»Ja, Frau Kramer!«

Ich fragte mich, ob Jenös eigenartiges Auftauchen vor der Bäckerei etwas mit dem Ärger zu tun hatte, von dem Irmi sprach. »Wohin gehen wir?«, fragte ich sie, als ich sie eingeholt hatte.

»Zum Bauhaus natürlich.«

Vor der Dunkelheit draußen leuchtete die Kantine wie eine Bühne. Walter und Jenö saßen mit gesenkten Köpfen an demselben Tisch, wo ich Monate zuvor zum ersten Mal mit Charlotte gesprochen hatte. Charlotte und Kaspar holten sich gerade etwas zu essen aus dem Selbstbedienungsbereich. Da es noch nicht Zeit für das Abendessen war, war außer uns niemand da. Ich fühlte mich ausgeschlossen und fragte mich, was die anderen ohne mich gemacht hatten, kam mir dann aber albern vor und riss mich zusammen. »Was ist los? Hören wir mit dem Fasten auf?«

»Ich weiß es nicht«, antwortete Irmi. »Sie haben mir nur gesagt, dass ich dich holen soll.« Ich wunderte mich ein wenig, denn normalerweise ließ sich Irmi nicht zum Laufburschen machen.

»Wir haben doch gerade erst damit angefangen.« Ich dachte an das Hochgefühl am Fluss und daran, was ich vielleicht noch erleben würde. Ich wollte noch nicht aufhören.

Hier im Licht der Kantine war Jenös Gesicht besser zu sehen. Er hatte Blutergüsse am Kinn und auf der einen Wange. Morgens in der Bäckerei hatte ich nichts davon bemerkt, aber möglicherweise waren sie da noch zu frisch gewesen. Seine großen Hände, die auf dem Tisch lagen, waren aufgeschürft und ein wenig geschwollen. Vielleicht war er in eine Schlägerei geraten. Vielleicht hatte ihn jemand im Schwan provoziert. Vielleicht sogar einer von Steiners Männern. Walter war vollkommen unversehrt.

»Jenö, was ist passiert?«

Charlotte stellte einen Teller vor sich hin, setzte sich und begann zu essen.

»Charlotte, was ist los? Was ist mit dem Fasten?«

Wir sahen alle zu, wie sie ihren Eintopf löffelte. »Befehl vom Direktor«, sagte sie. »Wir müssen essen.«

»Der Direktor hat uns das Fasten verboten?«

»Er will nicht, dass wir mit diesen ›Albernheiten‹ weitermachen. Das Fasten ist beendet.«

»Aber es fing gerade an, spannend zu werden.«

Charlotte blickte zu Walter. »Erklär du es ihm.«

Walter rutschte auf seinem Stuhl hin und her, und erst da fiel mir auf, dass er anders aussah. Sonst lief er immer mit stolz erhobenem Kopf herum, als gehörte ihm halb Weimar, aber jetzt wirkte er ziemlich kleinlaut. »Es gab einen Vorfall im Badehaus«, sagte er und rückte sein Besteck gerade. »Tut mir leid, wenn ich mich wiederhole. Die anderen haben es alle schon gehört.«

»Warum habt ihr mich denn nicht eher geholt?«

»Zu beschäftigt«, sagte er. »Egal, ich mach's kurz. Jenö ist in der Sauna ohnmächtig geworden. Da drin war es natürlich sehr heiß, und wir hatten wegen des Fastens nichts im Magen.«

»Du bist ohnmächtig geworden?«

Jenö gab nur einen unverständlichen Laut von sich. Seltsam, er schien mir gar nicht der Typ zu sein, der einfach umkippte. Ich schon, wenn ich Blut sah, aber doch nicht Jenö, dieser Schrank von einem Kerl.

»Ich bekam ihn nicht von der Stelle«, fuhr Walter fort. »Deshalb habe ich um Hilfe gerufen. Ein Mann kam herein und versuchte, Jenö mit Ohrfeigen wach zu kriegen, und als Jenö zu sich kam, dachte er wohl, er würde angegriffen. Jedenfalls gab es ein Gerangel.«

»Wie sieht der andere aus?«

»Schlimmer als ich«, sagte Jenö. Vielleicht tat ihm das Gesicht weh, und deshalb erzählte Walter die Geschichte. »Viel schlimmer.«

»Wann ist das passiert?«

»Letzte Nacht«, sagte Jenö.

»Um wie viel Uhr?«

»Spät.«

»Wann genau?«

»Warum ist das wichtig?«, fragte Kaspar, der es offensichtlich genoss, endlich wieder ganz offen essen zu können.

»Gegen Mitternacht«, sagte Walter. »Der Mann heißt Sommer. Er wohnt über der Schusterwerkstatt Reinhardt.«

Jenö tippte mit den Fingern auf den Tisch. »Kann sein, dass er Anzeige erstattet.«

»Aber es gibt doch keine Zeugen, oder?«, wandte Charlotte ein.

»Wem wird der Richter wohl glauben – einem gestandenen Bürger oder einem Studenten? Außerdem wäre es nicht sehr ehrenhaft, mich herauszureden. Ich habe ihm Verletzungen zugefügt, also bin ich auch verantwortlich.«

»Der Direktor spricht mit Herrn Sommer«, sagte Walter. »Er will versuchen, ihn zu überreden, keine Anzeige zu erstatten.«

»Es tut mir so leid«, brach es aus Jenö heraus. »Mir ist einfach die Sicherung durchgebrannt.«

Walter legte seine Hand auf Jenös. Es war das erste Mal, dass ich so eine Berührung zwischen zwei Männern sah. »Das lag an der Ohnmacht«, sagte er. »Natürlich hattest du nicht die Absicht, ihn zu verletzen.«

Jenö sah ihn forschend an. »Trotzdem. Das ist keine Entschuldigung.«

»Du bist ja ziemlich ungeschoren davongekommen«, sagte ich zu Walter.

»Was hätte ich denn tun sollen?« Er blickte auf seine Hände. »Ich bin wohl kaum der Typ für eine Prügelei.«

»Und was machen wir jetzt?«, fragte Irmi.

»Keinerlei auffälliges Verhalten«, sagte Charlotte. »Kein Fasten. Wir sind ab sofort ganz brav, am Bauhaus und in der Stadt.«

Walter räusperte sich. »Da ist noch etwas.«

»Was denn jetzt noch?«, fragte Irmi gereizt, und ich sah, wie Charlotte ihr einen Blick zuwarf.

»Wir haben Hausarrest.«

»Was?«, sagte Kaspar. »Wir alle?«

Walter nickte. »Der Direktor hat gesagt, alle sechs. ›Meister Ittens Jünger‹ hat er uns genannt. Wir dürfen uns nur im Bauhaus und in unseren Zimmern aufhalten und nach Anbruch der Dunkelheit auch nicht mehr rausgehen. Wir haben Arrest, bis Gras über die Sache gewachsen ist.«

Kaspar warf sein Besteck auf den Tisch. »Na großartig.«

Walter senkte die Stimme. »Der Direktor fürchtet, dass es zu Vergeltungsmaßnahmen kommen könnte. Die Beziehungen zwischen der Schule und der Stadt sind nicht die besten. Ich glaube, er hat Angst, dass man uns zusammenschlägt.«

»Tut mir leid«, sagte Jenö erneut. »Das ist alles meine Schuld.«

Charlotte legte die Hände auf den Tisch. Ihr Teller war leer. Sie betrachtete Jenös Blutergüsse. »Wenn ich nicht mit dem Fasten angefangen hätte, wäre das nicht passiert. Es war eine dumme Idee.«

Ich sah, wie Walter seine Gedanken sortierte, mit Charlottes Zerknirschung hatte er offenbar nicht gerechnet. »Du kannst doch nicht dir die Schuld geben.«

»Du hast gesagt, es lag am Fasten, dass Jenö ohnmächtig geworden ist.«

Walter zuckte die Achseln. »Das Fasten, die Hitze – da sind mehrere Sachen zusammengekommen.«

»Es ist meine Schuld. Ich möchte helfen.«

»Danke, aber es gibt nicht viel, was wir tun können.«

»Was ist, wenn dieser Mann die Polizei einschaltet?«, fragte ich, um Charlotte von ihren Schuldgefühlen abzulenken.

»Dann ist hier Schluss für uns beide.«

»Was?«, rief Kaspar aus. »Das kann doch nicht sein!«

»Wir können nicht in Weimar herumspazieren und Leute zusammenschlagen, Kaspar. Das kann der Direktor nicht dulden.«

Ich stand auf. Ich hatte genug von den Diskussionen. Außerdem hatte ich keinen Hunger, und ich war nicht bereit, meine mühsam erkämpften Errungenschaften wieder aufzugeben. Es ging niemanden etwas an, was ich außerhalb des Unterrichts tat.

»Wo willst du hin?«

»Nach Hause. Wir stehen doch unter Arrest, oder?«

Ich dachte, Charlotte würde mitkommen, doch sie blieb, und so ging ich allein.

Im Türrahmen drehte ich mich noch einmal um. Aus der Distanz wirkten sie verloren und ein wenig töricht, als würde ich sie mit den Augen des Direktors oder der aufgebrachten Bürger Weimars sehen. Alle fünf starrten vor sich hin, keiner sah den anderen an. Vor kurzem noch hatten wir im Wald herumgealbert. Jetzt waren wir bedroht, und alles wegen Jenö und seinem verdammten Jähzorn.

Mit einem Mal blickte Walter zu mir, und da sah ich, wie ein verstohlener Ausdruck von Freude, ja fast Glück über sein Gesicht huschte. Da endlich begriff ich, warum Walter so anders aussah: Er hatte seine Brille nicht auf.

ZEHN

Die ganze Geschichte war seltsam. Ich hatte noch nie erlebt, dass Jenö ohnmächtig wurde, und obwohl er bisweilen recht schweigsam sein konnte, fand ich es merkwürdig, dass er sein Handeln überhaupt nicht verteidigt hatte. Er hatte sich lediglich für seine Überreaktion entschuldigt. Trotzdem ging ich davon aus, dass es ein Missgeschick war. Die Polizei würde doch sicher nicht zwei junge Kunststudenten wegen einer kleinen Schlägerei verhaften. Und so verbrachte ich den Sonntag damit, mich auf Meister Ittens Unterricht vorzubereiten.

Am nächsten Tag sollten wir die Eigenschaften von Zeitungspapier erforschen, herausfinden, in welcher Form es am belastbarsten war und wie sich das auf eine dreidimensionale Struktur übertragen ließe. Vormittags versuchte ich mich an verschiedenen Bearbeitungstechniken, probierte aus, wie ich das Papier falten, schneiden und in verschiedene Richtungen biegen konnte. Aber ich war mit meinen Gedanken nicht bei der Sache. Immer wieder dachte ich über Walters Geschichte nach. Der Vorfall hatte sich um Mitternacht ereignet, aber ich hatte Jenö erst morgens um halb fünf bei der Bäckerei gesehen. Was hatten sie dazwischen getan? Und was war mit Walters Brille geschehen?

Am Nachmittag machte ich mich auf die Suche nach meinen Freunden, aber sie waren weder im Bauhaus noch im Park, und ich nahm nicht an, dass sie ausgerechnet jetzt, wo wir brav wie die Chorknaben sein sollten, in den Wald gefahren waren, um dort herumzualbern. Und wenn doch, hätten sie mich eingeladen mitzukommen.

Ich ging zu Walter, dann zu Charlotte, doch sie waren beide nicht zu Hause. Schließlich versuchte ich es bei Irmi. Kaspar war bei ihr, aber sie sagte, die anderen hätte sie den ganzen Tag nicht gesehen. Sie sei morgens »aus einer Laune heraus« in die Kirche gegangen, und Kaspar würde rechtzeitig gehen, bevor es dunkel wurde. Ich sah hinüber zu Charlottes Zimmer, aber dort waren die Vorhänge zugezogen.

Ich machte mich auf den Heimweg und fragte mich, warum ich der Letzte gewesen war, der von der Sache erfahren hatte. Was hatte Walter gesagt? »Tut mir leid, wenn ich mich wiederhole.« Vielleicht war es einfach nur Pech, irgendjemand musste schließlich der Letzte sein.

Wie immer tauchten die Huren unten auf der Straße auf – für sie gab es keinen freien Tag –, und ich hörte Musik aus Frau Kramers Wohnung, einen Wiener Walzer, der klang, als gehörte er in ein anderes Jahrhundert. Mich überkam eine melancholische Stimmung. Alles war aus dem Gleichgewicht geraten.

Ohne Beschäftigung fühlte ich mich einsam. Ich sehnte mich danach, etwas zu essen, rief mir jedoch mein Ziel in Erinnerung: eine neue Sicht zu erlangen, einen Zustand der Transzendenz. Ich dachte, es würde mir schwerfallen einzuschlafen, aber vielleicht war ich noch müde von der Nachtschicht am Freitag, denn nach einem Schluck heißem Zitronenwasser schlief ich überraschend schnell ein.

Am nächsten Morgen fühlte ich mich so wach und klar wie schon lange nicht mehr. Ich aß eine Scheibe Brot und trank eine Tasse von Frau Kramers fadem Kaffee. Im Bauhaus würde wegen des Vorfalls im Badehaus natürlich die Gerüchteküche brodeln, und ich hatte keine Lust darauf, weshalb ich mich erst im letzten Moment auf den Weg machte.

Als ich in der Schule ankam, waren fast alle aus dem ersten Jahr bereits in der Werkstatt. Merkwürdigerweise hatte unsere Gruppe sich geteilt: Jenö, Walter und Charlotte saßen auf der einen Seite, Kaspar und Irmi auf der anderen. Ich weiß nicht, warum ich nicht zu Charlotte hinüberging und mich stattdessen zu Irmi und Kaspar gesellte.

»Dieser blöde Jenö«, sagte Irmi, als ich mich zu ihnen setzte. »Wie sich herausgestellt hat, ist dieser Sommer mit dem hiesigen Richter befreundet. Die zwei sind geliefert.«

Kaspar, der wie immer ganz in Schwarz gekleidet war, nippte an einem Kaffee. »Doch nicht wegen ein paar Faustschlägen.«

»Anscheinend ist Sommer grün und blau.«

»Wer sagt das?«

»Er war heute Morgen hier, um mit dem Direktor zu sprechen.«

»Jenö wird von seinem Vater bestimmt auf dem Hof zum Arbeiten verdammt«, sagte Kaspar. »Ich will auf keinen Fall in mein altes Leben zurück, lieber sterbe ich.« Das wunderte mich, denn Kaspar, der aus Berlin kam, schien nach allem, was er erzählt hatte, ein ziemlich aufregendes Leben gehabt zu haben, bevor er nach Weimar gekommen war. Er würde nicht zu Tee und Stollen in Dresden zurückkehren wie ich oder in irgendein westfälisches Kaff wie Walter.

»Wird Sommer zur Polizei gehen?« Ich wusste, meine Frage klang naiv, aber ich hatte wirklich nicht damit gerechnet, dass es so ernst werden würde.

»Irmi hat da eine Theorie«.

Irmi warf Kaspar einen Blick zu.

»So?«, fragte ich. »Was denn für eine?«

»Ach nichts.« Kaspars Bemerkung schien sie zu ärgern. »Nimmst du den beiden etwa ihre Geschichte ab?«

»Wieso nicht?«

»Ich habe noch nie erlebt, dass Jenö ohnmächtig geworden ist. Du ja« – sie stupste mich in die Rippen – »aber nicht Jenö.«

»Ach, Irmi«, sagte Kaspar und legte seine Hand auf Irmis. »Lass gut sein.«

Sie zog ihre Hand weg. »Paul glaubt auch nicht an den Quatsch. Stimmt's, Paul?«

»Ich habe keine Ahnung«, antwortete ich wahrheitsgemäß.

»Hat Walter noch irgendwas gesagt?«

»Nein. Ich meine, ich habe ihn seit Samstag nicht mehr gesehen.«

»Also, für mich ist das alles Kokolores.« Sie fuhr sich mit der stumpfen Seite einer Messerklinge über die Handfläche, und mir wurde ein wenig flau. »Ich glaube, in Wirklichkeit hat Walter sich geprügelt, und Jenö deckt ihn.« Und dann stieß sie ein kehliges Lachen aus und ließ das Messer fallen.

»Sieh dir Walter doch an«, sagte Kaspar trocken. »Das schmale Hemd könnte keiner Fliege etwas zuleide tun.«

Ich beobachtete die anderen eine Weile, solange Meister Itten noch nicht da war. Walter ließ Jenö nicht aus den Augen, doch der wirkte verschlossen. Seine Blutergüsse waren ein wenig blasser geworden. Charlotte hielt den Kopf gesenkt und kritzelte etwas auf ein Blatt Papier.

Meister Itten beachtete unsere Zersplitterung nicht, als er kurz darauf hereinkam. Er bat uns, die Augen zu schließen, und wir begannen wie immer mit unserer Meditation. Ich schaute, ob jemand heimlich herüberlinste, wie sonst auch, doch diesmal machte niemand mit, nicht einmal Kaspar. Er wollte sich wahrscheinlich keinen Ärger einhandeln.

Die Zeit verging nur langsam. Ich blickte mich im Raum um, doch alle saßen reglos da. Ich hatte den seltsamen Eindruck, wir bestünden alle aus ganz feinem Staub, und der geringste Luftzug würde uns auseinanderwehen. Wenn die Polizei Jenö holte, würde sie auch Walter holen. Wie leicht es wäre, uns aus unserer Besonderheit herauszureißen – ein paar Faustschläge, und Jenö würde wieder bei seinen Eltern auf dem Bauernhof arbeiten. Wie schnell sich all diese Schönheit auflösen könnte.

Kurz bevor der Meister sein Glöckchen schlug, schloss ich die Augen. Ich tat, als hätte ich Mühe, ins Hier und Jetzt zurückzufinden, doch Itten beachtete mich gar nicht, er sah Jenö an. »Sind Sie gestürzt, Herr Fiedler?«

Itten tat nur so arglos, bestimmt hatte er schon von dem Vorfall im Badehaus gehört. Ich nahm sogar an, dass der Direktor ihn beiseitegenommen und ihn gewarnt hatte. Keine privaten Treffen mehr und kein Fasten.

»Ja«, antwortete Jenö.

Während des Unterrichts versuchte ich immer wieder, Charlottes Blick zu erhaschen, aber sie war ganz in die Aufgabe versunken. Wir hatten eine Stunde Zeit, um aus mehreren Lagen Zeitungspapier etwas Neues zu erschaffen. Nach meinen Versuchen vom Tag zuvor entschied ich mich für ein Boot – diese Form war am besten geeignet, um die Eigenschaften des Materials zu nutzen. Alle werkelten still vor sich hin. Sogar Elena, Hannah und Eva – die drei Grazien, wie wir sie nannten – waren ruhiger als sonst und bastelten eine Art afrikanischen Hut, eine Jacke und eine dicke, klobige Halskette.

Der Meister ging im Raum umher und sprach über die Beschaffenheit des Zeitungspapiers und seine ungewöhnliche Stärke. »Wenn man es sechsmal faltet, ist es unzerreißbar. Wenn man es zusammenrollt und doppelt nimmt« – er warf Jenö einen Blick zu – »kann man damit einen Mann töten.«

Anschließend verwarf er alle unsere Schöpfungen zugunsten von Gerhards schlichter Konstruktion: Er hatte das Zeitungspapier einfach auf die Kanten gestellt. »Das ist es!«, rief Itten begeistert, sodass wir alle gleichzeitig innehielten und aufschauten. »Sehen Sie sich das an! Ein Material, das steif ist und dennoch biegsam genug, um auf seiner schmalsten Seite zu stehen. Alles andere« – sein Blick glitt über unsere Basteleien – »ist Müll.«

So viel zu meinem Boot.

»Tröste dich«, sagte Irmi. »Meins ist genauso misslungen.«

In dem Moment sehnte ich mich nach Ernst Steiners Komplimenten, und sei es für einen buttergelben Mond.

»Achtung, bitte«, sagte Itten. »Für die Gestaltungslektion nächste Woche möchte ich, dass jeder von Ihnen eine Person in voller Länge zeichnet. Der Körper endet nämlich keineswegs an der Brust. Sie dürfen Ihr Modell in so vielen – oder so wenigen! – Kleidern malen, wie Sie wollen und in jeder beliebigen Umgebung. Wir werden uns die menschliche Gestalt ansehen. Am Bauhaus geht es nicht ausschließlich um den Willen zur Abstraktion. Wir müssen uns auch den Launen des Organischen unterwerfen.«

Alle schmunzelten. Endlich einmal etwas, worin ich glänzen konnte! Das hatte die Arbeit bei Steiner bewiesen. Und ich konnte wiederum Charlotte beweisen, dass die beiden Schulen einander vielleicht doch ergänzten.

»Und jetzt bitte alles abbauen.«

Am Bauhaus wurde nichts verschwendet. Alle falteten ihre Basteleien auseinander und räumten die Zeitungen wieder weg.

Ich lächelte, als ich sah, wie Elena ihre Kette heimlich in die Tasche steckte.

Als ich die Zeitungen in den Lagerraum zurückbrachte, hörte ich, wie Kaspar zu Irmi sagte: »Jenö ist schon mal bei so was erwischt worden. In München. Deshalb zahlen seine Eltern ihm das Studium hier. Damit es nicht noch mal Ärger gibt.«

Ich trat ein wenig näher zur Tür, damit ich die beiden besser verstehen konnte. »Charlotte hat ihm in der Kantine ganz schön den Kopf gewaschen«, sagte Irmi. »Von wegen Temperament und Selbstbeherrschung.«

Sie und Kaspar blickten zu Charlotte hinüber, die am Fenster stand und zum Ettersberg hinübersah. Dann gesellte sich Jenö zu ihr, und die beiden sprachen miteinander.

»Ich habe gesehen, wie sie sich heute Nacht rausgeschlichen hat.«

»Sie hat gegen den Hausarrest verstoßen?«, fragte Kaspar.

»Ja. Und sie ist nicht Richtung Bauhaus gegangen.«

»Hast du ihr etwa nachspioniert?«

»Nein, ich stand einfach zufällig am Fenster. Sie hatte eine große Tasche bei sich und einen Hut mit breiter Krempe auf. Wo mag sie wohl hingegangen sein?«

»Warum könnt ihr Walter nicht einfach glauben?«

»Mein lieber Kaspar«, sagte Irmi und kniff ihn in die Wange. »Du solltest weniger naiv sein und dich mehr für die Wahrheit interessieren.«

»Wie Nietzsche schon sagt: ›Die Wahrheiten sind Illusionen, von denen man vergessen hat, dass sie welche sind.‹«

»Ach, geh zurück ins Bett, du Schlaumeier.« Irmi stieß Kaspar mit dem Ellbogen in die Seite, gab ihm dann aber einen Kuss.

In dem Moment kam Walter in den Lagerraum. »Dummer Walter«, sagte er. »Hat wieder nicht zugehört.« Über seinem Arm hingen Streifen aus Zeitungspapier. Itten hatte ihn zurechtgewiesen, weil nicht die Rede davon gewesen war, das Material zu verändern. »Glaub ihnen nicht, was sie über Jenö sagen. Er wollte Sommer nicht schlagen. Es war ein Versehen.«

»Sie sagen, er hatte zu Hause schon mal Ärger wegen eines ähnlichen Vorfalls.«

»Selbst wenn das stimmt, diesmal wollte er mich verteidigen.«

»Gegen wen?«

»Keine Ahnung – er hat sich in seiner Ohnmacht wohl irgendwas eingebildet.«

Wir kehrten wieder in die Werkstatt zurück. Meister Itten war bereits gegangen.

»Meinst du, dieser Sommer erstattet Anzeige?«

»Hoffentlich nicht«, sagte Walter. »Das wäre schrecklich.«

Ich konnte nachvollziehen, wie er sich fühlte. Wäre es um Charlotte gegangen, wäre ich völlig außer mir gewesen.

Als ich zum Fenster hinübersah, war Charlotte verschwunden, und Jenö war ihr offenbar gefolgt. Ich wollte Walter – den unverletzten, unbebrillten Walter – zu einem Kaffee einladen, um aus ihm herauszubekommen, was wirklich im Badehaus passiert war, aber bis ich meine Sachen zusammengepackt hatte, war er ebenfalls fort.

ELF

Die ersten Abende unter Hausarrest waren sehr öde, zumal ich auch weiterhin fastete. Gerüchten zufolge waren ein paar Schläger in der Stadt unterwegs, um Herrn Sommer zu rächen, und so sahen wir nach dem Unterricht brav zu, dass wir nach Hause kamen. Keiner von uns wollte, dass es noch mehr Ärger gab. Vor allem Jenö war sehr daran gelegen, den Hausarrest einzuhalten, und er ging manchmal schon, bevor der Unterricht zu Ende war.

Es war seltsam, mit einem Mal so viel allein zu sein, nachdem wir zuvor jede freie Minute zusammen verbracht hatten. Da ich nicht wusste, was ich sonst tun sollte, machte ich meine Atemübungen, stach mir ein paar Akupunkturnadeln in die Beine (um die Gifte auszuleiten, wie Meister Itten uns geraten hatte) und stellte mir vor, wie Charlotte in ihrem kerzenbeleuchteten Zimmer dasselbe tat.

Der Hunger war ein ständiger Begleiter. Doch obwohl er mich unablässig quälte, erschöpfte er mich erstaunlicherweise nicht, sondern gab mir Energie. Oft hatte ich das Gefühl, vor Schaffenskraft zu vibrieren, als könnte ich die ganze Stadt erobern.

Und ich war überzeugt, dass ich dank dieser besonderen Wahrnehmung bald auch Walters Geschichte durchschauen würde. Genau wie Irmi glaubte ich den Unsinn mit Jenös Ohnmacht im Badehaus nicht. Dafür gab es zu viele Unstimmigkeiten: Walters Brille, die verschwunden war, über die er aber kein Wort verlor; die Stunden zwischen Mitternacht und halb fünf Uhr morgens, als Jenö an der Bäckerei vorbeigegangen war, und dann Charlottes seltsamer Ausflug Sonntagnacht, mit Hut und Tasche, wie die Karikatur eines Grabräubers. Ob ihr schlechtes Gewissen sie umtrieb? Schließlich war das mit dem Fasten ihre Idee gewesen. Und hatte sie nicht selbst gesagt, sie sei besessen gewesen von Margarete von Cortona, einer heiligen Büßerin? Ich beschloss, sie in Ruhe zu lassen. Wenn sie sich irgendetwas in den Kopf gesetzt hatte, war es besser, sich nicht einzumischen.

Am Mittwoch hörte ich die frohe Botschaft, dass Sommer nicht Anzeige erstatten würde. Walter und Jenö waren morgens in das Büro des Direktors zitiert worden, und der hatte ihnen erklärt, es werde stattdessen ein Schultribunal geben. Alle drei würden gehört: Herr Sommer, Herr König und Herr Fiedler. Und er selbst werde das Tribunal leiten, kein Richter oder Vertreter der Stadt.

Alle staunten, dass die Androhung einer Anzeige so schnell vom Tisch war. In Windeseile sprach es sich herum: Jenö und Walter würden nicht ins Gefängnis kommen! Der Direktor würde sie vernehmen, und hielt der nicht gerade Jenö für einen guten, zuverlässigen Studenten, der bleiben sollte? In den Werkstätten, in den Unterrichtsräumen und im Prellerhaus waren alle überzeugt, dass Walter und Jenö und auch das Bauhaus als solches unbeschadet aus der Geschichte herauskommen würden.

Noch war das Ganze nicht vom Tisch, aber so erleichtert, wie Walter an dem Morgen in der Kantine aussah, schien sich die Zukunft wieder in hellen Farben darzustellen. Er wirkte viel munterer als die ganze Woche davor. »Es wird sich alles regeln«, sagte er.

Beim Frühstück – das ich nicht anrührte – diskutierten wir darüber, wie Jenö und Walter sich vor dem Tribunal äußern sollten. Da war die Frage, ob sie sagen sollten, dass die Anregung zum Fasten von Meister Itten und somit aus der Lehrerschaft gekommen war; ob Jenö den Vorfall in München erwähnen sollte, für den Fall, dass der Direktor davon Wind bekommen hatte; und dass sie Herrn Sommer mit äußerster Höflichkeit und Ehrerbietung gegenübertreten und sich in aller Form bei ihm entschuldigen sollten, und zwar so, dass der Direktor es mitbekam. Jenö würde die Schuld auf sich nehmen, doch letzten Endes hing alles von der Entscheidung des Direktors ab. Jenö war ein guter Student, aber er war auch einer von Ittens Anhängern, und es war durchaus denkbar, dass der Direktor die Gelegenheit nutzen würde, um die Schule von diesen exzentrischen Elementen zu befreien, die ihm schon länger ein Dorn im Auge waren.

Charlotte fragte mich, ob ich nicht begeistert sei. Natürlich, erwiderte ich, sie würden das Tribunal sicher mit Bravour meistern. Ich wollte ihr nicht sagen, dass mir die Aussicht, Jenö zu verlieren, zunehmend attraktiver erschien und ich mich im Lauf der vergangenen Woche gefragt hatte, ob es nicht besser wäre, wenn er Weimar verließ. Wenn er so etwas schon einmal getan hatte, könnte es ja vielleicht wieder passieren, und dann würde er unsere Clique womöglich in noch größere Gefahr bringen. Doch solche Gedanken gehörten sich nicht, und ich schob sie beiseite. Jenö war mein Freund. Ich sollte auf seiner Seite stehen. Charlotte musterte mich argwöhnisch, dann stand sie auf und ging hinaus.

»Hast du keinen Hunger?«, fragte Irmi mich, als die Diskussion um das Tribunal abebbte.

»Nein, im Moment nicht.«

»Du solltest trotzdem etwas essen. Damit du bei Kräften bleibst.«

»Was machst du eigentlich während des Hausarrests?«

»Ich? Ich sticke Zierkissen.« Das war ein Scherz. Irmis Webarbeiten waren modern und geometrisch und so beeindruckend wie Wolkenkratzer. »Und du?«

»Ach, nichts Besonderes. Ich zeichne viel.«

»Und du fastest nicht mehr?«

»Nein, ich esse wieder ganz normal.«

»Danach sieht's aber nicht aus.«

Ich wollte schon widersprechen, doch dann bemerkte ich, wie Irmi mit seltsamer Miene zu Charlotte hinübersah, die draußen am Fenster vorbeiging.

»Was ist?«

Sie zögerte. Dann sagte sie: »Ich kann von meinem Zimmer aus das Haus sehen, in dem Charlotte wohnt.«

»Und?«

»Sie verstößt gegen den Hausarrest. Sie hat sich gestern im Dunkeln rausgeschlichen, mit einem Hut auf dem Kopf und einer großen Tasche. Weißt du, wohin sie gegangen ist?«

»Keine Ahnung. Wahrscheinlich an denselben Ort wie am Sonntag.«

»Hast du sie etwa auch gesehen?«

»Nein, aber ich habe gehört, wie du Kaspar davon erzählt hast. Bist du ihr nicht nachgegangen?« Die Frage sollte eigentlich ein wenig scherzhaft klingen, kam jedoch ganz ernst heraus.

»Ich spioniere ihr doch nicht nach, Paul.«

»Das wollte ich damit auch gar nicht sagen.«

Jenö und Kaspar standen auf und machten sich auf den Weg zum Prellerhaus, und Walter hatte auch fast fertig gefrühstückt.

Irmi senkte die Stimme. »Ich habe keine Lust, mir Ärger einzuhandeln. Wenn sie einen Rauswurf riskieren will, ist das ihre Sache, aber ich setze mein Studium nicht für Jenö und Walter aufs Spiel. Fragst du sie?«

»Was denn?«

»Wohin sie geht. Aber sag ihr nicht, dass du es von mir weißt, ja?«

»Wie soll ich das denn anstellen?«

»Weiß ich nicht«, sagte sie. »Dir fällt schon was ein.«

»Paul?«, unterbrach Walter uns. Sein Blick wanderte zwischen Irmi und mir hin und her. »Meinst du, ich könnte auch mal in diesem Atelier arbeiten?«

»Brauchst du Geld?«

Irmi packte ihre Sachen zusammen und stand auf.

»Nur ein paar Extraausgaben«, erwiderte Walter leichthin. »Wegen der Sache mit Sommer.«

»Aber ohne Brille kannst du doch nicht malen, oder?«

Walter sah mich überrascht an. Auch Irmi hielt inne. Dieses Ass hatte ich seit dem Wochenende im Ärmel gehabt.

»Ich kann nur in der Ferne schlecht sehen. Malen ist kein Problem.«

»Dann treffen wir uns morgen Abend um halb zwölf vor dem Soldatendenkmal.«

»Was ist mit dem Hausarrest?«, fragte Irmi.

»Um die Zeit erwischt uns bestimmt keiner.«

»Seid vorsichtig, ja? Nicht, dass es noch eine Schlägerei gibt.«

Walter war schon halb aus der Kantine. »Kommst du?«

»Nein«, erwiderte ich. »Ich muss erst noch was erledigen.«

Er zuckte die Achseln, und dann ließen er und Irmi mich allein. Das Fasten hatte sich gelohnt: Morgens beim Aufwachen hatte ich eine Eingebung gehabt. Ich wusste nicht, ob es an meinem unruhigen Schlaf gelegen hatte oder am Hunger, aber als ich zu Charlottes Laterne mit ihren kleinen Kammern hinaufgeblickt hatte, die über mir schwebte, war mir plötzlich klar geworden, was ich tun musste. Wenn Walter ohne Brille herumlief, dann war sie vielleicht noch im Badehaus, und er traute sich nicht, selbst dorthin zu gehen, um sie zu holen. Und wenn er am nächsten Tag mit ins Atelier kommen wollte, umso besser. Dann würde ich ihm auf dem Weg dorthin seine Brille zurückgeben – im Austausch gegen die Wahrheit. Und dann würde ich endlich wissen, was wirklich passiert war.

Durch das Fasten war mein Geruchssinn empfindlicher geworden. In meinem Zimmer roch es stärker nach Mäusen, die Gerüche in der Kantine erschienen mir abwechselnd widerwärtig und köstlich, die Pigmente in Kandinskys Unterricht rochen nach dem schilfumwachsenen See bei Moritzburg, wo ich früher mit meinen Eltern Urlaub gemacht hatte, und hier im Badehaus hing ein unangenehmer Geruch nach Chemikalien in der Luft. Ich hatte auf eine klarere Sicht gehofft, nicht auf eine empfindlichere Nase.

Ich war vorsichtig. Dies war der Ort des Geschehens, und wenn man mich hier erwischte, würde es eine Menge Ärger geben. Womöglich fand mich sogar Herr Sommer, der sicher nichts dagegen hätte, seinen Zorn an einem Mann auszulassen, der deutlich schwächer war als Jenö Fiedler.

In der Umkleide setzte ich mir eine Schiebermütze auf, um meine Glatze zu verbergen, und zog meine Badehose an. Ein paar Männer sahen misstrauisch zu mir herüber, sagten aber nichts, und ich ging weiter zum Schwimmbad. Das Tageslicht spiegelte sich hell im Wasser, und ich musste an den unvermittelten Sonnenstrahl am Fluss denken, der Charlottes Hand in meine geführt und einen breiten Weg in mein Herz geöffnet hatte. Sie hatte mir in den letzten Tagen gefehlt. Ich würde später zu ihr gehen und sie fragen, ob wir Meister Ittens Ganzkörperporträt gemeinsam angehen wollten.

Ich ging eine schmuddelige Hintertreppe hinunter, in der Hoffnung, dass sie mich zur Sauna führen würde und dass mir niemand folgte. Zu meiner Erleichterung bestätigte sich beides.

Die Saunatür hatte eine Glasscheibe, und einen Moment lang blieb ich davor stehen und stellte mir vor, ich wäre Sommer, der zu den beiden Männern hineinsah. Jenö hatte bewusstlos am Boden gelegen, und Walter, der in einer Notlage zu nichts zu gebrauchen war, war vermutlich hektisch um ihn herumgesprungen. Sommer hatte die Tür geöffnet, um Jenö zu helfen, aber sofort eine Faust ins Gesicht bekommen, als dieser wieder zu sich gekommen war, und Walter hatte Jenö wahrscheinlich zugerufen, er solle aufhören. Vielleicht hatte Walter auch auf der Bank gesessen, in sicherem Abstand zu den beiden anderen. Aber wenn er nicht in den Kampf verwickelt gewesen war, wie hatte er dann seine Brille verloren?

Ich drückte die Tür auf, setzte mich, für den Fall, dass mich jemand sehen konnte, und nahm die Schiebermütze ab. Ich fragte mich, wie gefährdet ich war. Falls jemand hereinkam, würde er mich als Bauhäusler erkennen und mir eine Lektion erteilen? Es war still, nur die Holzbänke knackten, und die Luft war heiß und trocken. Was für ein seltsamer Ort für eine Prügelei.

Wie groß Jenös Körper in diesem engen Raum gewirkt haben musste. Und wie gern Walter ihn bestimmt erforscht hätte. Was hatte Jenö sich dabei gedacht, allein mit Walter hierherzukommen? Da Walter nicht schwimmen konnte, hatten sie nur in die Sauna gehen können. Jenö wusste, dass sie nackt und überdreht vom Fasten sein würden. Wenige Stunden später war er draußen an der Bäckerei vorbeigegangen, mit einem verlorenen, gequälten Ausdruck auf dem Gesicht.

Die Tür ging auf, und ein Mann kam hereingewatschelt. Er warf einen Blick auf meine Glatze, nickte mir aber zu und setzte sich hin. Ich lächelte und erwiderte den Gruß. Als die Tür zuschwang, blitzte etwas unter der gegenüberliegenden Bank auf.

Ich wusste bereits, was dort lag. Ich stand auf, ging hinüber und bückte mich. Das blitzende Objekt war Walters Hornbrille. Eines der Gläser hatte einen Sprung. Der Mann starrte mich an, er fragte sich offensichtlich, was ich da tat. Ohne nachzudenken, setzte ich Walters Brille auf, als wäre es meine.

ZWÖLF

Vor dem Krieg hat meine Familie immer am Obersee Urlaub gemacht. Jeden Sommer sind wir mit dem Zug von Dresden über Nürnberg und München nach Berchtesgaden gefahren und von dort aus mit der Ausflugsbahn zum See, mein Vater stets voller Sorge, ob wir den Anschluss bekommen würden, meine Mutter, die oft geistesabwesend wirkte, schicksalsergeben mit mir auf dem Schoß. Ich wollte ihr so nah wie nur möglich sein, ihr Haar streicheln und meine Wange an ihre drücken, und sie stundenlang für mich zu haben war pure Glückseligkeit. Peter fand das abstoßend. Am Tag nach unserer Ankunft (aus irgendeinem Grund, der uns nie erklärt wurde, durften mein Bruder und ich nie sofort hinunter an den See) fuhren wir mit einem Boot hinaus, das mein Vater gemietet hatte.

Dieser See hat etwas Beunruhigendes an sich. Durch die spezielle Zusammensetzung des Wassers ist die Oberfläche außergewöhnlich glatt, sodass sich die Berge und Bäume darin spiegeln und die Trennlinie zwischen Original und Spiegelung kaum zu erkennen ist. Diese Verflüssigung der Welt löste in mir ein Schwindelgefühl aus, alle Orientierungslinien schienen zu wabern und zu schwanken. Deshalb wollte meine Mutter auch nie mit ins Boot. Sie sagte, der glasklare See mit seinen geisterhaften Reflexionen und seiner geradezu unwirklichen Vollkommenheit sei ihr unheimlich.

Die Schönheit des Obersees ist ziemlich kitschig. Mit seinen leuchtenden Farben würde er jemandem wie Ernst Steiner sicher gefallen. Dennoch erinnere ich mich mit einer gewissen Wehmut daran, denn nachdem mein Bruder in den Krieg gezogen war, sind wir nie wieder dorthin gefahren, und so ist der See für mich im Rückblick ein Ort der Unschuld, unberührt von Schmerz und Verlust.

Als ich vom Badehaus zurück in die Stadt radelte, verwandelte sich Weimar in eine Art Obersee. Die Häuser wichen schwankend zurück, und die Adler und Putten lösten sich von den Mauern. Ich hatte immer noch den Schwimmbadgeruch in der Nase, als wäre die Stadt mit Chlorwasser geflutet. Wie damals auf dem Boot am Obersee war ich mir nicht sicher, ob mein Fuß auf festen Boden treffen würde.

Da ich Angst hatte, vom Rad zu fallen, stieg ich am Frauenplan ab. Vor meinen Augen begann alles zu flirren. Vielleicht war genau das mit Jenö passiert. Eine forsche Fahrt mit dem Rad, die Hitze der Sauna, der Nahrungsentzug – ja, das genügte, um einen Mann ohnmächtig werden zu lassen. Ich griff in die Tasche, um mich zu vergewissern, dass Walters Brille noch da war, und hielt sie fest.

Ich hörte, wie jemand meinen Namen rief. Kaspar kam, ebenfalls mit seinem Rad, auf mich zu. Ich musste mir Mühe geben, ihn deutlich zu erkennen. Als er näher kam, sah ich, dass er ein Seil dabeihatte und trotz der Kälte keine Jacke trug.

»Ist alles in Ordnung?«, fragte er. »Du bist ganz blass.«

»Vielleicht habe ich es im Schwimmbad ein bisschen übertrieben.«

»Du verstößt doch nicht gegen die Anordnungen des Direktors, oder?«

»Ich bin nur außer Atem.«

In der Tat fühlte ich mich schon allein dadurch, dass ich mit jemandem sprach, etwas besser.

Kaspars Blick war freundschaftlich besorgt, aber auch ein wenig streng. Seine Kleider waren mit Sägemehl bestäubt. Ich beneidete ihn um sein dichtes Haar. »Ich glaube, es ist keine gute Idee weiter zu fasten, nach allem, was mit Jenö passiert ist. Wir können keinen weiteren Ärger gebrauchen. Nicht, dass du auch noch umkippst.«

»Ich hab doch gesagt, mir geht's gut.«

Er glaubte mir offensichtlich kein Wort, verkniff sich aber jeden weiteren Kommentar. »Warum warst du nicht im Unterricht?«

»Ich hatte etwas zu erledigen. Woher weißt du eigentlich, dass Jenö in München in eine Schlägerei verwickelt war?«

»Ich weiß es nicht mehr genau. Was wolltest du denn im Schwimmbad?«

»Mir anschauen, wo es passiert ist.« Ich überlegte, ob ich Walters Brille erwähnen sollte, ihn fragen, wie Walter das alles so genau schildern konnte, wenn er nur verschwommen sah, aber dann erinnerte ich mich an seine Ermahnungen vom Montag.

»Was gibt's denn da zu schauen?«

»Walters Geschichte kam mir einfach komisch vor. Dir nicht?«

»Nein«, sagte Kaspar, aber er hatte ja Jenö an dem Morgen auch nicht gesehen. »Du und Irmi, ihr solltet die beiden am Samstag lieber unterstützen, anstatt Detektiv zu spielen.«

»Na klar.« Ich wurde rot, weil ich mich ertappt fühlte. »Was ist denn am Samstag?«

»Das Tribunal natürlich.«

»Ach ja.« Wo hatte ich nur meinen Kopf? »Es ist wirklich toll, dass es keine Anzeige gegeben hat.«

Er sah mich an, als würde er mir nicht glauben, doch dann

sagte er nur, er werde jetzt zur Müllhalde fahren. »Und wo willst du hin?«

»Zu Charlotte.«

»Oh, ich glaube, die ist noch im Bauhaus zusammen mit den anderen. Sie feilen an der Verteidigungsstrategie. Alle freuen sich natürlich, dass die beiden nicht ins Gefängnis müssen, aber sie sollten nicht vergessen«, sagte er ernst, »dass sie noch nicht aus dem Schneider sind.« Damit schwang er sich auf sein Rad und fuhr davon.

Unser Gespräch hatte die Welt beruhigt, die Stadt lag wieder reglos und friedlich da. Vor dem Fürstenhaus stand ein Gewerkschaftsführer und rief zum Kampf auf, und ein paar andere Männer wärmten sich an einem Kohlenfeuer. Charlottes Zimmer lag ganz oben in einem rosenholzfarbenen Haus an der Ecke des Platzes. Bevor ich ins Haus trat, blickte ich zur anderen Seite hinüber, um zu sehen, ob Irmi an ihrem Fenster stand und mich beobachtete, wie sie Charlotte beobachtet hatte, aber da drüben war niemand.

Die Vermieterin zuckte nur die Achseln, als ich fragte, ob Charlotte da sei, und ich beschloss, einfach hochzulaufen und nachzusehen. Doch auf mein Klopfen kam keine Antwort, und als ich an der Tür lauschte, hörte ich nur ein leises Klappern. Charlotte und ich gingen ungehindert beieinander ein und aus, aber ich fühlte mich immer ein wenig unwohl, wenn ich allein ihr Reich betrat.

Im Zimmer war niemand. Auf dem Tisch lagen jede Menge Lappen und Farben. Daneben war eine Staffelei aufgebaut, mit einem Stuhl davor. Überall lagen rührende Zeugnisse ihres mangelnden Geschicks am Webstuhl, was mich überraschte, denn ich hatte angenommen, sie hätte das Weben ganz aufgegeben. Mein Blick fiel auf eine Tabaksdose mit Akupunkturnadeln, und ich fragte mich, ob sie genau wie ich immer noch fastete. Ich stellte mir vor, wie sie hier im warmen Schein der Kerzen saß und die Nadeln in ihre Haut stach.

Das Klappern kam von einem der Fensterläden, der sich gelöst hatte. Ich machte ihn wieder fest und setzte mich auf den Stuhl. Dann nahm ich Walters Brille aus der Tasche, betrachtete das gesprungene Glas und überlegte, was ich sagen sollte, wenn ich sie ihm zurückgab. Würde sie ein Geschenk sein oder ein Stachel?

Nach einer Weile suchte ich mir ein Stück Papier, um Charlotte eine Nachricht zu hinterlassen. Auf der Rückseite hatte sie in ihrer ausladenden, unordentlichen Schrift Zahlen notiert, große Summen, in den Hunderttausenden. Meister Itten hatte sie einmal wegen ihrer Schrift aufgezogen und gefragt, wie man den Schülern in Prag das Schreiben beibrachte. Wenn man die Schrift sah, kam man gar nicht auf die Idee, dass es ihre sein könnte, so wenig passten beide zusammen. Ich schrieb kurz ein paar Worte, fragte sie, ob wir uns zusammen an Ittens Porträtaufgabe versuchen wollten, und legte ihr den Zettel auf den Fußboden bei der Tür.

Doch gerade als ich gehen wollte, hörte ich Schritte die Treppe heraufkommen, und bevor ich den Zettel wieder aufheben konnte, kam Charlotte herein. Sie schrak zusammen, als sie mich sah, und wurde rot. »Oh, Paul!«

Hinter ihr stand Jenö. »Hallo«, sagte er und folgte ihr pfeifend, als hätte er gerade eine prächtige Neuigkeit erfahren – was ja in gewissem Sinne auch stimmte. In Charlottes Augen lag ein eigentümliches Funkeln.

»Wir waren in der Schule …«

»… und da habt ihr euch eine Verteidigungsstrategie überlegt«, ergänzte ich.

Sie warf mir einen merkwürdigen Blick zu. »Genau.«

Ich wollte wissen, was los war, aber ich wollte nicht fragen müssen. Sie stand mit dem Absatz auf meinem Zettel. Jenö ging zum Ofen und fächelte Luft auf die fast erloschene Glut. Eine kleine Flamme loderte auf. Jenö, der Zauberer.

»Hast du Angst vor dem Tribunal?«, fragte ich ihn.

Es war fast komisch, wie ernst sie beide mit einem Mal wurden.

»Natürlich hat Jenö Angst davor«, antwortete Charlotte, als wäre er nicht in der Lage, selbst etwas dazu zu sagen. An ihrer Nasenwurzel erschien wieder die kleine Falte. »Er wusste ja gar nicht, was los war, als er zu sich kam. Das Gefühl kennst du doch bestimmt.«

»Klar«, sagte ich, obwohl ich ihr kein Wort glaubte. Wenn ich aus einer Ohnmacht erwachte, hatte ich kaum genug Kraft aufzustehen, geschweige denn, jemanden grün und blau zu schlagen.

»Sag mal, kannst du Walter für Samstag etwas zum Anziehen leihen? Er kann sich keinen neuen Anzug leisten, und du hast ungefähr dieselbe Größe.«

»Meinetwegen.«

Jenö ließ sich auf den Stuhl vor der Staffelei fallen. Er sah überhaupt nicht so aus, als hätte er Angst, im Gegenteil, er blickte verträumt hinunter auf den Park. Charlotte trat an die Staffelei, blätterte in dem Skizzenblock, der darauf stand, und verwischte mit dem Finger ein paar grüne Kreidestriche. Sie betrachtete die Zeichnung kurz, dann nahm sie sie und knüllte sie zusammen. Jenö runzelte die Stirn.

Ich berührte Walters Brille in meiner Tasche, strich über die schmalen Rundungen. »Ich war Samstagmorgen beim Bäcker, Jenö. Dem beim Bahnhof.«

Neugier huschte über Charlottes Gesicht, aber sie versuchte, sich nichts anmerken zu lassen.

»Du bist daran vorbeigegangen. Ich kam gerade vom Atelier.«

»Ich konnte nicht schlafen«, sagte Jenö nach kurzem Zögern. »Ich war zu durcheinander.«

»Das ist nicht weit von der Schusterwerkstatt entfernt.«

»Ja, ich wollte mit Sommer reden.«

»Wirklich?«, fragte Charlotte. »Davon hast du mir gar nichts erzählt.«

»Morgens um halb fünf?«

Ich wollte aus ihm herauskriegen, was er verschwieg, aber ich wusste nicht wie. Beim Hereinkommen waren die beiden bester Laune gewesen, jetzt wirkte Jenö nervös und wachsam. Ich sah, wie er schluckte. »Ich bin hingegangen, um mich zu entschuldigen.«

»So was musst du mir doch erzählen«, sagte Charlotte. »Wir dürfen keine Geheimnisse voreinander haben.«

»Und wie hat Sommer reagiert?«

»Er hatte natürlich keine Lust, lange mit mir zu reden. Ich habe ihm nur gesagt, dass es mir sehr leidtut.« Er breitete in einer schuldbewussten Geste die Hände aus. »Dass ich durch die Ohnmacht verwirrt war und nicht klar denken konnte.«

»Ausgezeichnet!«, sagte Charlotte.

Sie verschwand in der Küche. Jenö und ich versanken in unbehaglichem Schweigen. Er schloss die Augen, während ich immer noch etwas unbeholfen bei der Tür stand. Als Charlotte zurückkam, wirkte sie erfrischt, und ihr Blick war energischer. Sie massierte sich den Kopf. Ich sah, wie die Haut mit den kurzen Stoppeln sich auf dem Schädel bewegte. »Sag mal, können die in dem Atelier, wo du arbeitest, noch jemanden gebrauchen?«

»Ich glaube nicht, dass Steiner Frauen einstellt.«

»Es geht nicht um mich, sondern um Walter. Er braucht Geld.«

»Er hat mich schon gefragt. Wir fahren morgen Abend zusammen hin.«

»Oh, gut.«

»Du warst doch vorher so dagegen.«

»Not kennt kein Gebot«, sagte sie lächelnd.

Ich sah zu Jenö, der immer noch die Augen geschlossen hatte. Dann begriff ich, dass er eingeschlafen war.

Charlotte lachte. »Hast du so was schon mal erlebt?«

Was sollte ich tun? Ihn aufwecken? Raustragen? Auch wenn es mir nicht passte, ich würde ihn hierlassen müssen. »Du fehlst mir«, sagte ich, ohne darauf einzugehen. »Wir haben uns die ganze Woche nicht gesehen. Es ist nicht deine Schuld, dass Jenö ausgerastet ist.«

»Ich will einfach nicht, dass die beiden gehen müssen. Und ich fühle mich verantwortlich. Wenn ich das mit dem Fasten nicht vorgeschlagen hätte …«

»… wäre er nicht ohnmächtig geworden, ich weiß. Du fastest doch nicht immer noch, oder?«, fragte ich scheinheilig. »Nach allem, was passiert ist, ist das vielleicht keine gute Idee.«

»O nein. Ich habe ein riesiges Butterbrot zu Mittag gegessen«, erwiderte sie mit fröhlichem Lachen, und ich glaubte ihr.

»Meinst du, Sommer verlangt eine Entschädigung? Ist das der Grund, warum Walter Geld braucht?«

»Das wäre noch die beste Lösung.«

»Und was wäre die schlechte?«

»Dass sie beide von der Schule fliegen«, sagte sie, nun wieder ernst. Sie sah zum schlafendenden Jenö hinüber. »Verstehst du denn nicht? Die ganzen letzten Tage war es, als würde dich das überhaupt nicht kümmern.«

»Wie kannst du so etwas sagen, Charlotte? Ich nehme Walter morgen mit ins Atelier. Ich leihe ihm einen Anzug. Ich helfe, so gut ich kann.«

»Das meine ich nicht. Du wirkst so gleichgültig.«

Ich wollte ihr sagen, dass ich nicht gleichgültig war, sondern misstrauisch. Dass mir die ganze Geschichte komisch vorkam. Aber damit hätte ich sie nur gegen mich aufgebracht. »Das Letzte, was ich will, ist, dass Jenö gehen muss.«

»Dann benimm dich auch so. Tu so, als würde es dir etwas ausmachen.«

»Woher willst du wissen, ob es mir was ausmacht? Wir sehen uns ja kaum noch.«

»Tut mir leid«, sagte sie und blies die Backen auf. »Ich will das alles einfach nur hinter mir haben.«

»Der Hausarrest ist ganz schön einsam.«

»Ach, Paul, es waren doch bloß ein paar Abende.«

Ich nahm ihre Hand. »Was soll ich denn ganz allein machen?«

»Dir wird schon was einfallen.«

»Wo gehst du hin? Im Dunkeln, mit deiner Tasche und dem Hut?«

»Spionierst du mir etwa nach? Das würde bedeuten, dass du auch gegen den Hausarrest verstößt.«

Ich zuckte die Achseln. »Mir war langweilig«, log ich, um Irmi nicht zu verraten.

»Ich gehe nirgendshin. Sag Irmi, sie soll sich um ihren eigenen Kram kümmern.«

So viel dazu. »Kannst du heute Abend kommen? Mir Gesellschaft leisten?«

In dem Moment stieß Jenö ein lautes Schnarchen aus.

Sie lachte. »Ja, wenn ich es schaffe, ihn wach zu kriegen. Sonst morgen.«

»Morgen bin ich bei Steiner. Mit Walter.«

»Tja. Uns fällt schon was ein.«

Ich gab ihr zum Abschied einen Kuss, und da merkte ich, dass sie nach Kneipe roch. Ich war so perplex, dass ich vergaß, meinen Zettel aufzuheben und einzustecken. Während ich die

Treppe hinunterging, begriff ich allmählich: Sie fasteten nicht, sie waren beide betrunken.

Ich weiß nicht, was mich an dem Abend, den ich wieder allein verbrachte, mehr ärgerte: dass meine Nachricht nur noch unterstreichen würde, wie egal mir Jenös Lage war, oder dass ich ihn schlafend in Charlottes Zimmer zurückgelassen hatte.

Passend dazu verschwanden die durch das Fasten ausgelösten Hochgefühle, und ich schlief schlecht. Immer wieder dachte ich an den Zettel und wünschte, ich hätte ihn eingesteckt. Wenn es etwas gab, woran sie unumstößlich glaubte – und darin ähnelte sie Kaspar –, dann war es unsere Sechserclique. Nichts durfte zwischen uns kommen. Sie wollte keine Missstimmung. Und meine Nachricht zeigte, dass Jenös Zukunft mir gleichgültig war.

Ihre Laterne schwebte wie immer über meinem Bett, aber diesmal störte sie mich und hielt mich wach. Als ich sie abnahm, fiel sie in sich zusammen. Ich legte sie auf meinen Tisch.

Es war kalt, als ich das Fenster öffnete. Obwohl sich am Himmel bereits das erste Licht abzeichnete, strahlten die Straßen etwas Bedrohliches, Lauerndes aus. Vielleicht würde ich Charlotte sehen, mit ihrem Hut und der Tasche, oder Jenö, der wieder durch die Dämmerung ging. Doch es war niemand dort. Selbst die Prostituierten waren schlafen gegangen.

In dem Moment überkam mich plötzlich das ungute Gefühl, dass etwas geschah, worüber ich keine Kontrolle hatte. Ich wusste nicht, woher es kam oder ob es einfach nur eine Nebenwirkung des Fastens war. Ich nahm Walters Brille aus meiner Jackentasche und legte sie auf die Fensterbank. Sie war die Antwort, dessen war ich sicher. Sie würde die Wahrheit ans Licht bringen.

DREIZEHN

Obwohl Paul Klee seinen *Vogelgarten* erst ein Jahr nach dem Vorfall im Badehaus gemalt hat, gibt das Bild für mich sehr treffend wieder, wie ich diese Woche wahrgenommen habe, die uns alle für immer verändern sollte. Denn in dieser Woche lernte Walter zu hassen, und vermutlich entstand dieser Hass aus Lügen, Heimlichtuerei und einem Vertrauensbruch.

In Klees *Vogelgarten* sind eine Handvoll Vögel abgebildet, einige in Rot, einige in Weiß, jeder für sich. Die Farbe ist so dünn aufgetragen, dass man die Blätter dahinter und sogar das Zeitungspapier sehen kann, auf dem sie gemalt sind (Klee war auch nicht reicher als wir). Im ersten Moment merkt man nicht, wie flüchtig und transparent alles ist, doch bei näherem Hinsehen hat man den Eindruck, man könnte jeden der Vögel mit einem Hauch wegpusten wie Zigarettenpapier. Jedes Mal wenn ich das Bild ansehe, scheint es mehr Tiefe zu haben, als tatsächlich vorhanden ist. Aber diese Tiefe ist eine Illusion. In Wirklichkeit ist da nichts.

Ich glaube immer noch, dass meine Version dieser Woche ebenso leicht weggepustet werden könnte wie diese Vögel, dass meine Sicht der Dinge nur eine Schicht über der der anderen ist. Selbst jetzt könnte Irmi mir immer noch sagen, dass meine Wahrnehmung dessen, was in Weimar geschehen ist, falsch ist, dass Walter und Jenö die Wahrheit gesagt haben.

Klee konnte natürlich nicht wissen, was wirklich im Badehaus geschehen ist, ebenso wenig wie der Direktor oder Meister Itten, der ohnehin ein paar Monate nach dem Vorfall das Bauhaus verließ. Die Einzelheiten waren für sie auch gar nicht von Bedeutung. Aus ihrer Sicht gingen zwei fastende Studenten ins Badehaus. Einer von beiden wurde ohnmächtig. Ein anderer Badegast versuchte, ihn wiederzubeleben. Der Student war verwirrt und schlug um sich. Und viel später wurde das Bauhaus geschlossen.

Vielleicht ist das die Geschichte meines Lebens: Erinnerungen, die sich überlappen und widersprechen.

Am nächsten Tag wurden wir durch alle Werkstätten geführt (Metallwerkstatt, Steinbildhauerei, Weberei, Wandmalerei und so weiter), damit wir auswählen konnten, worauf wir uns im zweiten Jahr spezialisieren wollten. Außer mir entschied sich zu meiner Überraschung niemand für die Wandmalerei, obwohl Meister Kandinsky dort unterrichtete. Charlotte wählte wie Jenö die Metallwerkstatt, obwohl sie geahnt haben musste, dass der Direktor dort niemals eine Frau zulassen würde.

Am Nachmittag hielt Meister Kandinsky den künftigen Wandmalern einen langen Vortrag. Er war groß, gestikulierte wild und sprach mit russischem Akzent. Er sprach lange über die Ästhetik der Farben und ihre natürlichen Formen, über Metamorphose und über Sehen und Nichtsehen, aber es muss unverständlich gewesen sein (was bei ihm häufig vorkam), denn ich kann mich kaum an etwas von dem erinnern, was er gesagt hat.

Anschließend gingen Walter und ich zunächst jeder zu sich nach Hause. Ich nahm an, dass der Abend die gefährlichste Zeit war, um sich draußen erwischen zu lassen, aber um Mitternacht würde uns sicher niemand mehr auflauern. Als wir dann zusammen zum Atelier radelten, stellte ich mir vor, ich wäre Kandinskys wunderbarer *Blauer Reiter*, der auf seinem Pferd so schnell über die Wiese galoppiert, dass die herbstgoldenen Bäume dahinter zu einem Farbfleck verschwimmen.

Im Atelier war Walter zunächst sehr schüchtern. Genau wie ich trug er eine Schiebermütze, um seinen rasierten Kopf zu verbergen, und er blieb in der Ecke stehen, bis ich ihn zu der perlenschimmernden Haut einer Leda heranwinkte. Ihre Gefährtinnen waren bisher nur Umrisse, und der Kurier kam am nächsten Tag. Walters Chancen standen also gut.

Als Walter das Bild erblickte, riss er staunend die Augen auf. »Warum malen wir so was nicht am Bauhaus?«

»Weil es Kitsch ist.«

»Aber trotzdem wunderschön.«

Ich ging mit ihm zu Steiners Büro, und Walter nahm seine Mütze ab. Ich schloss die Tür hinter uns, damit die anderen seine Glatze nicht sahen.

»Ja?«, sagte Steiner, ohne von seinen Büchern aufzuschauen. Ich sah den tätowierten Anker an seinem Hals. Obwohl er so geschickt darin war, den Markt zu bedienen oder die richtigen Leute zu bestechen, hatte er einen ziemlich schlechten Geschmack.

»Mein Freund hier braucht Arbeit, Herr Steiner. Sie sagten doch, Sie brauchen so viele Leute wie möglich für Leda und den Schwan.«

Das hatte er so nicht gesagt, und das war ihm auch klar. Während er Walter musterte, fragte ich mich, ob das eine gute Idee gewesen war. Wenn die anderen Arbeiter herausfanden, dass Walter in die Schlägerei im Badehaus verwickelt war, würden sie ihn womöglich verprügeln. Und was sollte ich dann tun? In Ohnmacht fallen, weil ich kein Blut sehen konnte? In Steiners Blick glomm etwas auf. Vielleicht kannte er Walter aus dem Schwan. »Kann er malen?«

»Ja.«

»Ein Kollege vom Bauhaus?«

»Genau.«

»Ist es nicht noch ein bisschen früh, um Lehrlinge herzubringen, Herr Beckermann? Er könnte Ihren Platz einnehmen.«

Ich zuckte die Achseln, weil ich nicht wusste, was ich darauf erwidern sollte.

»Halber Lohn. Wenn die anderen ihn akzeptieren, kann er bleiben.« Er wandte sich an Walter. »Wenn Sie die Frauen malen, denken Sie an Ihre Schwester.«

»Ich habe keine Schwester.«

»Dann eben an Ihre Mutter. Malen Sie sie mit Respekt.«

»Danke, Herr Steiner«, sagte Walter.

»Stehen Sie nicht unter Hausarrest?«, fragte er mich, als Walter zu dem Bild zurückkehrte.

»Ja. Aber wir brauchen das Geld. Sie wissen ja, wie das ist. Gibt man hundert aus, hat man tausend verloren.«

Das schien ihn zu erweichen, und er ließ mich gehen.

Ich malte eine Weile an dem weiten Himmel, während Walter sich an Ledas Gefolge machte. Obwohl er mir versichert hatte, dass Malen ohne seine Brille kein Problem sei, berührte er die Leinwand fast mit der Nase. Um uns herum arbeiteten andere Männer an anderen Bildern. Leo, der Kurier, kam, um ein fertiges Gemälde abzuholen, obwohl die Farbe noch gar nicht trocken war. Die Bilder wurden in Holzkisten verpackt und mit einem Vorhängeschloss gesichert, das stets dieselbe Zahlenkombination hatte: 1919 – das Jahr, in dem Steiner sein Atelier eröffnet hatte (und in dem das Bauhaus eröffnet worden war).

»Alles in Ordnung, Paul?«, fragte Walter.

»Klar.« Ich deutete mit einem schmalen Lächeln auf die Wolken. »Ich überlege nur, aus welcher Richtung der Wind kommen soll.«

»Verdient Steiner eigentlich gut mit den Bildern?«

»Und ob«, sagte ich. »Aber wir bekommen davon nur einen Bruchteil.«

»Wer sind denn seine Kunden?«

»Ausländer. Leute mit solider Währung.«

Ich trat ein paar Schritte zurück und sah, dass das Licht des Himmels zu zurückhaltend war. Steiner wollte es klar und eindeutig. Da musste ich noch mal nacharbeiten.

»Denkst du eigentlich je darüber nach, warum du malst?«

»Keine Ahnung«, sagte ich überrascht. »Vielleicht ist es einfach meine Art, mir die Welt anzueignen.«

Walter nickte, den Pinsel in der Luft. »Das Malen als Möglichkeit, Wahrheit zu zeigen?«

»Nicht ganz«, erwiderte ich, obwohl es in der Tat so angefangen hatte. »Eher ein Versuch zu verstehen, was da ist.«

»Liegt in diesem Bild für dich die Wahrheit?«

»In dem hier?« Ich betrachtete es erneut. Die Frauen unterschieden sich gar nicht so sehr von Kirchners *Badenden bei Moritzburg*. »Ich weiß nicht.«

»Es entspricht nicht meinem Geschmack, aber ich verstehe, warum es jemandem gefallen könnte«, sagte Walter. »Es besitzt durchaus Schönheit. Findest du nicht?«

»Mag sein, aber sie ist doch sehr oberflächlich. Sie hat keine Tiefe.«

Steiner ermahnte uns weiterzumachen, das sei hier schließlich kein Kaffeeklatsch. Walter warf ihm einen langen Blick zu, widmete sich dann aber wieder Ledas Nymphen. Seine Pinselführung war sehr geschickt, ihre Gesichter schienen förmlich zu leuchten.

Während der Pause gingen wir nach draußen. Ich liebte den Wald in der Nacht, die kalte, würzige Luft und das leise Knarzen der Äste. Steiner gab eine Runde Bier aus, und jemand anders ließ eine Thermosflasche mit Kaffee herumgehen. Meine eine Mahlzeit des Tages – Schwarzbrot mit Butter – schmeckte köstlich nach Terpentin und Farbe.

»Hast du Charlotte mal mit hierhergebracht?«, fragte Walter.

»Ins Atelier? Ich glaube nicht, dass die anderen sie reinlassen würden.«

»Aber es würde ihr bestimmt gefallen.« Er betrachtete mich mit amüsierter Miene. Seine Stimmung schien sich schlagartig gebessert zu haben. Die ganzen letzten Tage ging das schon so: mal himmelhochjauchzend, dann wieder zu Tode betrübt. Ich winkte ihn ein Stück beiseite, sodass die anderen uns nicht hören oder sehen konnten, und holte die Brille aus meinem Overall. Es wäre gemein gewesen, ihn noch länger mit der Nase an der Leinwand malen zu lassen.

»Das gibt's doch nicht! Wo hast du die denn gefunden?«

»In der Sauna auf dem Fußboden. Warum hast du denn nicht selbst danach gesucht?«

»Da hätten mich keine zehn Pferde noch mal hingekriegt. Aber vielen Dank.«

»Was ist wirklich passiert?«

»Das habe ich euch doch erzählt. Sie ist mir bei dem Kampf runtergefallen.«

»Aber du hast doch gesagt, du hättest keinen Schlag abbekommen«, wandte ich ein.

»Habe ich auch nicht. Mir ist nur die Brille runtergefallen.«

»Einfach so?«

Er lächelte nur und zuckte die Achseln.

»Komm schon. Warum hat Jenö nicht seine Version der Geschichte erzählt?«

»Vermutlich weil ihm der Kiefer wehtat.«

»Und Charlotte schleicht nachts mit einer großen Tasche durch die Gegend. Was hat das zu bedeuten?«

»Hat Irmi sie gesehen? Sie kriegt ja einiges mit.«

»Walter, keiner glaubt dir deine Geschichte.«

»Nicht? Ich dachte, Kaspar hätte sie mir abgenommen. Zitiert ständig Nietzsche, aber nimmt alles für bare Münze.«

Die Glocke verkündete das Ende der Pause. »Ich erzähle dir alles, wenn wir hier fertig sind.«

»Was ist, wenn uns jemand sieht? Schließlich stehen wir offiziell immer noch unter Arrest.«

»Gut, dann am Friedhof. Da ist morgens um fünf kein Mensch. Ach, Paul, ich glaube, ich war noch nie so glücklich!« Er setzte seine Brille auf. Mit dem Sprung in dem einen Glas sah er ein bisschen verrückt aus. »Wie gut, dass mein linkes Auge das bessere ist.« Er zwinkerte ein paarmal, um seine Sicht anzupassen, und trank den Rest von seinem Bier. Dann schlenderte er mit strahlender Miene zurück ins Atelier.

Walter König: halbblind, voll unerwiderter Liebe, beschuldigt, einen Weimarer Bürger tätlich angegriffen zu haben, und kurz davor, von der Schule zu fliegen, an der er so gern studierte – ich sah nicht den geringsten Anlass für Glücksgefühle.

Von dem Zeitpunkt an, als mein Bruder zum Militär ging, fuhren wir nicht mehr zum Obersee. Ohne Peter, fand mein Vater, lohnte sich die Reise nicht. Stattdessen unternahmen wir Ausflüge an die Seen bei Moritzburg. Doch die hatten nicht denselben Spiegelzauber. Das Wasser war trüb und von dichtem Schilf umgeben, der Wald drumherum wirkte selbst bei schönem Wetter düster, und es gab lauter Bereiche, die ich nicht betreten durfte. Ich vermisste meinen Bruder schrecklich.

Einmal hörte ich, wie meine Mutter lachend zu meinem Vater sagte, ob sie nicht einfach ein Boot nehmen und auf den See hinausfahren sollten, ohne mich. Und wer würde dann auf mich aufpassen? Das Kindermädchen hatte frei, und Peter war nicht mehr da, um mich vor ihrem Bedürfnis nach Alleinsein, nach Rückzug in eine der kleinen Buchten zu beschützen. Wenn wir mit dem Automobil meines Vaters dorthin fuhren, sah ich manchmal, wie sich zwischen den Bäumen etwas bewegte, aber wenn ich fragte, was es gewesen sein könnte, machte meine Mutter irgendeine Bemerkung über das Wetter.

Als ich einige Jahre später Kirchners *Badende bei Moritzburg* zum ersten Mal sah – eine Gruppe Männer und Frauen, die nackt am und im See herumtollen –, wusste ich, dass ich Maler werden wollte. Ich war sechzehn, als ich die Ausstellung besuchte, der Krieg war seit zwei Jahren vorbei, und mein Bruder war wieder zu Hause. Es war nicht nur, als lüfte sich ein Schleier vor meinen Augen, als hätte Kirchner selbst die Zweige beiseitegeschoben und meinen jugendlichen Augen die nackten Körper enthüllt, nein, das Bild schien mich aus einer Art Dämmerschlaf zu reißen. Die primitiven Formen, die kraftvollen Farben, die dicken Pinselstriche – all das verführte meinen überraschten Blick mit unwiderruflicher Wucht.

Von dem Moment an wollte ich auch solche Werke schaffen. Nachdem ich den Kirchner gesehen hatte, war Kunst für mich ein Weg zur Wahrheit (eine Auffassung, die schon damals unmodern war). Das Bild hatte den Wald durchdrungen und die Wahrheit enthüllt. Obwohl mich der Obersee so verzaubert hatte, waren es die schlammigen Seen außerhalb von Dresden, die meinen Blick auf die Welt verändert hatten.

Und das Bauhaus war die Krönung all dessen. Ich hatte bereits kurz nach der Eröffnung von dieser neuen Kunstschule gehört und ihr Manifest gelesen, demzufolge Männer und Frauen, Kunst und Kunsthandwerk gleichgestellt sein sollten. Utopia in Weimar. Und das war es auch, zumindest eine Zeitlang.

Außerdem war es der Ort, von dem alle angehenden modernen Künstler träumten. Trotz aller Vorbehalte meines Vaters (der mich lieber an der Dresdener Kunstakademie gesehen hätte) gelang es mir, ihn zu überzeugen, denn er glaubte wie ich, dass in der Schönheit eine Wahrheit lag, die man mit dem Pinsel festhalten konnte.

Als Walter mich fragte, ob in dem Bild in Steiners Atelier die Wahrheit lag, hatte ich gelogen, um welterfahren und über so altmodische Werte erhaben zu erscheinen. Natürlich bedeutete mir Wahrheit etwas, selbst in der massakrierten Form, die wir bei Steiner auf die Leinwand brachten. Schließlich war das für mich der ganze Sinn und Zweck des Fastens: dass sich mir, wenn ich mir nur genug Mühe gab, nach und nach die Transparenz der Welt enthüllen würde.

VIERZEHN

In der kühlen Morgenluft schoben Walter und ich schweigend unsere Räder über den Friedhofsweg. Die Dunkelheit und das Wissen, dass wir eigentlich Hausarrest hatten, steigerten noch das Gefühl der Unwirklichkeit, das uns umgab. Hier und da schimmerten Frühlingsblumen zwischen den Bäumen.

Schließlich kamen wir zu einer moosüberwucherten Ruine. Wir warfen unsere Räder ins Gras, mit Steiners Geldhaufen in den Körben. Im Innern war es ein wenig heller, als würde der Stein die Dunkelheit aufsaugen. Walter lehnte sich an die Mauer, und da war dieses Lächeln wieder, wie ein Mann, der bis über beide Ohren verliebt ist. »Danke, dass du deine Arbeit mit mir teilst«, sagte er. »Ich weiß, davon gibt es nicht viel.«

»Schon gut. Steiner mag dich.«

»Das weißt du jetzt schon?«

»Ich bin sicher, du kannst wiederkommen. Wenn du willst.«

»Ich denke schon. Damit wäre das Finanzielle geregelt.« Er ließ sich in die Hocke sinken. »Du weißt, dass ich in Jenö verliebt bin?«

»Ja.«

»Ach, Paul, etwas Wunderbares ist passiert!«

»Was denn?«

»Ich glaube, er ist dabei, sich auch in mich zu verlieben.«

»Wirklich?« Ich dachte daran, wie ich Jenö in Charlottes Zimmer gesehen hatte, an den verträumten Blick, mit dem er in den Park hinausgesehen hatte. Ja, so passte das Ganze zusammen.

»Jenö ist nicht ohnmächtig geworden, oder?«

Walter schüttelte den Kopf. »Er hat mich gebeten, es niemandem zu sagen. Ich musste es ihm schwören.« Er schwieg einen Moment, schien zu zögern, dann sagte er: »Sommer hat uns dabei erwischt, wie wir uns geküsst haben.«

»Ah. Ich verstehe.«

»Glaubst du, er empfindet wirklich etwas für mich?«

»Ich weiß es nicht. Hast du ihn denn nicht gefragt?«

»Das kann ich nicht«, sagte er mit erstickter Stimme. »Ich kann's einfach nicht.«

»Warum hast du mir nicht die Wahrheit gesagt?«

»Weil Jenö es nicht wollte. O Gott, bitte sag ihm nicht, dass ich es dir verraten habe. Das würde alles kaputt machen.«

»Keine Sorge, ich halte den Mund. Versprochen.«

Walter stieß ein kurzes Lachen aus. »Die ganze Zeit über wusste ich nicht, wohin mit mir. Mal explodiere ich vor Glück, dann wieder bin ich ein Häufchen Elend. Ich bin ganz kurz davor, das zu bekommen, was ich mir am sehnlichsten wünsche, und die Ungewissheit macht mich wahnsinnig.«

»Was hat Jenö denn dazu gesagt?«

»Nicht viel. Ich glaube, er versucht zu verstehen, was das alles zu bedeuten hat.«

Er stand auf. Wir hoben unsere Räder auf und gingen weiter durch den Friedhofspark, bis wir zur russisch-orthodoxen Kirche mit ihren gold-braun gestreiften Mauern und den kupfernen Kuppeln kamen. »Sollen wir reingehen?«, fragte Walter herausfordernd, die Schulter schon an der schweren Tür.

Im Innern wirkte die Kirche kleiner als von außen. Über dem

Altar hing ein Bild der Jungfrau mit ihrem Kind. Ihr ausdrucksloser Blick erinnerte mich an Charlotte.

»Oh, Paul, ich halt's nicht aus!«

Ich musste lächeln. »Aber ist das nicht genau das, worauf du gehofft hast? Warum bist du denn jetzt traurig?«

»Ja, natürlich ist es das. Aber ich weiß nicht, ob es eine Zukunft hat.«

»Lass ihm Zeit. Jenö weiß doch nicht mal, ob er überhaupt am Bauhaus bleiben kann. Wenn der Direktor entscheidet, dass er gehen muss …«

Walter sah mich mit einem merkwürdigen Blick an, als wüsste er immer noch mehr als ich. »Das Tribunal ist eine Farce. Sommer hat Geld gekriegt.«

Ich dachte an Charlotte, die nachts mit einer großen Tasche durch die Stadt gelaufen war. Da musste das Geld drin gewesen sein. Wie viel mochten sie ihm gegeben haben? Zehntausende? Hunderttausende? »Von Charlotte, stimmt's?«

Er nickte. »Sie hat solche Schuldgefühle wegen Jenös Ohnmacht.«

»Aber er ist doch gar nicht ohnmächtig geworden! Das ist nicht in Ordnung, Walter. Ist es ihr Geld?«

»Ich geb's ihr zurück, keine Angst. Ein paar Schichten im Atelier, dann habe ich genug zusammen.«

»Worum machen sich denn dann alle solche Sorgen, wenn das Tribunal nur eine Farce ist?« Ich dachte an Kaspars Bemerkung am Marktplatz, sie würden »an der Verteidigungsstrategie feilen«.

»Keine Ahnung. Glaubst du, Jenö empfindet etwas für mich?«

»Wie hat er denn reagiert, als du ihn geküsst hast?«

»Paul, du verstehst nicht.« Walter sah mich an, als wüsste er nicht, wie er es mir sagen sollte. »Er hat *mich* geküsst.«

Im ersten Moment dachte ich, dass er damit vielleicht wirklich sein Glück gefunden hatte, aber dann sah ich Jenö wieder draußen an der Bäckerei vorbeigehen, mit diesem gequälten Ausdruck auf dem Gesicht.

Mir sank das Herz. Ich weiß nicht, warum ich meinen Freund damals angelogen habe, warum ich nicht einfach auf seine Sorge eingegangen bin, anstatt ihm falsche Hoffnungen zu machen. »Na, dann ist doch alles gut«, sagte ich, und ich spürte, wie Walters Körper sich auf der Kirchenbank entspannte. »Er hat den ersten Schritt gemacht. Jetzt musst du einfach nur abwarten.«

FÜNFZEHN

Am Tag vor dem Tribunal arbeiteten wir in der Werkstatt allein vor uns hin. Meister Itten war beim Direktor; er hatte uns ein Sammelsurium von Dingen aus dem Abfall dagelassen und uns aufgetragen, verschiedene Texturen herauszuarbeiten.

Den ganzen Tag drängten sich Leute um Walter und Jenö. Jeder hatte gute Ratschläge, wie sie sich beim Tribunal verhalten und was sie zum Direktor sagen sollten. Es kursierte das Gerücht, dass nicht nur Walter und Jenö möglicherweise die Schule verlassen mussten, sondern auch Meister Itten. Und Itten hatte niemanden, den er bestechen konnte. Seit die Nachricht von der Schlägerei verbreitet worden war, hatte er einen Bogen um uns gemacht. Verständlich, schließlich wollte er seine Stelle nicht aufs Spiel setzen. Walter wirkte vollkommen entspannt, was nicht weiter überraschend war, schließlich wusste er, dass ihm nichts passieren konnte.

Ich fühlte mich seltsam ernüchtert. Immer wieder blickte ich zu Jenö hinüber, suchte nach Anzeichen dafür, dass er Walters Gefühle erwiderte. Er wirkte wie benommen, aber das konnte alle möglichen Gründe haben: das bevorstehende Tribunal oder der ganze unerwünschte Rummel.

Vielleicht war er ja wirklich in Walter verliebt, und sein gequälter Gesichtsausdruck vor der Bäckerei hatte nichts mit dem

Kuss zu tun gehabt, sondern mit den Schlägen, die er Sommer verpasst hatte.

Es lag keine Melancholie im Raum, eher stille Solidarität, und ich hatte ein schlechtes Gewissen, weil ich nicht zu den beiden hinüberging und gespielte Aufmunterungen für das Scheintribunal von mir gab. Charlotte sah immer wieder zu mir und fragte sich vermutlich, warum ich mich nicht dazugesellte. Aber ich hatte einen merkwürdigen Druck im Kopf. Als ich morgens aufgewacht war, nach nur zwei, drei Stunden Schlaf, war meine periphere Sicht fast völlig verschwunden gewesen. Normalerweise war das bei mir ein Anzeichen für drohende Kopfschmerzen oder sogar Migräne, aber ich dachte, es hinge vielleicht mit dem Fasten zusammen und bedeutete, dass ich nun bald auf neue Art sehen würde.

Irgendwann bekam ich mit, wie Charlotte Jenö die ausgestreckte Faust hinhielt. Er sagte etwas, sie schüttelte den Kopf, dann öffnete sie die Faust, und ein Männchen aus Zeitungspapier sprang heraus. Er lachte.

Mit zittrigen Fingern versuchte ich, ein paar Haarnadeln und Metallösen zu einer Skulptur zu verbinden, aber es gelang mir nicht so, wie ich wollte. Während meines mageren Frühstücks – nach dem Gang über den Friedhof hatte ich von gebuttertem Toast und Bergen von süßen Hörnchen geträumt – hatte ich mich gefragt, ob das, was Walter mir erzählt hatte, womöglich gelogen oder zumindest Wunschdenken war. Außer Jenö selbst gab es niemanden, der die Geschichte bestätigen konnte, und ich hatte Walter versprochen, das Ganze für mich zu behalten.

Irmi kam erst später. Ich fragte mich, wo sie gesteckt hatte, normalerweise schwänzte sie nie. Sie warf Charlotte einen rebellischen Blick zu, setzte sich neben mich und packte aus, was sie auf dem Müll gefunden hatte: Dichtungsringe und einen Fahrradlenker.

»Ich habe gerade diesen Herrn Sommer aus dem Büro des Direktors kommen sehen«, sagte sie, kaum dass sie saß.

»Woher wusstest du, dass er es war?«

»Wegen der blauen Flecken.«

»Und?«

»Er ist *uralt*, Paul. Warum sollte Jenö einen alten Mann für eine Bedrohung halten?«

Walter hatte Sommers Alter nicht erwähnt, weder in der Kantine noch auf dem Friedhof. Aber warum hätte er es auch tun sollen? Diese neue Information warf kein gutes Licht auf Jenö.

Fast alle Studenten kamen am Samstag in den Schwan, als sich herumsprach, dass Walter und Jenö nicht die Schule verlassen mussten. Das Tribunal war – wenig überraschend, zumindest für uns vier – ein großer Erfolg gewesen. In der Kneipe unterhielt Walter uns mit seiner Version der Verhandlung (wobei er sowohl die Stimme von Sommer wie auch die des Direktors nachahmte und sogar Jenös bayerische Sprechweise), während wir auf Jenö warteten, der offenbar noch länger Rede und Antwort stehen musste.

»Hunderttausend Mark pro Woche, acht Wochen lang«, verkündete Walter, der an der Bar Hof hielt. Wobei Sommer zu arm oder zu dumm gewesen war zu verlangen, dass die Zahlungen an die Inflation angepasst wurden. »In einem Monat wird er sich wünschen, er hätte stattdessen eine Tüte Murmeln verlangt.«

Alle lachten, und ich sah zu Irmi. Sie starrte auf den schäbigen Teppich. Ich wusste, dass sie genau wie ich an Sommers Alter dachte. Ich verstand nicht, warum Walter so höhnisch sein musste, zumal er gewonnen hatte.

In dem Moment kam Jenö herein, und schon am Gang

konnte man seine Erleichterung erkennen. »Alles in Ordnung!«, verkündete er, und Irmi stieß einen kleinen Jubelruf aus. Jenö gab Walter und mir die Hand, dann umarmte er Charlotte, und ich hörte, wie er ihr ein »Danke« ins Ohr flüsterte.

Ich freute mich natürlich über den guten Ausgang der Sache, aber Charlotte war geradezu aus dem Häuschen.

»Du hättest nie so ein schlechtes Gewissen haben müssen«, sagte ich zu ihr. »Es war ja schließlich nicht deine Schuld.«

Jenö strahlte förmlich. »Einfach so, unter den Teppich gekehrt.« Er machte eine schwungvolle Handbewegung.

Wir stießen an, und ich sah, wie Walter sein Glas leerte, als hätte er nicht schon drei Bier getrunken.

»Alles ist wieder so, als wäre nie etwas gewesen«, sagte Jenö, und sein Gesichtsausdruck zeigte das Gegenteil von dem, was ich eine Woche zuvor beim Bäcker gesehen hatte: Er war von einer großen Last befreit.

Wir sechs standen etwas befangen da. Seit dem Treffen in der Kantine waren wir nicht mehr zusammen gewesen. Ich war schon ziemlich betrunken und versuchte, eine fröhliche Miene zu machen, aber die Kopfschmerzen wurden immer stärker, und ich wollte nur noch nach Hause. Doch Charlottes Verhalten zeigte mir, dass ich noch nicht gehen konnte. Ich musste hierbleiben und Solidarität bekunden.

»Keine Schlägereien mehr«, sagte Kaspar.

Jenö machte eine kleine Boxbewegung, dann pustete er auf seine Fäuste und schob sie in die Taschen. »Für den Rest meiner künstlerischen Laufbahn werde ich ganz brav sein.«

»Da würde ich nicht drauf wetten«, bemerkte Irmi.

»Ist der Hausarrest jetzt aufgehoben?«, fragte Kaspar.

»Ja«, antwortete Walter. »Wir können wieder nach Lust und Laune umherstreifen. Außer im Badehaus. Da ist wahrscheinlich noch ein Kopfgeld auf uns ausgesetzt.«

Sonnenlicht flutete den Raum, und mir schien, es machte uns alle noch betrunkener, denn wir benahmen uns, als wäre es drei Uhr morgens und nicht mitten am Nachmittag. Jenö kletterte auf einen Tisch und ruckelte an einem Fenster, das sich nicht öffnen ließ. »Mann, ist das heiß hier drinnen«, sagte er und zerrte an seinem Hemd.

Einer der anderen Gäste befahl ihm, wieder herunterzusteigen, doch Jenö grinste nur und schlug sich mit den Fäusten auf die Brust. »Haha!«, rief er. »Ich bin Jenö, der Allmächtige!«

Alle lachten. Irmi versuchte, ihn am Hosenbein herunterzuziehen, doch stattdessen zog Jenö sie zu sich hoch, um mit ihr auf dem schmalen Tisch zu tanzen.

»Hör auf, Jenö!«, sagte Irmi. »Wir fallen gleich runter.«

»Lasst den Unsinn!«, rief Charlotte, aber sie lachte ebenfalls. »Schluss mit dem Kinderkram!«

Jenö sprang herunter, aber Irmi stand immer noch dort oben wie eine Figur auf einer Torte. Sie sah aus, als wollte sie etwas sagen. Ich hoffte, sie würde es nicht tun. Selbst wenn die anderen Studenten wussten, wie alt Sommer war, würde sie kaum ihre Unterstützung bekommen. Alle waren in Feierlaune, schließlich war es ein Sieg. »Willst du nicht runterkommen?«, fragte ich sie.

»Bin ich denn die Einzige, die das nicht richtig findet?«, entgegnete sie und sprang zu Boden. »Das Ganze ist widerwärtig. Der Mann ist alt genug, um sein Großvater zu sein.«

Während der nächsten Stunde ahmte Jenö immer wieder feixend die Moralpredigt des Direktors nach und kippte ein Bier nach dem anderen hinunter. Er benahm sich so merkwürdig, dass selbst Walter auf Abstand blieb. Obwohl mein Kopf hämmerte, wagte ich es nicht zu gehen.

Als ich zur Theke ging, um mir ein letztes Bier zu holen, entdeckte ich Ernst Steiner. Ich hatte angenommen, dass er zwischen den Schichten schlief, aber vielleicht kam er ab und zu in den Schwan, um mit ein paar Freunden ein Glas zu trinken, so wie an dem Tag, als er mich angesprochen hatte.

»Hallo, Herr Steiner«, sagte ich, obwohl mir jedes Wort im Kopf wehtat.

»Was gibt's denn zu feiern?«, fragte er, und bevor ich mir etwas ausdenken konnte, setzte er nach: »Hat Walter Ärger gehabt?«

»Nur eine Kleinigkeit, nichts Dramatisches.«

»Das hatte nicht zufällig etwas mit dem Badehaus zu tun, oder?« Steiner sprach so leise, dass ihn außer mir niemand hören konnte.

Ich wusste nicht, was ich darauf antworten sollte, schließlich wollte ich Walters Arbeit nicht gefährden. Inflation hin oder her, er musste das Geld für die Entschädigung erst noch verdienen. »Nein, das war jemand anders.«

»Eure Schule hat Sommer nicht gut behandelt.«

»Was meinen Sie?«

»Die paar mickrigen Kröten, mit denen sie ihn abgefertigt haben. Und Sommer ist zu dumm, um mehr zu verlangen. Das ist kein guter Tag für das Bauhaus.«

Das hätten meine Freunde sicher anders gesehen.

»Aber ihr seid am Feiern. Also sollte ich euch wohl gratulieren.« Er nahm zwei volle Gläser und stand auf. »Walter hat die Leda sehr schön hingekriegt. Ich sage ihm mal hallo.«

Er ging zu Walter hinüber, und ich fragte mich, ob er ihn feuern würde. Doch Walter rückte nur seine gesprungene Brille zurecht und lachte über etwas, das Steiner sagte. Jenö stand mit einer attraktiven Frau in einer dunklen Ecke und unterhielt sich. Charlotte und Irmi stritten sich über irgendetwas, und Kaspar war schon vor einer ganzen Weile verschwunden, wahrscheinlich um sich irgendwo mit einem Mädchen zu treffen. Ich beschloss, endlich meinem dröhnenden Kopf nachzugeben und nach Hause zu gehen.

SECHZEHN

Mitten in der Nacht wachte ich von einem sägenden Schmerz zwischen meinem linken Ohr und meinem linken Auge auf. Ich trank ein Glas Wasser, das aber sofort wieder hochkam, und versuchte dann, so still wie möglich liegen zu bleiben. Jede noch so kleine Bewegung verschlimmerte die Kopfschmerzen. So viel zum Thema Transparenz und Paradies. Nach wochenlangem Fasten war dies mein Lohn.

Die Kirchturmuhr schlug blechern die Stunden, das Wochenende schwand dahin, und ich wünschte, ich wäre irgendwo, nur nicht hier. Ich hörte, wie der Wind in den Bäumen scharrte. Lichter blitzten vor meinen Augen auf, und die Luft in meinem Zimmer roch nach dem Chlor des Badehauses.

Meine Freunde kamen mich besuchen. Manchmal waren sie wie Geister, dann wieder hörte ich nur ihre Stimmen. Da war der alte Herr Sommer, der durch mein Zimmer schlich; Irmi allein auf dem Kneipentisch, die meine Hand nicht nehmen wollte; Jenö, wie er am Schaufenster der Bäckerei vorbeiging, dann wie er auf dem Tisch stand und rief: »Alles ist vergessen!«; Charlotte legte ihre kühlen Hände auf mein Gesicht und kämmte mir die Haare. Dann löste auch sie sich auf, und ich war wieder allein. In einem klaren Moment fragte ich mich, warum niemand kam, um nach mir zu sehen. Doch dann überrollten mich wieder die Wachträume der Migräne, und ich ertrank erneut in ihnen.

Als Joan Miró *Die Geburt der Welt* malte, halluzinierte er ebenfalls vor Hunger. Die Leinwand ist ungleichmäßig grundiert, einige Teile sind mit Farbe gesättigt, andere halbtransparent. Das dunkle Bild ist ein einziger Sturm. Wenn ich es betrachte, sehe ich eine bildhafte Darstellung meiner Migräne nach den Wochen des Fastens. Die versprochene Vision, der Zugang zu einer bisher verschlossenen Wahrheit hatte sich nicht gezeigt. Das Fasten hatte mir nichts gebracht außer Halluzinationen, beißenden Gerüchen und blitzenden Lichtern. Ich war zu erschöpft, um zu denken. Zu erschöpft für alles außer der Übelkeit, die mich in Wellen überkam.

Jeder Schmerz geht irgendwann vorüber, und schließlich ließ auch die Migräne nach, und ich konnte mich wieder bewegen. Ich fühlte mich geradezu euphorisch. Ich war nicht gestorben.

Als ich am Montagmorgen in die Kantine ging, hatte ich mir eine Theorie zurechtgelegt, warum meine Freunde nicht nach mir gesehen hatten: Sie hatten das ganze Wochenende in Steiners Atelier gemalt, um das Geld zusammenzubekommen, das Jenö und Walter als Entschädigung an Sommer zahlen mussten. Sogar Irmi und Kaspar waren dabei gewesen und hatten unter allerlei Frotzeleien die Brüste der Nymphen gemalt. Die Liebe hatte sie zum Fleiß angetrieben. Die Frage würde nicht lauten: *Warum hat mich keiner besucht?*, sondern: *Wo warst du, Paul?*.

An diesem Morgen gönnte ich mir ein köstliches Frühstück mit Haferbrei und Kaffee. Ich freute mich, hier zu sein, und wartete auf die Freunde, die ich liebte. Und dann sah ich sie, wie eine Fata Morgana: Charlotte, in Hose und Bluse, mit entspannter, fröhlicher Miene, eine schwarze Mappe in der Hand. Da fiel es mir wieder ein: Heute sollten wir unsere Ganzkörperporträts vorzeigen. Ich hatte keines gemalt, aber Itten würde mir verzeihen. Der Meister war gut, die Welt wohlwollend, Jenö und Walter brauchten sich keine Sorgen mehr zu machen, und sie würden ein glückliches Paar abgeben.

Und jetzt, nachdem diese Woche überstanden war, konnte Charlotte zu mir zurückkommen.

Sie winkte mir zu, während sie sich ihr Frühstück holte, und kurz darauf kamen auch Jenö, Irmi und Kaspar. Alle waren bester Laune. Charlotte erzählte mir, dass sie am Samstag vom Schwan aus noch zu Kaspars Freundin gegangen waren (ich wusste nicht einmal, dass er eine hatte) und dort weitergefeiert hatten, bis sie in den frühen Morgenstunden hinausgeworfen worden waren. Anschließend hatten sie den ganzen Sonntag damit zugebracht, die Böden der Schule zu wischen (die Strafe des Direktors), aber sie hatten eine Flasche Schnaps dabeigehabt, und alle fanden, dass es gar nicht so schlimm gewesen war.

Es war schön, Charlottes offenes, kehliges Lachen zu hören. Ich genoss, was war. Der Frühling war da, bald würde der Sommer kommen. Wir würden erneut die Wärme an der Ilm und oben im Wald genießen und die Eskapaden der letzten Wochen vergessen.

Doch dann war das Frühstück vorbei, und ich sah, wie Charlotte und Jenö sich bereit machten, um zum Unterricht zu gehen. Ich wollte ihnen zurufen: *Halt! Wartet!* Den ganzen Morgen hatte ich überlegt, wie ich die Wahrnehmungen der Migräne am besten beschreiben sollte – ihre Geister in meinem Zimmer, die grellen Lichter und merkwürdigen Gerüche –, aber jetzt fühlte ich mich wie Irmi auf dem Tisch im Schwan: Ich wusste nicht, was ich sagen, wie ich die anderen aufhalten sollte.

Stattdessen sah ich ihnen nach, wie sie die Kantine verließen, und die Distanz zwischen uns wurde immer größer: Jenö und

Charlotte, zwei goldene Wesen im Schein der Aprilsonne. Und dann begriff ich. Es war, als würde mein Herz brechen. Das ganze Wochenende über hatte sie gar nicht gemerkt, dass ich nicht da war.

SIEBZEHN

ENGLAND

Ein altbekannter Gedanke an diesem Nachmittag: Wenn ich nicht arbeite, fange ich nur an zu grübeln. Da ist ein Gefühl, dass ich etwas mit meinen Händen machen sollte, aber ich weiß nicht was. Meine Spaziergänge am Meer lenken mich nicht genug ab. Seit Walters Tod muss ich ständig ans Bauhaus denken. Ich hatte noch ein anderes Leben – andere Freundschaften, andere Geliebte, mehrere Jahrzehnte in meiner neuen Heimat –, doch seit ich von seinem Schlaganfall erfahren habe, kann ich an nichts anderes denken als an das, was damals mit uns geschehen ist.

Arbeit ist das beste Gegengift, so war es schon immer. Aber ich weiß auch, dass ich nicht noch mehr von meinen »Betonblock-Abstraktionen« (wie Irmi sie nennt) malen kann, und so habe ich beschlossen, mich an meinem ersten Selbstbildnis zu versuchen. Es soll mein Geständnis in Farbe werden: Ich werde mich zeigen, wie ich wirklich bin.

Eine ganze Weile schaue ich nur in den Spiegel. Meister Itten wäre stolz auf mich, wie lange ich es hinauszögere, den Stift aufs Papier zu setzen. Stattdessen nutze ich meine Finger, um die Form meines Gesichts zu erforschen: die unrasierten Wangen, die tiefliegenden Augen, die stolze Nase. Mein Hals ist schlaff, der Hals eines alten Mannes, und ich bin genauso kahl wie damals in Weimar. Lange versuche ich, auf diese Weise herauszufinden, was meine Einzigartigkeit ist, wie Itten es nannte.

Es ist ewig her, seit ich figurativ gearbeitet habe, und es ist mir nicht unwillkommen. Sonst male ich meistens Farbblöcke bunt wie Eiscreme. Ich spiele mit der Farbsättigung, um wie bei Klees *Vogelgarten* ein Gefühl von sich bewegenden Transparenzen zu erreichen. Ich erinnere mich nicht mehr, wann meine Arbeiten sich in diese Richtung entwickelt haben, es war auf jeden Fall nach dem Krieg. Anfangs malte ich sogar mit dem Spachtel. Ich hatte keine Lust mehr, Dinge abzubilden, selbst wenn sie nur schwer zu erraten waren. Wahrscheinlich war ich endlich meinem Nachahmungsimpuls entwachsen.

Im Lauf der Jahrzehnte haben die Kritiker insbesondere die Hitze der Farben in meinen Werken hervorgehoben, aber für mich sind vor allem die unbemalten Korridore interessant: unbeleuchtet und kalt, ohne Farbüberlappung. Sie sind als Ränder gedacht, von denen man stürzen kann. Diese Bilder sind eine Anspielung auf Charlottes gewebte schwarze Vierecke mit ihren Blitzen aus Panik, aber da niemand von ihr weiß, kann auch niemand in meinen Bildern erkennen, wie präsent ihre Abwesenheit und ihr Einfluss noch immer sind.

Manchmal sind es Aussparungen am Rand, manchmal gehen sie mitten durch die Farbmasse wie ein ausgedörrtes Flussbett. Was auch immer diese Spätwerke sein mögen, ihre Leerräume sind alle Charlotte. Hüte dich vor der nahenden Farbe, sagen sie, pass auf, wo sie nicht hinfließt.

ACHTZEHN

Selbst im Rückblick weiß ich nicht, wann Charlotte und Jenö während meiner glücklosen Fasterei genau zusammenkamen. War es, als ich ihn betrunken und schlafend bei ihr zurückgelassen hatte? Vielleicht hatte er die Nacht dort verbracht, und sie waren im Bett gelandet. An dem Morgen war ich um fünf Uhr aufgewacht und hatte plötzlich das Gefühl gehabt, dass etwas zu Ende ging, dass unsere Gruppe so, wie sie bisher gewesen war, nicht mehr existierte. In dem Moment hatte ich das Gefühl beiseitegeschoben, aber vielleicht hatte etwas in mir Bescheid gewusst.

Ich hatte gehofft, das Fasten würde meinen Blick schärfen, stattdessen war ich nur noch blinder geworden. Stunde um Stunde, Tag um Tag sah ich nicht, was direkt vor meiner Nase war. Charlotte und Jenö, zwei vollkommene Wesen. Sie waren wie füreinander geschaffen.

Jenös Techtelmechtel mit Walter im Badehaus hatte keine Bedeutung. An jenem Morgen in der Kirche hatte ich Walter eine Zukunft mit Jenö gegeben, die mir glaubwürdig erschien. Und die ganze Woche über, als ich Detektiv gespielt und herumgeschnüffelt hatte, war ich Walter nachgeschlichen, dabei hätte ich lieber die beiden beobachten sollen.

Auch Walter muss über diese Wochen nachgedacht und sich gefragt haben, wann sie zusammengekommen waren – oder vielmehr, wann wir gescheitert waren. In dem Moment, als Charlotte an dem Morgen in Meister Ittens Unterricht Jenös Porträt aus ihrer Mappe zog, wussten wir beide Bescheid. Der Mann auf dem Bild war ein Mann, der geliebt wurde.

Das Schlimmste dabei war, dass nicht nur die Zukunft tot war, sondern auch die Vergangenheit ein neues Gesicht bekam. Welche Versprechen hatte sie mir in all den Monaten gegeben? Keine! Welche Liebeszeugnisse? Ein paar hingekritzelte Nachrichten, ein paar flüchtige Porträts, Händchenhalten am Ufer der Ilm. Ich war nicht im Badehaus geküsst worden, konnte meinen Zorn nicht daran wetzen. Ich wusste nicht einmal, ob ich überhaupt das Recht hatte, wütend zu sein. Herzschmerz. Was für ein banales Gefühl, und doch so quälend. Ich verbrachte fast den ganzen April wie in einem Nebel.

Schmerz sammelt sich. Und erhärtet.

Wir waren Zeugen ihrer wachsenden Nähe, sahen, wie sie miteinander scherzten und leise lächelten, wie sie sich im Licht des Fensters unterhielten, gemeinsam an neuen Projekten arbeiteten, zum Picknick in den Wald fuhren. Ihre neue Liebe strahlte förmlich aus ihnen heraus.

Das Gefühl, außen vor zu sein, das ich nach der Migräne gehabt hatte, war nichts im Vergleich zu dem, was ich jetzt erlebte. Ich war geradezu besessen davon, den beiden nachzuspionieren. Ich wollte wissen, was sie taten und wo sie es taten. Mehr als je zuvor wollte ich in Charlottes Nähe sein.

Sie kam durchaus noch öfter zu mir, aber die Besuche fühlten sich leer an, als hätte sie mit Jenö besprochen, dass sie mich schrittweise enttäuschen wollte. In jedem Fall sorgte mein Verhalten dafür, dass die Besuche nicht lange andauerten. Ich hasste es, wenn sie ging, aber noch mehr hasste ich es, wenn sie da war. Meine Bosheit in jenem April schockierte mein

September-Ich, das sich in dieses goldene Mädchen verliebt hatte, überzeugt, dass sie in mir nur Gutes erwecken konnte. Charlotte bemühte sich sehr um Normalität, aber gerade das machte es für mich nur noch schlimmer. Ich merkte, wie sie ihr Glück zu verbergen versuchte, um mich nicht zu verletzen.

Als ich im vergangenen Herbst ans Bauhaus gekommen war, hatte ich mir in meinem bornierten Spießerhirn bereits eine hübsche kleine Hochzeit mit meiner hübschen kleinen Frau ausgemalt. Doch in diesem Frühjahr kam mir das alles grotesk und lächerlich vor.

Ich hatte die Zukunft für unerschütterlich gehalten. Ich hatte mich geirrt.

Weimar verlor bald seine Erinnerung an den Winter. Blütenblätter schwebten durch die Luft oder lagen braun am Straßenrand. Auf dem Friedhof öffneten sich die Tulpen, und die Rhododendren prahlten mit ihrer Blütenpracht. Es war ein sehr trockener Frühling, fast ohne Regen, die Luft schwirrte von Bienen, und die Vögel zwitscherten voll Übermut.

Walter und ich verbrachten fast den ganzen Mai im Atelier. Er, um das Entschädigungsgeld für Sommer zusammenzubekommen, und ich, um nicht zu viel zu grübeln. Wir malten Berge oder Nymphen im Schilf, und Walters Schmerz war meinem so ähnlich, dass die Arbeit draußen am Waldrand nach einem langen Tag am Bauhaus nicht unbedingt die Ablenkung war, nach der ich mich sehnte. Dennoch waren wir sehr produktiv.

Jeden Morgen nach unserer Schicht fuhren wir zum Bäcker, um unsere Geldberge gegen Brot einzutauschen. Danach verabschiedete sich Walter und fuhr allein davon. Anfangs waren wir oft noch im Friedhofspark spazieren gegangen oder ein wenig durch die Stadt geradelt, aber jetzt wollte er offenbar allein sein. Und ich fragte mich, ob er vielleicht zum Badehaus fuhr, um sehnsuchtsvollen Erinnerungen nachzuhängen, oder zu Charlotte, in der perversen Hoffnung, die beiden zusammen zu sehen.

In diesem Mai wucherte das Geld. Es stapelte sich beim Bäcker, beim Fleischer, in der Kneipe. Es quoll unter Betten hervor, aus Fahrradkörben, Schubkarren, Kissenbezügen. Es wurde zum Feuermachen, als Makulatur oder zum Einpacken verwendet. Die Obdachlosen stopften ihre Jacken damit aus, wenn die Nächte kühl waren. Es sammelte sich im Rinnstein, in den Mülltonnen, in den Abwasserkanälen. In der Schule benutzten wir es, um daraus Pappmaché zu machen. Bald bemaßen sich unsere Leben in Milliarden. In dem Frühjahr schienen auch Charlotte und Jenö in immer astronomischere Höhen zu steigen, und nichts konnte ihren Aufstieg bremsen.

NEUNZEHN

In der Nacht nachdem wir Steiners letztes Bild für die Hamburger Bank beendet hatten, fand ich heraus, was Walter an seinen melancholischen Morgen trieb. Den ganzen Monat über hatte mich die Frage beschäftigt, weil ich gelernt hatte, Menschen mit Geheimnissen zu misstrauen.

Das Bild war kleiner als sonst, und wir waren rasch fertig damit: eine Gartenlaube mit Enten im Morgenlicht. Am Ende der Schicht warf Steiner Walter einen eigentümlichen Blick zu und sagte, den Rest würde Daniel erledigen. Die beiden sprachen kurz miteinander, und ich wartete draußen auf Walter.

Wir fuhren wie üblich zum Bäcker, und ich rechnete damit, dass er danach verschwand, doch diesmal lud er mich auf einen Kaffee in sein Zimmer ein.

Beim Eintreten empfing uns ein muffiger Geruch, und als Walter die Vorhänge aufzog, sah ich, was sein Geheimnis war: Überall im Raum stapelten sich Tüten mit Salz, Konserven mit Gemüse und Fleisch, Seife, Würste, aber auch Ledermappen, kaputte Stühle und sogar ein Grammophon.

Er grinste. »Mein Königreich!«

»Was hat das zu bedeuten?«

»Ich bin jetzt Händler.«

Mein Blick wanderte zu zwei Bleistiftzeichnungen, die in einem Regal lehnten, beide stammten offensichtlich von Kandinsky. Daneben standen noch zwei sumpfartige abstrakte Bilder, die mir aber nicht gefielen. Ich nahm die kleinere Kandinsky-Zeichnung heraus. »Wie bist du darangekommen?«

Jeden Morgen nach der Schicht bei Steiner, erklärte Walter, fuhr er als Erstes zum Bäcker. Das Brot tauschte er gegen Streichhölzer ein, die Streichhölzer gegen Möhren, die Möhren gegen Stifte, die Stifte gegen eine Dose Pökelfleisch, und damit ging er dann zu einer der Meisterfrauen und tauschte das Fleisch gegen eine Zeichnung. »Mein Onkel ist Kunsthändler in London. Er wird mir dafür richtiges Geld geben. Britische Pfund. Stell dir mal vor: ein Kandinsky für eine Dose Pökelfleisch!«

»Die würdest du doch nie im Leben weggeben«, sagte ich, ohne den Blick von den bezaubernden Linien zu lösen.

»Letzte Woche habe ich etwas über einen Mann in Berlin gelesen. Er hat seine gesamten Ersparnisse abgehoben – hunderttausend Mark – und sich davon eine U-Bahn-Karte gekauft. Er hat sich die Sehenswürdigkeiten angesehen, war im Zoo, im Schloss und im Tiergarten, und dann hat er sich in seinem Zimmer eingeschlossen und ist dort verhungert. Es sind gefährliche Zeiten.«

»Nicht wenn man Walter König heißt.«

Auf dem Beistelltisch stand ein Foto von Walter mit seinen Eltern, so, wie er ausgesehen hatte, als er im September nach Weimar gekommen war: hager und aristokratisch. Da erst fiel mir auf, wie pummelig er geworden war. Vielleicht aß er ja einen Gutteil seiner Vorräte selbst. Walter sprach fast nie von seinen Eltern, aber das taten wir alle nicht. Schließlich waren sie diejenigen, vor denen wir wegliefen.

Er machte sich daran, Kaffee zu kochen. Er hatte seinen Malerkittel gegen ein kragenloses Hemd getauscht, und mir fiel auf, wie fremd ihm sein neues Gewicht zu sein schien; er bewegte sich immer noch wie ein dünnerer Mann. Schließlich setzte er sich aufs Sofa, umrahmt von Konserven und Trockenfleisch.

»Wann hast du das alles besorgt?«

»Während der letzten Wochen. Ich musste mich irgendwie ablenken.«

Da war sie, die stillschweigende Erwähnung des glücklichen Paars. Ich ging nicht darauf ein, weil ich nicht wusste, was ich damit machen sollte. Wir hatten bisher nie über die beiden gesprochen. »Sommer hat also sein Geld bekommen?«

»Ach, das war schon nach zwei Schichten bei Ernst erledigt.« Er machte eine wegwerfende Handbewegung, die mich ärgerte. Die Sache mit Sommer war unschön gewesen, und sie hatte unsere Clique gespalten. Irmi hatte sich von uns distanziert, und Kaspar fuhr an den Wochenenden immer öfter nach Hause.

Walter hielt eine fast leere Flasche Wodka hoch. Bevor ich reagieren konnte, kippte er den Rest in den Kaffee. Der geheimniskrämerische Walter: Tagsüber machte er seine Tauschgeschäfte, nachts malte er. Ich war oft an seinem Fenster mit den zugezogenen Vorhängen vorbeigefahren und hatte immer angenommen, dass er schlief. Während ich meinen Kummer in mich hineingefressen hatte, war Walter ein König der Dinge geworden.

»Prost«, sagte er, und wir stießen mit unseren Tassen an.

Der Kaffee mit Schuss wärmte mich auf. Ich betrachtete noch einmal die Sumpfbilder. »Von wem sind die?«

»Von Charlotte.«

»Oh. Wirklich?« Ich hatte ein schlechtes Gewissen, weil sie mir nicht gefielen. Ich stand auf, um sie mir genauer anzusehen. Die Farbe war sehr dick aufgetragen, als hätte sie einen Spachtel verwendet. Ich suchte vergeblich nach ihren Initialen.

»Wogegen hast du sie eingetauscht?«

»Ein Tüte Salz.«

»Das hättest du ihr auch einfach schenken können.«

»Findest du, dass sie das verdient hat? Nach allem, was sie uns angetan hat?«

»Na ja«, sagte ich, »Jenö war daran ja auch nicht ganz unbeteiligt.«

»Sie hat ihn bearbeitet. Zwischen dem Badehaus und dem Tribunal hat sie ihm den Kopf verdreht.«

»Unsinn. Wenn du auf jemanden wütend sein solltest, dann auf Jenö. Er hat erst mit dir angebandelt und dann mit ihr, und zwar aus freien Stücken.«

»Nein. Sie hat ihn weggelockt, ihm eingeredet, dass er nicht mich liebt, sondern sie. Das ist Betrug.«

»Nein, Walter, es ist einfach Pech. Pech für uns.«

Walter klopfte die Sofakissen zurecht. »Ich muss ihn ja ziemlich abgestoßen haben.«

»Das wollte ich damit nicht sagen. Ich meinte bloß, dass es nicht allein ihre Schuld ist. Jenö hat sich falsch verhalten. Er hätte dich nicht küssen dürfen …«

»Er hat mich nicht nur geküsst, Paul. Wir sind zu mir gegangen. Als du Jenö vor der Bäckerei gesehen hast, kam er von mir.«

Ich dachte daran zurück, was Jenö gesagt hatte, als wir bei Charlotte gewesen waren. »Ich dachte, er wäre bei Sommer gewesen, um sich zu entschuldigen.«

»Ach was. Der Alte hat Geld von uns gekriegt, aber keine Entschuldigung.«

»Na gut. Ihr habt miteinander geschlafen. Aber ihr wart nicht verlobt.«

»Er hat mir ein Versprechen gegeben! Mit seinem Körper.«

Ich wusste nicht, ob ich meinen eigenen Worten glaubte. Charlotte hatte mir nie so ein Versprechen gegeben. Wir hatten noch nicht mal über unsere Beziehung geredet, und trotzdem war ich zutiefst empört.

Walter öffnete das Fenster und beugte sich hinaus. Im Erdgeschoss des Hauses war ein Blumenladen, und die frische Luft trug den Duft von Lilien herein. Als er sich wieder zu mir wandte, war sein Gesicht verzerrt. »Ach, Paul, es bricht mir das Herz!«

»Nun ja, das ist unter den Umständen wohl normal«, erwiderte ich. Ich war selbst erschrocken, wie kühl ich reagierte, aber ich wusste nicht, warum Walter immer die ganzen Gefühle abbekam.

Mein Tonfall lockte wieder seinen Zorn hervor. »Hat sie sich wenigstens bei dir entschuldigt, weil sie dir die ganze Zeit etwas vorgemacht hat?«

»Sie hat mir nichts vorgemacht. Das habe ich selbst getan.«

»Komm schon, eine Entschuldigung ist ja wohl das Mindeste. Sie hat sich einfach genommen, was sie haben wollte, ohne Rücksicht auf andere. Sie hat unsere Gefühle verletzt.«

»Hör mal, ich weiß nicht, was passiert ist. Die beiden haben sich ineinander verliebt, und das war vielleicht falsch, aber du kannst doch nicht einfach Charlotte die Schuld an allem geben.«

»Sie hat ihn bearbeitet!«

»Quatsch. Sie wollte nur helfen.«

»Denk doch mal nach, Paul. Es war ihre Idee, Sommer eine Entschädigung zu zahlen. Das mit dem Tribunal war schon an dem Sonntag geregelt, als sie ihm das Geld gegeben hat. Das alles war bloß ein Vorwand, um die ganze Zeit mit Jenö zusammenzustecken.«

»Ich habe von alldem keine Ahnung.«

»Deshalb sage ich es dir ja. Frag Irmi. Sie hat großes Mitgefühl mit dir. Und sie weiß, dass Charlotte dich ungerecht behandelt hat. Ernst findet das auch.«

»Du hast mit Steiner darüber geredet?«

»Er hat auch Erfahrung mit einem gebrochenen Herzen, das kannst du mir glauben.«

»Walter, du darfst ihm nicht trauen.«

»Warum denn nicht? Er hat Erfahrung. Er hat gelebt.«

»Aber er hasst das Bauhaus. Schon immer.«

»Jenö ist noch ein Kind«, sagte er, und ich fragte mich, ob es Steiners Worte waren. »Und er benimmt sich auch so.«

Seine Augen glitzerten verdächtig. Armer Walter, ein König der Dinge und doch so allein. Jenö wollte nichts mehr von ihm, Jenö hatte ihn im Stich gelassen. Da erinnerte ich mich an Jenös Gesichtsausdruck, als er in den Schwan gekommen war. Er hatte ausgesehen wie ein freier Mann ohne Vergangenheit.

»Ich kann alles haben, *alles*. Nur nicht das, was ich will.« Walter wischte sich eine Träne weg, doch da kam schon die nächste.

»Es gibt nichts, was wir tun könnten.«

»Geht dir deine eigene Trägheit nicht auf die Nerven?«, fauchte er.

Es war zu spät, um noch irgendwas zu ändern, und so schwieg ich.

»Manchmal bist du so passiv, dass ich denke, du implodierst gleich.«

Ich stand auf, und Walter packte mich an den Schultern. »Wie kannst du einfach herumlaufen, als wäre nichts geschehen?«

»Was soll ich denn tun?«

»Kämpfen!«

»Das hat doch keinen Sinn. Die beiden sind verliebt!«

Er ließ mich los. »Ich kann das nicht mit deinem elendigen Gleichmut hinnehmen.«

»Das ist kein Gleichmut, Walter, ich akzeptiere nur, was sich nicht ändern lässt!«

Er sah mich an, den Blick auf meine Lippen gerichtet. Einen

Moment lang dachte ich, er würde mich küssen. »Ich bin hundertmal lieber ich als du, Paul Beckermann.«

»Was soll das denn heißen?«

»Du hockst immer nur da und tust nichts.« Er fächerte die Hände auf, als würde er Karten spielen. »*Nichts, nichts, nichts.*«

ZWANZIG

Natürlich gab es auch Zeiten, in denen nicht viel passierte. In den folgenden Wochen bewarb ich mich um einen Werkstattplatz für den Herbst und ging nur noch selten ins Atelier. Mein Streit mit Walter und seine Anbiederung bei Steiner verdarben mir die Lust, und ich überließ meine Himmel jemand anderem.

Ich sah Steiner gelegentlich im Schwan, aber er sprach mich nicht an, und ich war froh, dass ich nicht mit ihm reden musste. Das Ende des Semesters nahte. Einige von den Studenten würden für die Bauhaus-Ausstellung bleiben, andere fuhren nach Hause. Ich hatte mich entschieden, die Sommerferien in Dresden zu verbringen. Ich mochte Charlotte und Jenö nicht mehr um mich haben, und ich wollte nicht jedes Mal eine Maske aufsetzen müssen, wenn Irmi mich dabei erwischte, wie ich die beiden beobachtete, und mich voll Mitgefühl ansah.

Während ich auf das Semesterende wartete, stromerte ich durch die sommerliche Stadt. Weimars schnörkelige Schönheit machte mich wahnsinnig, aber in der Nüchternheit des Bauhauses fand ich auch keine Ruhe.

Auch Walter machte sich rar. Er war zwar leicht zu finden – alle am Bauhaus wussten, dass er der Mann war, der einem alles beschaffen konnte –, aber er setzte sich im Unterricht und in der Kantine zu anderen Leuten.

Beim Essen merkte ich manchmal, wie er zu uns herübersah, und Charlotte beobachtete ihn ihrerseits. Wahrscheinlich wusste sie gar nichts von seiner Verbindung zu Jenö, ich bezweifelte, dass er ihr die Wahrheit gesagt hatte. Ein Mann war ohnmächtig geworden. Ein anderer hatte Schläge abbekommen. Das war nach wie vor die offizielle Badehaus-Geschichte.

Kurz vor Semesterende wurden die Werkstatteinteilungen für das nächste Jahr ausgehängt. Die Meister waren bereits fast alle in die Ferien verschwunden, sodass niemand mehr da war, bei dem man sich beschweren konnte. Abgesehen von Walter gingen wir alle zusammen die Treppe hinauf, vorbei an Oskar Schlemmers Wandbild aus tanzenden Figuren in Rot, Gelb und Blau, die mich an glücklichere Zeiten erinnerten, als wir alle noch unbeschwert und übermütig gewesen waren.

Oben drängten sich bereits die Studenten und fuhren mit dem Finger die Listen hinunter, um zu sehen, für welche Werkstatt sie eingeteilt worden waren. Wir schoben uns zwischen die anderen und suchten unsere Namen. Irmi war wunschgemäß für die Weberei eingeteilt worden, Jenö für die Metallwerkstatt, Kaspar für die Steinbildhauerei, und ich fand *Beckermann, Paul* unter Wandmalerei, wie ich es mir erhofft hatte. Leider war meine Werkstatt nur mit Männern besetzt.

Charlotte stand ein wenig abseits, umrahmt vom gitterförmig unterteilten Lichtfleck eines Fensters. Sie hatte mir nicht gesagt, wofür sie sich beworben hatte, aber ich konnte *Feldekova* nirgends finden. Doch dann entdeckte Irmi Charlottes Namen in der Liste für die Weberei. Jenö wurde blass und ging zu ihr, um sie zu trösten, und ich sah zum ersten Mal, wie er sie küsste. Es tat weh, und ich wandte mich ab.

»Vielleicht ist es ein Fehler?«, sagte Irmi leise, um mich von den beiden abzulenken. Aber ich wusste, dass es kein Fehler war, sondern eine klare Aussage des Direktors: Dahin gehören die weiblichen Studenten.

Ich hielt Ausschau nach *König*. Walter stand in der Liste für die Metallwerkstatt, gleich unter *Fiedler, Jenö*.

»Wusstest du«, sagte Irmi, als wir wieder nach unten gingen und die Liebenden sich selbst überließen, »dass Walter den Sommer über hierbleibt?«

»Mit den beiden?« Charlotte und Jenö zeigten ihre Arbeiten bei der Bauhaus-Ausstellung.

»Ich halte das für keine gute Idee. Und du? Was hast du vor?«

»Ich fahre nach Hause.«

»Wie langweilig. Komm doch mit Kaspar und mir nach Berlin.«

»Ich habe Arbeit in Dresden.«

»Die findest du in Berlin auch.«

Aber ich sagte, ich bräuchte das Geld, und Irmi bohrte nicht weiter nach.

An dem Abend kamen Charlotte und Jenö zu mir, zwei blasse Heilige, die an meine Tür klopften. Ich tat so, als hätte ich schon geschlafen, und gab eine Runde Schnaps aus. Es war fast wie eine Party, obwohl ich wusste, dass sie gekommen waren, um sich zu entschuldigen. Der Alkohol stieg mir sofort zu Kopf und machte mich benommen. Mein Koffer war bereits gepackt. Ich würde den ganzen Sommer in der Schuhfabrik meines Vaters zubringen. Immer noch besser, als mit den beiden hier in Weimar zu bleiben oder mit Walter im Atelier.

Lächelnd hörte ich zu, wie Charlotte erklärte, dass alles wie aus heiterem Himmel passiert war, dass sie sich nicht während der Badehaus-Affäre ineinander verliebt hatten, sondern erst danach. Dass sie hergekommen waren, um … Hier stockte sie. Ich hatte ihr nie meine Liebe gestanden, warum also sollte sie annehmen, sie müsste sich bei mir entschuldigen?

Jenö sprang ein: Sie wollten nur sichergehen, dass ich damit einverstanden war, wie sich die Dinge entwickelt hatten.

Unter dem Einfluss des Alkohols spielte ich meine Rolle perfekt, schob ihre Sorgen beiseite – *nein, nein, überhaupt kein Problem, ich freue mich für euch* –, gab ihr einen Kuss auf die Wange, schüttelte ihm die Hand und schenkte noch eine Runde Schnaps aus, wie um ihrer Liebe meinen Segen zu geben. Und die ganze Zeit hörte ich im Geist Walters Worte: *Du musst kämpfen!* Je länger ich Jenö ansah, desto mehr hasste ich ihn mit seiner honigfarbenen Haut und den blonden Wimpern – im Sommer sah er aus wie in Gold getaucht. Ich lächelte, trank und betrachtete ihre hübschen Gesichter, und gleichzeitig dachte ich: *Geht, verschwindet, lasst mich allein, ich halte es nicht mehr aus.* Was, wenn ich ihnen vor die Füße kotzte? Oder Jenö mit dem Messer an die Kehle ging? Oder einfach damit herausplatzte, was Jenö mit Walter gemacht hatte? In mir loderte eine Gewalt, die ich niemals ausleben würde, die mich aber auch nicht losließ: Ich wollte ihn in seinen Grundfesten erschüttern.

EINUNDZWANZIG

In den Jahren nach dem Bau der Berliner Mauer bekam ich eine Handvoll Briefe von Walter, die ich immer noch habe. Sie geben nur wenig Persönliches preis. Er arbeitete als Kunstlehrer in der Schule, eine Stelle, die nicht einfach zu bekommen gewesen war, denn Charlotte hatte in Dessau dafür gesorgt, dass er das Bauhaus verlassen musste, und er hatte nie ein Examen gemacht.

Er erwähnte nicht, was aus Ernst Steiner geworden war, ob die beiden immer noch zusammenlebten oder ob er tot oder im Exil war. Stattdessen erzählte er von seinem Leben im Osten und einigen Bauhaus-Geschichten, an die ich mich nicht erinnerte. Schließlich folgte seine Bitte um eine »kulturelle Einladung« nach England.

Diese Briefe waren in einem steifen, förmlichen Stil verfasst, dem man das Bemühen anmerkte, unser beiderseitiges Unbehagen zu verbergen. Abgesehen von einem Brief über Franz, den er offensichtlich in betrunkenem Zustand verfasst hatte und in dem seine alte lebendige Stimme wieder zu hören war, erwähnte er kein einziges Mal, was im Lager mit Charlotte passiert war.

Ich hörte, dass man die Einwohner von Weimar nach der Befreiung von Buchenwald gezwungen hatte, zu Fuß die acht Kilometer zum Lager hinaufzugehen und sich alles genau anzusehen. Ich stellte mir vor, wie die Kellnerin aus dem Schwan, die Angestellten vom Badehaus, der Bäcker vom Stadtrand, die neuen Lehrer an der Kunstschule, wo die Wandbilder übermalt worden waren, an den Schienen entlangmarschierten, um sich anzusehen, was in Goethes goldenem Wald geschehen war. »Wir haben nichts davon gewusst«, sagten sie, was wohl einerseits stimmte und andererseits auch wieder nicht, denn angesichts des Entsetzens reagiert der Mensch oft mit Verleugnung. Unser Verstand schiebt das Unbegreifliche beiseite.

Doch Irmi hat recht: Ich darf mir kein Urteil erlauben. Ich war ab 1934 in England, und später habe ich auf Walters Briefe nicht mehr reagiert, weil ich nicht wusste, was ich tun sollte, und sie zu ignorieren war das Einfachste. Obwohl ich wusste, dass es ihm schlecht ging, dass Ostberlin ein Gefängnis war.

Auch ich habe weggesehen. Es war ganz leicht.

Vom Tonfall her waren die Briefe, die ich im Sommer 1923 von Walter bekam, ganz ähnlich wie die, die er mir nach dem Krieg schickte: höflich und sehr förmlich. Ich hatte mit seinen üblichen Schimpftiraden gerechnet – Charlotte sei eine Hure, eine gewissenlose Verführerin –, doch stattdessen waren seine Briefe sehr zurückhaltend. Er schrieb, dass er viel mit den beiden unternahm und sich bestens amüsierte, dass sie zu dritt im Wald picknickten, dass sich in der Nähe der Goethe-Eiche ein Teich gebildet hatte, in dem sie sich abkühlten.

Doch ein Lügner erkennt einen anderen Lügner, und seine demonstrative Unbeschwertheit erschien mir ebenso falsch wie meine eigene. Ich fragte mich, was wirklich ablief – ob ich bei meiner Rückkehr Charlotte und Jenö erschlagen vorfinden würde oder ob sie vielleicht einfach zu dritt ins Bett gehüpft waren.

Als ich im September nach Weimar zurückkehrte, dauerte es

eine Weile, bis ich Walter fand. Er war weder in seinem Zimmer noch in der Kantine noch bei der Anmeldung für das neue Semester, und Irmi und Kaspar hatten ihn auch noch nicht gesehen, seit sie (strahlend und triumphierend) aus Berlin zurückgekommen waren. Ich nahm an, dass er sich im Atelier versteckt hielt.

Am Abend machte ich mich auf den Weg. Im Wald rührte sich kein Lüftchen, und es war so still, dass ich nur das Geräusch meiner Räder auf dem Weg und mein klägliches Pfeifen hörte, mit dem ich aus lauter Nervosität begonnen hatte. Ich weiß nicht warum, aber ich hatte regelrecht Angst vor dem Atelier. Ich war seit Monaten nicht mehr dort gewesen, und ich fürchtete, dass Steiner wütend auf mich war, weil ich einfach ohne Erklärung verschwunden war.

Oben auf dem Hügel hielt ich inne und blickte hinunter auf die Stadt. Ich hatte vergessen, dass das neue Semester mit einem Laternenfest begann, um die neuen Studenten zu begrüßen. Weimars Straßen waren Flüsse aus Licht.

Als ich beim Atelier ankam, war die Tür verschlossen. Normalerweise war sie immer offen, selbst wenn keiner da war, denn schließlich klaute niemand ein anderthalb mal zwei Meter großes Bild von Persephone, die in der Unterwelt verschwand. Ich hatte aber immer noch einen Schlüssel, und so öffnete ich die Tür. Von oben klangen Stimmen herab, und plötzlich hatte ich eine bizarre Version von Walter, wie er den anderen Malern nackt Modell stand.

Ich ging nach oben, und Steiner war der Erste, der mich bemerkte. »Hallo, Paul«, begrüßte er mich lächelnd.

»Hallo, Herr Steiner.«

Mehrere Männer standen um eine Leinwand herum, von der ich nur die Rückseite sah. Doch Walter war nicht darunter. Wenn er nicht hier war, hatte ich keine Idee mehr, wo ich ihn suchen sollte, und zum ersten Mal kam mir der Gedanke, dass er das Bauhaus vielleicht ganz verlassen hatte.

»Wo hast du dich denn versteckt?«, fragte Steiner.

»In Dresden. Ich war in den Ferien zu Hause.«

»Was hat Dresden, was Weimar nicht hat?«

»Nichts.«

»Du hast die große Ausstellung verpasst.«

»Ich weiß.«

»Albert Einstein war hier. Und Schostakowitsch.«

»Ja, das habe ich gehört.«

»Es war – interessant. Aber es hat natürlich niemanden vom Nutzen der Schule überzeugt.«

Ich folgte Steiner in sein Büro. Auf dem Schreibtisch stapelten sich Aufträge, Ordner und Zeitungen, und an den Wänden hingen ein paar expressionistische Bilder, unter anderem eins mit einem roten Quadrat, einem gelben Dreieck und einem blauen Kreis, wie Kandinsky es in seinen Seminaren verwendete. »Ich wusste gar nicht, dass Ihnen so was gefällt.«

»Ich habe es in der Ausstellung gekauft.«

»Ist es von Kandinsky?«

Er nickte. »Sammler haben einen grässlichen Geschmack.«

»War es teuer?«

Er tippte sich nur an die Nase. Obwohl es im Atelier kühl war, fiel mir auf, dass er schwitzte. Gerade als ich ihn nach Walter fragen wollte, sagte er: »Dein Freund ist ein komischer Kerl.«

Ich wartete darauf, dass er die Bemerkung weiter ausführte, aber es kam nichts mehr. »Wie meinen Sie das?«

»Er ist ein ziemlich emotionaler Typ, nicht wahr?«

»Ja, kann sein.«

»Dieser Jenö ist reine Zeitverschwendung. Trotzdem trifft er sich immer wieder mit ihm und dieser schrecklichen Charlotte.«

»War er viel mit ihnen zusammen?« Ich hatte Walters Schilderungen in den Briefen nicht so recht geglaubt, aber für Steiner gab es keinen Grund zu lügen.

»Fast die ganze Zeit! Obwohl ich ihm immer wieder gesagt habe, dass ihm das nicht guttut. Deshalb habe ich die Schichten getauscht. Ich dachte, es wäre besser für ihn, wenn er tagsüber etwas zu tun hat und ein bisschen Abstand gewinnt.«

»Danke«, sagte ich mit wachsender Besorgnis. »Ich meine, dass Sie sich um ihn gekümmert haben.«

»Er ist wirklich ein großartiger Maler, Paul. Er hat ein echtes Händchen für Licht. Ich bin dir wirklich dankbar, dass du ihn mitgebracht hast.«

In dem Moment tauchte Walter vor der Bürotür auf. Ich sah durch die Scheibe, wie er sich mit einem Lappen die Hände abwischte. Er hatte sich einen Bart wachsen lassen.

»Ah, da ist er ja!«, rief Steiner und ging zur Tür. »Unser junger Caspar David Friedrich. Was hast du denn die ganze Zeit da draußen gemacht? Leichen vergraben?«

Walter hatte mich noch nicht bemerkt. Er beobachtete Steiner, als wollte er sich seiner Wirkung auf ihn vergewissern. Doch als er mich sah, erstarrte sein Gesicht, und sein Blick flog zu Steiners Schreibtisch.

Steiner nahm die Weihnachtsszene hoch, die offenbar gerade in Auftrag gegeben worden war: das schlafende Jesuskind und Maria und Josef, die neben der Krippe knieten. »Das ist für eine Bank in New York.« In die skizzierten Umrisse waren Namen eingetragen: Daniel bei den Gesichtern, Hans bei den Stoffen und Walter beim Himmel. »Soll ich dich dazuschreiben, Paul?« Er deutete auf die Krippe. »Vielleicht hier?«

»Nein«, sagte ich zu meiner eigenen Überraschung.

»Nein?« Er sah mich abwartend an.

»Ich habe genug Geld«, erklärte ich, obwohl das nicht stimmte.

Die Milliarden, die ich im August verdient hatte, waren nichts mehr wert, und bald würde ich meinen Vater wieder anbetteln müssen, damit er die Schulgebühr bezahlte. »Ich konzentriere mich lieber auf mein Studium.«

»Wie du willst«, sagte Steiner, und ich meinte, Erleichterung auf Walters Gesicht zu sehen.

»Wie lange geht deine Schicht?«, fragte ich ihn.

»Dauert noch ein paar Stunden.«

»Ist alles in Ordnung?«

»Ja, bestens.«

»Soll ich auf dich warten?«

»Nein, nein. Geh ruhig. Heute ist doch Laternenfest.«

»Dann sehen wir uns morgen in der Schule?«

Walter nickte nur. Es war ganz untypisch für ihn, dass er so wortkarg war.

»Na gut. Dann bis morgen.«

Auf dem Weg nach draußen schaute ich mir das aktuelle Gemälde an, vor allem den Himmel, den Walter gemalt hatte. Ich weiß nicht, warum es mir einen Stich versetzte, schließlich musste ja jemand meine Arbeit machen, wenn ich nicht mehr kam. Aber ich wollte nicht, dass ausgerechnet er es war.

Doch dann stutzte ich und sah mir das Bild genauer an. Es zeigte eine bäuerliche Szene: im Hintergrund ein Feld mit einem Pferd am Pflug darauf, im Vordergrund ein Bauernhof und davor drei Mädchen mit wehenden Röcken und rosigen Lippen, die ein paar aufgeschreckte Hühner jagten. Das Feld war fast fertig gepflügt, bereit für die Saat. Am Himmel schwebten ein paar fedrige Wolken. Das Bild war gut gemacht, sogar schön, aber irgendetwas daran war merkwürdig, geradezu beunruhigend.

Ich versuchte herauszufinden, woran es lag – an der Angst der aufgescheuchten Hühner, dem müden Schritt des Pferdes?

Nein, Walter hatte etwas mit dem Licht gemacht, aber ich wusste nicht was.

Ich wandte mich um. Walter war noch im Büro. Steiner sprach mit ihm, deutete auf den Himmel und die knienden Figuren. Doch Walter starrte zu mir herüber, als wollte er mich davon abhalten zu sehen, was er in dem Bild verborgen hatte.

ZWEIUNDZWANZIG

Am nächsten Morgen stapelten sich im Eingangsbereich der Schule die Fackeln und mühevoll gebastelte Laternen: ein Schiff, ein Baum, ein Flugzeug, ein Auto, ein Lippenstift. An einigen Stellen waren sie angekokelt oder hatten sogar Löcher. Ich fragte mich, welche wohl Charlotte gehörte und welche Jenö, ob Irmi und Kaspar auch beim Fest gewesen waren, während ich über das Bild und den merkwürdig zurückhaltenden Walter gerätselt hatte.

Ich frühstückte mit Irmi in der Kantine. Sie war nicht mehr das knochige Mädchen, das ich vor den Sommerferien gekannt hatte. Sie war rundlicher geworden, hatte Sommersprossen auf der Nase und einen neuen kinnlangen Haarschnitt. »Kaspar hat mich vom rechten Weg abgebracht«, sagte sie. »Du solltest ihn mal sehen! Er ist braun wie ein Zigeuner.«

»Hattet ihr Spaß?«

»In Berlin? Wie verrückt! Und wie war's in Dresden?«

»Nicht so verrückt.« Ich lachte. »Aber es war in Ordnung. Ich bin jetzt sehr geschickt darin, Turnschuhe zusammenzukleben.«

Irmi erzählte, dass sie über den Sommer als Bedienung in einem schicken Hotel namens Kaiserhof gearbeitet hatte, in dem berühmte Sänger und Schriftsteller und Schauspieler verkehrten. Obwohl ich wusste, dass sie nicht darüber reden wollte, konnte ich es mir nicht verkneifen, sie nach ihrer Meinung zu fragen. »Gestern Abend habe ich Walter gesehen, im Atelier. Wusstest du, dass sie den Sommer zusammen hier verbracht haben? Zu dritt?«

»Ja, ich habe davon gehört.«

»Und?«

»Was, und?«

»Was hältst du davon?«

Sie blies die Backen auf. »Na ja, er hat den ganzen Sommer mit einem Menschen verbracht, den er hasst, und einem, den er liebt, aber nicht haben kann, und tut so, als wären beide seine besten Freunde. Es ist bizarr, aber für jemanden wie Walter auch irgendwie logisch.«

»Weißt du, was wirklich im Badehaus passiert ist?«

»Walter hat mir geschrieben. Es war ein ziemlicher Schock.«

»Weiß Kaspar Bescheid?«

»Ich nehme es an. Wir haben nicht darüber gesprochen.«

»Alle wissen es«, sagte ich. »Sogar Steiner. Ist es nicht falsch, Charlotte im Dunkeln zu lassen?«

»Sie ist glücklich, Paul«, sagte Irmi leise. »Ich weiß, das ist hart für dich. Aber lass sie in Ruhe. Es würde alles kompliziert machen.«

Ich ging nicht weiter darauf ein. »Ich verstehe nur nicht, warum Walter hiergeblieben ist. Er hätte sich in Berlin doch bestimmt prächtig amüsiert.«

Irmi lächelte ein wenig bitter und räumte ihr Frühstücksgeschirr zusammen. »Ja, manche Leute sind seltsam.«

Ich fragte mich, warum sie so merkwürdig reagierte. Ich wagte es nicht, von Walters Bild zu erzählen, weil ich fürchtete, dass ich damit ihre Geduld überstrapazierte. Mir kam der Gedanke, dass sich unter der Oberfläche vielleicht noch ein anderes Bild versteckte: ein nackter Jenö, eine groteske Charlotte, irgendein Hinweis darauf, was vielleicht während ihrer Nachmittage im Wald passiert war. Möglicherweise war Walters Demonstration guten Willens ja tatsächlich echt, wie Irmi mich glauben machen wollte. Aber ich bezweifelte es. Walter war zu sehr in Jenö verliebt, um sich einfach so in sein Schicksal zu fügen.

Bei unserer Einführungsveranstaltung für das zweite Jahr gab ich Jenö die Hand und Charlotte einen Kuss. Kaspar umarmte mich schwungvoll. Irmi hatte recht, er war wirklich sehr braun gebrannt.

Walter lächelte nur schmal. »Tut mir leid, Paul, dass ich jetzt deine Himmel male. Es fühlt sich ein bisschen gemein an, nach allem, was du für mich …«

»Schon gut, das macht nichts«, unterbrach ich ihn, und es stimmte sogar. Das war nicht die Sache, die mich beschäftigte.

»Wirklich nicht?«

»Wirklich nicht.«

Meister Kandinsky und Meister Klee erklärten uns, wie sich die Wahlbereiche zusammensetzten und wie der weitere Verlauf unseres Studiums bis zum Diplom aussehen würde. Während Klee sprach, bemerkte ich, dass Charlotte einen schwarzen Fleck an der Hand hatte, vermutlich von der Fackel am Abend zuvor.

Mitten im Vortrag kam die Schulsekretärin herein und fragte nach Stefan, der Direktor wolle ihn sprechen. Kandinsky und Klee fuhren fort. Kurze Zeit später kam sie erneut herein und forderte Mascha auf, mit ihr zu kommen. Ich hörte, wie Charlotte Jenö fragte, was das zu bedeuten hatte, verstand aber seine Antwort nicht. Weder Stefan noch Mascha waren zurückgekommen, als die Sekretärin zum dritten Mal in der Tür stand.

Bevor sie den Mund aufmachen konnte, sagte Meister Klee, sie solle alle, die sie brauchte, auf einmal mitnehmen.

Die Sekretärin, die angezogen war wie eine von den Kriegswitwen auf dem Marktplatz, presste die Lippen zusammen.

»Nun?«, sagte Klee.

Ihr Blick wanderte durch den Raum, in dem sich das komplette zweite Jahr drängte. »Ich soll alle holen, die aus dem Ausland stammen. Und« – sie schwieg einen Moment, vielleicht aus Unbehagen – »alle, die jüdischer Abstammung oder Mitglied der kommunistischen Partei sind.«

Die Studenten, deren Namen sie aufrief, erhoben sich. Ich bemerkte ein hämisches Funkeln in den Augen der Sekretärin, als Charlotte aufstand. Offenbar freute sie sich, eine von Ittens Anhängerinnen erwischt zu haben.

»Und was ist mit uns?«, fragte Meister Kandinsky leise. »Vor Ihnen stehen ein Russe und ein Schweizer.«

»Nein«, erwiderte die Sekretärin. »Von Mitarbeitern hat der Direktor nichts gesagt.«

Während des Ersten Weltkriegs hatte das deutsche Militär eine statistische Erhebung zum Anteil der Juden unter den Soldaten durchgeführt, die sogenannte Judenzählung. Nun erfolgte bei uns ein ganz ähnlicher Zensus, eine Bauhaus-Zählung. Nachdem der Direktor Stefan, Mascha, Charlotte und die anderen zu sich bestellt hatte, sickerte durch, dass *Die Republik*, eine rechte Tageszeitung, die keiner von uns las, dem Bauhaus mit der Veröffentlichung einer Liste drohte, auf der die Anzahl und die Namen der Ausländer, Juden und Kommunisten der Schule verzeichnet waren.

Der Direktor hatte vorab davon erfahren. Es war ein furchtbarer Start in das neue akademische Jahr, und in der Schule herrschte erneut eine Belagerungsatmosphäre. Es war dumm gewesen anzunehmen, dass die Stadt den Vorfall im Badehaus bereits vergessen hatte, nur weil Sommer sich nicht gewehrt hatte und die läppische Entschädigungssumme gezahlt worden war.

Charlotte sagte, der Direktor wisse nicht, ob er weiter so viele ausländische Studenten an der Schule behalten könne. Wenn der Artikel erschien, wäre er möglicherweise gezwungen, ihre Plätze freizugeben, weil das Bauhaus – und damit auch die französischen, russischen, amerikanischen oder tschechoslowakischen Studenten – mit deutschem Geld finanziert wurde. »Es kann sein, dass ich gehen muss«, sagte sie. »Wenn sie mir den Platz wegnehmen, habe ich kein Zeugnis.«

Ich konnte mir das Bauhaus ohne Charlotte nicht vorstellen. Ohne Jenö, ja, selbst Walter würde ich nicht allzu sehr vermissen. Aber Charlotte in Prag? Und wir sollten hier weitermachen, als wäre nichts geschehen?

»Deutsches Geld?«, spottete Kaspar. »Es gibt kein deutsches Geld. Und was sollte damit finanziert werden? Es ist doch nicht mal das Papier wert, auf dem es gedruckt ist.«

»Ich nehme an, es geht ums Prinzip.«

»Es geht darum«, sagte Mascha, »dass sie niemanden unterstützen wollen, der nicht zu ihnen gehört.«

»Sie werden mich rauswerfen«, sagte Charlotte später, als wir in ihrem Zimmer saßen. »Ich bin nicht nur Ausländerin, sondern auch in den Fall Sommer verwickelt. Wahrscheinlich opfern sie mich, um die Schule zu retten. Ich weiß nicht, was ich tun soll. Ich kann nicht zurück nach Prag, Paul. Was soll ich da?«

»So weit wird es nicht kommen.«

Sie griff nach einer Webarbeit, aus der die Fäden herausrutschten. »Warum sollten sie mich hierbehalten?«

»Du hast genauso das Recht, hier zu sein, wie alle anderen.«

»Ich weiß nicht, ob das stimmt.«

Charlotte ließ sich auf das Bett fallen. »Ich bin eine Frau, eine Ausländerin, eine Weberin, von denen es sowieso schon zu viele gibt, und ich bin vermutlich die Schlechteste der ganzen Klasse. Niemand würde mich vermissen.«

Ich dachte an die falsche Hoffnung, die ich Walter in der Kirche gegeben hatte, und hielt den Mund.

»Es ist zwecklos«, sagte sie, und ich sah Tränen in ihren Augen glitzern. Wir schwiegen beide eine ganze Weile. Dann richtete sie sich plötzlich auf und streckte mir ihre Faust hin.

»Mach die Augen zu und zähle.«

Ich erinnerte mich an das Versteckspiel, das wir immer gespielt hatten. Damals hatte mir noch die ganze Welt gehört. Wie war ich seither geschrumpft! Ich zählte und öffnete die Augen.

»Schafe«, sagte sie. »Gesponnen. Zukunft.«

»Eine Webarbeit?«

»Kleiner.« Charlotte öffnete die Faust; auf ihrer Handfläche lag ein gelber Faden. »Garn. Wenn sie mich bleiben lassen, muss ich nachgeben. Und ich muss besser werden.«

In der Woche zogen wir alle den Kopf ein. Walter war meistens im Atelier, während wir an Studentenversammlungen teilnahmen. Es hieß, der Direktor täte nicht genug, er würde seine eigenen Studenten verraten und wolle alle Fremden loswerden. Es war kein Geheimnis, dass er nicht zu viele Frauen und Juden an der Schule haben wollte, und dies war vielleicht eine willkommene Gelegenheit, gründlich aufzuräumen. Es wurden Petitionen verfasst und Briefkampagnen gestartet.

Ich verbrachte meine Zeit damit, Wandmalereien für das Sponsorenfest anzufertigen. Wir experimentierten mit verschiedenen Farben und Formen in Verzerrung, sodass sie trotz der flachen Ebene aussahen wie ein dreidimensionales Mobile. Wir malten in der Eingangshalle, da keine der Werkstätten groß genug war. Obwohl der Direktor gesagt hatte, die Zählung bezöge sich nur auf die Studenten, sorgte sich Kandinsky, dass er nach Russland zurückmüsste. Gerüchten zufolge hatte er sich vor seiner Ankunft am Bauhaus acht Jahre lang keine neuen Schuhe gekauft. Und ich wusste, dass es Walter immer noch gelang, Kandinskys Frau mit einer Dose Pökelfleisch eine Skizze abzuschwatzen.

»Warum ist Walter eigentlich nicht hier?«, fragte Kaspar beim Mittagessen.

Ich wollte ihm von dem seltsamen Bild erzählen, wusste aber nicht, wie ich ihm erklären sollte, dass eine einfache Bauernszene mit einem Pferdegespann, ein paar Hühnern und drei kleinen Mädchen mich beunruhigte. Ich fragte mich ohnehin schon, ob Kaspar nicht genug von meinen Verdächtigungen hatte. Seit dem Vorfall im Badehaus verhielt er sich mir gegenüber distanziert, obwohl das auch damit zusammenhängen konnte, dass er ein neues Mädchen hatte. »Im Atelier ist viel zu tun. Er arbeitet die ganze Zeit.«

»Hat er Ärger wegen der Zählung? Ich habe gehört, der Direktor wollte auch mit ihm sprechen.«

»Ich glaube, er hat im Moment einfach anderes im Kopf.«

Kaspar runzelte die Stirn. »Was könnte denn wichtiger sein als das hier? Läuft da irgendwas Komisches? Ich habe ihn schon seit Wochen nicht mehr gesehen. Er ist kein Kommunist, und seine Familie lebt seit Jahrhunderten in Detmold. Weswegen sollte er sich Sorgen machen müssen?«

»Ich weiß es nicht«, antwortete ich wahrheitsgemäß.

»Nun, falls du ihn siehst, richte ihm aus, dass wir ihn vermissen, ja?«

»Mache ich«, sagte ich, obwohl ich bezweifelte, dass wir uns über den Weg laufen würden. Walter schien sich mittlerweile nur noch im Atelier aufzuhalten, und ich wollte mit Steiner nichts mehr zu tun haben.

DREIUNDZWANZIG

Keiner von uns, der Direktor eingeschlossen, glaubte, dass die Zählung das Bauhaus ernsthaft in Gefahr bringen würde. Im Rückblick betrachtet, war sie jedoch ein geradezu brillanter Schachzug, weil die Stadt Weimar damit letzten Endes nicht nur die Ausländer hinausekelte, sondern uns alle. Dem Direktor war es zwar gelungen zu verhindern, dass auch die Namen der Juden und Franzosen und Amerikaner und Tschechoslowaken veröffentlicht wurden, aber die Zahlen wurden gedruckt, und das genügte.

Kurz nach dem Erscheinen des Artikels wurde die neue Mark eingeführt, und *Die Republik* schrieb – plötzlich in ganz nüchternen Sätzen –, wie viel Geld diese Juden, Ausländer und Kommunisten das Land kosteten. Die Inflation hatte etwas Verrücktes gehabt, das dem Bauhaus zugutegekommen war: Wenn nichts einen Wert hatte, war alles möglich. Doch als das neue Geld kam, führte die Reichswehr eine Razzia in der Schule durch, offiziell mit der Begründung, es gebe dort kommunistische Aktivitäten. Dafür fanden sie zwar keine Beweise, aber die Schule wurde trotzdem geschlossen.

Am Tag nach der Einführung der neuen Mark fuhren die Leute ihr altes Geld in Schubkarren zur Müllhalde. Aus Walters Zimmer schneiten Billionenscheine auf den Gehsteig, und Walter selbst saß im seidenen Morgenmantel rittlings auf der Fensterbank und sah zu, wie der Wind sein Geld davontrug. Vor dem Blumenladen hing ein süßlich-fauliger Geruch in der Luft, und der Tag war kühl und feucht. Ich war überrascht, Walter zu sehen. Wie Kaspar gesagt hatte, war er seit Semesterbeginn nirgends mehr aufgetaucht.

»Walter! Was machst du da? Hör auf!«

Das Licht spiegelte sich in seinen Brillengläsern, sodass ich seine Augen nicht sehen konnte. »Warum?«

»Du kannst es doch noch zum Feuermachen nehmen.«

»Ach, Paul. Ganz der Pragmatiker.«

Seine Vermieterin ließ mich hinein, und die Tür zu seinem Zimmer stand offen, als ich oben ankam. Drinnen herrschte ein einziges Chaos. »Das ist jetzt alles Müll«, sagte er mit einem Blick durch den Raum. »Aber einen Kaffee kann ich dir anbieten«, sagte er. »Davon habe ich jede Menge.« Er kletterte von der Fensterbank und holte zwei Tassen. »Milch ist leider aus.«

Wir hatten nicht mehr miteinander gesprochen, seit ich im Atelier gewesen war, und ich wusste nicht recht, was ich sagen sollte. »Ich habe dich lange nicht mehr gesehen.«

»Ich hatte viel zu tun«, erwiderte er und räumte in den Sachen herum. »Das Jesuskind, die drei Weisen und so weiter.«

»Walter, ich hoffe, du nimmst mir das jetzt nicht übel, aber wir haben uns gefragt … Ich meine, weil du seit der Zählung gar nicht mehr aufgetaucht bist …« Ich stotterte herum, weil ich nicht wusste, wie ich es sagen sollte. »Der Artikel war ja sicher eine ziemliche Überraschung.«

Er wirkte plötzlich angespannt und hielt in der Bewegung inne, als warte er ab, was noch kommen würde. Ich dachte an das Bild im Atelier, das eigentümliche Licht, die beunruhigende Atmosphäre von Intimität und Heimlichtuerei. Ich konnte ihn nicht ansehen. »Es ist in Ordnung«, sagte ich. »Ich meine, wenn du Jude bist. Wir lassen nicht zu, dass dir etwas passiert. Oder Charlotte.«

Da lachte er. »Wie kommst du darauf, dass ich Jude bin?«

»Ich dachte, das war vielleicht der Grund, warum du abgetaucht bist.«

»Nein, ich bin kein Jude.«

»Kaspar meinte, du wolltest nicht zum Direktor ...«

»Es ist nichts«, unterbrach er mich. »Kein Grund zur Sorge.« Er nahm die Tassen und brachte sie in die Küche.

Als Walter zurückkam, wirkte er ein wenig munterer. Er fuhr sich mit der Hand durchs Haar. »Hast du ein bisschen Zeit? Hier ist so viel Zeug, das wegmuss.«

Wir packten den Krempel in drei große Koffer und räumten rasch auf. Gerade als wir damit zur Müllhalde wollten, fiel mir auf, dass die Zeichnungen fehlten. »Wo sind die Kandinskys?«

»Die habe ich verkauft«, sagte er schuldbewusst.

Ich war entsetzt. »Walter! Nein! Was hast du dafür bekommen?«

»Ein paar Billionen. Ich konnte nicht nein sagen.«

»Was ist denn eine Billion wert? Ich dachte, du wolltest sie nur gegen Devisen verkaufen.«

»Mein Onkel wollte sie nicht.«

»Und wer hat sie nun gekauft?«

Er zuckte nur die Achseln, aber mir war klar, dass es Steiner gewesen sein musste. Walter hätte die Zeichnungen niemals unter Wert verkauft, wenn er bei klarem Verstand gewesen wäre.

Wir schleppten die Sachen von Walters Zimmer zur Müllhalde, und unsere langsame Prozession hatte etwas von einer Beerdigung. In der Stadt bedeutete Geld auf einmal wieder etwas, und ohne dass wir etwas davon ahnten, machte sich die Reichswehr bereit für eine Razzia im Bauhaus.

Wir waren nicht die Einzigen, die ihr Zeug wegbrachten. Wie muffig alles war, was den Leuten einst etwas bedeutet hatte und worum sie sich geprügelt hätten, um es gegen ein Ei zu tauschen. Charlottes Sumpfbilder hatte Walter allerdings nicht mitgenommen.

Auf der Müllhalde warf er alles weg, was ihn reich gemacht hatte. Während er die Sachen aus den Koffern schaufelte, fiel mir ein merkwürdiges pfeifendes Geräusch auf. Erst rätselte ich, woher es kam, doch dann begriff ich, dass er weinte. Er schluchzte, als hätte er eine schmerzhafte Lektion erteilt bekommen, oder vielleicht hatte ihn dieser lange, quälende Sommer schließlich doch noch gebrochen. Ich wusste nicht, was ich tun sollte, und so stand ich einfach da und ließ ihn weinen, mitten in den riesigen Haufen von Weimars Müll.

DESSAU
1929

VIERUNDZWANZIG

Unsere neue Schule in Dessau, einhundertfünfzig Kilometer nordöstlich von Weimar, war ein futuristisches Gebilde aus Beton und Glas. Wie ein riesiger Eiswürfel lag es inmitten der dunklen, winterlichen Felder: weiße Mauern, stahlgerahmte Fenster, nahezu kein Holz. Tagsüber reflektierte es das Licht wie ein gewaltiger Spiegel, abends leuchtete es wie ein Raumschiff. Wir bestaunten es andächtig. Es zu betreten war, als stiege man gen Himmel, so wenig schien es mit der Erde verhaftet zu sein. Das Gebäude war kaum fertiggestellt, da wurde es bereits als Meisterwerk des Direktors gefeiert.

Ich stelle mir gern vor, dass der Direktor dieses Gebäude nicht vor seinem inneren Auge gesehen hat, als er auf dem Grundstück in Dessau stand, auch nicht, als er es an seinem Zeichentisch entwarf, sondern als die Offiziere der Reichswehr in der Schule auftauchten und er dachte: *Es reicht*. Wenn das Bauhaus überleben sollte, musste es aus Weimar wegziehen.

Als der Direktor die Schule 1926 für uns öffnete – seine Studenten, seine Meister und Jungmeister und tausend andere, die zur Feier des Tages gekommen waren –, küsste er seiner Frau die Hand, damit die Leute seine Tränen nicht sahen. Er hatte keinen einzigen Menschen verloren, weder Stefan noch Mascha oder Charlotte, weder Paul Klee noch Wassily Kandinsky. Und als wir die kühlen Laboratorien von Kunst und Design betraten, schien das Gebäude uns vor allen Härten dieser Welt zu bewahren.

Kurz vor dem ersten Schnee des Winters 1929 sah ich Walter eines Nachmittags zum Georgium hinübergehen. Ich stand auf meinem Balkon und überlegte, ob ich ihm folgen sollte. Sein schlenkernder Gang strahlte etwas Trauriges aus. Unsere eigentümliche Verbundenheit machte mich sensibel für seine Stimmungen. Wenn Walter von einem Wochenende in Weimar zurückkam, wo er weiter für Ernst Steiner arbeitete, war er oft empfindlich und schnippisch, und ich fragte mich dann, ob ich mich in die Erinnerung daran, was wir verloren hatten, hineinziehen lassen wollte. Weimar war lange her, und ich hatte mir große Mühe gegeben, es zu vergessen. Schließlich drückte ich meine Zigarette aus und ging ihm nach. Ich wusste, er würde froh über die Gesellschaft sein, auch wenn er zunächst maulte.

Das Georgium, ein Landschaftspark gleich neben dem Bauhaus, war voller neoklassizistischer Phantasiebauten; unter anderem gab es ein Gartenhaus, das nie benutzt wurde, und ein herzögliches Sommerhaus, flankiert von zwei moosbewachsenen Jungfern. Vermutlich sollten die Bauten dem Park eine Aura von Reichtum verleihen, doch stattdessen verstärkten sie eher seine düstere Atmosphäre. Schwarzäugige Sphingen bewachten ein Mausoleum, und eine einarmige Göttin starrte verloren von ihrem Sockel herab. Wenn man zwischen den Bäumen und Sträuchern hindurchging, tauchten wie aus dem Nichts irgendwelche Statuen auf. Das Geäst war so dicht, dass kaum Licht auf die Wege fiel, der Schnee schmolz hier immer später als überall sonst, und wenn er es tat, schwoll die Elbe zu einem dunklen, mächtigen Strom an. Das Georgium war ganz anders als der Ilmpark.

An einer Stelle war der Fluss über die Ufer getreten und umspülte das Schilf, und dort fand ich Walter mit hängenden Schultern, die Lippen zu einem Strich zusammengepresst, den Blick düster auf das Wasser gerichtet. Er sah aus, als wollte er mit Steinen in den Taschen in den Fluss waten und allem ein Ende bereiten. Im Lauf der Jahre hatte er ein paarmal von Selbstmord gesprochen. Aber ich wusste, dass Walter eine starke Lebenskraft besaß, er verfing sich nur manchmal in diesen trüben Stimmungen und hatte Mühe, wieder hinauszufinden. Während meine Liebe zu Charlotte eine akzeptable Selbstverständlichkeit geworden war, so natürlich und unauffällig wie das Atmen, schien Walters Liebe zu Jenö in keiner Weise abgenommen zu haben.

»Oh. Hallo, Paul«, sagte er und sah mich erschrocken an.

»Kriegst du keine nassen Füße?«

»Nein, geht schon.« Er lächelte kurz und angespannt. Er war wesentlich fülliger geworden, aber er wirkte eher aufgedunsen als fett. Unter seinen Augen waren tiefe Schatten, vermutlich das Ergebnis einer Nacht im Atelier mit einer Flasche Wodka und irgendeinem anderen Maler, der sich bereitgefunden hatte, ihm bis spät in die Nacht Gesellschaft zu leisten. Ich fragte mich, ob dort im Wald schon Schnee lag, die Stämme der Buchen schwarz vor dem pulverigen Weiß. »Wie war's in Weimar?«

»Wie immer.« Sein Blick glitt über das Wasser. »Hübsche Mädchen, Schafe, Sonnenuntergänge.«

»Und Ernst?«

»Der ist immer noch sehr fett.«

Walters eigenes Übergewicht ließ seinen Mund schwer wirken, und an der Stirn gingen ihm bereits die Haare aus. Es tat mir immer weh, ihn so zu sehen. Er wandte den Kopf und sah zum Bauhaus hinüber.

»Hast du auch manchmal das Gefühl, es frisst dich auf?«,

fragte er. »Ich denke bisweilen, ich sterbe, wenn ich noch länger bleibe.«

Bei seinen Worten sah ich ihn als Ophelia vor mir, wie er mit durchgeweichten Schuhen den Fluss hinuntertrieb. »So was sagst du jedes Mal, wenn du in Weimar warst.«

»Wirklich? Tut mir leid, wenn ich dich langweile.«

»Komm schon, Walter, das habe ich nicht gemeint. Du musst doch mittlerweile genug verdient haben, um die Schulgebühr für die nächsten zehn Jahre zahlen zu können. Ich verstehe nicht, warum du immer wieder hinfährst.«

»Ernst hat mich geküsst. Hinter dem Atelier.«

»Oh.« Ich wusste nicht, ob ich überrascht sein sollte. »Das ist doch schön, oder nicht?«

»Ja, schon. Er hat mich gefragt, ob ich immer noch diesen Mann vom Bauhaus liebe.«

»Und was hast du geantwortet?«

»Ja«, sagte er, ohne zu zögern. »Aber dann kam ich mir vor wie ein Idiot. Wie kann man so dumm sein, sieben Jahre lang einen Mann zu lieben, der diese Gefühle nicht erwidert?« Er starrte wieder trübselig auf das Wasser. »Was für eine Verschwendung.«

Ich war überrascht; normalerweise sprachen wir nie so offen über dieses Thema. »Es ist nicht dumm, einen Menschen zu lieben.«

»Es fühlt sich aber mittlerweile so an.«

»Du hast es dir ja nicht ausgesucht.«

»Aber wie lange soll das noch so weitergehen?«, fragte er gequält. Er nahm die Brille ab, und ohne die Gläser wirkten seine Augen größer. »Jenö hat mal zu mir gesagt, ich hätte zu viele Gefühle. Das war ganz am Anfang, als wir uns alle gerade kennengelernt hatten. Ich verstand nicht, was er damit meinte. Ich wusste nicht, wie es war, nicht alles so zu fühlen, wie ich es tat, die Dinge einfach kommen und gehen zu lassen wie Wolken am Himmel. Ich hätte ihn am liebsten gefragt: Fühlst du denn nichts? Bin ich der Einzige von uns, der etwas fühlt? Aber mittlerweile habe ich gelernt, dass es am besten ist, so zu tun, als wäre alles in Ordnung. Sag niemals, wie es wirklich in dir aussieht. Sag nichts und tu nichts, sonst gehst du unter.« Er sah mich verbittert an, und ich wusste, was er gleich fragen würde, und ich wusste, dass ich lügen würde. »Hast du noch Gefühle für Charlotte?«

»Nein.«

»Du warst schon immer viel vernünftiger als ich. Darum beneide ich dich. Du weißt, wie man sich nicht alles so zu Herzen nimmt.«

Aus den Bäumen flatterte ein Schwarm Vögel auf.

»Willst du Ernst wiedersehen? Ich meine, auf diese Art?«

»Ich wäre gerne mit jemandem zusammen«, sagte er ein wenig ausweichend. Ich versuchte, mir Ernst und Walter zusammen vorzustellen, zwei Körper, die sich zwischen den Bäumen aneinanderpressten.

»Na, dann gönn dir doch ein bisschen Spaß. Du hast es verdient.«

Er schob die Hand in die Tasche, und ich fragte mich, was wohl darin war. Steine, um sich zu ertränken? Oder sein Lohn vom Atelier?

»Komm, lass uns zurückgehen.«

Walter sah mich trübsinnig an, aber er wandte sich um und folgte mir. Es war kalt, und der Wind zerrte an den kahlen Bäumen. Alles war aus den Fugen: mal Sonnenschein, Regengüsse und Gewitter in schneller Folge, dann wieder tagelang nur graue Wolken, so wie jetzt. Trotzdem glänzte die gläserne Fassade der Schule. Der Sockel des Gebäudes war grau gestrichen, sodass es aussah, als würde es schweben. Ich fand es schwer, mich darin zurechtzufinden, die verschiedenen Flügel des Gebäudes ragten vom Zentrum weg wie Springmesser.

Wir gingen auf den großen, vertikalen Schriftzug zu, Buchstaben aus Metall und Schatten: BAUHAUS. Als wir an der Tür ankamen – rot gestrichen, die einzige richtige Farbe in der Schule –, klopfte es über uns. Jenö und Charlotte grinsten von der Metallwerkstatt zu uns herunter.

Ich verspürte einen Stich, als ich die beiden dort sah, doch ich schob den Schmerz beiseite. So lange, wie ich meine Gefühle schon hinter Schloss und Riegel hielt, war der Zugang zu ihnen mittlerweile so schmal wie ein Schlüsselloch. Ich musste lächeln, als ich daran dachte, wie wichtig mir einst Wahrheit und Offenheit gewesen waren. Jetzt hatte ich ein synthetisches Leben ohne große Leidenschaften, und es war gar nicht mal so schlecht. Ich wusste, dass ich ein bisschen tot war. Aber auf kuriose Weise war es für mich die einzige Möglichkeit, am Leben zu bleiben.

Wir winkten Charlotte und Jenö zu. Wir hatten beide reichlich Übung darin, so zu tun, als wäre alles in bester Ordnung, obwohl Walter gelegentlich eine spitze Bemerkung herausrutschte, ein Tröpfchen Gift. Charlotte sah verträumt zu uns herunter und wandte sich dann mit einem Schwung ihres blonden Haars ab. Walter ahmte ihren Gesichtsausdruck nach. Jenö schien nicht zu wissen, was er tun sollte, und folgte Charlotte. »Sie sind Idioten«, sagte Walter. »Und wir sind Trottel. Was soll ich tun? Sag mir doch, was ich tun soll.«

Er begriff nicht, dass man nichts tun konnte. Wir wohnten wie in Waben neben- und übereinander. Wenn ich auf meinem Balkon stand und den Hals ein wenig reckte, konnte ich in Charlottes Zimmer sehen. Walter wohnte über mir und konnte von oben in mein Zimmer sehen. Wir liefen einander ständig über den Weg. Es gab kein Entkommen.

FÜNFUNDZWANZIG

In Anbetracht meiner unspektakulären Anfänge am Bauhaus war es erstaunlich, dass ich eine Anstellung als Jungmeister bekommen hatte. Ich hatte allerdings auch Glück gehabt, denn als ich 1926 meinen Abschluss machte, war ein Geselle weggegangen, und ich konnte seinen Posten als Assistent von Josef Albers übernehmen. Da ich wusste, wie es sich anfühlte, zu den Schlechtesten der Klasse zu gehören, hielt ich mich für einen guten Lehrer, selbst und gerade gegenüber denjenigen, die wenig Talent zeigten.

Ich unterrichtete zusammen mit Albers den Vorkurs. Meine Klasse war ein bunter Haufen, und die Studenten erinnerten mich ein wenig an uns damals. Sie strahlten dieselbe eigentümliche Mischung aus Optimismus und Fatalismus aus, überzeugt, dass ihre Eltern Deutschland für immer ruiniert hatten. Wahrscheinlich gab es gar keine andere Art, an das Leben heranzugehen.

Josef Albers, der an Meister Ittens Stelle getreten war, hatte die Vormittagslektion übernommen, was bedeutete, dass sie nachmittags unter meiner Ägide arbeiteten. Josef konnte ziemlich streng sein, auch gegenüber den Bauhaus-Babys. Er war ein gutaussehender Mann, mit dichtem dunklem Haar und einer markanten Nase. Wie Walter kam er aus Westfalen, und er trug stets einen Anzug.

Josef verbrachte einen Großteil des ersten Semesters damit, den Studenten alles abzuerziehen, was sie gelernt hatten. Er nannte es ihre »Zeit des Vergessens«. In seiner ersten Stunde stellte er ihnen einen Karton mit Strohhalmen hin. »Nehmen Sie sich, was sie brauchen«, sagte er, »und erschaffen Sie daraus etwas, das nur aus Strohhalmen bestehen kann, nicht aus Stricknadeln, Draht oder Rohr.« Und nach der ersten Verwirrung – wie damals bei der Zitronenlektion – legten die Studenten los: Die Strohhalme wurden platt gedrückt, aufgeschlitzt, geklebt und sogar als Spachtel und Pinsel verwendet.

Die meisten begriffen schnell. Einige schauten pikiert und fragten sich wohl, was das Ganze mit Kunst zu tun haben sollte. Ich behielt stets die im Auge, die sich am stärksten sträubten, die wie ich damals am nachahmenden Impuls festhielten. Mit ihnen gab ich mir die größte Mühe.

An diesem Tag wollte ich Josefs Thema der Gestaltung im Raum fortführen. Die Studenten setzten sich an ihre Werktische. Viele von ihnen sahen aus, als könnten sie eine anständige Mahlzeit vertragen, und ich fragte mich, ob sie sich nicht in der Kantine eindeckten, wie wir Jungmeister es taten. Die meisten von ihnen waren Deutsche, aber es gab auch eine Japanerin namens Michiko und einen großen dunklen Amerikaner, Howard. Als ich vor ihnen stand, fühlte ich mich stark und in mir ruhend. Was für ein gutes Gefühl es war, ihr Lehrer zu sein, sie formen zu können.

Neben mir lagen Stapel schlichter Wellpappe. »Ich möchte, dass Sie neue Möglichkeiten finden, die Pappe zu zerteilen und zu verbinden. Schneiden und kleben ist natürlich uninteressant. Können wir diese Pappe dazu bringen, etwas zu tun, was sie noch nie getan hat? Etwas, wofür sie ganz besonders geeignet ist?«

Es war immer am besten, sie unbeobachtet arbeiten zu lassen, denn selbst die geringste Ausstrahlung von Autorität konnte ihre Experimentierfreudigkeit lähmen. Deshalb ließ ich sie allein und arbeitete in meinem Zimmer an einem Bild weiter, das sich besser als erwartet entwickelte: ein schlichtes Gitter aus leuchtenden Beerentönen. Jetzt lebte und unterrichtete ich nach Meister Ittens Methode, sprich: ohne mir allzu viele Gedanken darüber zu machen, was dabei herauskam.

Als ich eine Stunde später in den Unterrichtsraum zurückkam, staunte ich über die Ergebnisse. Einer der Studenten hatte die Pappe angefeuchtet und zu Spiralen gebogen, die im Trocknen ihre Form behielten. Michiko, die besonders talentiert war, hatte ein Muster auf der Pappe aufgebracht, indem sie nur die oberste Wellenschicht perforiert hatte. Kein anderes Material hätte solch eine strukturelle Vielfältigkeit hervorgebracht. Sie hatte seine einzigartige Beschaffenheit entdeckt. »War das Zufall?«, fragte ich sie.

Sie nickte.

»Was für ein Messer haben Sie verwendet?«

»Kein Messer.« Michiko holte etwas aus ihrer Tasche. »Meine Pinzette.«

Wir begutachteten die Ergebnisse. Einige Studenten hatten die Pappe eingeritzt und gefaltet und daraus Brücken oder Gebäude geformt, andere hatten sie auf unterschiedliche Weise zu Rädern, Sternen oder Schalen gebogen. Wir stellten alle Gebilde vorne zusammen. »Wir müssen darauf achten, materialgerecht zu arbeiten«, erklärte ich. »Zu Kaisers Zeiten wurde vieles hergestellt, das etwas zu sein vorgab, was es nicht war. Wie könnte Eisen Blätter und Blüten hervorbringen? Warum sollte Blech jemals wie Holz aussehen?« (Jedes Mal wenn ich diesen Vortrag hielt, musste ich an die Obstschale meiner Mutter denken, die wie ein Schwan geformt war. Sie hatte zwischen meinem Vater und mir einen heftigen Streit über die Wahrheit in der Kunst ausgelöst, und er hatte mir vorgeworfen, ich sei humorlos, was vermutlich stimmte. Damals hatte ich gerade Charlotte verloren.) »Ein Bahnhof sollte nicht so tun, als wäre er ein schottisches Schloss! Ein Hotel sollte nicht aussehen wie die Alhambra! Materialtreue, sowohl in der technischen Verarbeitung wie auch in der Gestaltung, sollte das Ziel all unserer Mühen sein. Was wir hier tun, ist nicht Kunst, sondern Experiment. Mag sein, dass daraus wunderbares Design entsteht. Aber zunächst geht es darum zu verstehen, welche Eigenschaften ein Material hat und wie wir sie für unsere Zwecke nutzen können.«

Danach gab ich ihnen einen Schuhkarton voller Grammophonnadeln. Mehrere Studenten fuhren mit den Händen durch das kühle Metall. Die nächste Übung würde schwierig für sie werden, da sie wahrscheinlich nicht in der Lage sein würden, daraus etwas zu konstruieren. »Denken Sie gründlich über die Nadeln nach. Wie fühlen sie sich an? Was sind ihre Eigenschaften? Was macht das Licht mit ihnen? Mich interessiert nicht, wie *künstlerisch* das ist, was Sie tun. Mich interessiert, wie *einfallsreich* es ist. Wenn Sie noch klassische Vorstellungen von Form und Symmetrie in sich tragen, reißen Sie sie heraus! Vergessen Sie sie! Ist das Gleichgewicht ungleicher Teile nicht viel spannender als Symmetrie? Was bedeutet nach diesem Krieg Ordnung? Form? Perfektion? All das ist kein Ding, es existiert nicht in der Welt. Spannung ist das Entscheidende. Lassen Sie Hammer und Nagel, Leim und Faden beiseite und konzentrieren Sie sich auf das, was die Nadel selbst kann. Was würde sie tun, wenn sie aufrecht stände, vom Licht angestrahlt würde, auf verschiedenen Untergründen läge: Samt, Haar, Gras? Und was würde die Nadel tun, wenn sie mit Haut in Berührung käme?«

Ich hätte ebenso gut mit der Hand auf den Tisch hauen können und rufen: *»Licenza! Licenza! Licenza!«*

Die Studenten blickten von ihren Notizbüchern auf. Ich wusste, sie fragten sich, ob ich ihnen gestatten würde, ihre Arbeiten zu behalten. Ich war nachgiebiger als Josef und zwang sie nicht dazu, das zu zerstören, was sie gerade auf meine Bitte hin erschaffen hatten. »Sie können Ihre Arbeiten behalten«, sagte ich. »Aber hängen Sie Ihr Herz nicht zu sehr daran. In zwei Wochen besprechen wir Ihre Grammophonnadelwerke. Wie Sie sehen, gebe ich Ihnen diesmal doppelt so viel Zeit wie sonst. Das ist Absicht. Nur im Zustand der Langeweile werden Sie verstehen. Langeweile ist der Kunst sehr förderlich. Und kommen Sie runter in die Kantine. Sie müssen alle mal ordentlich essen.«

Der Alltag im neuen Bauhaus lief genauso weiter wie in Weimar. Frühstück, Mittag- und Abendessen wurden in der kühlen Geräumigkeit der modernen Kantine eingenommen (Stühle von Marcel Breuer, Lampen von Marianne Brandt). Vor allem Charlotte und Jenö waren zu fast allen Mahlzeiten dort, saßen allerdings abseits der anderen Jungmeister und der Studenten. Obwohl Charlotte nach wie vor das Zentrum unseres Quartetts war (Irmi und Kaspar waren nach ihrem Abschluss nach Berlin gegangen), hatte ich den Eindruck, dass der Rest der Schule sie für unnahbar hielt. Als Jungmeister durften wir am Tisch der Meister sitzen, aber wir taten es meist nicht, um nicht den Eindruck zu erwecken, wir hielten uns für etwas Besseres.

Während Jenö und Charlotte stets dieselben Plätze wählten, wanderte Walter nach Lust und Laune umher. Er war überall beliebt und fand an jedem Tisch einen Platz. Selbst Marianne Brandt, die einzige Jungmeisterin in der Metallwerkstatt, die allgemein als recht kühl galt, schien ihn zu mögen.

»Was war heute dran?«, fragte Charlotte, als wir uns mit Kartoffeln und Würstchen hinsetzten.

»Konstruktionen aus Pappe.«

»Ah, ich erinnere mich. Josef bleibt gerne beim gleichen Programm, nicht wahr? Hast du ihnen den Vortrag über die Abschaffung von Ordnung, Form und Perfektion gehalten?«

»Ja«, sagte ich lachend. Wir alle hatten den Vortrag in einer seiner Lektionen gehört.

»Den kriegen sie bei mir auch zu hören«, sagte Jenö. »Haben sie es verstanden?«

»Sie wirkten ein bisschen überfordert. Vielleicht habe ich zu lange geredet. Aber sie erinnern mich an uns damals.«

Beide nickten. Wie ähnlich sie einander waren. Manchmal kam es mir so vor, als wären sie meine Geschwister. Oder sogar Zwillinge.

»In meiner Klasse ist eine Frau, die ist genauso wie ich damals«, sagte Charlotte. »Sie kämpft stur gegen alles an: die Arbeit, den Webstuhl, die Wolle. Alles, was sie webt, ist derb und knotig. Ich weiß noch nicht, was ich mit ihr machen soll. Ich will, dass sie sich Mühe gibt, aber ich will auch, dass sie überlebt. Vielleicht sollte ich ihr raten, sich in ihr Schicksal zu fügen.«

»Wahrscheinlich die beste Idee«, sagte Jenö und legte seine Hand auf ihre. »Du und Otti und Anni, ihr habt euch am Anfang ja auch schwergetan, und seht euch jetzt an.«

Sie schob sich eine Haarsträhne hinters Ohr und runzelte die Stirn. »Aber ich frage mich, ob der Preis nicht zu hoch ist. Ihr beide habt eure Wahlwerkstatt bekommen, wir nicht. Das ist nicht besonders gerecht.«

»Ich weiß, ich weiß.« Jenö legte den Arm um sie und seine Stirn an ihre.

In solchen Momenten flackerten meine alten Gefühle wieder auf. »Wo ist eigentlich Walter?«

»Bei Franz«, sagte Jenö. »Glaube ich zumindest.«

»Hat er wieder seine Weimar-Krise?«, fragte Charlotte. »Ich habe ihn seit Sonntag nicht mehr gesehen.«

»Ja«, sagte ich. »Und wie.«

»Ich verstehe nicht, warum er immer noch da hinfährt«, meinte Jenö. »Es stürzt ihn jedes Mal in eine Depression.«

»Irgendwer muss sein Schulgeld bezahlen. Warum nicht Steiner?«

»Sein Schulgeld! Er sollte endlich irgendeinen Abschluss machen.« Charlotte verzog den Mund. »Was hältst du von ihm?«

»Von Ernst Steiner?«

»Von Franz Ehrlich.«

»Ich weiß nicht. Walter scheint ihn mit einem Mal sehr zu mögen. Er ist wohl sehr begabt in der Druckerei.«

Wir hatten Franz kennengelernt, als er noch ein Bauhaus-Baby war. Er hatte das Taufritual am Brunnen so genossen, dass er in dem flachen Becken gebadet hatte. Das war typisch für ihn. Anstatt die Treppe hinunterzugehen, rutschte er das Geländer hinab. Seine wachen Augen waren unablässig in Bewegung, stets auf der Suche danach, wie er selbst den alltäglichsten Situationen etwas Lustiges abgewinnen konnte. Walter hatte schon den ganzen Herbst über ein Auge auf ihn gehabt, hier war endlich jemand, der ihn vielleicht ablenken konnte. Und seit dem trübsinnigen Gespräch am Fluss waren Franz und Walter plötzlich die besten Freunde. Ich nahm es ihm nicht übel. Walter hatte es schwerer als die meisten anderen.

»Wusstet ihr, dass Kaspar und Franz sich kennen?«, fragte Charlotte, die in regelmäßigem Briefkontakt zu Kaspar stand. »Noch aus Berliner Zeiten. Kaspar sagt, dass sie sich als Kinder nicht mochten.«

»Franz ist mir unheimlich«, sagte Jenö.

»Du bist bloß eifersüchtig«, entgegnete Charlotte und schob ihren Teller weg. »Du warst immer Walters Augenstern, und jetzt stehst du auf einmal im Schatten.«

SECHSUNDZWANZIG

Dessau war eine kleine Arbeiterstadt, bescheiden, aber gepflegt. Sie besaß nicht Weimars klassische Schönheit, dafür war sie ehrlicher, und das gefiel mir. Es gab eine Kirche, einen Marktplatz, eine Ladenzeile, ein Stummfilmkino, in dem die Arbeiter der Junkers-Werke ihr Geld ließen, und das Gasthaus Lamm an der Kavalierstraße, wo ich gerne einkehrte, manchmal mit Walter, manchmal mit Walter und Jenö.

In jenem Winter sah man nicht nur Kommunisten und Anarchisten durch die Straßen ziehen, sondern auch Braunhemden und alle möglichen anderen Idioten in Uniform, die offenbar nach ihrer Schicht in der Zuckerfabrik nichts Besseres zu tun hatten, als Parolen zu grölen. Die Braunhemden tranken in den Kneipen und manchmal im Metropol, aber meist ließ man sie dort gar nicht hinein, weil sie als Unruhestifter galten.

An dem Abend ging ich nach dem Essen mit Charlotte und Jenö noch auf ein Bier ins Lamm. Ich kam oft allein in die Stadt. In der Schule mit ihrem Glas und den vielen Balkonen fühlte ich mich zu sehr unter Beobachtung. Im Lamm waren ein paar Braunhemden, jünger als ich und gutaussehend. Einer von ihnen, mit grünen Augen und Hakennase, sah immer wieder zu mir herüber. Offenbar wusste er, dass ich ein Bauhäusler war. Seine Blicke irritierten mich. Ich leerte mein Glas und verließ das Gasthaus.

Auf dem Weg zurück zur Schule kam ich am Metropol vorbei. Die Luft drinnen war blau von Rauch, und durch die Fenster drang der Lärm von Leuten, die sich amüsierten. Die Tür ging auf, und eine Frau stolperte heraus, gefolgt von einem Mann. Die Frau lächelte mir betrunken zu, während der Mann mit der Hand unter ihr sackartiges Kleid fuhr. Dann küssten sich die beiden, als wäre ich gar nicht da.

Als ich die beiden beobachtete, fühlte ich mich meinerseits beobachtet, und aus den Augenwinkeln sah ich, wie ein Mann in der Dunkelheit verschwand und dann unter der nächsten Gaslaterne wieder sichtbar wurde. Ich dachte, es wäre vielleicht der grünäugige Nazi, warum, weiß ich nicht. Wahrscheinlich weil er mich so angesehen hatte, obwohl sein Blick nicht drohend gewesen war. Er betrat das Metropol, und ich ging weiter, fast ein wenig enttäuscht, dass er mich nicht angesprochen hatte.

Hinter den Bahngleisen leuchtete das Bauhaus, und schon von weitem konnte ich Stimmen und Gelächter hören. Die Studenten und Jungmeister saßen selbst im Winter oft bis in die frühen Morgenstunden auf den Balkonen.

Mein Zimmer war sehr schlicht. Eine Lampe von Marianne Brandt beleuchtete den Raum, und über dem Bett hing einer von Charlottes Wandbehängen. Die Zeiten der knotigen Zeugnisse ihres Missfallens waren lange vorbei, und ihre neueren Werke waren von schwebender Schönheit. Nun, da sie den Umgang mit dem Webstuhl beherrschte, versuchte sie, ihm immer neue Varianten von Schwarz abzuringen. Ihre Webarbeiten waren so dunkel, dass man nur mit Mühe Einschlüsse aus hellerem Aluminium oder Zellophan entdecken konnte. Sie nannte sie »Beinahe Nichts«. Wenn man sie betrachtete, hatte man das Gefühl, in ein Loch zu fallen.

Ich begann mit einer von Ittens Atemübungen; das tat ich

immer noch gelegentlich. Ich dachte an das Paar draußen vor dem Metropol, dann an den grünäugigen Nazi. Ich schob das Bild beiseite, doch es tauchte immer wieder auf.

Später zog ich meinen Schlafanzug an und trat hinaus auf den Balkon. Die Spitze meiner Zigarette war der einzige Farbpunkt im Dunkel der winterlichen Landschaft, und obwohl ich um mich herum nur Grau und Schwarz sah, flirrte in meinem Kopf eine Elektrizität, die ich für erloschen gehalten hatte.

Ich hatte seit langer Zeit kein Verlangen mehr gespürt. Im Lauf der Jahre hatte ich es mit nahezu allen Frauen der Weberei versucht: Grete, Trudi, Margaret (eine Amerikanerin). Das mit Magdalena war vielversprechend gewesen – wir hatten sogar über eine Verlobung gesprochen –, aber sie meinte, ich sei nicht richtig bei der Sache, und beendete das Ganze, als ich mich nicht zum nächsten Schritt aufraffen konnte. Vermutlich hatte sie recht.

Von irgendwo über mir rief jemand meinen Namen.

Als ich nach oben schaute, merkte ich überrascht, dass mir Tränen aus den Augen liefen.

»Komm rauf!« Es war Franz, der mir von Walters Balkon zuwinkte. Er ließ ein mit Knoten versehenes Laken herunter, als wäre ich der Prinz, der an Rapunzels Haar hochklettern sollte. Von oben erklang Gekicher. »Na los, klettere zu uns hoch!«. Ich dachte darüber nach, das Laken zu greifen, vom Balkon zu springen und dieses Arkadien für immer zu verlassen. Doch dann lachte ich und sagte, ich würde die Treppe nehmen.

Ich klopfte an Walters Tür, und Franz machte mir auf. Er hatte schwarzes Haar, ein rundliches Gesicht und einen Bauch wie ein geblähtes Segel. Er strich sich die Haare aus den Augen. »Im Schlafanzug!«, rief er. »Großartig!«

»Ich wollte gerade ins Bett.«

»Komm rein! Komm rein!«

Walter stand auf dem Balkon und rauchte. »Hallo, Paul. Hattest du keine Lust auf unsere Transportmethode?«

Das verknotete Laken hing noch am Geländer. Aus der Richtung von Charlottes Zimmer klangen gereizte Stimmen herauf. »Was ist denn da los?«

»Ach, das kommt bisweilen vor. Seit Rügen.«

»Wirklich?«

Er schnippte seine Zigarette vom Balkon. »Hast du die Rufe vorhin gehört?«

»Welche Rufe?«

»Die Wölfe von Sachsen-Anhalt«, sagte Franz und schwenkte sein Cocktailglas, sodass die Flüssigkeit überschwappte. Ich fragte mich, wie betrunken die beiden waren.

»Es gibt in Deutschland keine Wölfe, erst recht nicht in Sachsen-Anhalt. Oder?« Plötzlich war ich mir nicht mehr sicher.

Franz heulte den Halbmond an. Walter lachte, dann fiel jemand auf einem anderen Balkon in das Geheul ein, und immer mehr Stimmen erhoben sich.

»Ihr spinnt«, sagte ich.

Walter fletschte übermütig die Zähne. »Da könntest du recht haben.«

Wir gingen hinein. Auf Walters Schreibtisch lag eine Zeichnung, daneben ein Lineal und ein Kompass, Tinte und ein Füllhalter. »Sieh dir das an«, sagte Franz und schnaubte. »Expressionistischer Mist.«w

Walter runzelte die Stirn. »Bitte, das muss ich morgen abgeben. Franz ist der Einzige, mit dem man wirklich Spaß haben kann, aber wenn's um die Arbeit geht, ist er ein Ungeheuer. Ein Wolf.«

Franz hielt Walters Zeichnung hoch. »Alles ist durcheinander. Die Buchstaben haken sich ineinander. Die Bögen sind zu groß und die Unterschwünge zu ausladend. Wo ist die Schriftlinie, Walter?«

»Mir gefällt's«, sagte ich. »Es ist eher ein Bild als ein Wort.«

»Es ist ja noch gar nicht fertig«, verteidigte sich Walter. »Und es geht gar nicht so sehr um die Schrift, sondern …«

»Es ist so unruhig. Und die Abstände sind ungleichmäßig. Das verwirrt doch nur.« Franz trat drei Schritte zurück, die Zeichnung vor der Brust. »Man kann ja nicht mal lesen, was da steht. Das ist ja noch schlimmer als bei den gebrochenen Schriften.«

»Was sind gebrochene Schriften?«, fragte ich.

»So was wie Fraktur«, antwortete Walter.

Franz wirkte strenger und gesprächiger als sonst, aber das schob ich auf Walters »missratene« Hausaufgabe. »Fraktur hat wenigstens nicht dieses gewollt Moderne«, sagte ich.

»Franz will alles glatt und gerade haben«, stöhnte Walter. »Als müsste die Schrift sich durchs Papier brennen. Nicht alles muss puristisch sein, werter Herr Ehrlich.«

Doch Franz hörte gar nicht zu. »Ich kann's nicht mal lesen. Was steht da überhaupt?«

Walter ignorierte die Frage. Ich versuchte, die Buchstaben zu fixieren, aber sie verschwammen immer wieder, und es gelang mir nicht, ihre Bedeutung zu erkennen. Franz war geradezu besessen, was seine Arbeit anging, und er wurde fuchsteufelswild, wenn jemand herablassend über seine geliebte Typographiewerkstatt sprach – was häufiger vorkam, da sie neben den anderen Schönen Künsten nicht so recht ernst genommen wurde.

»Wo warst du eigentlich den ganzen Abend?«, fragte Walter.

»Im Lamm.«

»Ganz alleine? Die Gäste da sind mir nicht geheuer.«

»Sie sind gar nicht so schlimm, solange man sich diskret verhält.«

»Ich bin die Diskretion in Person.«

»Ja klar.«

»Warum willst du jetzt schon ins Bett?«

Ich sah, wie Franz hinter ihm die Zeichnung weglegte.

Ich zuckte die Achseln. »Es ist fast Mitternacht.«

»Oh.« Er warf Franz einen Blick zu. »Wir haben ja völlig die Zeit vergessen.«

»Wir waren ja auch beschäftigt«, erwiderte Franz, und beide fingen an zu lachen.

Ich blieb noch eine Weile, aber wenn die beiden erst mal loslegten, vergaßen sie alles um sich herum, und ich bekam kaum noch mit, worüber sie sprachen. Ich lag auf Walters Bett, kämpfte mit dem Schlaf und lauschte auf das Dröhnen der Wasserrohre, das klang wie die Glocken der Dresdener Hofkirche.

Damals schien Franz kein schlechter Kerl zu sein, nur jung. Aber sein Platz in der Geschichte ist ein wenig fragwürdig. Ich persönlich wusste nie so recht, was ich von ihm halten und wie ich ihn beurteilen sollte. Vermutlich war er unschuldig. Und dennoch. Wäre er nicht in dasselbe Lager deportiert worden wie Charlotte, hätte ich ihn wahrscheinlich vergessen oder höchstens auf Fotos wiedererkannt, denn seine Bedeutung zeigte sich erst im Nachhinein: Er kam aus Buchenwald frei, Charlotte nicht.

Ich war überrascht, als Walter mir schrieb und sich brüstete, er habe Franz aus dem Lager gerettet und ihm eine Stelle im Baubüro des Lagers verschafft. Die ungleichmäßige Schrift und der lockere Ton ließen vermuten, dass er betrunken gewesen war, denn wie ich schon sagte, waren seine übrigen Briefe eher steif und förmlich.

Nachdem Walter seine Beziehungen hatte spielenlassen, entwarf Franz den Schriftzug im Eingangstor von Buchenwald:

JEDEM DAS SEINE. Drei Worte, gestohlen aus einer Bach-Kantate. Karminrot auf Zink und von der Innenseite des Lagers zu lesen. Danach entwarf Franz ihnen vermutlich alles, was sie wollten: neue Bunker, neue Schlafsäle. Doch ich verurteile ihn nicht deswegen. Wie Irmi zu Recht sagte: Ich war nicht da. Ich wurde nicht geprüft. Oder zumindest fand meine Prüfung nicht so öffentlich statt. Meine Fehler (und es gab viele) sind nicht in der Geschichte verzeichnet, im Gegensatz zu Franz' dreizehn Buchstaben.

Ich habe mich oft gefragt, ob Charlotte sie wahrgenommen hat, als sie 1944 durch das Tor gegangen ist. Der Bauhaus-Stil der Schrift muss – zumindest für sie – deutlich erkennbar gewesen sein. Und ich habe mich auch gefragt, ob sie uns sechs in ihrer Erinnerung hat wiederaufleben lassen und mit uns durch den Wald gestreift ist. Was haben wir dort für herrliche Tage erlebt, wie in Gold getaucht. Und dann die Schussfahrten auf unseren Rädern zurück nach Weimar, diese bezaubernd schöne Stadt, noch unbeschattet von der drohenden Gewalt.

Jetzt liegt das Lager in Schutt und Asche, und jeder Stein ist von Leid getränkt. Die Goethe-Eiche ist nur noch ein verbrannter Stumpf. Der Wind pfeift durch Franz' Buchstaben im Tor. Und die Bäume sind Zeugen.

SIEBENUNDZWANZIG

Der Schnee kam, und bald wurde das gesamte Gebäude mit seinem Glas und den hohen Decken zu einem Eisschrank. Klee, Kandinsky und der Direktor trugen selbst im Unterricht Schal und Handschuhe. Ich saß morgens auf meinem Balkon und rauchte, solange ich die Kälte aushielt, und fast immer fand ich auf einem der anderen Balkone jemanden, mit dem ich plaudern konnte, meist Anni Albers oder Otti Berger aus der Weberei. Otti war Jugoslawin mit seelenvollen bernsteinfarbenen Augen und schiefen Zähnen, die dem Webstuhl ganze Regenbögen entlocken konnte. Sie sprach mit einem östlichen Akzent, der mich ein wenig an Charlotte erinnerte. Anni, Josefs Frau, war ebenfalls Weberin. Als mein Bruder mich hier besucht hatte, waren die beiden sehr gut miteinander ausgekommen, aber Anni verstand sich ohnehin mit jedem. »Er ist so eine sanfte Seele«, sagte sie, als Peter hineingegangen war, um sich hinzulegen. Sie hatte sein Zittern bemerkt. »Was ist mit ihm?«

»Kriegsneurose.«

»Wie äußert sich das?«, fragte sie.

»Er ist sehr lärmempfindlich. Bekommt oft Panikattacken. Manchmal hat er tagelang Kopfschmerzen und schlimme Albträume. Und er hat lange depressive Phasen.«

»Das muss sehr schwer für eure Eltern sein.«

»Meine Eltern sind völlig überfordert. Meine Mutter denkt, es wäre alles ihre Schuld. Mein Vater wiederum gibt allen die Schuld, die ihm einfallen: den Bolschewiken, den Juden, den Künstlern, manchmal auch Gott oder Bismarck. Das Schlimmste ist, dass sie Peter wahnsinnig machen, aber er ist nicht arbeitsfähig, und so hat er nur meine Mutter als Gesellschaft.«

»Hat er keine Freunde?«

»Die sind alle gefallen. Oder noch schlimmer dran als er.«

In der Woche fertigte Anni einen wunderschönen Wandbehang an, Strukturen von Sand und Kies, und schickte ihn Peter. Sie befestigte ihn an einem Zweig, den sie im Georgium gefunden hatte, und das Ganze sah aus, als wäre es vom Meer angespült worden. Ich dachte oft an meinen Bruder, und sein elender Zustand schmerzte mich. Ich hätte ihm so gern geholfen. Jedes Mal wenn er ins Bauhaus kam, sah ich, wie empfänglich er für seinen Zauber war, aber das machte es für ihn nur noch schlimmer. Es war leichter, mit der Vorstellung zu leben, dass das Dasein elend war, als zu sehen, wie viel Freude andere daran fanden. Das Einzige, worüber wir reden konnten, waren ferne Erinnerungen. Er wollte nicht über sein Leben als Medizinstudent sprechen, über das Physikum, das er mit Auszeichnung bestanden hatte, seinen Traum von einer eigenen Praxis in Berlin. Dieses Leben war vorbei. Und es war nur sehr wenig übrig geblieben.

In der Woche gab es heftige Gewitter, und unsere Balkone waren der perfekte Aussichtspunkt, um das seltsame Wetter zu beobachten. Blitze ließen die Schneeflocken bläulich aufleuchten, und der Wind war so stark, dass es aussah, als würden kleine Strudel in der Luft hin und her gewirbelt. Dennoch lag morgens nur eine dünne Schneedecke über allem, die bis zum Mittag geschmolzen war, und der Tag war freundlich, sogar sonnig, bis das nächste Gewitter aufzog und der Himmel aussah wie auf einem Seestück aus dem 19. Jahrhundert.

Ich stand mit Kaffee und Zigarette auf meinem Balkon und verfolgte eines dieser Schauspiele, als jemand an meine Tür klopfte. Im ersten Moment dachte ich, es sei Franz. Er schien sich seit dem Abend bei Walter für mich zu interessieren, was ich recht schmeichelhaft fand. Doch als ich die Tür öffnete, stand ein Kurier vor mir, und das aufgestickte Abzeichen auf seinem Overall kam mir irgendwie vertraut vor. Seine Schultern waren nass vom Schnee, und er sagte, ohne mich anzusehen, er habe eine Lieferung für Herrn König.

»Sein Zimmer ist ein Stockwerk höher.«

»Er ist nicht da. Und in den anderen Zimmern macht auch niemand auf. Können Sie die Sendung nicht annehmen?«

»Was ist es denn?«

Er deutete auf eine flache Holzkiste, ungefähr einen Meter mal einen Meter groß, und in dem Moment fiel mir ein, woher ich das Abzeichen kannte: von dem Kurierdienst, mit dem Ernst Steiner zusammengearbeitet hatte. »In Ordnung. Lassen Sie es hier.«

Er bat um eine Unterschrift, was mich zögern ließ. Es wäre mir lieber gewesen, wenn Steiner mich ein für alle Mal vergessen hätte, und kritzelte etwas Unleserliches auf das Papier. Doch das nützte nicht viel, denn der Kurier runzelte die Stirn, blickte auf das Namensschild an der Tür und schrieb in Druckbuchstaben PAUL BECKERMANN daneben. Ohne ein weiteres Wort schob er die Kiste in die offene Tür und verschwand.

Noch bevor ich die Kiste in mein Zimmer geschafft hatte, war mir klar, dass ich der Versuchung nicht würde widerstehen können. Ich stellte das Zahlenschloss ohne große Hoffnung auf

1919 – bestimmt hatte Steiner längst den Code geändert. Doch es ging sofort auf.

Spannung packte mich. Ganz oben lag eines von Charlottes Sumpfbildern. Ich fragte mich, warum Walter es behalten und warum Steiner es ihm geschickt hatte. Darunter befanden sich mehrere Zeichnungen und ein Stapel dunkelblauer Hauptbücher, wie sie zuhauf in Steiners Büro gelegen hatten. Darin waren Komposition, Maße und Beschreibungen der Bilder verzeichnet, einige davon erkannte ich wieder.

Als ich in den Büchern blätterte, dämmerte mir allmählich, wie aktiv Walter in die Planung von Steiners Auftragsgemälden eingebunden war. Er war offensichtlich weit mehr als nur ein Gehilfe. Kein Wunder, dass er immer wieder zum Weimarer Atelier fuhr. Ich hoffte, dass Steiner ihn anständig bezahlte – obwohl Walter einer der wenigen Bauhaus-Studenten war, die nicht ständig am Hungertuch nagten.

Ganz unten in der Kiste lag ein Bild, in Packpapier eingeschlagen und verschnürt. Ich packte es vorsichtig aus, neugierig, welche bukolische Landschaft sich wohl darin verbarg, doch zu meiner Überraschung war es das Bild vom Beginn unseres zweiten Herbstes in Weimar, das mir all die Jahre so lebhaft in Erinnerung geblieben war, vielleicht wegen der eigentümlichen Darstellung, vielleicht auch wegen Walters merkwürdig ausweichenden Verhaltens damals. Ich lehnte es gegen den Schrank, um es besser betrachten zu können, zusätzlich beleuchtet von den Blitzen, die über den Winterhimmel zuckten.

Hier war es nun in all seiner Pracht: der Bauernhof mit dem Fachwerk, die rostbraunen Hühner, das Pferd mit dem Pflug und die drei spielenden Mädchen.

Die Jahre, die vergangen waren, hatten meinen Blick verändert, und diesmal brauchte ich nur einen kurzen Moment, um den Trick zu durchschauen. Es gibt ein Gemälde von einem alten niederländischen Meister, eine großformatige Landschaft, die auf den ersten Blick aussieht wie eine normale Szenerie mit Kanälen, schmalen Booten und gedrungenen Häusern, bis der Betrachter merkt, dass das Licht von zwei Seiten kommt. Alles ist beleuchtet, nichts im Schatten, und das liegt nicht daran, dass die Sonne im Zenit steht, sondern das Licht fällt von Osten und Westen zugleich herein – was natürlich unmöglich ist. Walter hatte es geschafft, diese Doppelbeleuchtung nachzuahmen.

Es war ein wirklich schönes Bild, und ich verstand nicht, warum Steiner es nicht verkauft hatte. Zumal er die Bilder, die er nicht loswurde, sonst einfach verfeuerte. Vielleicht hatte Walter ihn überredet, es wegen seines sentimentalen Wertes zu behalten, aber mir war nicht klar warum, denn das Besondere daran war die Technik, nicht das Motiv, und Steiner interessierte sich nur für Motive.

»Was ist das denn?«

Ich hatte nicht bemerkt, dass Charlotte im Türrahmen stand. »Ein Paket für Walter«, sagte ich.

»Was haben die zu bedeuten?« Sie zeigte auf die blauen Bücher und die Zeichnungen, die auf meinem Bettüberwurf lagen.

»Keine Ahnung.« Der Staub, der in der Luft hing, kitzelte mich in der Nase. Normalerweise durften wir unsere eigenen Sachen damals nicht in Steiners Atelier lassen, aber wie sich wieder einmal zeigte, galten für Walter andere Regeln. »Erinnerst du dich noch daran?«, fragte ich und zeigte ihr das Sumpfbild, das sie für eine Tüte Salz verhökert hatte.

»O Gott!«, rief sie lachend. »Erinnere mich bloß nicht daran. Es ist scheußlich! Wie kommt das denn hierher?«

»Ich fand schon immer, dass es interessanter ist, als du denkst.«

»Für einen Frosch vielleicht. Ist da nicht noch eins? Ich hatte ihm doch zwei gegeben.«

»Vielleicht hat Walter das andere verkauft.« Ich schaute noch einmal in die Kiste. »Es ist jedenfalls nicht dabei.«

Charlotte musterte die grünbraunen Pinselstriche. »Vielleicht hat er es verbrannt. War vermutlich das Sinnvollste, was man damals damit machen konnte.« Wieder tauchte ein Blitz den Raum in bläuliches Licht. »Merkwürdiges Wetter, oder?«, sagte sie und legte das Bild zur Seite.

Wir traten beide ans Fenster, von wo aus wir einen ungehinderten Blick auf den Himmel hatten. »Otti meinte, das hängt mit Wetterfronten und Höhenwinden zusammen. Sie hat irgendwas von ›außertropischer Instabilität‹ gesagt.«

»Das überrascht mich nicht.«

Otti war zwar bezaubernd, aber sie hatte die Angewohnheit, fachmännisch über alles Mögliche zu sprechen, wovon sie keine Ahnung hatte. Ich hatte von ihr schon Vorträge über die Verfassung der Republik gehört, über Reformen in Bayern, über den Weinanbau in Zmajevac und einmal, an einem Winterabend, auch darüber, wie man ein Schwein schlachtet. Auf meine Frage, ob sie das wirklich konnte, hatte sie erwidert: »Natürlich nicht. Wir sind Juden.«

»Ich nehme an, Otti weiß, wovon sie spricht.«

»Otti weiß höchstens in dreißig Prozent der Fälle, wovon sie spricht. Na gut, vierzig. Großzügig gerechnet.« Wieder blitzte es. »Schade, der Schnee bleibt bestimmt nicht liegen«, sagte Charlotte. »Ich hätte Lust, etwas daraus zu bauen.«

Hinter uns lagen Walters Sachen auf meinem Bett verteilt. »Hilf mir mal, alles wieder in die Kiste zu packen«, sagte ich. »Damit Walter nicht merkt, dass wir hineingeschaut haben.«

»Böser Paul. Wie hast du sie überhaupt aufgekriegt?«

»Ich wusste die Kombination noch. Steiner hat sie anscheinend nie geändert.«

Während ich die Bücher in die Kiste legte, griff Charlotte nach dem großen Bild, um es wieder zu verpacken. Sie musterte es mit gerunzelter Stirn und fand es *grässlich*. Das Licht sei ganz falsch, sagte sie, aber natürlich durchschaute sie den Trick mit der Doppelbeleuchtung nicht. Jetzt begriff ich auch, dass dies der Grund war, warum die an sich harmlose Szenerie so beunruhigend wirkte.

»Läuft da was zwischen Walter und seinem Chef?«, fragte sie, während sie die Schnur wieder um das Bild band.

»Er hat Walter von Anfang an gemocht.«

»Aber du mochtest ihn nicht, oder?«

»Wen, Steiner? Nein. Aber wenn Walter glücklich ist …«

»Ich dachte, Walter ist jetzt mit Franz zusammen.«

»Keine Ahnung. Das ändert sich alle paar Tage.«

Charlotte sah interessiert zu, wie ich das Vorhängeschloss zudrückte und die Rädchen mit den Nummern verschob. »Neunzehn-sechzehn?«

»1919. Das Jahr, in dem Steiner sein Atelier gegründet hat. Sag Walter nichts davon, dass wir geschnüffelt haben, ja? Er mag es nicht, wenn sich jemand in seine Sachen einmischt.«

»Keine Sorge.« Gemeinsam hoben wir die Kiste vom Bett, und ich vergewisserte mich, dass wir keine verräterischen Spuren hinterlassen hatten. Dann sahen wir uns an und lächelten.

ACHTUNDZWANZIG

Genau wie Dresden war Dessau in einer Flussniederung erbaut, und es gab immer wieder Zeiten, in denen die Straßenbahnschienen unter Wasser standen, die Geschäfte mit Sandsäcken verbarrikadiert waren und die Leute mit Booten oder selbstgebauten Flößen durch die Straßen ruderten. Die Mulde konnte bis zu sechs Metern ansteigen, die Elbe sogar noch weiter.

An diesem Tag war die Elbe voll treibender Schatten, obwohl die dünne Schneeschicht alles leuchten ließ. An den Ufern fing das Wasser an zu gefrieren. Walter und ich standen auf einer Brücke. »Soll ich springen?«, fragte er mit funkelnden Augen.

»Du wirst dir die Fußgelenke brechen«, erwiderte ich. »Außerdem kannst du nicht schwimmen.«

Er beugte sich über das Geländer. In seinen Augenwinkeln bildeten sich Fächer aus Falten, als er in die Sonne sah. Aus irgendeinem Grund verspürte ich plötzlich Lust, meine Nase in seinen Schal zu stecken, um herauszufinden, wie er roch.

Von der Brücke aus sahen wir, wie Charlotte und Jenö Hand in Hand zum Mausoleum gingen, das über dem Teich aufragte. Ein Stück davon entfernt lagen die Meisterhäuser, weiße kubistische Gebilde, die Gropius für seine Mitarbeiter gebaut hatte. Ich hatte mich immer gefragt, wie sie wohl von innen aussahen, ob sie gemütlich oder streng wirkten und ob an den Wänden scherzeshalber solche kitschigen Ölschinken hingen, wie Walter sie an diesem Abend wieder in Weimar malen würde.

»Du hast abgenommen«, sagte ich. Vielleicht hatte Franz ihn auf Diät gesetzt, obwohl ich mir nicht vorstellen konnte, dass ausgerechnet der dralle Franz Walter Vorschriften machte, was das Essen anging.

»Wie kannst du das bei all den Kleidern merken?«

»Ich kann deine Wangenknochen wieder sehen.«

Er lächelte. »Ich habe etwas in der Apotheke gefunden, das meinen Appetit bremst.« Er zog seinen Mantel in die Breite. »Es gefällt mir nämlich nicht, so dick zu sein.«

»Was ist es denn? Eine Zauberpille?«

»Nur eine Kleinigkeit, die Ernst mir besorgt.«

»Du solltest Franz davon erzählen. Er ist auch ganz gut gepolstert.«

»Ich glaube, das war schon immer so.«

»Er wirkt so ernst.«

»Hmm. Wie kommst du darauf?«

»Ich meine, was seine Arbeit angeht«, erklärte ich. »Sein Vortrag neulich von wegen Schriftgestaltung und Purismus. Ist er immer so?«

»Franz ist ein Besessener, und jeder, der nicht genauso tickt, ist für ihn ein Dilettant. Er ist Purist. Er hält nichts von Otti, weil sie zu viel Chenille verwendet. Wenn du Weber bist, arbeite mit Wolle. Wenn du Bildhauer bist, verwende Stein. Wenn du Schriftsetzer bist, dann sorg gefälligst dafür, dass man alles lesen kann.«

»Ich würde gerne mal ein Streitgespräch zwischen Otti und Franz erleben.«

Walter verdrehte die Augen. »Die würden nie ein Ende finden.« Wir schauten eine Weile auf die Strömung des Wassers. »Ich glaube, Otti mag dich.«

»Otti Berger? Wie kommst du denn darauf?«

»Weil sie sich jedes Mal in eine Hyperinflation hineinsteigert, wenn du in der Nähe bist. All ihre Fakten und Zahlen. Du machst sie nervös.«

Es freute mich, das zu hören, aber ich hatte meine Zweifel, ob es stimmte. Otti benahm sich allen gegenüber gleich. »Freust du dich auf das Wiedersehen mit Ernst heute Abend?«

»Ja«, sagte er, und sein Lächeln war echt und herzlich.

»Das ist gut. Du hast ein bisschen Glück verdient.«

»Du aber auch. Ich fand es schade, dass das mit Magdalena nichts geworden ist.«

»Was war eigentlich in der Kiste, die Ernst dir geschickt hat?«

»Ach, Sachen aus dem Atelier. Sie waren zu schwer, um sie mit dem Zug zu transportieren.«

»Was macht ihr denn heute Abend?«

Ich glaube, ich habe Walter nie wieder so rot werden sehen wie dort auf der verschneiten Brücke.

»Ich meine, was ihr malt!«

»Oh.« Er lachte. »Halbnackte Mädchen am Wasser. Das Übliche. Komm, lass uns zu den beiden gehen.«

Das Eis auf den Pfützen zerbrach unter unseren Stiefeln. Im Schein der tiefstehenden Sonne gingen wir zum Mausoleum, das von zwei steinernen Bären flankiert wurde. Erst hörten wir nur ihre Schritte, dann kamen Charlotte und Jenö um die Ecke.

»Ich war noch nie da drin«, sagte Charlotte, den Blick auf die Kuppel gerichtet.

Ich hatte mir das Mausoleum mal im Sommer angesehen, und es war trotz der Hitze draußen kalt gewesen. Jetzt im Februar war es dort bestimmt wie im Eishaus.

»Wer liegt denn da drin?«

»Goethe ist mal mit Charlotte von Stein hier gewesen«, sagte Walter mit ernster Miene, fing dann aber sofort an zu lachen.

»Du und dein Goethe!«

»Der war längst tot, als das Mausoleum erbaut wurde«, sagte Jenö. »Da steht's.« Er deutete auf die römischen Zahlen. »Achtzehnhundert…«

»Achtundachtzig«, sagte Walter.

»Achtundneunzig«, korrigierte ihn Charlotte. »Verrückte Vorstellung, dass das Bauhaus nur knapp dreißig Jahre nach dieser Monstrosität entstanden ist.«

Jenö grinste und hauchte in seine Hände, um sie zu wärmen. Dann nahm er Anlauf, rannte auf das Tor zu und hangelte sich bis ganz nach oben. In jeder seiner Bewegungen konnte man seine Stärke sehen.

»Bravo!«, rief Walter. »Aber was hast du jetzt vor?«

Die Eingangstür war mit einer Kette verschlossen, gab jedoch eine schmale Lücke frei, wenn man dagegen drückte. Jenö zwängte sich seitlich hinein und schob sich Zentimeter für Zentimeter hindurch. »Na, wer kommt mit?«, rief er, als er drinnen war.

Wir ermahnten unsere Studenten stets, solche Streiche bleibenzulassen, denn das war für die Konservativen in der Stadt genau die Bestätigung, dass wir Bauhäusler bolschewistische Grabräuber waren. Trotzdem wollte ich nicht als feige dastehen und folgte Jenö. Doch als ich halb drinnen war, merkte ich verdutzt, dass Walter und Charlotte keinerlei Anstalten machten mitzukommen. »Was ist mit euch?«

Die zwei sahen sich an. Vielleicht überlegten sie beide, was das kleinere Übel war: zusammen da draußen zu warten oder sich verbotenerweise in das düstere Mausoleum zu quetschen. »Macht ihr nur«, sagte Walter. »Wir warten hier auf euch.«

»Wie ihr wollt.«

Drinnen war es eiskalt. Unterhalb der Kuppel schimmerte ein goldenes Mosaik, der einzige lichte Bereich in dem dunklen Bau. »Hallo, Echo«, sagte Jenö in das Atrium hinein, um zu hören, wie seine Stimme von den Wänden zurückgeworfen wurde. Wieder rätselte ich darüber, warum Charlotte sich für diesen kindischen Kerl entschieden hatte.

»Jenö?«

Ein Poltern war zu hören. »Sieht so aus, als würde der Herzog hier seine Gartengeräte aufbewahren.«

Ich fand ihn über eine Kiste gebeugt, wo er in Schaufeln und Harken kramte. Es roch nach geschnittenem Gras. Plötzlich durchzuckte mich die irrationale Angst, dass Jenö eine der Harken nehmen und sie mir über den Schädel ziehen würde. »Lass das«, sagte ich. »Die gehören uns nicht.«

Im Dämmerlicht sah ich, wie er sich neugierig umschaute.

»Da geht's nach unten«, sagte er.

Wir gingen die Stufen zur Krypta hinunter. In der modrigen Dunkelheit standen mehrere Steinsärge. Ich strich mit den Fingern über die Inschriften, um herauszufinden, wer dort ruhte, doch die Buchstaben waren zu verwittert. Mit einem Mal wurde mir bewusst, dass ich zum ersten Mal seit Jahren mit Jenö allein war. Ich musste daran denken, was Walter letztens am Fluss gesagt hatte – *Bin ich der Einzige von uns, der etwas fühlt?* –, und ich fragte mich, wie es sich wohl anfühlen würde, ehrlich zu sein. Ich war so lange niemandem gegenüber ehrlich gewesen, am wenigsten mir selbst gegenüber. »Es war nicht einfach in den letzten Jahren«, sagte ich. »Mit Charlotte und dir und mir.«

Jenö schwieg eine Weile. Als er schließlich sprach, klang seine Stimme überraschend scharf. »Auf der anderen Seite ist es auch nicht immer leicht.« Daran hatte ich nicht gedacht. Mir war nicht klar gewesen, dass wir alle unsere Rollen gespielt hatten.

»Ich weiß, was damals im Badehaus passiert ist.«

Ich hörte, wie er sich über die Lippen leckte. »Es war ein Fehler. Mir geht diese Nacht immer noch nach.«

»Weiß Charlotte davon?«

»Ich habe es ihr gesagt, als wir auf Rügen waren.«

»Ah, ich verstehe.« Walter hatte gesagt, dass sie sich seit dem Urlaub dort häufiger stritten.

»Ich hatte das Gefühl, es wäre an der Zeit, reinen Tisch zu machen. Aber jetzt denke ich, ich hätte es besser gelassen. Es hat natürlich Diskussionen gegeben wegen der Dinge, die sie getan hat, weil sie die Wahrheit nicht kannte.« Er schwieg wieder einen Moment. Dann fuhr er fort: »Ich hätte vorsichtiger sein müssen. Es war unbedacht von mir, Walters Gefühle zu verletzen. Ich wollte einfach nur wissen, wie es ist, mit einem Mann zusammen zu sein. Es war nichts weiter als Neugier. Ich habe mich damals bei ihm entschuldigt, aber er hat mir gar nicht richtig zugehört. Und über den Sommer hatte sich dann alles beruhigt. Er hatte uns verziehen.«

Ich dachte an das seltsame Bild, das Walter im September darauf gemalt hatte, und hatte meine Zweifel, ob dem wirklich so war. »Walter hat mir erzählt, du hättest ihm gesagt, dass du ihn liebst. Im Herbst davor, als wir alle am Bauhaus angefangen hatten.«

»Das stimmt nicht. Das habe ich nie gesagt. Ich habe ihm nichts versprochen.«

Ich fragte mich, warum ich Jenö eher glaubte als meinem Freund Walter. »In einem Körper ist genug Versprechen.«

»Du hast recht. Aber Menschen machen nun mal Fehler, auch mit ihrem Körper. Ich habe mich immer wieder bei ihm entschuldigt. Was hätte ich denn noch tun sollen?«

Die Dunkelheit um uns herum schien alle Geräusche zu verstärken. Ich hörte, wie er sich erneut über die Lippen leckte und sich ein wenig bewegte. Mir schoss der Gedanke durch den Kopf, ob er mich vielleicht auch küssen würde, hier unten, wo uns niemand sah.

»Und dann kam Charlotte.«

»Ja. Und dann kam Charlotte.«

Plötzlich überkam mich Ekel bei der Vorstellung, dass Jenö mich küssen würde, mit diesen Lippen, die auch Walter und Charlotte geküsst hatten. Ich fragte mich, ob Walter und Charlotte ein ähnlich offenes Gespräch führten. Draußen ging das Leben seinen Gang: Die Bäume warteten auf den Frühling, die Schwäne zogen ihre Runden, die Stadt bereitete sich auf die nächste Überschwemmung vor, in den Straßen wimmelte es von Braunhemden, Walter und Charlotte standen am Tor, sein Hass auf sie wie ein Pfeil in seinem Herzen, und nicht weit von hier stand das Bauhaus, das wir alle verehrten und das dennoch wie ein Käfig war, in dem sich unser Wahnsinn immer weiter verstärkte. Wie war ich nur auf den Gedanken gekommen, dass Jenö mir mit einer Harke den Schädel einschlagen würde? Kein Wunder, dass wir solche Wahnvorstellungen hatten, wenn wir immer nur um uns selbst kreisten.

Ich sollte zusehen, dass ich von hier wegkam.

Über uns im Atrium ertönte ein Poltern. »Ich glaube, wir sollten besser gehen.«

Als wir an der Tür ankamen, drehte sich Jenö plötzlich um und umarmte mich ohne Vorwarnung. Die überraschende Intimität wärmte mir das Herz, doch dann war der Moment auch schon vorüber.

Draußen war es gleißend hell, und Jenö und ich kniffen beide geblendet die Augen zu. Als wir wieder etwas sehen konnten, hielten wir Ausschau nach Walter und Charlotte, doch vergeblich. Die beiden waren verschwunden.

NEUNUNDZWANZIG

Im letzten Sommer hatten wir dank der nun wieder stabilen Mark einen kleinen Urlaub auf Rügen machen können. Wir vier hatten uns mit Kaspar und Irmi in Berlin getroffen und waren dann von dort gemeinsam an die Ostseeküste gefahren. Das Ganze war Walters Idee gewesen. Er wollte die Kreidefelsen sehen, die Caspar David Friedrich gemalt hatte. Obwohl Charlotte angesichts dieser romantischen Nostalgie die Nase rümpfte, freuten wir uns alle, eine Woche in Kap Arkona zu verbringen.

Nachts hatten die hohen weißen Klippen etwas Unheimliches, aber tagsüber waren sie atemberaubend, umspült von der Ostsee, die ebenso klar war wie der Obersee. Es war ein heißer Sommer, und wir wurden alle braun. Wir aßen und tranken nach Herzenslust: Riesling, Brot mit gesalzener Butter, gebackenen Fisch und Gemüse. Charlotte und Jenö planschten stundenlang im Wasser. Mit ihrem blonden kinnlangen Bob sah sie aus wie eine Heldin aus einem Roman von Fitzgerald. In Dessau hielten die beiden sich zurück, aber auf Rügen konnten sie nicht aufhören, einander zu berühren.

Eines Nachmittags wollte Walter, dass Irmi und ich zusammen mit ihm die Figuren von Friedrichs *Kreidefelsen auf Rügen* nachstellten, obwohl wir alle nur unsere Badeanzüge anhatten. Walter hatte sich Josef Albers' Kamera ausgeliehen, sie auf

Zeitauslöser gestellt und sich selbst dann in die Pose des Mannes geworfen, der auf Händen und Knien kauert, als wäre ihm sein Kleingeld runtergefallen. Wir verharrten reglos in unserer Haltung – ich stehend, den Blick aufs Meer gerichtet, Irmi sitzend, den Arm ausgestreckt, als deute sie auf etwas – und warteten auf den Blitz. Es dauerte so lange, dass Walter wieder aufstand, um nachzusehen, ob er alles richtig eingestellt hatte, und genau in dem Moment löste die Kamera aus.

Nach der Aufnahme fingerte Walter an der Kamera herum, während Irmi und ich die Aussicht genossen, die warmen Kiefernnadeln unter unseren Füßen. Mir war bewusst, dass sie uns schon seit unserer Ankunft auf Rügen beobachtete.

»Du solltest nach Berlin kommen«, sagte sie. »Das würde dir guttun.«

»Ich gehöre ans Bauhaus.«

»Wirklich?«

Während der Rückfahrt begann es zu regnen. Irmi und Kaspar verabschiedeten sich am Bahnhof Friedrichstraße von uns. Jenö und Charlotte sprachen seit einem Streit während eines Ausflugs nach Binz nicht mehr miteinander. Sobald wir am Bauhaus ankamen, verschwanden beide in ihren Zimmern.

Während Walter an dem Wochenende in Weimar war, dachte ich über Irmis Berlin-Idee nach. Vielleicht hatte sie recht, und ein Tapetenwechsel würde mir guttun. Schließlich war mir am Tag zuvor im Mausoleum die Schule wie eine Irrenanstalt vorgekommen. Seit Irmi in Berlin war, sagte sie oft, das Bauhaus wäre ein Hotel. Und ich tat hier ohnehin kaum etwas anderes, als Josef zu assistieren, der so vielfältig begabt war – Glasmalerei, Holz- und Metallbearbeitung, Bildhauerei, er konnte einfach alles –, dass er eigentlich gar keinen Jungmeister an seiner Seite brauchte.

Und so schrieb ich Irmi, dass ich über ihren Rat nachgedacht hatte und neugierig auf Berlin war. Ich fragte sie, ob sie von einem Zimmer oder einer Pension in ihrer Nähe wusste oder ob ihre Vermieterin nicht so streng war und mich bei Irmi auf dem Fußboden übernachten lassen würde. Dann starrte ich auf den Brief, unsicher, ob ich ihn wirklich abschicken sollte. Schließlich entschied ich, dass ein Versuch nicht schaden konnte, und steckte ihn in einen Umschlag.

Auf dem Rückweg vom Postamt durch die verschneite Stadt begegnete mir Charlotte, eingemummelt in ihren Herrenmantel. Ich sah sie so selten ohne ihren Zwilling, dass ich im ersten Moment gedacht hatte, sie wäre es gar nicht. Dann bekam ich ein schlechtes Gewissen wegen des Briefs an Irmi, obwohl es albern war, schließlich war ich ihr keine Rechenschaft schuldig.

»Wo wart ihr denn gestern? Ihr habt uns einfach im Mausoleum zurückgelassen.«

»Walter musste zum Zug.«

Ich fragte mich, warum sie dann beide verschwunden waren und sie Jenö und mich im Stich gelassen hatte. Aber ich bohrte nicht weiter nach. Am Bahnhof kaufte ich mir eine Zeitung und spendierte ihr einen Kaffee, und wir unterhielten uns über andere Dinge. Bald würde das Metallische Fest stattfinden, und wir mussten uns Kostüme überlegen. Sie hatte den Versuch aufgegeben, ein Lochmuster zu weben, und erzählte mir von einem Wandbehang, den sie anfertigen wollte, inspiriert vom Kino und aus echten Filmstreifen gemacht. Der Direktor drängte uns alle, nützliche Dinge zu erschaffen, die sich für die Massenproduktion eigneten und in allen Kaufhäusern im In- und Ausland verkauft werden konnten. Charlotte hatte als Abschlussarbeit einen Wandbehang aus Zellophan und Chenille angefertigt, der jetzt in einem Theater in Jena hing, um die Akustik zu verbessern. Durch die Hinwendung zum Funktionalen war das Weben für sie viel interessanter geworden.

Ich erzählte ihr von Kaspars neuesten Abenteuern in Berlin. Offenbar hatte er sich in eine Roma verliebt, die einen Kopf größer war als er.

»Fehlen dir die beiden?«, fragte Charlotte, die Hände um ihre Kaffeetasse gelegt.

»Ja, oft.«

»Mir auch. Vor allem Kaspar. Ich glaube, die beiden haben uns davor bewahrt, zur schlimmsten Version unserer selbst zu werden. Und Irmi macht gar nichts Künstlerisches mehr?«

Ich zuckte die Achseln. »Sie sagt, die Arbeit im Kaiserhof mache ihr Spaß.« Irmi konnte sich keinen eigenen Webstuhl leisten, aber sie schien die Kunst nicht zu vermissen. Kaspar wiederum lebte wie ein Sultan in der großen Wohnung seiner Mutter an der Wilhelmstraße, obwohl er keinen Pfennig in der Tasche hatte.

»Dann hat sie Glück«, erwiderte Charlotte. »Weißt du, was Irmi mal zu mir gesagt hat? Sie meinte, wir würden das Bauhaus nie verlassen, weil wir das Drama zu sehr lieben. Ich hatte schon immer den Eindruck, dass sie sich für was Besseres hält.«

Ich stand auf. »Das ist sie vielleicht auch.«

»Findest du wirklich?«, fragte Charlotte entgeistert.

»Irmi ist wahrscheinlich besser als wir alle zusammen.«

»Und was sind wir dann?«

»Ein Haufen Dummköpfe.«

Während sie ihren Mantel zuknöpfte, sah ich einen Zug aus dem Bahnhof rollen. Ziel: Berlin.

Als Walter ein paar Tage später zurückkam, lag Charlotte bei mir auf dem Bett und las eine Liebesschnulze, und Jenö saß an meinem Schreibtisch und studierte eine Monographie über

Picasso. Wir hatten den ganzen Abend in schweigender Geselligkeit verbracht und betranken uns nach und nach mit einer Flasche Brandy.

Ich machte Walter die Tür auf, und das Erste, was mir auffiel, war das Funkeln in seinen Augen. Ich hatte angenommen, dass er wie immer mit nassen Stiefeln und trübsinniger Miene zurückkommen würde, aber diesmal war er aufgeregt und geradezu fiebrig. Er gab mir einen Kuss und sagte den beiden anderen hallo. »Gibt es hier etwas Anständiges zu trinken?«

Jenö blickte auf. Genau wie ich mochte er Walter nicht besonders, wenn er aus Weimar zurückkam. »Brandy.«

Ich schenkte Walter ein Glas ein. Ich hatte keine Ahnung, wie wir zu der teuren Flasche gekommen waren, aber manchmal tauchten solche Sachen einfach irgendwie auf.

»Was liest du?«

Charlotte drehte das Buch um. »Ich habe es fast durch, kann mich aber nicht mal an den Titel erinnern. Ich habe es auf dem Markt gefunden.«

»Schund und Schmutz?«, fragte Walter. »Franz liebt das auch sehr.« Er griff nach einer Postkarte auf meinem Schreibtisch, auf der eine spärlich bekleidete Frau abgebildet war, umrahmt von der Leuchtwerbung eines Kabaretts. »Von wem ist die denn?«

»Rate mal.«

Kaspar machte sich einen Spaß daraus, anonyme Postkarten zu schicken, die natürlich zunächst im Sekretariat landeten. »Paul Beckermann« war immer sehr deutlich geschrieben, aber er unterzeichnete nur mit einem »X«, als hätte er immer noch Angst, Ärger mit dem Direktor zu bekommen. In dem Stapel auf meinem Schreibtisch lag auch Irmis Antwort auf meinen Brief.

Hallo Paul, freue mich riesig, dass du nach Berlin kommst! Wann ist es denn so weit? Natürlich kannst du bei mir wohnen!

Walter musterte die Karte ebenfalls, sagte aber nichts dazu.

Ich nahm unsere Gläser und ging nach draußen. Die Balkone waren leicht abschüssig, sodass man manchmal das Gefühl hatte, gleich abzustürzen. Walter warf sich gegen das Geländer, als wollte er Anlauf nehmen, um hinunterzuspringen, dann trank er gierig seinen Brandy, als wäre es Wasser.

»Und, wie war's?«

»Hab kein Auge zugemacht. Ernst hat mich ordentlich rangenommen.« Er grinste. Seine immer noch wohlgeschnittenen Züge erinnerten mich daran, wie gutaussehend er mal gewesen war. »Weißt du, dass einer von den Studenten mal an der Fassade hochgeklettert ist? Hat sich wie ein Affe von einem Balkon zum nächsten gehangelt.«

»Unsinn«, widersprach ich. »Das hätten wir doch mitbekommen.«

»Es war Weihnachten. Da waren alle weg. Er fand das erste Stück so einfach, dass er ganz bis nach oben geklettert ist.«

»Bis zum Dach? Aber das sind doch mindestens zwölf Meter! Wie hätte er das ohne Seil schaffen sollen?«

»Keine Ahnung. Aber wenn ich mir den Bau so ansehe, glaube ich, ich könnte das auch.«

Die Musik wechselte auf ein langsames Stück, und Jenö zog Charlotte hoch, um mit ihr zu tanzen. Obwohl sie beide wie Stallburschen gekleidet waren, hatten sie diese besondere Ausstrahlung, die Menschen mit Talent besitzen. Sie wirkten wie Künstler auf dem Weg zum Erfolg, doch seit dem Mausoleum fragte ich mich, ob das alles nicht nur aufgesetzt war.

Auch auf anderen Balkonen wurde gefeiert. Wir verbrachten fast alle Abende hier bei mir, auch wenn ich nicht weiß, wieso ausgerechnet mein Zimmer zu unserem Treffpunkt geworden war. Manchmal luden wir auch andere ein, Josef und Anni, Otti oder ein paar von meinen Studenten, aber meist waren wir nur zu viert. Wir tanzten und tranken, verkleideten uns oder bemalten unsere Körper mit Zeichen und Totems. Oft dachte Charlotte sich irgendein verrücktes Spiel aus (selbst jetzt wollte sie immer noch alles auf die Spitze treiben), und eines Abends schleppte sie ein Ouija-Brett an, um mit den Toten zu kommunizieren. Wir kamen allerdings nicht weit, weil jemand anfing, die Namen von Kaspars Exfreundinnen zu buchstabieren.

»Wo steckt eigentlich Franz?«

»Ah, Franz.« Walter fuhr sich mit der Zunge über die Lippen. »Die treulose Seele flattert von Party zu Party. Außerdem ist sein Appetit noch schlimmer als meiner. Ich kann es mir nicht leisten, ihn auszuhalten.«

»Er ist jung. Wir waren genauso.«

»Aber ich hätte etwas mehr Loyalität erwartet. Ich weiß nicht, was los ist. Anscheinend steht er nicht mehr auf mich.« Er rieb sich die Nase.

»Was hast du angestellt, Walter?«

Doch er antwortete nicht.

»Worüber habt ihr eigentlich gesprochen, neulich, als wir im Mausoleum waren?«, fragte ich ihn.

»Wer?«

»Du und Charlotte.«

»Ach, nichts Besonderes.« Er griff nach seiner Taschenlampe und leuchtete damit auf den verschneiten Rasen. »Und ihr?«

»Jenö und ich? Das war ein überraschend offenes Gespräch. Er hat mir erzählt, dass er Charlotte auf Rügen die Wahrheit über den Vorfall im Badehaus gesagt hat. Ich wusste nicht, dass das der Grund für ihren Streit war.«

»Wirklich nicht? Ach, Paul – alle Wege führen nach Rügen.«

»Ja, das ist mir jetzt auch klar.«

Er richtete den Strahl der Taschenlampe auf das tanzende Paar. »Sehen die beiden nicht hinreißend aus?«

Als die letzten Takte verklangen, sah ich plötzlich, wie ein dunkles Rinnsal aus seiner Nase lief. »Walter!«

»Oh.« Er drückte auf den Nasenrücken, doch dadurch kam nur noch mehr Blut. Es begann zu tropfen, und er hielt sein Glas darunter, sodass sich der Brandy dunkelrot verfärbte. Obwohl ich versuchte, nicht hinzusehen, wurde mir schummrig. Jemand rief meinen Namen, aber es klang wie durch Watte. Ich hielt mich am Geländer fest, um nicht umzukippen. In einem winzigen klaren Sichtfeld sah ich, wie das Glas vom Balkon hinunter in den Schnee fiel.

Walters Blick kreuzte meinen. Der Ausdruck darin verschwand so schnell, dass ich mir nicht sicher war, ob ich es mir nur eingebildet hatte, aber es hatte ausgesehen wie boshafte Freude. »Hoppla«, sagte er. »Jetzt ist es mir aus der Hand gerutscht.«

Der Schwindel ließ nach, das Flimmern vor den Augen auch, und die Welt wurde wieder normal. »Walter! Du hättest jemanden töten können!«

»Es war ein Versehen. Ich habe letzte Nacht nicht geschlafen.«

Jenö kam auf den Balkon und sah nach unten.

»Meine Finger waren rutschig vom Blut. Dumm von mir.«

»Da unten hätte jemand sein können«, sagte Jenö.

»Besorg dir ein Taschentuch«, sagte ich. »Du weißt doch, dass ich kein Blut sehen kann.«

»Ich hole das Glas«, sagte Jenö. »Paul, du leuchtest mir mit der Taschenlampe.«

»Ich gehe schon«, sagte Walter.

»Nein«, widersprach Jenö entschieden. »Wir wollen nicht, dass es noch mehr Ärger gibt.«

Walter ging hinein, während ich den Strahl der Taschenlampe nach unten richtete und auf Jenö wartete.

»He! Was ist passiert?«, rief eine Stimme aus der Dunkelheit.

»Nichts!«, antwortete Jenö. »Nur ein Versehen. Walter hat etwas fallen gelassen.« Vorsichtig hob er, so gut es ging, die Glasscherben auf und sammelte sie in seinem Hemd, das er wie eine Schürze hielt.

Ich war froh, dass ich nicht ohnmächtig geworden war, aber ich spürte ein Flattern in meinen Ohren, ein wohlbekanntes und gefürchtetes Anzeichen. Ich beschloss, nichts mehr zu trinken. Das Letzte, was ich gebrauchen konnte, war eine Migräne.

»Fertig!«, rief Jenö, und ich schaltete die Taschenlampe aus. »Sag Charlotte, ich gehe schlafen.«

Hinter mir hörte ich das Kratzen der Grammophonnadel. Ich ging wieder hinein. Die Atmosphäre drinnen hatte sich verändert. Walter lag bäuchlings auf dem Bett, baumelte wie ein Mädchen mit den Füßen in der Luft und las in der Liebesschnulze. Charlotte sprang auf und lief mir entgegen.

Auf meinem Schreibtisch, im Lichtkegel der Lampe, waren zwei Linien aus weißem Pulver. Da begriff ich, woher Walters Nasenbluten kam: Offenbar hatte er schon auf dem Rückweg aus Weimar Kokain geschnupft. Neben dem Pulver lag ein zusammengerollter Streifen Zeitungspapier.

»Das Zeug ist gut«, sagte Charlotte. »Wo ist Jenö?«

»Ins Bett gegangen.«

»Da wird er eines Tages noch das Zeitliche segnen. Willst du auch was?«

»Nein«, sagte ich, doch sie schien mich gar nicht zu hören, denn sie streute noch mehr von dem Pulver auf den Tisch. Das verräterische Hacken der Rasierklinge erklang, dann zog sie sich eine Linie in die Nase. An dem Abend vor ein paar Wochen, als ich im Schlafanzug oben bei Walter gewesen war, hatte ich mich gefragt, wie viel er und Franz getrunken hatten, aber sie waren gar nicht betrunken gewesen, sondern high. Deshalb waren sie so aufgedreht gewesen, so überheblich und kampflustig.

Charlotte war ungewöhnlich gesprächig, genau wie die beiden damals. Noch ungewöhnlicher war, dass sie über ihre Zeit in Prag sprach. »Unser Kindermädchen war völlig überfordert, das arme Ding. Sie war Slowakin – wie hieß sie noch gleich? Lara oder Larna oder Laura, irgendwas in der Art. Einmal haben wir sie an den Esstisch gefesselt und ihr Kletten ins Haar geworfen, und sie hat geweint, als meine Mutter sie ihr ausgebürstet hat. Als ich acht war, ist sie an der Spanischen Grippe gestorben. Ich habe tagelang geweint, und mein Bruder war untröstlich. Meine Eltern sprachen nicht darüber, sie war ja nur das Kindermädchen. Komisch, dass ich mich nicht an ihren Namen erinnern kann.« Charlotte lag auf dem Fußboden, die Augen starr und leicht glasig. »Wo ist Jenö?«

»Ins Bett gegangen.«

»Ach ja. Das hast du mir schon gesagt.«

»Ist alles in Ordnung?«, fragte ich.

Walter beobachtete uns grinsend, noch immer Spuren von getrocknetem Blut an der Nase.

»Mir geht's bestens«, sagte sie und räkelte sich. »Absolut bestens.«

DREISSIG

ENGLAND

Dass ich Maler geworden bin und sogar der bekannteste aus unserer Gruppe, finde ich bizarr. Selbst jetzt kommt es mir noch so vor, als wäre ich ein Betrüger, als würde ich draußen im Wald ein paar Handlanger für mich arbeiten lassen. Aber ich bin auch nur ein bisschen berühmt, und selbst in der Kunstwelt kennt mich nicht jeder.

Trotzdem bin ich natürlich bekannt genug, dass Walter mich finden konnte. Seine Briefe – ich nenne sie die Mauerbriefe – liegen in meinem Atelier. Ich weiß nicht, warum ich sie aufbewahrt habe. Nachdem ich von seinem Tod erfahren hatte, habe ich sie noch einmal gelesen. Manchmal denke ich, ich hätte ihm wenigstens antworten sollen. Vielleicht war es falsch, ihm seine Gleichgültigkeit gegenüber Charlotte mit gleicher Münze heimzuzahlen. Obwohl meine Unterlassung, ihn nicht aus Ostberlin herauszuholen, kaum vergleichbar ist mit seiner, Charlotte in Buchenwald ihrem Schicksal zu überlassen. Er hätte Steiner nur ein paar Worte zuflüstern müssen, dann wäre sie freigelassen worden. Zweimal hat er sie da draußen im Wald verraten.

Irmi hat sich nicht noch einmal gemeldet. Sie weiß, dass es keinen Sinn hat. Nach der Beerdigung ist sie vermutlich zu Teddy und auf ihre Seite der Mauer zurückgekehrt. Jenö wird wieder nach England geflogen sein. Walter liegt jetzt unter der Erde. Das versetzt mir einen Stich. Ist es Reue? Bedauern? Ich weiß es nicht.

Ich habe mein Selbstporträt neben Charlottes beschädigtem Wandbehang aufgestellt, dem letzten, an dem sie vor der Razzia gearbeitet hat. Eine Zeitlang habe ich nichts anderes gemalt als die Fäden, die sie verwoben hat, und es hat mir geholfen, ihre Arbeit besser zu verstehen, diese Bänder endlosen Sonnenlichts. Mein Gesicht ist im Dreiviertelprofil gemalt. Die Bartstoppeln sind da, die gefurchte Stirn, der kahle Schädel, der mich an Itten erinnert. Die Nase mit ihrem kühnen Schwung. Ich fand schon immer, dass ich eine gute Nase habe.

Ich frage mich allerdings, ob es in Anbetracht dessen, was ich ausdrücken will, sinnvoll ist, figurativ zu malen. Vielleicht habe ich mich deshalb all die Jahre im Abstrakten verloren. Meinem Galeristen wird es nicht gefallen, es passt nicht zu der Story vom abstraktionistischen Bauhäusler im Exil. Das verkauft sich, nicht dieses Selbstporträt mit der schweren Ölfarbe und dem feinen Pinselstrich.

Aber die Übung beschäftigt mich zumindest, und sie gibt mir jeden Tag eine kleine Auszeit von meiner Geschichte. Während ich an der Leinwand vorbeispähe, um den richtigen Blickwinkel auf mich selbst zu finden, kommt mir der Gedanke, dass dies auch ein Versteckspiel ist: was ich von mir zeige und was nicht, welche drei Wörter den Mann im Spiegel beschreiben.

Die Augen – das Wichtigste – sind noch nicht gemalt.

EINUNDDREISSIG

Zu Paul Klees fünfzigstem Geburtstag fertigten Charlotte, Anni und Otti für ihn einen lebensgroßen Engel aus Pappmaché an, Marianne Brandt eine Schale aus Metall, Kandinsky ein Bild, und die drei Frauen webten dazu noch einen Wandbehang. Sie packten alle Geschenke in den Bauch des Engels. Jenö verzierte den Kopf mit Messingspänen, und Walter malte ihm – oder vielmehr ihr – ein Gesicht. Es war schön, mal wieder gemeinsam an etwas zu arbeiten, eine regelrechte Wiedervereinigung. Das war vor dem Urlaub auf Rügen.

Otti, Anni und Charlotte überredeten einen Piloten von Junkers, sie mit seinem Flugzeug mitzunehmen. Wahrscheinlich bezahlten sie ihn von Annis Privatvermögen – ihrer Familie gehörten mehrere Berliner Zeitungen. Charlotte und Otti waren noch nie zuvor mit einem Flugzeug geflogen. Die Rollen und Loopings des Piloten brachten die Frauen zum Kreischen, aber Charlotte sagte, sie hätte keine Angst gehabt. Der Flug über das flache Schwemmland war, als hätte jemand Zeit und Raum in einen bunten Teppich gegossen.

Die Frauen baten den Piloten, über Klees Garten zu fliegen, und dort warfen sie den Engel aus dem Flugzeug und sahen zu, wie er auf dem Rasen zerbrach. All die Geschenke waren aus der Luft gesandt worden, weil Paul Klee, wie Otti meinte, nicht von der Erde stammte, sondern aus dem Kosmos. Klee stand staunend da, die Augen mit Tränen gefüllt. Nach dem Flug hatten Charlottes Augen so geleuchtet, als entstamme auch sie dem Himmel.

Nachdem Walter sein Kokain nach Dessau mitgebracht hatte, sah sie fast immer so aus. Ihre Augen verrieten sie mit ihrem unruhigen Funkeln, ihrem flirrenden Strahlen. Ob Tag oder Nacht, in jenem Februar hatte Charlotte zu jeder wachen Stunde etwas davon in ihrem Körper.

Wäre ich nicht selbst high gewesen, hätte ich vielleicht etwas unternommen, aber als Walter mit einem ganzen Vorratspaket vom Postamt kam, beschloss ich, mich ebenfalls an den hübschen weißen Häufchen zu bedienen. In Weimar hatte ich meine Lektion gelernt: Wenn man bei den verrückten Sachen nicht dabei war, gehörte man ganz schnell nicht mehr dazu.

In der Zeit vor dem Metallischen Fest bekamen wir Kokain, so viel wir wollten. Wie sich herausstellte, hatte Steiner Verbindungen zu einem Mann in Weimar, der das gesamte Ensemble des Nationaltheaters, die Mitarbeiter in Schillers und Goethes Wohnhaus und die Studenten der klassischen Kunstschule versorgte, die jetzt im einstigen Bauhaus untergebracht war. Laut Walter gab es im Atelier immer reichlich Kokain, so brachte Steiner seine Leute dazu, länger und schneller zu arbeiten. Ich fragte mich, wie lange Walter das Zeug schon nahm und ob er an dem Tag am Fluss nicht Steine in den Taschen gehabt hatte, um unterzugehen, sondern lauter Kokainpäckchen, um in den Himmel zu entschweben. Vielleicht hatten er und Franz sich deswegen überhaupt erst angefreundet.

Da es weder taute noch schneite, blieb Walters blutgetränkter Glasinhalt noch eine Weile sichtbar. Nach einer zugedröhnten Nacht sah ich manchmal hinunter auf den roten Schnee, und ich ahnte, dass es mehr bedeutete, als es auf den ersten Blick schien, aber ich wusste nicht was. Es hatte mit dem eigenartigen Funkeln in Walters Augen zu tun, als das Glas vom Balkon gefallen war.

Jetzt hatten wir genug Kokain, um ein ganzes Bataillon zu versorgen. Bei diesen Partys in meinem Zimmer waren wir immer zu dritt: Walter, Charlotte und ich; Jenö wollte nichts mit dem Zeug zu tun haben. Von meinem Balkon aus sah ich ihn abends oft nach Dessau hineingehen. Er kam erst spät zurück, so spät, dass er nur im Metropol gewesen sein konnte, und er gesellte sich nie zu uns, obwohl er die Party von unten oder aus seinem Zimmer gehört haben musste.

Anni und Otti wollten ebenfalls nichts davon wissen, und Franz war immer noch mit Walter zerkracht. Walter und ich unterhielten uns stundenlang, während Charlotte mit einem Ausdruck verträumter Erleuchtung durchs Zimmer schwebte wie eine mittelalterliche Jungfer auf einem präraffaelitischen Gemälde.

Das Beste an Walters Päckchen war, dass die Freude ans Bauhaus zurückgekehrt war oder zumindest der Spaß. In diesen Nächten gaben wir uns unseren Vergnügungen hin. Es war, als würden wir wieder fasten, als verfolgte unsere Gruppe – oder zumindest unser Trio – wieder ein gemeinsames Ziel, etwas, das größer war als wir.

Irgendwann um die Zeit bekam ich mit, dass Jenö in der Metallwerkstatt an einem von Mariannes Entwürfen arbeitete. Sie hatte vor einer Weile einen brillanten Vortrag darüber gehalten, dass sie die Mattglasschirme bei den elektrischen Leuchten abschaffen würde. Sie wollte die Glühlampe in all ihrer Nacktheit erstrahlen lassen. »Ich erforsche«, hatte sie verkündet, »die Ontologie der Leuchte.«

Die Metallwerkstatt war anders als der Rest der Schule. Überall lagen Metallspäne herum, der Geruch erinnerte an Blut, roh und streng und mineralisch, und die Geräusche – Hämmern, Bohren, Falzen, Schleifen – klangen fremdartig. Ich hatte keine Ahnung, wie man die Maschinen bediente. Eines Tages sah ich Jenö dort stehen, reglos und in Gedanken versunken, den Fuß der Leuchte vor sich. Als er mich bemerkte, spürte ich, dass er wollte, dass ich mit ihm sprach, ihm sagte, was er tun sollte, wie er Charlotte von dem Kokain wegbekam, von ihrem Rückzug in sich selbst, nach dem sie ebenso süchtig war wie nach der Droge. Tu was, hätte ich ihm sagen können. Aber ich schwieg. Er versuchte, mit mir zu reden, aber ich ging nicht darauf ein. Es war wie eine Strafe für eine alte Verletzung.

Ich wusste, warum Jenö sich Sorgen um Charlotte machte, genauso wie Otti und Anni, aber sie selbst konnte ihr Muster vermutlich nicht erkennen. Das Kokain war, genau wie das Fasten, ein Versuch, sich auszulöschen. Während alle anderen unter dem Einfluss der Droge überdreht und witzig und chaotisch waren, wirkte Charlotte wie sediert, abgeschottet von der Außenwelt. Sie mochte es, nichts zu fühlen, sich aus allem herauszuziehen. Wäre es ein natürlicher Wesenszug gewesen, hätte man es Erleuchtung nennen können, doch so war es systematische Vernachlässigung. Sie wurde immer dünner.

Otti sah sich das Ganze eine Weile an, dann ermahnte sie Charlotte mit besorgter Miene, sie müsse wieder an die Arbeit, doch Charlotte zuckte nur die Achseln.

»Alleine kommt sie da nicht wieder raus«, sagte Otti zu mir, eine selbstgedrehte Zigarette im Mund und eine hinterm Ohr. Sie trug eine Kette aus runden schwarzen Perlen, und ihre Kleidung wirkte zu dünn für das Wetter. Vielleicht war es bei ihr zu Hause in Zmajevac schon frühlingshafter. »Du weißt ja, wie sie sich in diese Dinge hineinsteigert. Sie mag es, völlig leer zu sein.«

»Otti hat recht«, sagte Anni, die unter Charlottes Wandbehang saß wie unter einem verhängten Fenster.

»Und was soll ich dagegen machen?«

»Du musst sie überreden, damit aufzuhören. Oder zumindest ein Exempel statuieren.«

»Charlotte kann tun und lassen, was sie will. Sie ist schließlich alt genug, um selbst zu entscheiden.«

»Natürlich«, sagte Otti. »Aber das heißt ja nicht, dass sie die richtige Entscheidung trifft.«

Ich sah die beiden Frauen an: klein und zierlich, die blassen, ernsten Gesichter umrahmt von dunklem Haar. Anni brachte es schließlich auf den Punkt. »Der Direktor will, dass wir produktiv sind. Charlotte ist seit mindestens einer Woche nicht mehr in der Weberei gewesen. Bald werden die Leute es merken, und dann geht das Gerede los. Das wird dem Direktor nicht gefallen.«

Unter Drogeneinfluss zu unterrichten war wie eine Achterbahnfahrt. Manchmal fiel mir nichts mehr ein, was ich sagen oder tun könnte. Dann wieder überzog ich, und die Studenten sahen mich verwirrt an und fragten sich vermutlich, was aus dem Mann geworden war, der sie so energisch aufgefordert hatte, alles Vergangene auszulöschen.

Auch am Nachmittag nach dem Gespräch mit Otti und Anni unterrichtete ich. Vor mir befanden sich drei Objekte: eine Lampe, ein Stuhl und ein Teeglas. Ich wollte den Studenten den Willen zur Gestaltung nahebringen, ihnen zeigen, dass gutes Design manchmal nur aus ein paar einfachen Formen entstand, vielleicht sogar nur aus einer einzigen. Ich sprach eine ganze Weile über mein Lieblingsthema – das Verbrechen der Verzierung –, bis mir wieder einfiel, worum es eigentlich gehen sollte. Ich bemühte mich, meine Erregung zu dämpfen, weil ich fürchtete, es könnte auffallen, dass ich nicht ganz da war. »Jedes Design«, sagte ich zu meinen Bauhaus-Frischlingen, »sollte nur aus wenigen schlichten Elementen bestehen.«

Michiko und Howard wechselten einen Blick, und der Rest der Klasse schwieg. Vielleicht hatte ich das alles schon gesagt.

»Was ist mit den Grammophonnadeln?«, fragte eine Studentin, deren Namen ich mir nicht merken konnte und die wusste, dass ich mir ihren Namen nicht merken konnte. »Sie hatten doch gesagt, wir sollten heute unsere Ideen vorstellen. Weil wir letztes Mal nicht mehr genug Zeit hatten.«

»Ach ja.« Ich hatte vollkommen vergessen, dass ich ihnen diese Aufgabe gestellt hatte. »Verwenden Sie sie für Ihr Kostüm beim Metallischen Fest«, sagte ich. »Ich habe keine Ahnung, worauf ich damit hinauswollte.«

Es war deutlich zu sehen, dass ihr meine Laxheit missfiel, aber ich beachtete sie nicht weiter. Ich glühte vor Energie. Ich war ein mächtiger Lehrer, und ich hatte ihnen Wichtigeres zu vermitteln. »Sehen Sie sich diese Lampe an«, sagte ich ziemlich laut und zeigte auf die Wagenfeld-Leuchte vor mir. »Kugelförmiger Schirm, zylindrischer Schaft und ein runder Fuß, um die Form des Schirms wieder aufzunehmen. Vollkommenes Design. Drei Variationen des Kreises. Und zugleich sind alle Teile sichtbar, sogar das Kabel und der Schalter. Das Objekt zeigt seine Funktionen. Es verbirgt nichts.«

Das war, wie Marianne es ausgedrückt hatte, die Ontologie der Leuchte.

Ich wandte mich Josefs Teeglas zu. Es war ein Triumph des Designs, obwohl es sich nicht gut verkaufte – die tragische Geschichte des Bauhauses. »Hitzebeständiges Glas, polierter Chromstahl, aber was macht dieses Teeglas so besonders?«

Michiko meldete sich. »Die Griffe.«

»Genau. Ein horizontaler für den Servierenden, ein vertikaler für den Trinkenden, denn so ist beides leichter für die menschliche Hand. Zwei Griffe, zwei Richtungen, ein Teeglas. Man wundert sich, dass vorher niemand darauf gekommen ist. So etwas entsteht durch den Willen zur Schlichtheit.«

Ich reichte Michiko das Glas, indem ich den vertikalen Griff anfasste, und sie nahm es lächelnd mit dem horizontalen Griff entgegen. Ich war begeistert von meinem brillanten Unterricht. »Wunderbar, nicht wahr?«

Alles nickte.

»Aber eben haben Sie gesagt, dass es genau andersherum ist«, merkte die namenlose Studentin an.

»Tatsächlich?«

»Sie haben gesagt, horizontaler Griff für den Servierenden, vertikaler für den Trinkenden. Gemacht haben Sie es umgekehrt.«

Ich blickte auf das Teeglas. Sie hatte recht. »Gut aufgepasst. Tja, da sieht man, wie anpassungsfähig das Design ist!« Um von meinem Lapsus abzulenken, wandte ich mich Breuers Lattenstuhl zu. »Beachten Sie die rechtwinklige Konstruktion und den elastischen Stoff, um die Haltung zu fördern. Schauen Sie sich die Leerräume an: alles Rechtecke und Quadrate. Die Formen addieren sich, sie vermischen sich nicht. Ockhams Rasiermesser: Das einfachste Design ist immer das beste.«

Anschließend gab ich den Studenten die Aufgabe, aus zusammengerolltem Zeitungspapier einen Hocker zu bauen, und zwar mit so wenigen Formen wie möglich. Während sie arbeiteten, setzte ich mich auf Breuers Stuhl. Ich wusste, ich hätte ihnen die Objekte nicht vorher zeigen sollen, jetzt waren sie nicht mehr so frei in ihren Entwürfen. Josef bestand in seinen Klassen darauf, dass Zeichnen ohne Ziel erfolgen sollte, und pädagogisch betrachtet hatte er recht. Wenn man Studenten aufforderte, etwas zu erschaffen, ohne zuerst das Material zu erkunden, war das Ergebnis unweigerlich konservativ.

Ich wusste auch, dass ich besser gehen sollte, aber der Stuhl war bequem, ich fühlte mich entspannt, und so ließ ich die Gedanken wandern. Von meinem Platz aus konnte ich die Wiese unter unseren Balkonen sehen. Im Sommer war das Gras gelb und vertrocknet, von Weihnachten bis Ostern meist schneebedeckt. Wenn es dann taute, kam meist allerlei Verborgenes zutage: vor allem Zigarettenstummel, aber auch verschwundene Unterrichtsbücher, benutzte Kondome, Farben, die den schmelzenden Schnee bunt leuchten ließen, und einmal auch zwei Puppen, die bei einer besonders enthusiastischen Aufführung der Theatergruppe vom Dach gefallen waren.

Ich weiß nicht, wie es dazu kam, aber ich schlief ein. Michiko weckte mich später. Zwanzig neue Hocker standen im Raum, alle deprimierend ähnlich. Die Studenten sahen mich mit besorgter Miene an. »Ist alles in Ordnung?«, fragte die Namenlose, und da fiel mir ein, dass sie Viktoria hieß.

»Ja, bestens.«

»Das ist der Fehler im Design«, bemerkte Michiko mit leisem Lächeln. »In Japan würden wir sagen, dieser Stuhl ist zu bequem.«

ZWEIUNDDREISSIG

Es kam relativ selten vor, dass sich Fremde im Bauhaus aufhielten. Ich weiß nicht, wo Walter den grünäugigen Nazi aufgetrieben hatte, aber ich war ziemlich überrascht, als ich ihn am Abend nach meinem misslungenen Unterricht in Walters Zimmer vorfand, wo er, die Hände hinter dem Rücken, das seltsame Licht auf dem Gemälde betrachtete, das jetzt über Walters Bett hing. Ich war so benommen von dem Nickerchen im Werkraum, dass ich im ersten Moment dachte, ich bildete ihn mir nur ein.

»Schönes Bild, oder?«, sagte der Nazi. Er stand ganz entspannt da, als wäre seine Uniform in dieser Umgebung nichts Ungewöhnliches.

»Ich weiß nicht. Ich ziehe kulturbolschewistische Kunst vor.«

Ich sah zu Walter, doch er wich meinem Blick aus.

Der Nazi reichte mir seine Hand. »Ich bin Oskar.«

»Paul Beckermann«, erwiderte ich bewusst förmlich. »Woher kennst du Walter?«

»Wir haben uns im Metropol getroffen.« Seine Wangen röteten sich ein wenig. »Ich war noch nie im Bauhaus. Von innen ist es weniger beeindruckend als von außen.«

»Findest du? Die meisten sagen genau das Gegenteil.«

Wieder wurde er rot.

»Ich dachte, hier wäre irgendwie … mehr. Alles ist so karg, und ich hatte es mir opulenter vorgestellt.«

»Ich habe dich mal im Lamm gesehen.«

»Ja, ich erinnere mich.«

Doch kaum hatte ich das erwähnt, entschuldigte sich Oskar und verschwand Richtung Toilette. Vielleicht war es ihm peinlich. Sein Verhalten überraschte mich, ich hätte nicht gedacht, dass er so schüchtern war.

»Reißt du jetzt schon Nazis in der Stadt auf?«, fragte ich Walter, sobald die Tür zu war.

»Es war andersrum.«

»Wie läuft es denn mit Ernst?«

»Sehr gut.« Walter lächelte. »Ich wundere mich selbst, wie gern ich ihn habe.«

»Und dieser junge Mann?«

»Nun ja, was Ernst nicht weiß …«

»Er muss dich ja sehr mögen, wenn er dir so teure Geschenke schickt.«

Am Tag zuvor hatte Steiner wieder ein Päckchen geschickt, genug für uns, um eine Woche durchzufeiern.

»Du meinst wegen des Bildes?«, fragte Walter. »Nein, Ernst mistet aus. Er hat mittlerweile so viele Kunden, dass er jeden Zentimeter braucht. Die Amerikaner sind ganz verrückt nach seinen Bildern.«

»Ich meinte das Kokain.«

»Ach so. Nein, das ist eine kleine Gefälligkeit für mich und meine Freunde.«

»Freunde wie Franz?«

»Der wurde ein bisschen zu anstrengend. Ich musste ihn loswerden.«

In dem Moment bemerkte ich, dass er etwas mit blauer Tinte auf seinen Arm gemalt hatte. Es waren Buchstaben, ähnlich wie der »expressionistische Mist«, über den sich Franz so aufgeregt hatte. »Ist dir das Papier ausgegangen?« Ich griff nach seinem Handgelenk, um die Buchstaben besser lesen zu können: L, C, A.

Ich spürte, wie er den Arm anspannte, um ihn mir zu entziehen.

»Das ist meine neue Schrift.«

Die Buchstaben waren schmal und ohne Serifen. »Sieht gut aus«, sagte ich. »Hat sie schon einen Namen?«

»Ich habe überlegt, sie Carlotta zu nennen.« Und da sah ich, was man aus den Buchstaben machen konnte: Charlotte.

»Warum?«

»Ich weiß nicht. Der Klang gefällt mir. *Carlotta, Carlotta, Carlotta.*«

Oskars höfliches Klopfen unterbrach uns. Er sah uns etwas verwundert an; ich hielt noch immer Walters Arm fest.

Auf dem Tisch lag ein Stück Zeitung aus Weimar, aufgesprungen wie einer von den japanischen Miniaturtempeln, die man ins Wasser wirft. Walter legte sich eine Linie, und Oskar beäugte sie neidisch.

»Keine Sorge, mein Lieber«, sagte Walter. »Das ist alles für dich.«

Oskar zog sich das Koks sofort in die Nase. Seine grünen Augen funkelten. Walter schien sich über den Appetit des jungen Mannes zu freuen.

Später probierten wir unsere Kostüme für das Metallische Fest an. Walter bestand darauf, dass er und ich als Paar gingen. Wir würden Fahrradketten um den Hals tragen und die reifenlosen Räder als Hüte, mit einem Strick am Kinn befestigt. Wir hatten uns aus dem Hühnerstall der Schule Federn besorgt, und Walter hatte sie an die Räder geklebt. Wir gingen als Unfall mit Huhn und fanden uns ziemlich genial.

»Als was geht Charlotte?«, fragte Walter.

»Als Freiheitsstatue.«

»Sehr gut, sehr gut!« Er betrachtete die Federn. »Vielleicht können wir die für ihre Fackel nehmen? Wäre doch toll, wenn sie brennen würde! Was ist mit Jenö?«

»Dem fällt nichts ein.«

»Aber das ist doch sein Motto! Kann Marianne ihm nicht etwas basteln?«

Ich zuckte die Achseln. Was Jenö tat oder nicht, war seine Entscheidung. Ich stellte mir vor, wie er und Marianne gemeinsam an einer Schreibtischlampe arbeiteten, und fragte mich, ob zwischen den beiden womöglich etwas lief.

»Ich wünschte, ich könnte auch kommen«, sagte Oskar.

»Vielleicht können wir dich ja reinschmuggeln«, meinte Walter. »Aber nicht in der Uniform. Die sieht zwar schnittig aus, passt aber nicht ins Bauhaus.« Er schob mich zum Spiegel, damit er das Rad auf meinem Kopf befestigen konnte. Es war leichter, als es aussah. »Ein bisschen Rote-Bete-Saft hier, hier und hier« – er berührte meine Wangen, und es fühlte sich schön an – »und dann kann's losgehen.«

»Aber nicht zu realistisch.«

Er gab mir einen Schmatzer auf die Wange. »Ach ja. Die berühmte Hämatophobie. Nicht, dass du uns noch aus den Latschen kippst.«

Ich ging hinaus auf den Balkon, um zu rauchen, und betrachtete das Szenario drinnen. Im Zimmer herrschte ein ziemliches Durcheinander: überall Hühnerfedern und Fahrradteile und auf dem Schreibtisch die Reste des Kokains. Walter lag auf dem Bett, und Oskar saß davor auf dem Fußboden, ein Buch auf den Knien.

Während ich zusah, fuhr Walter mit dem Finger über den Hals des jungen Mannes, vom Kinn über den Adamsapfel bis zum Schlüsselbein. Obwohl ich mir vorkam wie ein Voyeur, erregte es mich. Nach einer Weile ließ Oskar den Kopf aufs Bett sinken. Walters Hand hielt inne, dann beugte er sich vor und küsste ihn.

Die Art, wie Walters Lippen Oskars berührten, war so sinnlich, dass ich über meine eigenen Lippen strich. Wieder verspürte ich die vertraute Sehnsucht, zu berühren und berührt zu werden. Oskar legte sich zu Walter aufs Bett, die Küsse wurden drängender, und ich fragte mich, wie es wohl war, den Körper eines Mannes zu spüren. Dann sah Oskar zu mir herüber, erregt und einladend. Ich drehte mich abrupt um und starrte hinunter auf den Schnee.

Mit einem Mal hatte ich das deutliche Gefühl, dass ich nicht der Einzige hier draußen war. Auf den Balkonen unter mir war niemand, aber dann entdeckte ich Charlotte oben auf Jenös Balkon. Sie winkte mir zu, dann ging sie hinein. Sie hatte traurig ausgesehen, so ganz allein da draußen. Zu meiner Überraschung dachte ich: Hoffentlich trennen sie sich nicht. Hoffentlich ist alles in Ordnung.

Ein wenig später tauchte Charlotte bei mir im Zimmer auf. Ich lag mit einem Buch auf dem Bett und versuchte, nicht an das Bild der beiden Männer zu denken und daran, was sie jetzt taten. Als ich gegangen war, hatten die beiden nur gegrinst.

»Wo ist Walter?«, fragte sie.

»Der amüsiert sich in seinem Zimmer mit einem jungen Mann.«

»Hattest du nicht gesagt, er hat einen Freund? Diesen Steiner, deinen früheren Chef?«

»Frag nicht.«

Charlotte ließ sich wie eine Tote neben mich fallen. Ich berührte sie am Hals, tastete nach ihrem Puls und musste daran denken, wie Walter dasselbe vorhin bei Oskar gemacht hatte. Obwohl mein Verlangen nach ihr nahezu eingeschlafen war, brachte es mich ziemlich aus der Fassung, sie plötzlich so dicht neben mir zu spüren. Doch Charlotte wich zurück, und so nahm ich meine Hand weg. Draußen fing es an zu regnen.

»Glaubst du, Walter ist glücklich?«, fragte sie nach einer Weile.

»Ich glaube, er will es unbedingt sein, und genau deshalb ist er immer so unglücklich.«

»Nach Rügen habe ich versucht, mich bei ihm zu entschuldigen, aber er ist nicht so richtig darauf eingegangen.«

»Gerade vorhin hat er noch gesagt, dass er dir voll und ganz verziehen hat«, log ich, obwohl ich keine Ahnung hatte, warum ich das tat. Unser Leben war ohnehin schon so kompliziert, dass es keine gute Idee war, es noch komplizierter zu machen. »Er hat sogar eine neue Schrift entworfen, und er hat sie Carlotta genannt.« Sie sah mich ungläubig an. »Doch, wirklich! Er hat sie sich auf den Arm gemalt. Sie ist ziemlich expressionistisch und schwer zu lesen, aber ich glaube, es ist als Kompliment gedacht. Als Geste des Verzeihens.« Ich wechselte das Thema. »Vorhin auf dem Balkon hast du traurig ausgesehen. Ist alles in Ordnung?«

Sie wandte den Blick zur Wand.

»Entschuldige, ich wollte nicht neugierig sein. Lass uns über etwas anderes reden.«

»Jenö mag es nicht, wenn andere sich amüsieren.«

»War er heute Abend da?«

»Er hat gesagt, er will Zeit mit mir verbringen. Es passt ihm nicht, dass wir uns dauernd bei dir treffen. Er meint, ich hätte mich verändert. Findest du das auch?« Bevor ich antworten konnte, fuhr sie fort: »Ich habe mal mitbekommen, wie er Franz und Walter angesehen hat. Als wären sie kleine Jungs, dabei haben sie einfach nur herumgealbert. Manchmal ist er so spießig. Ich will bloß ein bisschen Spaß haben, und er macht mir deswegen ein schlechtes Gewissen.«

Charlotte stand auf und ging hinaus auf den Balkon, und ich folgte ihr. Wir sahen zu, wie der Regen die Nacht zum Glänzen brachte und sich mit dem Schnee vermischte. »Jenö denkt, dass Walter das Glas neulich absichtlich hinuntergeworfen hat.«

»Warum hätte er das tun sollen?«

»Um Jenö aus dem Zimmer zu kriegen. Damit er mir das Kokain geben konnte.«

»Das hätte er doch auch anders bewerkstelligen können.«

Charlotte beugte sich über das Geländer, um die Stelle zu sehen, wo es gelandet war, dann blickte sie hoch zu Walters Balkon und schüttelte den Kopf. »Hast du mitbekommen, ob Walter vorher nach unten gesehen hat?«

»Nein, warum?«

»Weil das bedeuten würde, dass er es mit Absicht fallen gelassen hat. Dass es geplant war, kein Versehen.«

»Ich war doch fast ohnmächtig wegen des Bluts.«

»Ach ja«, sagte sie. »Der Mann, der kein Blut sehen kann.«

»Jenö bildet sich da was ein.«

»Manchmal glaube ich das auch. Dann wieder denke ich, er könnte recht haben. Walter weiß, dass das Kokain uns auseinanderbringen kann.«

»Otti und Anni machen sich Sorgen«, sagte ich. »Sie finden, dass wir damit aufhören sollen, bevor der Direktor davon Wind bekommt.«

»Da haben Sie wahrscheinlich recht. Aber es hilft mir. Mit Jenö läuft es nicht so gut.« Charlotte rieb sich das Gesicht und seufzte. »Ich bin mit Walter nie so richtig warmgeworden. Ich wusste nie, wie ich mich ihm gegenüber verhalten soll. Selbst als Jenö und ich noch nicht zusammen waren.«

Unten kamen zwei Männer aus dem Haus. Trotz des Schirms konnte ich das Abzeichen auf Oskars Uniform erkennen. Ich fragte mich, wohin sie wollten. Um diese Zeit war nichts mehr geöffnet.

»Paul, du hast mir nicht gesagt, dass der Kerl ein Nazi ist!«

»In Dessau gibt's doch kaum noch jemanden, der kein Nazi ist.«

Als der Regen stärker wurde, gingen wir wieder hinein. Charlotte stand da und blickte sich unschlüssig um. Es musste sehr spät sein. Als ich Walters Zimmer verlassen hatte, war es schon nach Mitternacht gewesen. Ich griff wieder nach meinem Buch. Das war nichts Ungewöhnliches – wir saßen öfter so beieinander, wenn wir Gesellschaft haben, aber nicht reden wollten. Diese Abende machten mir das Herz schwer, weil es sich dann anfühlte, als wären wir ein altes Ehepaar.

Aus den Augenwinkeln sah ich, wie Charlotte das Zeitungspapier aus dem Tintenfach meines Schreibtisches pflückte. Erst dachte ich, sie suchte nach Koksresten, doch sie strich die Papierfetzen glatt und betrachtete sie mit gerunzelter Stirn. Dann begann sie, die Stücke wieder zusammenzulegen. Als sie fertig war, zog sie abrupt die Hand zurück, als hätte sie sich verbrannt, und presste sie auf ihren Mund.

»Charlotte?«

Sie sah mich bestürzt an.

»Was ist los?«

»Oh, Paul«, sagte sie. »O Gott, nein!« Sie packte die Zeitungsfetzen und knüllte sie zusammen.

Ich hatte keine Ahnung, was das zu bedeuten hatte, und im nächsten Moment stürzte sie hinaus. Kurz darauf hörte ich, wie die Tür von Walters Zimmer über mir klickte, und dann ein lautes Rumpeln. Ich war zu müde, um darüber nachzudenken, was sie da oben machte. Im Nachhinein vermute ich, dass sie

Steiners Kiste hervorgezogen, das Schloss mit der allseits bekannten Zahlenkombination geöffnet und sämtliche Notizbücher durchgeblättert hat, bis sie gefunden hatte, was sie darin vermutete. Kurz vorm Einschlafen dachte ich mit einem Mal an die Papierlaterne, die sie vor Jahren gebastelt und die in Weimar über meinem Bett gehangen hatte, und ich fragte mich, wo sie geblieben war oder ob ich sie, wie so manches andere, in einem Anfall von trotzigem Liebeskummer weggeworfen hatte.

DREIUNDDREISSIG

Es gibt ein Foto von uns auf dem Metallischen Fest, das ich über meinem Schreibtisch an die Wand geheftet habe. Es muss am Anfang des Abends aufgenommen worden sein, denn da sehen wir – bis auf Charlotte, die die Stirn runzelt – noch fröhlich aus. Wir stehen auf der Bühne, strahlend im hellen Licht des Magnesiumblitzes, die Räder auf unseren Köpfen, Charlottes Fackel mit orange leuchtenden Federn bestückt. Das Bild ist überbelichtet, weil unsere Kostüme den Blitz reflektieren, aber man kann uns trotzdem erkennen: Charlotte und Jenö, Walter und ich, zwei Vögel, die unter die Räder gekommen sind.

Walter und ich fädelten unseren Auftritt auf dem Fest so ein, dass wir genau zur gleichen Zeit oben auf den beiden Metallrutschen erschienen und uns gemeinsam hinunterstürzten. Außer den Rutschen hatte die Theaterabteilung auch riesige Wolkenkratzer gebaut und lauter Metallmonde an die Decke der Kantine gehängt. Mariannes Deckenleuchten waren mit Alufolie umwickelt, und dazwischen hingen Spinnennetze aus Seide und glitzernden Fäden. Alles glänzte.

Jedes Mal wenn jemand Neues auf der Rutsche erschien, spielte der Trompeter der Bauhaus-Kapelle ein lautes *Trööööt!*, und alle lachten, als der Direktor, Klee und Kandinsky auf ihrem Allerwertesten landeten. Die Meister trugen Blechhüte und Brillen aus Stahl, ihre Frauen hatten sich das Haar mit Bilderdraht hochgebunden und trugen Capes aus Stahlwolle um die Schultern wie Flügel. Aber die Studenten hatten sich wirklich etwas einfallen lassen: Automaten, Blechmänner, Automobile und halb New York City schossen die Rutschen hinunter und begannen zu tanzen.

Als Charlotte auf dem Fest erschien, hatte ich bereits mehrfach von Steiners Koks genascht. Sie kam mit zu viel Schwung die Rutsche hinunter und landete recht unsanft. Für einen kurzen Moment sah ich, wie sie sich missmutig im Raum umblickte. Jenö glitt mit beiden Beinen in der Luft die Rutsche hinunter. Er war als Zinnsoldat verkleidet, mit Löffeln als Uniformtressen. Doch sie wartete nicht auf ihn. Er musste hinter ihr herlaufen, gebremst durch sein starres Kostüm. Als Freiheitsstatue hatte sie sich ein großes grünes Tuch umgehängt, das mit einer Brosche zusammengehalten war. In der einen Hand hielt sie ihre Fackel, in der anderen die Tafel. Ihre Augen wirkten erschreckend starr, und ihre Pupillen waren nur kleine Punkte. Ich fragte mich, wie viel sie schon geschnupft hatte. Ich weiß nicht, warum sie so miese Laune hatte, aber das kam bei ihr manchmal vor.

Walter, der verträumte Vogel, war auch ziemlich hinüber. Er flatterte umher, tanzte mit mir, dem dicken Franz (dem er offenbar verziehen hatte), sogar mit Jenö, und wenn er gerade nicht tanzte, streichelte er seine Hühnerfedern, als wären sie ein geliebtes Haustier.

Ich nahm mir vor, mich an dem Abend von Charlotte fernzuhalten. Stattdessen tanzte ich mit allen, die mir vor die Nase kamen. Ich schwebte auf einer Wolke unerschütterlicher Menschenfreundlichkeit und konnte nicht glauben, dass ich jemals in meinem Leben unglücklich gewesen war. Ich spielte sogar auf irgendjemandes Trompete, obwohl etliche Leute mich davon abzubringen versuchten. Ich ließ mich nicht beirren, überzeugt von meinen musikalischen Fähigkeiten, bis Walter mich nach draußen schleppte, um nachzulegen. Wir saßen auf den Stufen mit dem großen Bauhaus-Schild über uns und brüllten aus Leibeskräften: »BAUHAUS, BAUHAUS, BAUHAUS!«

Otti tanzte eine Weile mit mir, und ich staunte, wie schön sie war mit ihrem vollkommen runden Gesicht, den bernsteinfarbenen Augen und den slawischen Zügen, um die die anderen Frauen sie beneideten. Ja, dachte ich, als wir tanzten, ich liebte Otti Berger, diese schöne Weberin, deren Arbeiten in allen Farben leuchteten.

Später führte die Theatertruppe einen Tanz auf, mit blitzenden Messern und Gabeln und Löffeln, explodierenden Champagnerflaschen und pfeifenden Teekesseln. Eine Frau balancierte einen kunstvollen Leuchter mit brennenden Kerzen auf dem Kopf, und Mascha hatte sich Metallräder auf die nackten Brüste gemalt. Ich trank munter weiter, während ich zusah, und ich erinnere mich noch genau, dass ich dachte: *Ich sollte aufhören*, und dann: *Ach, was soll's, macht doch Spaß.*

Bald danach begann das Fest, aus dem Ruder zu laufen. Kostüme lösten sich auf, die Dekoration fiel von den Wänden und Decken, die Bänder und Folien zerrissen, und auch die Stimmung kippte – Frauen weinten Wimperntuschenbäche, Männer wurden aggressiv gegen andere Männer oder verschwanden mit der falschen Frau. Ich hatte keine Ahnung, wie spät es war. Haarteile lagen auf dem Boden, Wolkenkratzer waren in der Mitte eingeknickt. Irgendjemand hatte einen neuen Punsch zusammengemixt, und immer wieder wurde Kokain herumgereicht. Leute lagen ramponiert in den Ecken, und die nackte Brust einer schlafenden Frau schimmerte wie ein Sahnetörtchen.

Aber ich fühlte mich unerschütterlich grandios.

Irgendwann am Morgen spielte jemand Akkordeon, ziemlich schlecht, aber das Stück war schön. Walter hatte ein großes Glas mit einer verdächtig klaren Flüssigkeit in der Hand. Er hatte buchstäblich Federn gelassen, und das Rad auf seinem Kopf war verschwunden. Nur die Fahrradkette hing noch um seinen Hals, als er sich an einen jungen Bauhäusler lehnte. In den letzten Wochen trieb er sich ganz schön herum.

Da sah ich, wie Charlotte mit ihrem grünen Tuch und ohne Mantel nach draußen ging, auf den Park zu. Ich lief zwischen den Überresten der Dekoration hindurch und die Treppe hinunter.

Draußen ging schon fast die Sonne auf. Ich war zu betrunken, um die Kälte zu spüren. Charlotte steuerte auf die Kreuzung zu, und ich rief ihr nach, aber sie reagierte nicht. Hinter mir hörte ich Schritte. Es war Walter, noch immer mit seinem Glas in der Hand. »Wo will sie denn hin?«

»Keine Ahnung.«

Sie ging schnell und tauchte immer wieder auf und verschwand, wie ein Geist. Wir liefen hinter ihr her in den Park, am Schloss und am Mausoleum vorbei, doch obwohl wir mehrfach ihren Namen riefen, blieb sie nicht stehen. Wir kamen an einer armlosen Flora vorbei, die vor einem Hirsch floh, und an mehreren anderen starräugigen Statuen. Walter meinte irgendwann, er hätte das Gefühl, wir würden in eine Falle laufen, aber ich glaube, er genoss einfach nur das Drama.

»Charlotte!«, rief ich zwischen den kahlen schwarzen Bäumen hindurch, obwohl ich sie nicht mehr sehen konnte. »Komm schon! Das ist kein Spiel!«

Vögel flatterten erschrocken von den Zweigen auf. Die Bäume wurden immer dichter, jeder Teil des Parks sah gleich aus, und irgendwann mussten wir uns eingestehen, dass wir sie verloren und uns obendrein verlaufen hatten. Eigentlich kannte ich das Georgium wie meine Westentasche, doch wir mussten unglaublich betrunken sein, denn ich hatte nicht die geringste Ahnung, wohin sie verschwunden sein konnte.

In dem Moment bemerkte ich Walters nackte Füße. »Walter! Wo sind deine Schuhe?«

Verdutzt blickte er an sich hinunter. »Oh, die muss ich wohl verloren haben.« Er lachte. »Ich spüre meine Füße gar nicht mehr.«

»Charlotte wird sich zu Tode frieren ohne Mantel. Und du kriegst Frostbeulen!«

Nach einer Weile tauchte die Kuppel des Mausoleums zwischen den Bäumen auf, und wir kehrten dorthin zurück. Schließlich entdeckten wir Charlotte auf der Brücke am Fluss. Sie beugte sich in ihrem Freiheitsstatuengewand über das Geländer, und es sah so aus, als würde sie gleich eine Dummheit begehen oder als würde das Wasser den Stoff erwischen und zu sich ziehen.

»Charlotte!«

Wir rannten beide zur Brücke, aber nichts deutete daraufhin, dass sie uns bemerkt hatte. Sie starrte auf den schnell fließenden dunklen Fluss, an dessen Ufern sich der schmutzige Schnee sammelte. »Charlotte!« Aus der Nähe schimmerte ihre Haut bläulich, sie presste die Lippen zusammen, und ihre Augen wirkten wie tot. »Du erfrierst noch! Lass uns zurückgehen.«

Hinter mir hörte ich Walters Schnaufen. Als sie aufblickte, sah sie nur Walter an. In der Hand hielt sie immer noch ihre Tafel. Sie streckte sie ihm entgegen, und da merkte ich, dass es eins von seinen dunkelblauen Notizbüchern war.

»Was hat das zu bedeuten?«, fragte ich.

»Sag's ihm!«, befahl sie Walter.

»Wo hast du das her?« Er war ganz blass geworden.

»Wie konntest du nur?«, fragte sie, und es klang fast wie ein Wimmern. »Wie konntest du das tun?«

»Kann mir bitte mal jemand sagen, was hier los ist?«

Doch Walter war wie vor den Kopf gestoßen und schwieg. Das ganze träumerische Drama war verschwunden.

»Hier, sieh es dir selbst an!«, sagte Charlotte mit klappernden Zähnen. Sie blätterte zum Ende des Notizbuchs und drückte es mir aufgeschlagen in die Hand. Auf der Seite war eine Tabelle mit drei Spalten. Links standen Nummern, in der Mitte Namen und rechts Nationalitäten. Ich sah ihren Namen, *Charlotte Feldekova,* und daneben: *Tschechoslowakin.* Die Liste enthielt noch mehr Namen von Ausländern, außerdem waren Juden darunter und vermutlich auch ein paar Kommunisten. Auch Mascha und Stefan waren dort eingetragen.

Es war Walters Schrift. Langsam begriff ich, was sie mir da zeigte. Im September 1923 hatte er all diese Namen an die Zeitung weitergegeben. Der Direktor hatte es zwar geschafft, dass die Namen letztendlich nicht veröffentlicht wurden, doch der Artikel, der erschienen war, basierte auf Walters Informationen. Er hatte sie verraten.

Er hatte die ganze Schule verraten.

Charlotte sah ihn mit hartem Blick an. »Ich habe gesehen, worin Ernst Steiner dein Kokain verpackt. *Die Republik.* Das war doch die Zeitung, oder nicht? Die ganze Zeit habe ich mich gefragt, wer denen unsere Namen verkauft hat. Und die Zahlen. Denn es musste ja jemand aus unserem Kreis gewesen sein. Und ich Idiotin dachte, du wärst damals untergetaucht, weil du Jude bist!«

Sie stieß Walter gegen das Geländer. Obwohl sie klein und zierlich war, schienen der Zorn und die Drogen ihr übernatürliche Kräfte zu verleihen. Wenn jemand im eisigen Wasser landen würde, dann war es nicht Charlotte.

»Warum hast du mir das angetan?«

In seinen Augen glitzerten Tränen. »Du hast Jenö bekommen.«

»Und deshalb hast du meinen Namen – all unsere Namen – an die Zeitung gegeben?« Ihr wutverzerrtes Gesicht war ganz nah an seinem. »Sie hätten uns verhaften und deportieren können! Und das alles nur, weil du in einen Mann verliebt warst, der deine Gefühle nicht erwidert hat. Am liebsten würde ich dich hier reinwerfen, dann muss ich wenigstens nie wieder was mit dir zu tun haben!«

Das dunkle Wasser floss schnell dahin. Wie leicht konnte er hineinfallen; wie schnell würde die Strömung ihn mit sich ziehen. »Charlotte«, sagte ich ruhig, aber mit Nachdruck. »Walter kann nicht schwimmen.«

»Umso besser!« Sie bebte am ganzen Körper. »Ich könnte dir bei lebendigem Leib die Haut abziehen, Walter König!«

Plötzlich fühlte ich mich ganz nüchtern, und mir war flau. »Charlotte, bitte. Lass ihn los.«

»Wie lange hast du gebraucht, um an alle Namen zu kommen und die Zählung durchzuführen? Eine Woche? Einen Monat? Hast du es gemacht, während du mit uns im Wald gepicknickt hast? Ich habe Jenö gebeten, dich nicht mitzunehmen, weißt du. Ich habe zu ihm gesagt: Bitte nicht Walter, diese Nervensäge, diesen Schleimer! Aber er hat darauf bestanden. Ich habe keine Ahnung warum, zumal er dich nie geliebt hat. Er mochte dich nicht mal!«

»Es war Ernsts Idee. Glaub mir, ich habe es oft genug bereut. Dieser Sommer mit euch war unerträglich.«

»Na klar, Steiner ist an allem schuld.«

»Ich weiß, ich hätte es nicht tun sollen. Es vergeht kein Tag, an dem ich es nicht bereue. Das musst du mir glauben.«

Sie griff nach seinem Arm mit den Buchstaben darauf. »Mach

diesen Mist ab, hörst du? Das ist mein Name! Nicht deiner!«
Charlotte versetzte Walter noch einen Stoß, aber ihre Energie fiel in sich zusammen. »Du hast alles kaputt gemacht, Walter. Alles!«

VIERUNDDREISSIG

Am Tag nach dem Fest war die Kantine ein Schlachtfeld aus Kostümteilen und Wolkenkratzern. Ein fürchterlicher Lärm hallte durch den Saal, als die Theaterleute die Rutschen abbauten, durch die alle so schwungvoll hereingekommen waren. Die Stimmung war apokalyptisch.

Walter war nicht da, Jenö ebenfalls nicht. Charlotte kam in Herrenhemd und Latzhose herein. Sie sah erschöpft aus, und der Rausch war offensichtlich vorbei. Kein unruhiges Funkeln mehr in ihren Augen, keine Kampfeslust. Im Gegenteil, sie sah ängstlich aus.

Wir hatten noch nicht wieder miteinander gesprochen. Weder über das, was auf der Brücke passiert war, noch über die Ereignisse in Weimar oder Walters Verrat. Ich wusste nicht, wie ich das Thema anschneiden sollte und ob sie Trost brauchte oder lieber in Ruhe gelassen werden wollte.

Niemand hatte mehr als ein paar Stunden geschlafen. Alle sahen müde aus und ein wenig beschämt wegen des nächtlichen Exzesses. Wir fragten uns wohl alle, was uns drohte, und bemühten uns, fleißig aufzuräumen und sauber zu machen, denn offenbar war der Direktor auf dem Kriegspfad. Ich hoffte, Walter und Jenö hatten sich in ihren Zimmern versteckt.

Während ich Wolkenkratzer und Autos hinausschaffte, musste ich immer wieder daran denken, was Walter getan hatte, und ich war jedes Mal aufs Neue entsetzt. Er hatte nicht nur uns, seine Freunde, verraten, sondern die ganze Schule. Selbst wenn es tatsächlich Steiners Idee gewesen war, Walter hatte es getan: Er hatte die Namen und die Zahlen gesammelt und sie an *Die Republik* weitergegeben.

Ich fragte mich, ob Steiner wusste, dass das Notizbuch in der Kiste gewesen war. Vielleicht hatte er gehofft, dass einer von uns es finden würde. Aber wahrscheinlich war es einfach ein Versehen gewesen: die eilig gepackte Kiste, der nächtliche Kurier, das Schloss, das aus Gewohnheit auf die alte Nummer gestellt war.

Und wie würde es für Walter weitergehen? Wie sollte er hier am Bauhaus bleiben, nun, da wir Bescheid wussten? Den ganzen Sommer über hatte er diese höflichen Briefe geschrieben, während er innerlich gewütet und gelitten hatte. Die Liebe hatte ihn rachsüchtig gemacht. Auch ich hatte in meiner Phantasie Jenö ein Messer ins Gesicht gerammt, aber ich wäre nie auf den Gedanken gekommen, es auch in der Wirklichkeit zu tun. Und wenn sich die Sache durch Charlotte, Jenö oder mich in der Schule herumsprach, wäre Walter für immer geächtet. Ganz zu schweigen von den Folgen, falls der Direktor oder einer der Meister davon erfuhr.

Ich war zu schockiert und zu verkatert, um Enttäuschung darüber zu empfinden, dass mein Freund ein Verräter war. Mir war auch noch nicht klar, welche Konsequenzen das für Charlotte und mich haben würde: dass es auch für uns das Ende bedeutete. Ich sah Walter vor mir, wie er mit seinen grotesken nackten Füßen im verschneiten Park gestanden hatte, rosig wie gekochter Schinken. Das Bild hatte etwas Abstoßendes und Verräterisches.

Während ich Metallreste in Säcke packte, machte sich in mir dieselbe Verbitterung breit, die Charlotte letzte Nacht so gepackt hatte. Wie verdorben diese Schule war! Und wie absurd alles, was wir hier taten! Wir lebten wie in einem Hotel! Irmi hatte recht, wir waren schon viel zu lange hier. Walters Verrat war nur ein Symptom dafür, wie abgestanden alles geworden war: das Geknutsche und Gefummel, die oberflächliche Feierei, diese Kostüme aus unnützem Müll. Ich hatte genug davon.

Josef stand auf einer Leiter und begann, die Metallmonde abzunehmen. Er sah besser aus als die meisten von uns, das Haar ordentlich zurückgekämmt, ein frisches weißes Hemd, eine saubere Hose. Auch Anni wirkte nicht allzu mitgenommen, wahrscheinlich hatten die beiden deutlich mehr Schlaf bekommen als wir.

»Was ist denn letzte Nacht passiert?«, fragte sie, einen kleinen Wolkenkratzer in der Hand. »Josef hat Charlotte heute früh beim Waschraum getroffen, und er hat gesagt, sie wäre furchtbar wütend gewesen, weil Walter sie verraten hätte.«

»Das ist eine alte Geschichte aus Weimarer Zeiten«, erwiderte ich nur.

Anni nahm den Wolkenkratzer Stück für Stück auseinander. »Sie war wohl völlig durchgefroren, und er hat sie zu Jenös Zimmer gebracht.« Anni blickte zu Charlotte hinüber, die im doppelten Wortsinn ernüchtert wirkte. »Aber Jenö wollte nichts von ihr wissen und hat sie fortgeschickt.«

Wir sahen, wie Charlotte ihren Mantel anzog und nach draußen ging. Anni war keine Tratschtante, aber sie kannte ihre Freundin gut genug, um zu wissen, dass es sinnlos wäre, sie direkt darauf anzusprechen. »Sind die beiden noch zusammen?«

»Ich weiß es nicht«, sagte ich.

Anni hatte das Gebäude in seine Einzelteile zerlegt. Michiko zog die Luftschlangen aus Alufolie von der Decke, und Otti stand daneben, um sie einzusammeln. Als ich Charlotte zum zweiten Mal an diesem Tag folgte, fasste Otti mich am Arm. »Ist was mit Charlotte?«

Wie sorglos wir am Abend zuvor getanzt hatten, als ich für einen kurzen Moment überzeugt war, in sie verliebt zu sein. Ich wünschte, ich wäre es immer noch. »Nichts Schlimmes.«

»Sagst du mir Bescheid, wenn sie etwas braucht?«

Ich nickte und ging hinaus, den Sack mit den Metallteilen in der Hand. An dem Morgen hatte es geschneit, und alles war so weiß, dass es mir in den Augen wehtat.

Vor dem Eingang belud ein Schrottsammler seinen Karren. »Was habt ihr da drinnen denn gemacht?«, fragte er. »'n Flugzeug gebaut?«

»Ja genau«, erwiderte ich. In mir stieg Übelkeit auf.

Von der Seite des Gebäudes klangen wütende Stimmen herüber.

»Ihr seid schon 'n komischer Haufen«, sagte der Schrottsammler. »Nichts als Drama.«

Vorne auf dem Bock saß noch jemand. Selbst im Profil konnte ich erkennen, dass es Oskar war. »Wie war das Fest?«, fragte er mich. Die beiden – Oskar und der Schrotthändler – sahen sich so ähnlich, als wären sie Vater und Sohn.

»Wahrscheinlich das schönste meines Lebens. Bis die Stimmung gekippt ist.«

Der Mann kletterte auf den Kutschbock. Ich fragte mich, ob er in der Stadt von unserer Dekadenz berichten würde. Wieder hörte ich die streitenden Stimmen, und mir war, als wäre eine davon Jenös. Oskar verzog das Gesicht.

»Lass uns fahren«, sagte der Schrotthändler.

Kurz bevor sie sich in Bewegung setzten, wandte Oskar den Kopf, und ich sah erschrocken, dass er ein blaues Auge hatte, aber ich konnte ihn nicht mehr fragen, was passiert war. Wahrscheinlich eine Schlägerei mit den anderen Nazis. Der Karren rollte unter Hufgeklapper davon.

Ich folgte den Stimmen. Vor der großen Glaswand standen Charlotte und Jenö. Ihre Wangen waren rot und nass, Jenös Gesicht konnte ich nicht sehen.

»Tu's nicht«, sagte sie. »Das ist doch albern. Ich höre auf.«

»Es ist nicht nur das Kokain.«

»Was denn noch?«

»Ich weiß es nicht.«

Ich hätte kehrtmachen und die beiden sich selbst überlassen sollen, aber die Neugier war stärker.

»Sag's mir«, bat sie. »Du musst es mir sagen.«

Jenö schwieg eine Weile. »Es ist einfach nicht mehr so wie früher«, sagte er schließlich.

»Und was soll ich dagegen tun?«

»Ich weiß es nicht. Ich weiß nicht mehr, wie es ist, einfach ich zu sein. Das mit Walter …«

»Ich will seinen Namen nicht mehr hören.«

»Was Walter dir angetan hat, ist unverzeihlich. Aber das ändert nichts. Es ist einfach Pech, dass alles gleichzeitig passiert.«

»Was habe ich denn falsch gemacht?«

»Du redest nicht mehr mit mir! Dein Schweigen macht mich wahnsinnig.«

»Ich werde mich ändern.«

»Das hast du schon vor einem Jahr gesagt. Es ist, als wäre ich nur mit einem halben Menschen zusammen. Ich kann niemanden lieben, der so verschlossen ist.«

»Du bist doch derjenige, der Geheimnisse vor mir hat«, entgegnete sie.

»Ich hab's dir doch schon gesagt, ich wollte alles nicht noch schwerer machen.«

»Es war auch so schwer genug.« Sie sah auf ihre Hände. »Bitte, Jenö. Ich liebe dich. Ich habe dich immer geliebt.«

Eine Weile schwiegen beide, dann sagte Jenö: »Es tut mir leid. Es ist zu spät.«

Er versuchte, sie zu umarmen, doch sie sperrte sich. Jenö stand einen Moment unschlüssig da, dann ging er allein davon. Charlotte schlug die Hände vor das Gesicht und begann zu schluchzen. Ich sah sie wieder vor mir, wie sie nur wenige Stunden zuvor auf der Brücke gestanden hatte, erfüllt von einem Zorn, der viel größer schien als sie. Jetzt wirkte sie ganz klein und traurig.

Ich wandte mich zum Gehen, doch sie musste die Bewegung bemerkt haben.

»Paul, verdammt noch mal, hör auf, mir nachzuspionieren! Lasst mich doch alle in Ruhe!«

Und damit stapfte sie durch den Schnee zurück zum Eingang. Durch die Glasfront sah ich sie die Treppe hochgehen. Ich ahnte, wohin sie wollte. Und tatsächlich ging sie durch die lange gläserne Brücke, die das Wohngebäude mit dem Büro des Direktors verband. Ich wusste, was sie vorhatte. Sie wollte sich an Walter rächen.

FÜNFUNDDREISSIG

Endlich schmolz der Schnee rund um das Bauhaus. Es tat gut, leichtere Kleidung zu tragen und nicht mehr die knirschende Kruste unter den Stiefeln zu spüren, aber auf uns lastete eine solche Schwere, dass der Frühling kaum Erleichterung brachte.

Selbst die Trennung von Charlotte und Jenö löste kaum eine Regung in mir aus. Alles welkte und verdorrte. Wir waren nur noch zu dritt, und wir gingen uns so gut wie möglich aus dem Weg. Charlotte war meistens mit Anni und Otti in der Weberei, ich traf mich oft mit Josef, und Jenö verbrachte einen Großteil seiner Zeit mit Marianne. Ich sah sie oft zusammen in der Metallwerkstatt, wie sie an neuen Lampenschirmen arbeiteten.

Charlotte sprach in dem Semester kaum mit mir. Genau genommen sprach sie überhaupt nur sehr wenig, und ich hatte den Eindruck, es war am besten, sie in Ruhe zu lassen. Sie hatte schon vor langer Zeit aufgehört, mich in ihr Vertrauen zu ziehen, und bei ihrer verschlossenen Miene wusste ich nie, was in ihr vorging. Sie wirkte jetzt oft sehr konzentriert, als versuchte sie mit aller Kraft, einen Schmerz in ihrem Innern zu verstehen, der quälend und unbegreiflich war.

Sie wurde immer dünner, so dünn, dass ich mich fragte, ob sie wieder fastete wie damals in Weimar, denn Charlotte brauchte immer einen klaren Kopf, vor allem wenn sie unglücklich war. Sie machte lange Spaziergänge im Park und schwieg meist, wenn sie unter Menschen war. Dennoch hatte ich den Eindruck, sobald sie den Mund aufmachte, würde unwillkürlich eine ganze Flut von Worten herausströmen. Kein Wunder, dass sie es nicht riskierte.

In dem Semester passierte kaum etwas. Eine Zeitlang war Walters Rausschmiss ein großes Rätsel und der Hauptgesprächsstoff. Ich hatte beschlossen, so zu tun, als wüsste ich nicht, was vorgefallen war. Nach all den Jahren, in denen wir ständig in das Leben der anderen verwickelt gewesen waren, reichte es mir. Wenn mich jemand fragte, warum Walter König so plötzlich verschwunden war, sagte ich: Ich habe keine Ahnung. Er war beliebt gewesen, viele vermissten ihn, und so wurde ich noch eine ganze Weile nach seinem Weggang mit Fragen belagert.

Franz hingegen befeuerte fleißig die Gerüchteküche: Der Direktor hatte von dem Kokain erfahren (wie, wurde nicht erwähnt – eine großzügige Geste gegenüber Charlotte), und Walter war mit sofortiger Wirkung der Schule verwiesen worden. Er war mit einer kleinen Reisetasche nach Weimar zurückgekehrt. Walter war der Sündenbock für die Vorfälle beim Metallischen Fest, und viele waren froh, dass er die ganze Schuld auf sich genommen hatte.

Keiner von uns hatte sich von Walter verabschiedet, weder ich noch Franz noch Jenö. Später sahen wir, wie ein Umzugsunternehmen (vermutlich von Steiner bezahlt) seine restlichen Sachen abholte: Kleider, die Bilder, den noch mit den Hühnerfedern beklebten Fahrradhut und die Kiste mit den dunkelblauen Notizbüchern, in der Walters Geheimnis verborgen gewesen war.

Es war besser, dass er fort war, und das sage ich nicht aus Gehässigkeit. Er war mit seinen kitschigen Gemälden immer sehr erfolgreich gewesen, während er in der Druckerei auf keinen grünen Zweig gekommen war. Seine Schriftentwürfe waren laut Franz zu altmodisch, zu expressionistisch für die nüchterne Sachlichkeit der Schule.

Kurz nach dem Rausschmiss fand ich Franz in Walters Zimmer. Der Raum, in dem immer Chaos geherrscht hatte, war wieder leer, bis auf die schlichte Bauhaus-Einrichtung. »Walters Karriere ist vorbei«, sagte Franz, der ganz in Schwarz gekleidet war – schon jetzt war der spätere Architekt zu erkennen. Er saß mit einem Buch auf dem Schoß am Schreibtisch.

»Er hat doch Arbeit genug im Atelier.«

»Das meine ich nicht. Ich meine die Karriere, die er sich vorgestellt hat. Ich finde, Charlotte hätte ihn nicht verpfeifen dürfen. Das war nicht in Ordnung.«

Ich hatte den Überblick verloren, was in Ordnung war und was nicht, deshalb erwiderte ich nichts darauf. Ich setzte mich auf das Bett. Dort, wo das Bild gehangen hatte, war die Wand ein wenig heller. Ich dachte daran, wie Oskar und Walter hier gelegen hatten, während ich draußen auf dem Balkon gestanden und sie beobachtet hatte. »Hat er dir erzählt, was er getan hat? Damals in Weimar?«

Franz nickte. Er legte das Buch auf den Tisch, es sah aus wie einer von den Schundromanen, die Charlotte so gern las.

»Sie hätte deportiert werden können. Das war kein harmloser Streich.«

»Er war verliebt. Er konnte nicht klar denken.«

»Wir waren alle verliebt. Das ist keine Entschuldigung.«

Wieder dachte ich, dass es an der Zeit war zu gehen, dass wir uns schon viel zu lange nur noch um uns selbst drehten. Hier war keine Luft mehr zum Atmen, kein frischer Wind. »Was ist zwischen euch beiden vorgefallen? Ihr wart doch so dicke Freunde und dann plötzlich nicht mehr.«

»Walter wurde geizig mit dem Koks«, sagte Franz.

»Wirklich?«

»Einmal hat er sogar von mir verlangt, dass ich dafür bezahle. Das habe ich nicht eingesehen, weil ich wusste, dass er es umsonst bekommt. Im Grunde war es nur eine Kleinigkeit, aber von da an hat er mir die kalte Schulter gezeigt.«

Walter war Charlotte und mir gegenüber immer sehr freigiebig gewesen, und ich fragte mich, ob Jenö vielleicht doch recht gehabt hatte und Walter ihr das Zeug nur gegeben hatte, weil er darauf hoffte, dass es einen Keil zwischen sie und Jenö treiben würde.

»Er war empfindlich«, sagte ich, »aber nicht nachtragend.«

Franz sah mich an und lächelte. Wir wussten beide, dass das nicht stimmte. Walter konnte unendlich nachtragend sein.

»Wie hast du sein Gemüt denn besänftigt? Ich habe euch auf dem Metallischen Fest tanzen sehen.«

»Ich habe die Hausaufgaben für ihn gemacht.«

»Ah«, sagte ich. »Tja, Walter war schon immer ein Stratege.«

Ich wusste nicht so recht, wie ich zu alldem stehen sollte. Was er Charlotte und den anderen mit der Bauhaus-Zählung angetan hatte, war moralisch verwerflich, aber trotzdem fehlte er mir. Ich hatte sonst niemanden, dem ich mich anvertrauen konnte. Irmi und Kaspar waren in Berlin, und mit Jenö und Charlotte hatte ich kaum noch etwas zu tun.

In dem Frühjahr dachte ich oft, ich könnte ihn über mir herumwerkeln hören, und wenn ich auf den Balkon hinaustrat, rechnete ich fast damit, dass er sich oben über das Geländer beugte und mich einlud, auf einen Drink hochzukommen. Ich vermisste meinen Freund. Ich vermisste jemanden, mit dem ich reden konnte.

Ich bekam mehrere Briefe von Walter. Die Schrift auf dem

Papier war verschmiert, vielleicht war er betrunken oder high gewesen, als er sie geschrieben hatte. Ich fragte mich, ob er sie in Steiners Atelier verfasste. Weimar war noch genau wie früher, schrieb er, allerdings liefen dort noch mehr Braunhemden herum als in Dessau. *Ich weiß, dass Charlotte mich verpfiffen hat. Es überrascht mich nicht, sie hatte ja einen guten Grund.*

Ich wollte ihm antworten, wusste aber nicht, was ich schreiben sollte. Außerdem verhärteten sich meine Gefühle für ihn zusehends, und bald erschien mir sein Verrat unverzeihlich, sodass es überhaupt nicht mehr in Frage kam, ihm zu antworten.

Zu der Zeit schaute ich oft in der Kunstgalerie vorbei, wenn ich in der Stadt war, immer in der Hoffnung, dort ein Bild von Steiner zu entdecken. Und eines Tages im Mai wurde ich fündig. Alle typischen Steiner-Merkmale waren vorhanden: liebreizende Mädchen, üppige Natur und (offensichtlich, nun, da ich den Trick durchschaut hatte) diese eigentümliche Doppelbeleuchtung – Walter Königs Markenzeichen aus jenem Sommer, in dem er seine Freunde verraten hatte. Endlich verstand ich auch, was es damit auf sich hatte: Es war ein Symbol seiner Qual und Ratlosigkeit. Doch nachdem ich das Bild gesehen hatte, ging ich rasch davon. Ich zwang mich, es laut auszusprechen, wie einen Schwur mir selbst gegenüber: »Ich werde ihm unsere Freundschaft nicht zurückgeben. Nicht um alles in der Welt.«

SECHSUNDDREISSIG

ENGLAND

Mir fällt auf, wie sehr mein Selbstporträt Walters Bildern ähnelt. Das Licht kommt von überall und nirgends. Ich habe einen ganz merkwürdigen Gesichtsausdruck: verkniffen und feige zugleich. Das Porträt drückt kaum aus, was ich erwartet hatte. Obwohl es noch unvollendet ist – mein Hals ist nur angedeutet, und den Augen fehlt das Persönliche –, mag ich nicht weitermachen. Es wird sich nicht verkaufen, und ich sehe aus wie ein Clown. Ich spiele damit, meinen Blick zu verwischen, wie Elaine de Kooning es bei ihrem Freund Fairfield Porter gemacht hat. Das ist vielleicht die einzige Möglichkeit, das Bild zu retten.

Ich hätte wissen müssen, dass figurative Malerei nicht mehr mein Ding ist. Die Abbildung kommt niemals nah genug heran. Anni wusste das, als sie vor ein paar Jahren ihre *Six Prayers* gewebt hat, eine Auftragsarbeit für das Jüdische Museum in New York. *Six Prayers* ist ein Wandteppich, aber Farben und Struktur lassen an Stein denken. Das Kunstwerk besteht aus sechs Säulen, gewebt aus Baumwolle, Leinen, Bast und Silber. Der Fadenverlauf ist ungleichmäßig. Ich weiß nicht, ob eine der Säulen für Charlotte in Buchenwald ist und eine für Otti in Auschwitz, aber für mich sind die beiden darin verewigt.

Nachdem ich den Wandteppich gesehen hatte, habe ich Anni geschrieben. Zu der Zeit lebte sie in Connecticut, noch immer mit Josef. »Es ist wunderschön«, schrieb ich auf das schlichte hellblaue Luftpostpapier, von dem ich annahm, dass es ihr gefallen würde. »Ich staune immer wieder darüber, was du mit den Farben ausgedrückt hast. Deine sechs Gebete sind Gedichte.«

Anni hat mir nie geantwortet. Vielleicht erinnerte sie sich gar nicht mehr an mich. Oder ich hatte mit Brickman unterschrieben statt mit Beckermann. Aber vielleicht wollte Anni auch einfach nichts mehr dazu sagen. Wer weiß, wen sie noch alles verloren hatte, welche Angehörigen, welche Freunde. Die Fäden sagten genug.

Die Träume plagen mich wieder. Charlotte ist irgendwo in Gefahr, und ich könnte sie vielleicht retten, aber ich kann mich nicht bewegen, komme nicht aus dem Bett, aus dem Zimmer. Ich spüre die Tränen auf meinem Gesicht, aber das genügt nicht, um meine Starre zu durchdringen. Dann Sümpfe und Bäume und irgendwo dazwischen Walter, Opfer und Täter zugleich in diesem seltsam farblosen Traumwald.

Als ich aufwache, bin ich erschöpft, und die Stimmen meiner toten Freunde verfolgen mich. Ich gehe hinunter zum Strand, in der Hoffnung, dass der Wind sie fortbläst, und warte darauf, dass das Meer mir Antworten gibt. Vergebens.

SIEBENUNDDREISSIG

Die Nachrichten aus Berlin in dem Sommer waren nicht gut. In den Vororten zogen Banden durch die Straßen, und vor einem Theater wurde eine Gruppe Kommunisten zusammengeschlagen. Es kursierten Gerüchte von Entführungen am Potsdamer Tor. In Dessau sah man immer mehr Braunhemden in den Kneipen, und ich begegnete Oskar oft in der Stadt, aber seitdem Walter fort war, sprach er nicht mehr mit mir. Er trug jetzt eine andere Uniform, dieselbe wie Hitlers Männer. Aber das Bauhaus jenseits der Gleise war immer noch ein separater Bereich funkelnder Lichter.

Es war ein heißer Sommer. Die wenigen Studenten, die während der Ferien nicht wegfuhren, sonnten sich auf dem Dach oder schlenderten durch den Park oder schwammen in der Elbe. Manchmal sahen wir Paul Klee, wie er im Garten umherging und »mit den Schlangen Zwiesprache hielt« oder seine neuen tunesischen Bilder zeigte. Seit dem Metallischen Fest herrschte eine neue Zurückhaltung. Kein Kokain, Alkohol nur in Maßen und ein freundlicher und höflicher Umgang miteinander. Wir waren alle brav. Ich schlief nie wieder im Unterricht ein.

Das Semester war zu Ende, und ich beschloss, nicht noch einmal denselben Fehler zu machen und nach Dresden zu fahren. Jenö war bei seinen Eltern auf dem Bauernhof, und so waren von unserer einstigen Clique nur noch Charlotte und ich hier.

In dem Sommer kam der Tonfilm in das Dessauer Kino. Es war das erste Mal, dass wir zu den Lippenbewegungen der Schauspieler auch eine Stimme hörten, und Charlotte ließ sich kaum eine Vorführung entgehen. Es war ein seltsamer Anblick, wenn sie in Hemd und Hose und mit kurz geschnittenem Haar in die Stadt ging, während die anderen Frauen Kleider trugen und ihre gebräunten Schultern zeigten. Sie hatte fast ihre ganze sichtbare Weiblichkeit abgelegt, und viele Leute hielten sie bei der ersten Begegnung für einen Mann.

Am Tag des Naziaufmarsches herrschte unter den Dagebliebenen allgemeine Einigkeit, dass wir auf dem Gebiet des Bauhauses bleiben würden, das sich zwischen dem Georgium auf der einen Seite und den Meisterhäusern auf der anderen erstreckte. Das war unser Revier, und wir nahmen nicht an, das sie hierherkommen würden. Doch als ich sah, wie Charlotte sich auf den Weg in die Stadt machte, fragte ich sie, ob ich mitkommen könnte. Sie antwortete nicht, sondern ging einfach weiter.

Dessau wirkte verlassen, weit und breit keine Uniformen in Sicht. Ich fragte mich, ob wir den Aufmarsch verpasst hatten oder ob wir ihm auf dem Rückweg begegnen würden. Die Einwohner hatten sich anscheinend alle in ihren Häusern verschanzt. Aber das Kino war geöffnet, und wir hatten den Saal ganz für uns.

Der Film war ein Gruselstreifen mit einem Monster, das Frauen angriff, und einem bebrillten Professor als Held. Ich begann, mich zu entspannen. Charlotte zu betrachten war interessanter, als den Film anzusehen. Jedes Mal wenn jemand etwas sagte, sprach sie den Text lautlos mit. Die verschlossene Miene, mit der sie seit dem Metallischen Fest herumlief, war verschwunden, und stattdessen ahmte ihr Gesicht die Regungen der Schauspieler nach, sodass sich ihre Züge mit jedem Schnitt veränderten. Es war, als könnte sie hier, im Bann der Leinwand, all die Gefühle durchleben, die sie nach der Trennung von Jenö beiseitegeschoben hatte. Es war zugleich kindisch und herzzerreißend. Als das Monster aus dem See auftauchte, blieb ihr Gesicht vollkommen ausdruckslos. Dann schrie die Schauspielerin, die im zerrissenen Kleid auf der Erde kniete: »Zu Hilfe!«, und Charlotte flüsterte dieselben Worte.

Unter Annis Anleitung hatten Charlottes Webarbeiten – sie war mit neuem Elan in die Weberei zurückgekehrt – im Verlauf des Frühjahrs eine geradezu skulpturale Form angenommen. Sie verwendete zwar immer noch ausschließlich Grau- und Schwarztöne, begann aber auch, Rosshaar, Steine, Glasscherben und Knochen hineinzuweben, sodass ihre neuen Wandbehänge ein wenig mehr Farbe und Struktur bekamen.

Nach dem Kinobesuch entdeckten wir Josef und Anni rauchend oben an einem Fenster der Weberei. »Habt ihr den Aufmarsch gesehen?«, rief Anni.

»Nein, in der Stadt war kein Mensch.«

»Oh, gut«, erwiderte Josef. »Vielleicht gewinnen wir ja doch noch.«

Dann tauchte Otti neben den beiden auf. Sie hatte ihre schwarzen Locken mit einem orientalisch aussehenden Schal zurückgebunden. »Kommt ihr nachher zu mir? Ich habe eine Flasche Gin gefunden!«

»Machen wir!«

Anni sagte etwas zu Otti, und Otti reckte die Faust in die Luft. »Es lebe die Freiheit und so weiter. Charlotte, komm rauf, wenn du mit ihm fertig bist, ich will dir meine neue Arbeit zeigen«, sagte sie, dann verschwanden die drei vom Fenster.

Wir gingen weiter zum Prellerhaus. In Walters Zimmer bewegte sich jemand, vielleicht war es Franz.

»Jenö ist in einer Kneipe in München schon wieder in eine Schlägerei geraten«, sagte Charlotte mit einem Mal. Es war der erste richtige Satz, den sie seit Monaten zu mir gesagt hatte. Es tat gut, mal wieder ihre Stimme zu hören. »Dieser Dummkopf hat seine Lektion noch immer nicht gelernt.«

»Hat er Ärger bekommen?«

»Oh, er hat bestimmt genug Geld, um sich freizukaufen. Das sind sowieso alles Faschisten. Wahrscheinlich haben sie es verdient.«

»Mein Vater ist Faschist«, sagte ich. »Er fährt, so oft es geht, nach München.«

»Du Ärmster.«

»Er schickt mir ständig Artikel von Paul Schultze-Naumburg. ›Lies dir das mal durch, das ist von PSN‹, schreibt er, als wären sie gute Freunde. Und er formuliert alles als Frage: ›Kunst als Reinheit der Rasse?‹ Meine Mutter sagt, er trägt ein Hakenkreuz am Revers. Sie findet es grässlich.«

»Was ist mit deinem Bruder?«

»Der steckt den Kopf in den Sand.«

»Wahrscheinlich das einzig Richtige«, sagte sie, während wir die Treppe hinaufgingen.

Die Briefe meines Vaters waren getränkt von Erinnerungen an die Vergangenheit. Wenn er gerade nicht von Politik sprach, schwärmte er von den Sommern am Obersee, unseren Picknicks dort und den Bootsfahrten auf dem klaren Wasser. Aber für meinen Vater gab es nichts dazwischen. Hier der gläserne See, dort sein neuer Faschismus – der Rest existierte nicht.

Im Prellerhaus waren keine Studenten auf den Balkonen, kein Gelächter hallte durch die Luft. Die Schule war nahezu leer. Ich füllte zwei Gläser mit Wasser, und wir setzten uns nach draußen. Im Winter hing manchmal eine Girlande aus Eiszapfen vom Dach, die mit furchterregendem Tempo hinunterfielen, wenn es taute. Es grenzte an ein Wunder, dass noch niemand verletzt worden war. Charlotte schirmte die Augen gegen das Sonnenlicht ab. »Ich weiß nicht, ob Jenö zurückkommt.«

»Wie kommst du darauf?«

»Der Ton in seinen Briefen. Er hat genug. Er nennt das Bauhaus ›das Nest‹, und er meint es nicht positiv.«

»Ich habe auch vor einer Weile darüber nachgedacht zu gehen.«

Sie warf mir einen raschen Blick zu. »Warum hast du es nicht getan?«

»Ich weiß es nicht«, erwiderte ich und dachte mit schlechtem Gewissen daran, dass ich auf Irmis Einladung nicht reagiert hatte.

»Manchmal denke ich, Jenö hat recht. Walter hat mit Jenö geschlafen. Ich habe Walter Jenö weggenommen. Walter hat meinen Namen an die Zeitung weitergegeben. Ich habe ihn beim Direktor verpetzt. Er hat dies getan, ich habe das getan. Das Ganze ist armselig und hört nie auf.«

»Die Gefühle sind hochgekocht.«

»Die Gefühle sind ständig hochgekocht. Irgendwann muss man akzeptieren, dass es so ist, und das nicht als Freischein nehmen.«

»Stimmt.« Dasselbe hatte ich zu Franz gesagt.

»Warum mussten wir ihn beide lieben?«

»Das war wohl einfach Pech.«

»Ja. Nennen wir es Pech. Vermisst du ihn? Walter, meine ich.«

Ich dachte, sie würde es mir nicht verübeln, wenn ich ehrlich antwortete. »Ein bisschen.«

»Ich auch«, sagte sie. »Deshalb tut das alles auch so weh. Ich dachte, wir hätten Frieden geschlossen. Ich dachte, wir wären wieder Freunde.«

»Es war ein unglücklicher Zeitpunkt.«

»Ja. Und Pech.«

»Alle haben mal Pech. Du. Ich. Irmi. Sogar Kaspar.«

»Nein, Kaspar nicht«, widersprach sie. »Vielleicht würde ich alles besser verstehen, wenn ich mehr Nietzsche lesen würde.«

»Kaspar liest Nietzsche gar nicht, er sucht sich einfach nur die guten Zitate raus. Und er wohnt immer noch bei seiner Mutter, was vielleicht auch Pech ist. Sollen wir zu Otti gehen?«

»Ich habe eigentlich keine Lust. Und du?«

»Ich auch nicht.«

Wir blieben noch eine Weile auf dem Balkon und sprachen über die Arbeit, unsere Pläne für das nächste Semester und darüber, ob einer von uns wohl Meister werden würde. Charlotte glaubte nicht daran, was sie betraf. »Aber du ganz bestimmt«, sagte sie.

Während wir uns unterhielten, kam es mir so vor, als wären wir zu jenem längst vergangenen Septembertag in Weimar zurückversetzt worden, als wir in der Kantine saßen und ich versuchte, ihren undurchdringlichen Blick, ihr stilles Lächeln und ihr rätselhaftes Insichgekehrtsein zu erforschen. Ich wurde nicht schlau daraus, aber ich spürte, dass ich dabei war, mich in jemanden zu verlieben, dem ich gerade erst begegnet war. Dieses Gefühl von träumerischer, schwebender Unausweichlichkeit hatte ich schon sehr lange nicht mehr empfunden.

Bald darauf gingen wir hinein, und nach einer Weile legten wir uns aufs Bett. Ein leichter Wind wehte herein, und das Licht ähnelte dem an den Kreidefelsen von Rügen. Es gibt nur wenige Nächte in meinem Leben, die mir in Erinnerung geblieben sind, einige wegen ihres Elends, andere wegen ihrer Schönheit. In dieser Nacht genügte es mir, meine Lippen hinter ihrem Ohr zu haben und meine Hand auf ihrer Hüfte. Sonst geschah nichts, aber ich kann mit Bestimmtheit sagen, dass es eine der besten Nächte meines Lebens war, vielleicht die allerbeste.

BERLIN
1932

ACHTUNDDREISSIG

Nachdem wir das Bauhaus verlassen hatten, lebten wir in einer kleinen Wohnung in Kreuzberg. Nach Abzug der Miete blieben uns nur noch ungefähr fünfzig Mark. Wenn wir nicht ausgingen und sparsam lebten, kamen wir damit gerade so über die Runden. Doch trotz der eisigen Winter, in denen es kaum für eine Handvoll Kohle reichte, habe ich diese Jahre als glücklich in Erinnerung. In einem warmen Bett aufzuwachen, mit Charlotte in meinen Armen, während unser Atem kleine Wölkchen in der Luft bildete, genügte, um mich für einen vom Schicksal Begünstigten zu halten.

Im Winter war unsere Wohnung kalt, es zog durch alle Ritzen, und morgens waren die Fensterscheiben zugefroren. Das ganze Jahr über hörte man die Geräusche aus dem Rest des Hauses: Frau Müller, die ihre Wäsche ausschlug oder ihre Kinder anbrüllte, das Gepolter auf der Treppe, wenn alle zur Arbeit gingen. Ein wenig erinnerte mich diese Geräuschkulisse an die Balkone des Bauhauses, aber unsere einstige Schule war ein Palast im Vergleich zu unserer jetzigen Bleibe. In den vier Etagen unseres Mietshauses lebten mindestens zwölf Familien, und da waren die Untermieter noch gar nicht eingerechnet.

Neben unserem Haus war ein etwas zwielichtiges Hotel, in dem leichtbekleidete Frauen mit Männern abstiegen, die sie vermutlich auf dem Kurfürstendamm aufgegabelt hatten.

Wenn wir im Bett lagen, konnten wir hören, wie sie unten mit dem Taxi ankamen, kurz darauf erklang das Surren des Fahrstuhls, und wenn das Paar auf derselben Etage wie unserer ausstieg, hörte man manchmal Stimmen oder Lachen, dann das Geräusch des Schlüssels im Schloss und das Zuklappen der Tür. In solchen Momenten betrachtete ich Charlotte, die warm und verschlafen und wunderschön neben mir unter dem Federbett lag, und dachte: Was bin ich doch für ein Glückspilz.

Berlin war so erwachsen. Eine richtige Großstadt, durchzogen von Telegraphendrähten, mit mächtigen Häusern, Zeitungskiosken, Omnibussen und ratternden Straßenbahnen, Leuchtreklamen für Theater und Kabarett und modisch gekleideten Menschen. Wir trafen uns mit russischen Intellektuellen, die vor der Revolution geflohen waren, im Romanischen Café. Wenn wir es uns leisten konnten, besuchten wir die Scala, wo grell geschminkte Männer in Paillettenkleidern das Publikum provozierten, und anschließend gingen wir noch auf ein Bier und eine warme Schrippe ins Aschinger. Abgesehen vom Geld waren wir in jeder Hinsicht reich.

Wir hatten das kleine Kinderzimmer in ein Atelier umfunktioniert, in dem wir beide malten, Charlotte vormittags, ich nachmittags. Wir bemühten uns, Rücksicht aufeinander zu nehmen. Wenn der eine arbeitete, ließ der andere ihn in Ruhe. Seit unserem Weggang vom Bauhaus hatte Charlotte keinen Faden mehr angerührt, da wir weder das Geld noch genug Platz für einen Webstuhl hatten. Deshalb malte sie ihre Wandbilder jetzt auf Papier. Gemalt waren sie genauso schön wie gewebt, diese aschgrauen Meere mit einer Bewegung wie vom Wind gekräuselte Seide. Ich hatte sie einmal gefragt, ob sie nicht auch mit anderen Farbtönen arbeiten wollte, aber sie hatte nur die Achseln gezuckt und nein gesagt. Im Sommer hatte sie ihre Stelle in der Stofffabrik in Neukölln, wo sie die letzten Jahre gearbeitet hatte, gekündigt. Obwohl ich wusste, dass sie das Weben vermisste und das Malen auf Papier kein wirklicher Ersatz für die Arbeit mit dem Faden war, erschien sie mir glücklich, wenn sie in unserem bescheidenen Atelier stand, dessen Licht wegen der Gießerei immer ein wenig grau getönt war.

Mittlerweile waren meine Tage nicht mehr überlagert von der ständigen Angst, Charlotte könnte ihre Meinung ändern. Jetzt lebte unsere Liebe in den täglichen Gewohnheiten und in den Dingen, die uns umgaben: die Decke, die sie für uns genäht hatte, die Staffeleien, auf denen wir malten, unsere einfachen Mahlzeiten und das abendliche Ritual mit Buch, Wein und Musik, ab und an ein Stück Fleisch, wenn wir Glück hatten. Dies war keine lodernde, alles verzehrende Septemberliebe, sondern eine Liebe, die auf Ruhe und Verlässlichkeit fußte. Unsere Vergnügungen waren weder kompliziert noch schmerzhaft, und es gab kein Fasten mehr und kein Kokain. Charlotte hatte nicht länger das Bedürfnis, sich auszulöschen, aber ihr Seelenfrieden war mühsam erkämpft. Jenö war vergessen.

Wie alle anderen lebten wir in diesem Winter von der Hand in den Mund. Die Herren von der Regierung ermahnten uns im Radio zur Sparsamkeit, aber etwas anderes blieb uns ohnehin nicht übrig. Kaspar, der zwar keine Arbeit hatte, aber immer irgendwie an schöne Dinge herankam, brachte oft Flaschen mit teurem Alkohol mit, die er in den Wohnungen seiner diversen Freundinnen abgestaubt hatte. Auch Irmi kam durch ihre Arbeit im Kaiserhof manchmal an Leckereien, die sie mit uns teilte. Es war fast wie früher in Weimar, als wir alle Millionäre gewesen waren, uns dafür aber nichts kaufen konnten.

Seit wir das Bauhaus verlassen hatten, war Jenö für mich in den Hintergrund gerückt. Ich hätte vermutlich überhaupt nicht mehr an ihn gedacht, wäre nicht während des Streiks der Berliner Verkehrsbetriebe im November ein Brief von ihm gekommen. Normalerweise konnten wir von unserer Wohnung aus das Klingeln und Rattern der Straßenbahnen hören, die mit rasanter Geschwindigkeit um die Ecke kamen. Doch seit ein paar Tagen fuhren weder Busse noch Bahnen, und es war ungewöhnlich still in der Stadt. Als Irmi und ich zum Kaiserhof gingen, sahen wir verlassene Busse auf den Straßen stehen, und die Straßenbahnschienen waren teilweise blockiert. Auch das vertraute Rumpeln der U-Bahn war verstummt, überall waren nur Fußgänger und Radfahrer unterwegs.

Irmi war an diesem Morgen ausgesprochen gut gelaunt. Ich begleitete sie oft zur Arbeit, während Charlotte das Atelier nutzte. Ich besorgte mir unterwegs eine Tube Farbe, und wenn die Zeit reichte, tranken wir noch einen Kaffee zusammen oder besuchten ein Museum.

»Ich habe jemanden kennengelernt«, sagte sie, kaum dass wir losmarschiert waren.

»Herzlichen Glückwunsch«, erwiderte ich ein wenig lahm.

»Rate mal, was er beruflich macht«, sagte sie, doch bevor ich antworten konnte, tat sie es schon selbst: »Er arbeitet bei einer Versicherung!«

»Wie glamourös!«

»Nicht wahr? Geld ist heutzutage ja so attraktiv.« Sie lächelte ironisch.

»Und wie heißt er?«

»Teddy. Seine Mutter war Amerikanerin. Eigentlich heißt er Edward. Das ist wohl so eine Art Spitzname.«

Es fing an zu regnen. Während wir zu zweit unter einem Schirm die Wilhelmstraße entlanggingen, erzählte mir Irmi, dass sie sich im Aschinger kennengelernt hatten, durch einen gemeinsamen Freund, der sie zu ihrer Verlegenheit mit ihrem vollen Namen vorgestellt hatte: Irmgard Annabel Schüpfer, während er einfach nur »Teddy« gesagt hatte, und dass sie immer noch nicht seinen vollen Namen kannte, obwohl sie sich schon ein paarmal getroffen hatten. »Er denkt wohl, ich bleibe lange genug am Haken, bis ich seinen Nachnamen herausfinde. Vielleicht hat er recht.«

Wenig später waren wir beim Kaiserhof. Das Luxushotel, das schräg gegenüber der Reichskanzlei stand, war ein üppig verzierter Prachtbau *(Ein Bahnhof sollte nicht so tun, als wäre er ein schottisches Schloss! Ein Hotel sollte nicht aussehen wie die Alhambra!)*, und Irmi sagte, sie hätte dort schon fast alle Politiker gesehen, die nach einem langen Arbeitstag gerne auf einen Drink in die Bar kamen (bis auf die Kommunisten, die tauchten nur zu Besprechungen dort auf). Bei all dem Klatsch und Tratsch, den sie so mitbekam, wäre sie eine gute Quelle für jeden Zeitungsschreiber gewesen.

Etliche Uniformierte betraten gerade das Hotel durch die Drehtür, und Irmi wurde ein wenig nervös. »Ich dachte, es würde ein ruhiger Tag. Wie sind die alle hierhergekommen?«

»Ich glaube, diese Leute sind nicht auf Busse und Bahnen angewiesen«, sagte ich. »Werde ich ihn kennenlernen, deinen Teddy?«

»Wir werden sehen«, erwiderte sie, klappte den Schirm zu und lächelte mich mit einem verliebten Funkeln in den Augen an.

Das Bauhaus zu verlassen war das Beste gewesen, was ich für meine Arbeit tun konnte. Die ganze Zeit, die ich mit Unterrichten verbracht hatte, kam jetzt der Malerei zugute. An dem Nachmittag kehrte ich zu einem blauen Quadrat und einer Vase mit gelben Blumen zurück. Ich hatte mehrere Tage darauf verwendet, die Leinwand zu grundieren, damit die Farbe eine glatte, gleichmäßige Schicht bildete. Jetzt nahm ich einen Spachtel und begann, an den verschiedenen Schichten zu kratzen, damit das Bild, dessen Aussage vordergründig im Kontrast zwischen den zarten Blütenblättern und der schweren Vase lag, die Oberfläche als Dekoration entlarvte. Ich war nicht ganz zufrieden mit dem Ergebnis, aber es hatte mich während der vergangenen Wochen beschäftigt gehalten. Oberfläche und Tiefe – ich kannte meine zentralen Themen bereits sehr gut.

Wegen des Streiks war es in unserer Wohnung ruhiger als sonst. Vielleicht verschlief Frau Müller mit ihrer Familie den Nachmittag, und im Hotel nebenan tat sich auch nichts, weil die Damen sich ihre Kundschaft im näheren Umkreis suchen mussten, und in Kreuzberg hatte niemand Geld. Auf jeden Fall konnte ich ganz deutlich hören, wie Charlotte später die Treppe hochkam und im Flur stehen blieb, vermutlich um die Post durchzusehen.

Ich wartete darauf, die Wohnungstür zu hören, doch Charlotte rührte sich nicht. Vielleicht war ein Brief von ihren Eltern dabei, die keiner aus unserer Clique je zu Gesicht bekommen hatte, weil sie Charlotte nie besucht hatten, weder in Weimar noch in Dessau noch in Berlin. Sie schrieben so selten, dass ich mich manchmal fragte, ob sie überhaupt existierten.

Als Charlotte schließlich hereinkam, hielt sie mir den Brief hin. Ich erkannte die Schrift, es war Jenös. Ich legte den Spachtel weg und wischte mir die Hände ab. Ich wusste es natürlich nicht mit Sicherheit, aber ich glaubte nicht, dass die beiden in Kontakt geblieben waren, seit wir Dessau verlassen hatten.

Jenös Ton war relativ nüchtern und sachlich. Er schrieb, dass das Bauhaus im Oktober geschlossen worden war. Die Nazis waren am helllichten Tage angerückt, hatten die Fenster eingeschlagen, die Webstühle zerstört und »kommunistische« Studenten verhaftet, darunter auch Walters Freund Franz Ehrlich.

Geleitet wurde die Razzia von einem jungen Offizier. (Konnte es Oskar gewesen sein?) Der Direktor hatte schließlich resigniert und sich auf die Suche nach einem neuen Ort gemacht. Nebenbei erwähnte Jenö, dass er zum Meister ernannt worden war. Ich freute mich ohne jeden Neid für ihn, er hatte es verdient.

»Der Direktor ist mutig«, sagte Charlotte. »Ein Wunder, dass er überhaupt noch die Energie hat, wieder von vorn zu beginnen.«

Es war das zweite Mal, dass das Bauhaus geschlossen worden war, das zweite Mal, dass Männer in Uniformen die Werkstätten gestürmt hatten. Ich war froh, dass wir es nicht noch einmal miterleben mussten. »Mutig oder töricht«, erwiderte ich und griff wieder nach meinem Spachtel.

Bald kehrte der Lärm in die Straßen zurück, und die Busse und Bahnen fuhren wieder. Der Alltag ging weiter, und ich dachte nicht weiter über Jenö nach, bis er plötzlich bei Irmis Weihnachtsfest aufkreuzte.

NEUNUNDDREISSIG

Irmis Wohnung war nur ein paar Gehminuten von unserer entfernt, und Charlotte und ich wollten uns gerade auf den Weg machen, als wir in Streit gerieten. Sie hatte sich die Haare wieder ganz kurz geschnitten und lief nur noch in Männerkleidern herum. Jedes Mal wenn sie die Wohnung verließ, hatte ich Angst, dass ihr etwas zustoßen würde. Früher hatten in unserer Straße jede Menge Kinder gespielt, aber jetzt sah man fast nur noch Männer in unterschiedlichen Uniformen. Trotz des eisigen Winds lauerten sie in den Hauseingängen und Hinterhöfen, und in ihrem männlichen Aufzug war Charlotte genauso in Gefahr wie ein Jude, Kommunist oder Zigeuner.

Am helllichten Tag wurden Männer zusammengeschlagen, selbst in den besseren Vierteln und in Sichtweite einer Polizeiwache. Rasiermesser, Stuhlbeine, Glasflaschen – alles kam ohne jede Provokation zum Einsatz. Das Kino bei uns um die Ecke hatte Einschusslöcher im Putz, und Litfaßsäulen waren mit Blut bespritzt. Auch arbeitslose Männer lungerten herum und warteten auf Ablenkung: Eine Schlägerei war allemal besser, als Schnürsenkel und Putzlappen zu verkaufen oder für ein paar Pfennige auf dem Alexanderplatz zu singen. Sonntags war es am schlimmsten. Da der Gottesdienst um elf Uhr zu Ende war und die Kinovorführungen erst um acht Uhr abends begannen, mussten die langen Stunden dazwischen irgendwie gefüllt werden, und da war eine ordentliche Prügelei stets willkommen.

»Was soll ich denn deiner Meinung nach tun?«, fragte Charlotte, als wir schon in der Tür standen. »Reifrock und Korsett anziehen? Ohne mich, Paul. Das passt nicht zu mir.«

»Meinetwegen. Lass uns gehen.«

Wir gingen mit schnellen Schritten durch die Straßen. Trotz der Weihnachtsbeleuchtung blieb unsere Stimmung düster, und das feuchtkalte Wetter machte es auch nicht besser. Immerhin würden die meisten Leute Charlotte bei der schwachen Beleuchtung für einen Mann halten, zumal sie einen Hut aufgesetzt hatte, der ihr Gesicht verbarg. Die Passanten, denen wir begegneten, hielten den Blick gesenkt. Niemand wollte Ärger. Ich hielt Charlotte meine Hand hin. Sie nahm sie zwar, aber es sah nicht so aus, als würde sie mit mir sprechen. Sie konnte es nicht leiden, wenn man ihr vorschrieb, was sie zu tun hatte, aber ich wollte ja nur, dass ihr nichts zustieß. War das so schlimm?

Schweigend kamen wir bei Irmi an. Falls ihr die schlechte Stimmung zwischen uns auffiel, ließ sie sich nichts anmerken. Ihre Wohnung war voller Menschen. Kerzen beleuchteten die beschlagenen Fenster, sodass die Welt draußen nur noch aus diffusen Lichtern bestand. Überall standen Flaschen mit farbenfrohen alkoholischen Getränken – goldbraun, smaragdgrün, rubinrot, alle kalt und von Wasserperlen überzogen. Irmi hatte sie im Kaiserhof mitgehen lassen, und die Gäste tranken aus Gläsern mit dem Schriftzug des Hotels.

Charlotte holte sich etwas zu trinken. Irmi küsste mich auf beide Wangen, lächelte mir tröstend zu und reichte mir ein halbgefülltes Glas. »Warte, ich hole Teddy. Ich möchte, dass ihr euch kennenlernt.« Und damit verschwand auch sie.

Anfangs, als Charlotte und ich in Berlin ankamen, war Irmi mir gegenüber ziemlich kühl gewesen, was nicht weiter überraschend war. Ich hatte nicht auf ihre Einladung geantwortet, ich war frisch mit Charlotte zusammen und halbverrückt vor Glück – kurz gesagt: Ich hatte mich schlecht benommen. Aber Irmi, die Gute, hatte mir bald verziehen.

Ich sah mich nach einem bekannten Gesicht um, doch da kam Kaspar schon auf mich zu. Er hatte zugenommen, seit ich ihn zuletzt gesehen hatte, und er war braun gebrannt. »Wo hast du denn so viel Farbe gekriegt?«

Er begrüßte mich ebenfalls mit Küsschen auf die Wange. »Die verdanke ich einer speziellen Lampe. Ohne sehe ich aus, als wäre ich aus Papier.«

Neben ihm stand eine hochgewachsene Frau mit breitem Lächeln und einem Nichts von Kleid. »Wir sind in Berlin. Es ist Winter. Wir sehen alle so aus.« Sie sprach mit einem starken russischen Akzent, aber in Berlin lebten so viele Russen, dass es kaum auffiel.

»Dacia, das ist Paul Beckermann, ein alter Freund von mir aus dem Bauhaus.«

»Hallo«, sagte sie, ohne mich anzusehen.

Er beugte sich zu mir und flüsterte: »Die heirate ich, Paul. Ganz bestimmt.« Die Wärme im Raum ließ sein Gesicht noch dunkler aussehen.

Ich hielt Ausschau nach Charlotte, konnte sie aber nirgends entdecken. Irmi hatte einen Weihnachtsbaum aus zusammengerolltem Zeitungspapier gebastelt, und ich musste an Ittens Lektionen damals ganz zu Beginn denken. Was für eine herrlich unbeschwerte Zeit war das doch gewesen.

»Alle haben gesagt, spätestens Weihnachten haben die Nazis die Mehrheit«, sagte Kaspar. »Und seht euch an, wo wir stehen!«

»Wo stehen wir denn?«

»Hitler ist ein Hampelmann. Der kriegt in Berlin keinen Fuß auf den Boden.«

»Berlin ist nicht das Problem, sondern der Rest des Landes.«

»Von Schleicher wird ihn nicht ans Ruder lassen.«

»Wart's ab, der knickt ein.«

»Nun ja, wir werden sehen«, sagte Kaspar und murmelte noch etwas vor sich hin, was ich aber nicht verstand.

Ich hatte keine Lust, über Politik zu reden. Jemand legte eine neue Schallplatte auf, und man hörte kurz das Kratzen der Grammophonnadel. Neben der alten Gasleuchte schnupfte ein Paar Kokain, die Linien waren so schmal, dass wir sie uns in Dessau zum Frühstück reingezogen hätten. Ich wusste nicht, was ich mit mir anfangen sollte, und Charlotte war immer noch nirgends zu sehen.

Jemand setzte einen Engel auf die Spitze des Baums, gefaltet aus einem Champagneretikett. Mit einem Mal musste ich an Walter denken und fragte mich, ob er wohl immer noch Nymphen und liebliche Wälder malte. Obwohl er scharfzüngig und selbstsüchtig war und in seiner Besessenheit, was Jenö anging, viel Unheil angerichtet hatte, war er jahrelang mein bester Freund gewesen, und er fehlte mir.

»Hast du mal was von Walter gehört?«, fragte ich Kaspar, der gerade mit Dacia zu tanzen begonnen hatte.

»Walter? Der hat sich seit Rügen nie wieder bei mir gemeldet. Das Letzte, was ich gehört habe, ist, dass er mit irgendeinem fetten Nazi zusammen ist.«

Dacia zog ihn von mir weg. Es überraschte mich nicht, dass Steiner – wenn es denn immer noch Steiner war und Walter nicht inzwischen jemand anderen gefunden hatte – ein Nazi war. Vielleicht war Walter auch einer. Eine Uniform stünde ihm sicherlich gut.

Ich schob mich durch das Gedränge. Irgendwo hörte ich

Irmis Lachen, und dann wurde ich gegen den Papierbaum gedrückt, weil die Gäste für ein besonders begabtes Tanzpaar Platz machten. Ich sah Irmi neben einem gutaussehenden Mann, der so groß war, dass er sich hinunterbeugen musste, um sich mit ihr zu unterhalten.

Von der Decke ertönte ein lautes Pochen. Als Antwort stampfte Irmi mit dem Fuß auf den Boden. »Ich weiß gar nicht, warum sie sich beschwert. Ihre Gören halten mich die ganze Nacht wach.«

Jemand wechselte die Schallplatte, und jüdische Klezmermusik erklang, um die Nachbarin noch mehr zu ärgern. »Ruhe da unten!«

Irmi öffnete das Fenster und streckte den Kopf hinaus. »Ach, halt die Klappe, du alte Schachtel!«

Alle lachten.

Nachdem der Großteil meines Drinks übergeschwappt war, fand ich endlich die Küche. Als ich nach einem Lappen Ausschau hielt, um mich zu säubern, hörte ich hinter mir plötzlich eine Stimme aus der Vergangenheit. Ich wusste sofort, dass es Jenö war. Ich drehte mich um, und da stand er, an den Küchenschrank gelehnt, immer noch blond und kräftig, aber die grauen Augen wirkten trauriger als früher. Ich erstarrte.

»Paul.« Er lächelte, und um seine Augen waren neue Fältchen.

»Jenö.«

Wir gaben uns die Hand. Ich war befangen, von der Situation und weil meine Hände klebten. Wir wussten beide nicht, was wir sagen sollten. Eine Frau mit einem überkandidelten Hut schob sich mit einer neuen Flasche Champagner an uns vorbei.

»Wie lange ist das jetzt her?«, fragte er.

»Jahre. Ich wusste nicht, dass du in Berlin bist.«

»In Dessau haben sie das Bauhaus dichtgemacht. Wir sind jetzt in einer ehemaligen Telefonfabrik untergebracht.«

»Ach so? Wo denn?«

»In Steglitz. Ist natürlich nicht zu vergleichen mit Dessau, aber fürs Erste reicht's.«

Steglitz! Das war keine halbe Stunde von hier entfernt. Dabei war ich so froh gewesen, dass er weit weg war. Ich versuchte, mich zu erinnern, ob der Brief einen Stempel gehabt hatte, ob ich hätte wissen können, dass er in Berlin lebte. »Und, wie geht es dir so?«

»Es war ziemlich hart«, sagte er und räusperte sich. »Mein Vater hat durch den Zusammenbruch an der Börse seinen Hof verloren.«

»Ja, mein Vater auch. Die ganze Schuhfabrik war mit einem Schlag weg. Wegen irgendwelcher amerikanischer Anleihen.«

Er nickte. Es gab so viele von diesen Geschichten. »Als ich nach Dessau zurückkam, wart ihr alle weg« – er schnippte mit den Fingern – »Walter, du und Charlotte. Ich habe gearbeitet wie ein Verrückter.«

»Das glaube ich dir. Wir sind gegangen, weil der Direktor uns nicht mehr bezahlen konnte.«

»Ja, das hat er mir gesagt.«

Da schoss mir die Frage durch den Kopf, wieso der Direktor uns nicht mehr bezahlen konnte, Jenö aber schon. Es versetzte mir einen Stich, und ich fragte mich, ob ich ihn immer noch hasste, obwohl ich in gewisser Weise gewonnen hatte. »Arbeitest du noch mit Marianne zusammen?«

»Ab und zu. Aber im Wesentlichen mache ich meine eigenen Sachen.«

»Schön für dich. Und wie geht es Anni, Josef und Otti?«

Er lächelte. »Die Albers sind immer noch am Bauhaus, und Otti hat eine eigene Textilfirma gegründet, direkt neben der Schule. Du solltest sie sehen, sie ist immer noch wie früher.«

»Expertin für alles und nichts?«

»Genau. Hast du das vom Weimarer Bauhaus gehört? Schultze-Naumburg hat die Wandmalereien übermalen lassen.«

»Das wird die Einwohner sicher freuen«, sagte ich.

»Ach, ich frage mich, ob sie uns nicht vermissen mit unseren Taufaktionen am Frauenplan und den wilden Festen.«

Schweigen breitete sich in der engen Küche aus, während wir beide überlegten, worüber wir noch reden könnten. Ich wünschte, Irmi hätte mir gesagt, dass sie ihn auch eingeladen hatte. Sie hatte es mit keinem Wort erwähnt, obwohl sie bei unserem morgendlichen Spaziergang seit Wochen von nichts anderem geredet hatte als von der Party.

»Und wie geht's dir so? Läuft es gut mit der Malerei?«

»Ja«, sagte ich nur knapp, weil ich keine Lust hatte, über meine Arbeit zu sprechen. »Unterrichtest du in der Metallwerkstatt?«

»Nein. Wir haben keine. Dafür reicht das Geld nicht. Ich leite zusammen mit Josef den Vorkurs.«

Jetzt fiel mir wirklich nichts mehr ein. »Hast du Charlotte gesehen?«

»Kurz. Sie hat gesagt, sie hätte Kopfschmerzen und wollte nach Hause.«

Ohne ein weiteres Wort verließ ich die Küche und schob mich an den Tanzenden vorbei Richtung Flur. Ich stellte mir Charlotte mit blutenden Lippen vor, zusammengekrümmt im Rinnstein. Ich schnappte mir meinen Mantel und lief die Treppe hinunter. Hinter mir hörte ich, wie Irmi rief: »Und was ist mit Teddy? Paul! Paul! Sag doch wenigstens tschüss!«

VIERZIG

Am Tag nach der Party war uns beiden nicht nach Arbeiten zumute. Meistens bedeutete das einen Ausflug zum Zoo oder einen Spaziergang durch den Tiergarten oder einen Besuch im Pergamonmuseum. Stattdessen bekam Charlotte an dem Morgen plötzlich einen Putzanfall. Sie machte die Wäsche und hängte die Sachen im Hinterhof auf, obwohl es so kalt war, dass sie wahrscheinlich hartfrieren würden. Sie holte Kohlen aus dem Keller, zog die Uhr im Wohnzimmer auf (ein Geschenk von meiner Mutter), und dann setzte sie sich auch noch hin und begann, unsere Socken zu stopfen, obwohl die Löcher darin so groß waren, dass es besser gewesen wäre, sie wegzuwerfen.

Ich bot ihr meine Hilfe an, aber sie scheuchte mich hinaus.

Ich versuchte, Jenö aus meinen Gedanken zu verbannen, aber er tauchte immer wieder auf. Morgens nach dem Aufwachen hatte ich Charlotte gefragt, warum sie so plötzlich von der Party verschwunden war. Sie behauptete, genau wie Jenö gesagt hatte, sie hätte Kopfschmerzen gehabt. Während sie in der Küche war, las ich seinen Brief noch einmal, auf der Suche nach versteckten Botschaften, dann sah ich den Steglitzer Poststempel auf dem Umschlag. Ich hätte nachsehen sollen. Ich hätte wissen müssen, dass er in Berlin war.

»Komm«, sagte ich am Nachmittag, als ich den Gedankenstrudel nicht mehr aushielt. »Lass uns rausgehen.«

Charlotte legte ihr Nähzeug weg. »Ich dachte schon, du würdest nie fragen.«

Wir fuhren mit der Straßenbahn zur Spree und sahen zu, wie die Dampfer an uns vorbeiglitten. Das Wasser war ein Facettenspiel aus Schiefergrau, Dunkelgrün und schillerndem Schiffsdiesel. Ich legte den Arm um sie, und wir spazierten durch den sonnigen Tag. Wir schauten hinüber zu den Kaffeehäusern und Theatern am anderen Ufer, dann gingen wir zum Bahnhof Friedrichstraße. An der Kriegsakademie hingen immer noch Glaskästen mit den Namen der Gefallenen. Wir hatten so etwas auch in Dresden, und ich erinnere mich noch, wie die Frauen sich jeden Freitag dort drängten, wenn die neuen Listen ausgehängt wurden. In Dresden gab es kein Entrinnen: Die Schulen, die Bibliothek, das Krankenhaus, die Versammlungssäle – alles war zu Baracken umfunktioniert worden. Nachts hörte man die Schießübungen, morgens das Marschieren, und als Junge war ich überzeugt, dass ich auch bald mitmachen musste und auf den Schlachtfeldern in Frankreich zerfetzt werden würde. Dann würde ich als Name auf einer dieser Listen in den Glaskasten gehängt werden, und meine Mutter würde mich nach dem langen, angsterfüllten Fußmarsch dort finden.

Ich hatte zwanzig Mark gespart, um Charlotte ein Weihnachtsgeschenk zu kaufen, und die Schaufenster des Kaufhauses Rosenberg waren extravagant ausstaffiert. Darin wurden elegante Kleider aus Seide und Abendanzüge aus schwarzem Samt präsentiert, samt einem Kristallspiegel, in dem sich die wohlhabenden Passanten mit ihren Pelzmänteln und Muffs betrachten konnten.

Doch es war leicht zu erkennen, dass das Geschäft nicht nur teure Dinge führte. Innen war vieles heruntergesetzt, und manche Waren kosteten nur noch die Hälfte oder ein Drittel des ursprünglichen Preises.

In der Herrenabteilung befanden sich mehrere elegant gekleidete Geschäftsleute, bei einigen wurde für einen neuen Anzug Maß genommen, andere kauften etwas von der Stange. Als ich sie dort sah, so altmodisch angezogen wie zu Kaisers Zeiten, genoss ich das Wissen, dass wir ganz anders waren. Mich überkam das übermütige Gefühl, dass uns die ganze Welt – oder zumindest das Kaufhaus Rosenberg – gehörte.

Ich entdeckte einen Schal aus Seide, der mir gefiel. Charlotte war jedoch nicht interessiert und entschied sich stattdessen für ein Hemd mit orientalischem Kragen. »Bist du sicher, dass du dir das leisten kannst?«

Ein paar Kunden blickten zu uns herüber, als ich sie umarmte, schließlich sahen wir aus wie zwei Männer. »Natürlich.«

Der junge Verkäufer fragte mit hochrotem Kopf, wen er bedienen sollte. »Mich«, sagte Charlotte. »Ich möchte gerne das Hemd anprobieren.«

Ich setzte mich in den Sessel, der für die wartenden Ehefrauen gedacht war. Die Leute schauten immer noch, und ich fragte mich kurz, ob wir Ärger bekommen würden, doch ich schob den Gedanken schnell beiseite. Zusammen waren wir unschlagbar, das wusste ich.

Vielleicht war es der Vorhang, hinter dem sie verschwunden war, der mir den Mut gab, das Thema anzuschneiden. »Irmi hat gesagt, das Bauhaus ist nach Berlin gezogen. Davon hat Jenö in seinem Brief gar nichts gesagt.«

»Ja, habe ich gehört«, sagte sie. Ihre Hände erschienen über der Vorhangstange, als sie das Hemd über den Kopf zog. »Seltsam, dass der Direktor der Meinung ist, Berlin wäre sicherer.«

»Wahrscheinlich gibt es momentan keine Stadt in Deutschland, die das Bauhaus haben will.« Ich schwieg einen Moment.

Dann sprach ich an, was mir auf der Seele lag. »Jenö war gestern auch bei der Party. Hast du ihn gesehen?«

Der Vorhang hörte auf, sich zu bewegen. »Ja.«

»Er sieht gut aus.«

Ich fragte mich, was sie wohl gerade tat. Ob sie sich im Spiegel anstarrte und bei sich dachte: *Sag ihm einfach die Wahrheit. Sag ihm, dass du Jenö immer noch liebst. Dass du es sofort gewusst hast, als du ihm gestern Abend wieder begegnet bist.* Sie kam aus der Kabine und stopfte sich das Hemd in die Hose. »Wie sehe ich aus?«

Ich hätte am liebsten erwidert: idiotisch. Du siehst albern aus.

Offenbar verriet mich meine Miene, denn sie fragte: »Was ist?«

»Nichts«, antwortete ich, obwohl sich in meinem Herzen eine gewaltige grabesgleiche Dunkelheit ausbreitete.

»Paul?« Sie legte ihre kühlen Hände auf meine Wangen. »Jetzt sag schon.«

»Es ist nichts.«

Der Verkäufer zog sich diskret zurück, und Charlotte verschwand wieder hinter dem Vorhang. »Irmi hätte uns Bescheid geben sollen, dass er auch da sein würde«, sagte sie. »Ich war genauso überrascht wie du. Aber es spielt keine Rolle, dass er hier ist.«

»Warum bist du dann so schnell verschwunden?«

Der Vorhang wurde aufgerissen. Sie sah mich kühl an. »Ich hatte Kopfschmerzen, das habe ich dir doch schon gesagt. Und ich hatte keine Lust auf all diese Leute. Es sind deine Freunde, Paul. Nicht meine.«

»Wer sind denn dann deine Freunde, wenn nicht Kaspar, Irmi und die anderen?«

»Es war ein Schock, verstehst du? Ich habe ihn seit Jahren nicht gesehen.«

Der Verkäufer kam zurück. »Verzeihung, aber da sind noch andere Kunden, die warten.«

»Schon gut«, sagte sie. »Wir nehmen es.« Sie gab ihm das Hemd, dann sah sie mich mit ihren grünen Augen unverwandt an. »Paul, steigere dich da bloß nicht in irgendwas rein. Hast du verstanden?«

Wir zahlten an der Kasse, dann verließen wir das Geschäft. Auf dem Heimweg sprachen wir kaum ein Wort.

EINUNDVIERZIG

Die Schlagzeile in der Zeitung verkündete, dass von Schleicher vorhatte, alle deutschen Arbeitslosen in den »dünn bevölkerten Osten« umzusiedeln. Irmi runzelte die Stirn und ließ die Zeitung auf ihren Schoß sinken. »Wo sollen die denn wohnen? Stehen da Tausende von leeren Häusern? Und was ist, wenn sie gar nicht dahin wollen?«

»Er will bloß tatkräftig wirken. So weit wird es nicht kommen.«

Irmis Wohnung wirkte ganz leer ohne die vielen Leute. Sie hatte sich eine rote Decke um die Beine gewickelt und einen dicken Fischerpullover an. In der Hand hielt sie eine Tasse Tee, an der sie immer wieder nippte wie ein Vogel.

»Du siehst richtig glücklich aus. Bist du so verliebt?«

»Paul!«

»Was denn?«

»Liebe ist was für Babys.« Irmi zupfte ein verwelktes Blatt von einer Topfpflanze. »Jedes Mal wenn ich Teddy sehe, bin ich überrascht, dass *ich* jetzt an der Reihe bin, dass *ich* all das erlebe, nicht du oder Charlotte oder Jenö. Das ist ziemlich großartig.«

»Das freut mich. Du hast recht, jetzt bist du an der Reihe.«

»Soll ich noch einen Tee machen?«

»Gerne.«

Sie stand auf, und kurz darauf hörte ich, wie in der Küche

die Gasflamme anging. Die Tür war offen, und ich sah, wie Irmi mit verträumter Miene an der Spüle lehnte. Vielleicht wünschte sie, Teddy wäre an meiner Stelle hier. Am Silvesterabend vor ein paar Wochen hatte ich sie gefragt, warum sie mir nicht gesagt hatte, dass Jenö auch zu der Party kommen würde. Sie hatte erwidert, sie hätte ganz vergessen, dass sie ihn überhaupt eingeladen hatte, und Teddy hatte rasch das Thema gewechselt.

Ich trat ans Fenster. Es hatte den ganzen Tag geregnet, und die Schlaglöcher unten auf der Straße waren voller Wasser. Nun, da es aufklarte, spiegelten sich der Himmel und die Wolken darin. Ein paar Kinder spielten mit einem alten, mehrfach geflickten Ball. Ein paar Straßen weiter würde Charlotte sich jetzt auf den Weg machen. Seit Jahresbeginn verbrachte sie die Nachmittage damit, durch die Stadt zu laufen. Ein paarmal hatte ich ihr aus dem Fenster nachgesehen und mich gefragt, ob sie auf die U-Bahn-Haltestelle zusteuerte. Bisher hatte ich der Versuchung widerstanden, ihr zu folgen oder in ihren Taschen nach Fahrkarten Richtung Steglitz zu suchen. Wenn sie abends zurückkam, brachte sie mit ihrem Mantel die Kälte herein.

Ich konnte mir jedoch nicht verkneifen, mir sie und Jenö zusammen vorzustellen. Seit der Weihnachtsparty bekam ich das Bild nicht mehr aus dem Kopf, wie sie sich im neuen Bauhaus trafen, in einer abgeschlossenen Werkstatt, einer Putzkammer oder irgendeinem abgeschiedenen Winkel. Wie leidenschaftlich würde ihre Umarmung sein, wie drängend ihr Begehren.

Diese Nachmittage, während ich auf ihre Rückkehr wartete, waren endlos.

Eine Straßenbahn erschütterte die Pfützen. Ich stellte mir vor, wie die Wellen größer wurden, die ganze Straße zu beben begann und ein unterirdischer Fluss durch den Asphalt brach, der ganz Berlin überspülte. Alles würde davongeschwemmt werden, das Lagerhaus gegenüber, die ganze verkommene Stadt und all die nutzlosen Leute, die nichts zu tun hatten.

»Malt Charlotte immer noch nicht?«, fragte Irmi aus der Küche.

Ich wandte mich vom Fenster ab. »Nein.«

»Was macht sie denn stattdessen?«

»Sie läuft durch die Stadt.«

»Vielleicht steckt sie fest. Sie macht schon ziemlich lange dasselbe, immer diese monochromen Rechtecke.«

»Sei nicht gemein.«

»Ich meine damit nur, dass sie vielleicht nach etwas Neuem sucht. Wirkt sie unglücklich?«

»Nein«, sagte ich. »Nur sehr in Gedanken.«

»Hast du sie gefragt, ob sie unglücklich ist?«

»Sie sagt, es geht ihr gut.«

»Tja, dann müssen wir ihr das wohl glauben.«

Der Kessel pfiff, und Irmi goss das heiße Wasser in die metallene Teekanne. Es war eine Bauhaus-Kanne, entworfen von Marianne Brandt: eine Kombination aus Kreisen und Halbkreisen. Irmi hatte ihr Geld klug angelegt.

»Vielleicht kokst sie wieder und will nicht, dass du was davon mitkriegst.«

Ich sah sie missbilligend an.

»Was denn? Ist ja nur so ein Gedanke. Vielleicht holt sie sich das Zeug am Wittenbergplatz und ist deshalb so viel unterwegs.«

Ich folgte ihr zurück ins Wohnzimmer. Mir war klar, dass es kein guter Zeitpunkt war, aber ich wusste nicht, wann ich Irmi das nächste Mal ohne Teddy erwischen würde, der mich jedes Mal unterbrach, wenn ich über Jenö oder Charlotte sprach. »Hast du Jenö seit der Party noch mal gesehen?«

»Ah.« Sie sah mich forschend an. »Darauf willst du also hinaus.«

»Was meinst du?«

»Du glaubst, Charlotte trifft sich mit ihm.«

»Wäre ja möglich.«

»Hast du sie gefragt?«

Ich zuckte die Achseln. »Sie sagt, sie geht spazieren.«

Irmi goss den Tee in die Tassen. »Vielleicht tut ihr das einfach gut. Geh ihr um Himmels willen nicht nach.«

»Das hatte ich nicht vor.«

»Komm schon, Paul, ich kenne dich.«

»Ich frage mich nur immer wieder …«

Sie hob die Hand. »Charlotte ist mit dir zusammen. Ihr habt ein gemeinsames Zuhause. Ihr liebt euch. Lass sie in Ruhe.«

»Kannst du nicht mal mit ihr reden?«

»Nein«, sagte Irmi mit Nachdruck. »Ich habe keine Lust, mich da reinziehen zu lassen. Du hast bekommen, was du wolltest, jetzt musst du damit leben.«

»Danke, Irmi.« Ich stand auf, um meinen Mantel zu holen.

»Ach, Paul. Sei doch nicht so empfindlich.«

»Nein, du hast recht, ich hätte gar nicht davon anfangen sollen.«

Wir standen da, sahen uns an und warteten beide darauf, dass der andere den Blick senkte. Doch keiner gab nach. Etwas lag in diesem Blick – ich weiß nicht, ob es Hass oder Freundschaft war. Ich nahm meinen Hut und verließ erneut Irmis Wohnung, ohne mich zu verabschieden.

Auf dem Rückweg machte ich ein paar Schlenker durch die kleinen Seitenstraßen von Kreuzberg, die ich sehr mochte, und als ich nach Hause kam, ging ich direkt in unser Atelier. Die Arbeit würde mich ablenken, das tat sie immer.

Doch Charlotte hatte die Schreibmaschine auf dem Tisch stehen lassen. Auf dem Papier hatte sie eine Vorlage für eine Webarbeit aus dem Buchstaben P und Leerschritten getippt, sodass sich ein Pfeilmuster ergab. Ich musste lächeln, weil es mich an die Zettel erinnerte, die sie mir damals in Weimar zugesteckt hatte und bei denen alle Ps rot gemalt waren.

Sie hatte mitten in der Zeile aufgehört. Vielleicht war sie in dem Moment gegangen, oder jemand hatte sie abgeholt, womöglich sogar Jenö. Bei der Vorstellung, dass er unsere Wohnung betreten hatte, wurde mir flau. Ich betrachtete das angefangene Muster. Was waren diese schwarzen Buchstaben, wenn nicht kleine Nägel der Liebe?

Neben der Schreibmaschine lag ein aufgeschlagenes Buch mit einer Abbildung eines Gemäldes von Paul Klee mit dem Titel *Burg und Sonne*. Obwohl das Bild nur in Schwarz-Weiß wiedergegeben war, konnte ich mir leicht die nordafrikanischen Gelb- und Orangetöne vorstellen, die Klee in Dessau so begeistert hatten.

Vielleicht stand das P für Paul Klee und nicht für Paul Beckermann.

Ich ließ die Arbeit Arbeit sein, setzte mich aufs Sofa und blätterte in dem Buch. Ab und an schloss ich die Augen, um mir die warmen Safrantöne der Tunis-Bilder vorzustellen, nickte dabei ein, und wenn ich sie wieder öffnete, schaute ich hinaus auf die graue Kreuzberger Szenerie. Durch den Rauch der Gießerei sah ich Handwerker, die auf dem Gerüst am Haus gegenüber arbeiteten, einen Botenjungen, der aus dem Büro auf die Straße lief, und eine Frau, die über Geschäftsbücher gebeugt war. Irgendwann hörte ich das Dröhnen eines Flugzeugs, und ich dachte daran, wie Charlotte, Anni und Otti über Klees Haus hinweggeflogen waren. Wo mochte Klee jetzt sein? In Frankreich? In der Schweiz? Und wer wohnte jetzt in den Meisterhäusern? Und ich saß hier in dieser Stadt, die vor die Hunde ging, und Charlotte war irgendwo da draußen, aber ich hatte keine Ahnung wo. Ganz gleich, was Irmi sagte, diese Unwissenheit machte mich wahnsinnig.

Charlotte war schon immer viel durch die Stadt gewandert. In unserer Anfangszeit hatten wir sie gemeinsam erkundet, von einem Ende zum anderen. Nach Weimar und Dessau war Berlin eine Offenbarung. Abends gingen wir in eine Bar, und wenn ich dann vollkommen erschöpft dasaß, ein Glas Wein trank und der Musik zuhörte, überkam mich oft ein tiefes Glücksgefühl. Manchmal nahm Charlotte unter dem Tisch meine Hand, schob sie sich zwischen die Beine, stieß sie dann wieder weg und lächelte mich an. Ich wurde schier verrückt mit ihrem Geruch an meinen Fingern und drängte sie zum Gehen, doch sie sagte, ja, nach diesem Lied, weil sie wusste, dass das Warten mein Verlangen nur noch verstärken würde.

Ich war überrascht, wie hungrig sie war.

Wir warteten nicht, bis wir zu Hause waren. Stattdessen drückte ich sie in der schmalen Seitengasse direkt neben der Bar im Stehen gegen die Mauer, wie es schon so viele Paare vor uns getan hatten. Die Hitze stieg ihr in die Wangen, wenn ich ihre Brüste umfasste, und sie stöhnte leise, während uns die Geräusche der Stadt umgaben: Lachen, Schritte, das Zischen eines Omnibusses.

Wir liebten uns, wo immer es uns überkam, in Hinterhöfen und Hauseingängen, hinter einem Karussell oder im Kino, stets mit der Gefahr im Nacken, erwischt zu werden. Und auch zu Hause fielen wir gierig übereinander her, auf dem Fußboden, in der Badewanne, auf dem Küchentisch. Ich fragte mich, ob sie mit Jenö auch so gewesen war, und redete mir gleichzeitig ein, dass er sie bestimmt nicht so glücklich machen konnte wie ich.

In unserem ersten Winter in Berlin merkten wir recht schnell, dass wir nicht nur von meinen Bildern leben konnten. Ich nahm ein paar Schüler an – dafür immerhin war der Ruf des Bauhauses gut –, und Charlotte fand Arbeit in einer Stofffabrik in Neukölln. Wir sahen uns viel weniger, und abends waren wir so erschöpft, dass wir keine Energie mehr hatten, uns zu lieben.

Das Leben wurde ein wenig normaler, wie es oft so ist. Aber erst in den folgenden Jahren lernte ich Charlotte wirklich kennen und begriff, was sie mir bedeutete. Sie sang in der Badewanne. Das war die einzige Gelegenheit, bei der ich sie tschechisch sprechen hörte; es waren Schlaflieder, die ihr Kindermädchen ihr vorgesungen hatte. Sie hatte die seltsame Angewohnheit, sich eine Zeitlang für bestimmte Bars oder Cafés zu begeistern und sie dann von jetzt auf gleich als grässlich abzutun. Mal war sie munter und unternehmungslustig, dann wieder schweigsam und in sich gekehrt. Bisweilen litt sie an Depressionen, die ihr wochenlang alle Kraft raubten, sodass sie sich kaum noch zur Arbeit schleppen konnte. Während dieser Phasen war sie für mich völlig unerreichbar. Natürlich stritten wir uns auch, glaubten nicht daran, dass es mit uns weitergehen konnte, doch dann gab sie mir einen Kuss, nannte mich ihren »ernsten Maler« und sagte, dass sie mich liebte.

Ich döste auf dem Sofa, als Charlotte nach Hause kam und den Schneeregen vom Schirm schüttelte. »Tut mir leid«, sagte sie. »Ich habe völlig die Zeit vergessen.« Sie legte den Hut auf die Ablage, zog den Mantel aus und schlüpfte aus den Schuhen. Als sie hereinkam, brachte sie den Geruch nach dem Holzleim mit, den wir früher in der Tischlerei verwendet hatten. Sie gähnte. »Gefällt dir das Buch?«

Ich legte den Paul Klee zurück auf den Beistelltisch. »Wo warst du?«

»Spazieren.«

»Bis jetzt?«

»Ich habe eine neue Idee.«

»Erzähl.«

Sie schenkte sich ein Glas Wein ein, setzte sich zu mir und trank einen großen Schluck davon. »Es ist noch ein Geheimnis. Ich will nichts riskieren.«

Ich schnupperte an ihrem Hals. »Wonach riechst du? Marzipan?«

Sie stupste mich weg. »Das ist Seife!«

»Charlotte, denkst du manchmal darüber nach, ein Kind zu bekommen?«

»Ein Kind? Bin ich dafür nicht zu alt?«

»Unsinn. Meine Mutter war vierzig, als sie mich bekam.«

»Na ja, so alt bin ich nun auch wieder nicht.«

»Eben. Wir könnten es versuchen.«

Sie lächelte. »Junge oder Mädchen?«

»Beides.«

»Sollten wir nicht erst heiraten?«

»Gut«, sagte ich. »Lass uns heiraten.«

»Aber nicht in Berlin.«

»Warum denn nicht?«

»Hier ist es viel zu blutig für eine Hochzeit.«

»Vielleicht im Sommer, wenn sich alles ein bisschen beruhigt hat?«

»Ja, vielleicht im Sommer.« Sie lächelte mich an, und ich glaube, wir fragten uns beide, wie ernst es uns war.

An ihrem Strumpf hing ein dunkler Wollfaden. Ich fragte

mich, ob er von ihrem Mantel stammte oder von ihrem Schal; oder vielleicht von einem Webstuhl im Bauhaus, wo sie wieder an einem »Beinahe Nichts« arbeitete.

»Ein Kind«, sagte sie und schlug die Beine übereinander, sodass der Faden nicht mehr zu sehen war. »Was für ein Gedanke.«

ZWEIUNDVIERZIG

ENGLAND

Heute ist der Strand voller Menschen, die Ferienzeit hat begonnen. Ich vermute, die meisten sind Londoner. Ihre Freude hat etwas Großstädtisches, verstärkt durch den Kontrast zu ihrem sonstigen Leben. Über der Szenerie liegt ein leichter Dunst, mit ein paar Pinselstrichen könnte man sie im Stil der Impressionisten malen. (*Am Strand von Trouville* – erinnert es mich daran? Diese absurde, elegante Szene mit den Parisern, die zum Baden in die Normandie gekommen sind. Ein größerer Kontrast zu den *Badenden bei Moritzburg* ist kaum vorstellbar.)

Ich lege mich auf mein Handtuch. Ich spüre Wärme auf meiner Haut und eine leichte Brise. Wellen rollen auf den Strand. Ein Stück weiter liegt ein Pärchen eng umschlungen im Sand. Ich nehme an, die beiden merken es nicht, aber die Familien drumherum schauen pikiert. Die Frau hat rotbraunes schulterlanges Haar, und alles an ihr ist kurvig, ihre Hüften, ihre Brüste. Ihr Freund oder Mann – ich vermute Ersteres – kann die Finger nicht von ihr lassen, und das erregt den Ärger der anderen. Ein, zwei Streicheleien wären in Ordnung, aber er hört nicht auf, und die Frau genießt es sichtlich. Sie hat etwas von einer Odaliske, man ahnt, dass ihr Körper ihr Lust bereitet.

Wir waren genauso, als wir damals in Dessau zusammenkamen. Ich kann mich kaum erinnern, wie wir die Tage verbracht haben – hauptsächlich wohl im Bett, aber wir genossen auch die Fülle des Spätsommers: naschten Brombeeren, süß und bitter auf der Zunge, schwammen im türkisen Wasser der Elbe, fingen silberne Forellen, wickelten sie in Farnblätter und hielten den Wein zwischen den Steinen kühl. Mein Herz weitete sich vor Glück, und zugleich ahnte ich, dass es brechen würde.

Den Menschen errungen zu haben, nach dem man sich vor Sehnsucht verzehrt und der einen zutiefst unglücklich gemacht hat, ist ziemlich beunruhigend. Bisher hatte ich meine Liebe an der Stärke meines Neids bemessen. Nun, da der Neid keine Rolle mehr spielte, war alles anders und ungewohnt. Da war Charlotte, und hier war ich, und dazwischen war – nichts.

Ich wusste, dass ich nie wieder so glücklich sein würde wie in den paar Sommerwochen, aber ich überließ mich dem Schicksal. Ich war überzeugt, dass es nur wenige Tage andauern würde, und als daraus ein paar Wochen wurden, dachte ich, dass es ein paar Monate dauern würde, und als daraus ein paar Monate wurden, betete ich darum, dass ich ein ganzes Jahr bekommen würde. Letzten Endes wurden es drei. Drei ganze Jahre.

Vielleicht hätte ich sogar mehr haben können.

Es ist meine Schuld, dass ich sie in Berlin verloren habe, nicht Walters. Ich habe die Gefahr unterschätzt. Niemand von uns ahnte, dass es so schlimm werden würde. Und dennoch … wir hätten es sehen können.

Ich schaue wieder zu dem Paar hinüber. Die beiden sind gegangen, und ich weiß wohin: nach Hause ins Bett. Im Sand ist eine leichte Kuhle, wo ihre Körper gelegen haben.

Es ist heiß. Wellenrauschen. Kindergeschrei und gerötete Körper. Ich frage mich, ob wir zusammengeblieben wären, ob wir eine Familie gegründet hätten.

Ich gehe schwimmen. Es dauert eine Weile, bis ich die Familien hinter mir gelassen habe, aber dann genieße ich das erfrischend kalte Wasser. Ich schwimme ein Stück hinaus, dann tauche ich und bleibe so lange unten, bis mir die Luft ausgeht.

Später gehe ich auf den Klippen spazieren. Ich habe noch nie darüber nachgedacht zu springen, aber an diesem Tag tue ich es. Ich frage mich, wie es sich anfühlen würde, auf dem Wasser aufzuschlagen. Ich weiß, es sind nur diese Erinnerungen, die mich so schwermütig machten. Immerhin wird es bald vorbei sein, und dann kann ich all diese Menschen ein für alle Mal zur Ruhe legen. Der Winter wird kommen, ich werde mein Selbstporträt verbrennen und wieder zu meinen Betonblock-Abstraktionen zurückkehren. Mir war nicht klar, welche Wucht mein Geständnis entfalten würde, und ich will es hinter mich bringen.

Ich bleibe an der Stelle stehen, wo der Ausblick am schönsten ist. Dann suche ich mir einen Flecken Meer, in dem keine Schwimmer sind, und stelle mir vor, wie ich dort eintauche. Wenn ich auf mein Viereck aus blauem Meer schaue, vergesse ich das Bauhaus: meine Liebe zu Charlotte, Walters Gift, meine Sünden. Einen Augenblick lang vergesse ich alles, bis das Blau sich plötzlich zu einer gigantischen Welle auftürmt, mich verschlingt und mit sich in die Vergangenheit reißt.

DREIUNDVIERZIG

Am letzten Januarwochenende wagte sich niemand auf die Straße. In der Stadt kursierten Gerüchte, dass ein Militärputsch drohte, angeblich hatte von Schleicher Hindenburg entführt. Es hieß, der Ausnahmezustand sei verhängt worden, Preußen wolle sich von der Republik lossagen. Auch wir blieben zu Hause. Die Welt draußen war so still wie während des Streiks im November, und die überfrorenen Straßen begannen, im ersten Sonnenschein zu glitzern.

Wir lagen stundenlang im Bett, wo es schön warm war. Wie wunderbar, Charlotte ganz für mich zu haben. Wir hörten Radio, tranken Tee, aßen Suppe mit Brötchen und hielten uns an der Hand, während wir schliefen. Wir malten uns aus, was unsere Kinder einmal werden würden.

»Weißt du, wann ich mich in dich verliebt habe?«, fragte sie beim Mittagessen.

»An dem Abend nach dem Kino.«

Sie schüttelte den Kopf. Wie lang ihr Hals wirkte, seit sie sich die Haare abgeschnitten hatte. »Als ich dich bei Walter auf dem Balkon gesehen habe. An dem Abend, als der Nazi da war. Du hast nicht mitbekommen, dass ich dich schon eine ganze Weile beobachtete. Du wirktest so frei und sorglos, so selbstsicher, und ich dachte: Ich weiß gar nicht mehr, wie sich das anfühlt.« Sie trank einen Schluck Wein, der ihre Lippen verfärbte.

»Ich fragte mich: Wann habe ich eigentlich Paul verloren? Ich wusste, dass es ganz allein meine Schuld war, dass ich das, was wir hatten, weggeworfen hatte. In Weimar war ich in euch beide verliebt. Aber als ich dich an dem Abend sah …«

»Da warst du high«, unterbrach ich sie. »Bis zu den Haarspitzen voll mit Koks.«

»Ja, ich hatte ein bisschen was geschnupft, aber was soll's? Jedenfalls hatte ich da mit einem Mal das Gefühl, dass wir zusammen sein würden. Obwohl unsere gemeinsame Zeit schon lange vorbei war, konnten wir nicht voneinander lassen. Wir waren immer noch befreundet, wir besuchten uns ständig in unseren Zimmern oder in den Werkstätten. Jenö nahm es hin, aber ich glaube, er wusste Bescheid. Ich frage mich manchmal, ob er mir das mit Walter damals auf Rügen nur deshalb gestanden hat, weil er aus diesem Dreieck rauswollte.« Sie beugte sich vor und berührte meine Hand. So offen sprach sie fast nie, und ich fragte mich, was sie dazu veranlasst hatte. Vielleicht lag es an der drohenden Gewalt draußen. »Und als ich dich an dem Abend da stehen sah, wusste ich, dass alles gut werden würde. Es würde nicht einfach werden, aber du würdest immer da sein. Du würdest nicht weggehen.«

Ich erinnerte mich daran, wie sie später in mein Zimmer gekommen war. Wir hatten auf dem Bett gelegen, und ich hatte sie am Hals berührt, aber sie war ein Stück weggerückt, vielleicht weil sie wusste, dass es noch nicht der richtige Moment war.

Jetzt rieb sie sich die Augen. »Der Wein hat mich ganz duselig gemacht.«

Während wir unsere Suppe löffelten, erzählte ich ihr, wie ich, während sie mich beobachtet hatte, Walter und Oskar beobachtet hatte, die sich lüstern auf dem Bett wälzten. Das erregte sie anscheinend, denn wir liebten uns direkt noch einmal.

Später, als sich die Dämmerung herabsenkte und Charlotte in meinem Arm schlief, dachte ich daran, zu Irmi hinüberzulaufen und ihr zu sagen, dass ich mich geirrt hatte. Sie hatte recht gehabt. Charlotte war hier bei mir, es ging ihr gut, und zwischen ihr und Jenö war nichts. Ich wollte ihr sagen, wie leid es mir tat, dass wir uns gestritten hatten. Ich stellte mir vor, wie Irmi an Teddy geschmiegt dalag, genau wie Charlotte an mich, und verträumt zu dem beschlagenen Fenster hinübersah, an dem ich vor ein paar Tagen gestanden und mir vorgestellt hatte, wie die Straße aufbrach und die Flut alles überschwemmte.

An dem Wochenende zog keine Armee durch die Stadt.

Stattdessen passierte am Dienstag das Undenkbare: Hitler wurde Reichskanzler. Vielleicht war es für andere, die die Ereignisse aufmerksamer verfolgt hatten, keine solche Überraschung, aber Charlotte und ich waren wie vor den Kopf gestoßen. Wir hörten es zuerst aus Frau Müllers Radio, dann schalteten wir auch unseres ein. Charlotte war ganz blass. »Was hat das zu bedeuten?«

»Ich weiß es nicht«, sagte ich. »Vielleicht ist es ja gar nicht so schlimm.«

Wir hörten noch eine Weile zu, bis auf ein Hörspiel umgeschaltet wurde.

»Lass uns in die Stadt gehen«, sagte sie.

»Wozu?«

»Um zu sehen, was passiert.«

»Charlotte, das ist ein Naziaufmarsch, nicht Irmis Weihnachtsparty.«

»Wir müssen uns das ansehen.« Sie schwang ihre Beine von meinen und stand auf, um sich Mantel und Schal anzuziehen. »Außerdem halte ich es hier drinnen nicht länger aus.«

Sie brauchte also eine kleine Pause, ein wenig Abstand –

während ich noch Wochen so mit ihr hätte verbringen können. Sie war immer die Erste, die ausbrach.

Unsere Bahn war voller Leute, die dieselbe Idee hatten. Auch an den Haltestellen drängten sich die Menschen, und je näher wir dem Zentrum kamen, desto enger wurde es im Waggon: Geschäftsleute und Studenten, Hausfrauen und Arbeitslose – alle wollten sehen, welches Spektakel uns erwartete. Nachdem wir beim Kaiserhof ausgestiegen waren, gingen wir Richtung Brandenburger Tor. Überall hingen Plakate, die für Politiker warben, und in den Straßen standen Militärlaster, die Laderäume mit Planen abgedeckt. In der Ferne schossen ein paar Feuerwerkskörper gen Himmel, vielleicht am Lunapark.

In der Menge, die sich Unter den Linden drängte, waren deutlich mehr Frauen als Männer. Fahnen flatterten im Wind. Die Frauen mussten überwiegend in unserem Alter sein, sahen aber älter aus. Sie schauten immer wieder verstohlen zu Charlotte.

Wir teilten das Kirschwasser, das wir eingesteckt hatten, mit ihnen, und sie ließen uns näher an die Absperrung. Oben auf dem Tor stand Viktoria auf ihrem Streitwagen, und die Pferde sahen aus, als würden sie gleich davongaloppieren. Ich fragte mich, ob Jenö wohl auch hier war.

Ungefähr eine Stunde später drängte plötzlich alles ohne Vorwarnung nach vorne, und ein Raunen lief durch die Menge – *Er kommt, er ist da!* Vom unteren Ende der Straße ertönten Trommelschläge aus der Dunkelheit, die allmählich lauter wurden. Dann hörten wir den donnernden Rhythmus von Hunderten von Soldaten, die im Gleichschritt marschierten, und auf einmal tauchte, beleuchtet von loderndem Fackelschein, die Sturmabteilung auf, die mit stolzer, grimmiger Miene Berlin eroberte.

»Seht mal!«, rief eine der Frauen. »Da drüben!«

Erneut schien eine Woge die Menge zu erfassen, und Charlottes Hand wurde aus meiner gerissen, doch dank ihres Männerhuts fand ich sie zwischen den Frauen rasch wieder. Ihr Gesicht erstarrte, als Tausende von Armen sich in die Luft reckten und Tausende von Stimmen Hitler zujubelten, der aufrecht stehend in einem Auto vorbeifuhr. Er lächelte der Menge verhalten zu, dann verschwand er so schnell, wie er gekommen war, durch das Tor.

Die Menge lief jetzt Richtung Park, aber Charlotte schaffte es, zum Absperrseil zurückzukommen. Vier weitere Autos mit Hitlers Gefolge rollten schwarz und glänzend an uns vorbei.

Wir hätten den Frauen in den Park folgen sollen. Wir hätten zusammen mit ihnen durch das Tor zum Reichstag laufen sollen. Denn im letzten Moment erkannte ich in einem der Wagen, ebenfalls stehend, in einer braunen Uniform und immer noch so dick wie eh und je, Ernst Steiner – und damit war meine einzige Chance, den Lauf dieser traurigen Geschichte zu ändern, vorüber.

Der Blick, mit dem Steiner die Menge betrachtete, war derselbe, mit dem er uns aus seinem Büro im Atelier gemustert hatte: gebieterisch und genüsslich.

Kein Zweifel, er war es.

Als der Wagen durch das Tor rollte, setzte er sich. Ich ließ den Blick über die Menge gleiten, um zu sehen, ob Walter hier irgendwo war. Eine freudige, altvertraute Sehnsucht überkam mich bei dem Gedanken, ihn wiederzusehen, meinen alten Freund, Berater und Verräter. Denn wenn Steiner in Berlin war, standen die Chancen gut, dass auch Walter hier war.

VIERUNDVIERZIG

Als Kaspar auf Irmis Party gesagt hatte, Walter sei immer noch mit einem dicken Nazi zusammen, wäre ich nie auf die Idee gekommen, dass dieser Nazi zu Hitlers Gefolge gehören würde. Ich wollte zwar so schnell wie möglich Walter finden, aber auf keinen Fall von Ernst Steiner entdeckt werden.

Ein paar Wochen vergingen, während ich überlegte, was ich tun sollte. Obwohl es Razzien in Zeitungsredaktionen gegeben hatte, Thälmann bedroht und seine Genossen zusammengeschlagen worden waren, kehrte nach Hitlers Aufmarsch wieder so etwas wie Normalität ein. Das Kabarett öffnete wieder, Kinder spielten auf den Straßen, und an den Nachmittagen war Charlotte erneut in der Stadt unterwegs.

Eines Tages besuchte mein Vater mich in Berlin und lud mich zum Tee zu Lutter & Wegner ein. Ich hatte meine Zweifel, ob er es sich leisten konnte, aber er bestand darauf zu zahlen. Obwohl er seine Schuhfabrik verloren hatte und vermutlich – zusammen mit meinem Bruder – den ganzen Tag missmutig zu Hause herumsaß und meine Mutter in den Wahnsinn trieb, war er noch immer ein unverbesserlicher Kapitalist. Er sprach davon, dass er eine neue Fabrik eröffnen wollte und dass er jemanden in der Partei kannte, der Einfluss hatte und ihm dabei helfen würde. Wer weiß, vielleicht würde er eines Tages die ganze neue deutsche Armee mit Turnschuhen ausstatten. Ich dachte zurück an den Sommer, als ich bei ihm in der Fabrik gearbeitet hatte. Er hatte mir nicht einen Pfennig mehr bezahlt als den anderen Arbeitern. Doch, wie Walter ganz richtig bemerkt hatte, war ich dadurch zumindest nicht auf dumme Gedanken gekommen.

Als mein Vater sich an der goldenen Drehtür von mir verabschiedete, zitierte er Jesaja: »Butter und Honig wird er essen, bis er weiß, Böses zu verwerfen und Gutes zu erwählen.« Dann wandte er sich ohne irgendeine Erklärung um und ging davon. Später schrieb mir meine Mutter einen Brief, in dem sie sich mit den Worten entschuldigte, die Welt sei offenbar entschlossen, uns zu trennen. Ich wusste, dass sie Charlotte mochte, und ich fragte mich, warum sie nicht mitgekommen war. Normalerweise genoss sie solche kleinen Reisen, aber ich hatte ihr so ausführlich von dem Naziaufmarsch berichtet, dass sie vielleicht zu viel Angst gehabt hatte.

Nicht lange nach dem seltsamen Besuch meines Vaters gelang es mir, Ernst Steiners Adresse herauszufinden. Genau genommen verdankte ich es Irmi. Ich begleitete Charlotte mittags gerade zur Tür, als ich den Hausmeister mit der Zeitung dasitzen sah. Auf der Titelseite war ein Foto von einigen der wichtigsten Männer in der Partei. Ich fragte ihn, ob ich sie mir mal ansehen dürfte.

»Was hast du vor?«, fragte Charlotte leise. Sie mochte den Hausmeister – Herrn Schmidt – nicht, er war ihr unheimlich. Meist war er mürrisch und wenig geneigt, jemandem einen Gefallen zu tun, aber er gab mir die Zeitung trotzdem. Die ordengeschmückten Herren auf dem Bild lächelten in die Kamera, und darüber stand *Hotel Kaiserhof, Berlin.* Steiner war nicht dabei, aber wie ich ja inzwischen wusste, gehörte er dazu.

Charlotte warf einen kurzen Blick auf das Foto. »Wer sind all die Leute?«

»Führer des Vaterlands«, antwortete ich, laut genug, dass Schmidt mich hören konnte. Man konnte nie wissen, wer von den Nazis bezahlt wurde.

Er fragte unfreundlich, ob ich die Zeitung etwa behalten wollte. »Nein, vielen Dank.« Als ich sie ihm zurückgab, musterte er mit zusammengekniffenen Augen Charlottes jungenhafte Frisur.

An der Haustür verabschiedeten wir uns.

»Der Kerl ist mir unheimlich«, sagte Charlotte.

»Beachte ihn einfach gar nicht. Was hast du vor?«

»Spazieren gehen. Mein Kopf ist so voll.« Sie hielt ihre Tasche an sich gedrückt, als hätte sie Angst, jemand könnte sie ihr wegnehmen. Sie wirkte geistesabwesend, als sie mir einen Kuss gab. Wie jeden Tag fragte ich mich, ob sie auf dem Weg zum Bauhaus war, ob sie sich dort mit Jenö traf und was sie zusammen trieben. Ich wusste, wie selbstzerstörerisch diese Gedanken waren und dass mein Misstrauen mich über kurz oder lang verrückt machen würde. Aber ich konnte nicht anders.

Ein paar Tage später stand ich gegenüber vom Kaiserhof. An der Bar drängten sich Männer in Uniform, und an den Tischen warteten Frauen darauf, dass sie zurückkamen. Ernst saß am Fenster, genau wie Irmi es mir gesagt hatte. Er unterhielt sich mit einer eleganten Frau, die die Hände verschränkt hielt, als hätte sie nicht die Absicht, ihr Getränk anzurühren. Auf den ersten Blick sah er aus wie ein Offizier aus Bismarcks Zeiten, und beinahe empfand ich so etwas wie Stolz. Wie weit er es gebracht hatte! Wie erfolgreich er mit unseren Bildern geworden war!

Ich fragte mich, ob Walter auch reich geworden war. Er hatte Geld immer geliebt und gelitten, wenn er keines hatte. Aber wer war die Frau? Steiners Angetraute? Dann war Walter vielleicht doch nicht mitgekommen. Aber was sollte Walter allein in Weimar, und was würde aus ihm werden, wenn Steiner sich nicht mehr um ihn kümmerte? Es konnte genauso gut sein, dass er tot in Goethes Wald lag, vollgepumpt mit Kokain und Alkohol.

Ich ging zur Rückseite des Hotels und wartete ein paar Minuten, bis Irmi herauskam, ohne Mantel und Schal. Da erst wurde mir bewusst, dass wir seit unserem Streit gar nicht mehr richtig miteinander gesprochen hatten.

»Es ist der Mann am Fenster, stimmt's?«, fragte sie. »Der mit der Glatze.«

»Ja, das ist Steiner.«

»Ich hatte keine Ahnung, dass er Walters Freund war.«

Ich war überrascht, dass sie so guter Laune war. Vielleicht hatte sie mir – wieder einmal – verziehen. »Und Walter hast du hier nie gesehen?«

»Nein, das hätte ich dir doch gesagt.« Sie sah mich mit einem seltsamen Ausdruck an. »Und dieser Steiner war in Weimar dein Chef? Ich habe ihn schon zigmal bedient. Wer ist die Frau?«

»Weiß ich nicht. Seine Ehefrau? Oder seine Freundin?«

»Er ist immer mit ihr zusammen hier.«

Ich überlegte, was ich tun sollte. Ich könnte Steiner folgen und hoffen, dass er mich zu Walter führte. Aber ich hatte keine Ahnung, was ich zu meinem alten Freund sagen sollte, falls ich ihn tatsächlich fand. Vielleicht würde er mich um Verzeihung bitten. Vielleicht würde er mich bitten, wieder sein Freund zu sein. Aber im Grunde hoffte ich, dass er sagen würde: *Geh ihr nach. Durchsuch ihre Tasche. Geh zum Bauhaus. Du hast vollkommen recht, dir Sorgen zu machen.* Und er würde es sagen. Im Gegensatz zu Irmi würde Walter mir gestatten, all diese Dinge zu denken.

»Danke, Irmi. Ich weiß, dass ich es nicht verdient habe.«

Sie schüttelte den Kopf. »Schon gut.«

Ein Portier schob sich an uns vorbei, und wir standen etwas befangen am Dienstboteneingang. Irmi hatte denselben Gesichtsausdruck wie letztens in ihrer Wohnung. »Du bist wirklich eine Plage, Paul. Weißt du eigentlich, dass ich dich nie aus dem Kopf gekriegt habe? Schon seit Dessau nicht. Als du damals geschrieben hast, du wolltest zu mir nach Berlin kommen, da dachte ich, das ist der Anfang. Wir sind auf dem Weg. Dann Schweigen. Monatelang nichts. Ich dachte: Er hat viel zu tun, er muss noch einiges klären, bevor er geht. Dann bist du im Oktober hier aufgetaucht, aber anstatt bei mir einzuziehen, wolltest du, dass ich für dich und Charlotte eine Wohnung finde.«

Ich war vollkommen überrascht und wollte etwas erwidern, aber sie brachte mich mit einer Handbewegung zum Schweigen.

»Und jetzt redest du mit mir über *sie* und *Jenö*, und ich kann einfach nicht … Ich will von alldem nichts mehr hören. Meine Geduld ist am Ende, und mir fällt auch nichts mehr dazu ein. Also verschon mich bitte damit.«

Sie hatte recht: Ich hatte ihre Großzügigkeit und Gutwilligkeit ausgenutzt. Doch bevor ich mich entschuldigen konnte, zog sie einen zusammengefalteten Scheck aus ihrer Schürzentasche. Auf der Vorderseite stand Steiners Unterschrift, auf der Rückseite seine Adresse: Savignyplatz 14, Charlottenburg.

»Irmi.«

»Sag einfach danke.«

»Aber ich hätte dich nie um so etwas gebeten. Ich danke dir tausendmal. Bist du sicher, dass es niemand mitbekommen hat?«

»Es ist ein Geschenk. Aber das war's. Wenn du Walter findest, erzähl's mir nicht. Was er Charlotte angetan hat, war mies, aber es ist lange her, und ich will mit diesen Spielchen nichts mehr zu tun haben. Hast du verstanden?«

»Ja.« Ich merkte mir die Adresse und gab ihr den Scheck zurück. »Ich wollte dich nie verletzen. Es tut mir leid, wenn ich dir wehgetan habe.«

»Ich bin glücklich«, sagte Irmi. »Aber dich zu sehen macht mich unglücklich.«

»Triffst du dich später mit Teddy?«

»Natürlich. In einer Stunde habe ich Feierabend.« In ihren Augen blitzte ein Funkeln auf. Sie küsste mich auf die Wange und ging wieder hinein, mit Steiners Adresse in ihrer Schürze. Was tun wir nicht alles für die Liebe, selbst wenn sie schon lange erloschen ist.

»Danke, Irmi! Vielen Dank!«

Sie drehte sich nicht um, aber sie hob die Hand und winkte.

FÜNFUNDVIERZIG

ENGLAND

An diesem Morgen liegt ein Brief auf meiner Fußmatte. Die Schrift verrät mir sofort, dass er von einem Deutschen sein muss. Es ist dieselbe Art zu schreiben, wie ich sie in der Schule gelernt habe. Außerdem ist er an Paul Beckermann adressiert.

Paul,
ich hoffe, du nimmst es mir nicht übel, dass ich dir schreibe. Ich war letzte Woche bei Walters Beerdigung, und Irmi hat mir deine Adresse gegeben. (Wir haben dich vermisst, aber sie hat mir alles erklärt.) Ich melde mich, weil ich in Walters Wohnung eine Kiste mit Sachen von Charlotte gefunden habe. Franz meinte, darin wären Arbeiten von ihr. Ich habe noch nicht hineingeschaut – allein bringe ich das nicht über mich –, und ich dachte, vielleicht ist es nach all der Zeit richtig, wenn wir das gemeinsam machen. Auf jeden Fall würde ich dich gerne wiedersehen, zumal wir ja wieder Landsleute sind. Ich könnte nächsten Mittwoch zu dir kommen – wäre dir das recht?
Herzliche Grüße
Jenö Fiedler / Eugene Fielder

Damals, als ich nach England kam, habe ich monatelang versucht, Jenö zu finden, und nun hat er mich gefunden. Ich habe in den Londoner Kunsthochschulen nach ihm gesucht, in Schmieden und Gießereien in Camberwell und New Cross, sogar in der Galerie von Walters Onkel, aber er war spurlos verschwunden. Ich weiß nicht einmal mehr, warum es mir so wichtig war, ihn zu finden. Verbundenheit angesichts des Entsetzens oder etwas in der Art. Da sind wir nun also: Eugene Fielder und Paul Brickman, zwei Engländer ohne Vergangenheit.

Ich antworte Jenö. Obwohl ich ihn eigentlich nicht wiedersehen und auch nicht wissen will, was in Charlottes Kiste ist, schreibe ich, dass mir der Mittwoch recht ist.

Franz meinte, darin wären Arbeiten von ihr. Wenn Franz das sagt, dann bedeutet es, dass die Sachen aus dem Lager stammen. Was ist, wenn in der Kiste haufenweise Porträts von Jenö sind? Ich habe nicht die Kraft, noch einmal in diese Geschichte einzutauchen, dass sie nie mich geliebt hat, sondern immer Jenö. Dass Berlin – unser Berlin – nur eine Farce war.

SECHSUNDVIERZIG

Das Haus am Savignyplatz 14 sah aus wie eine Hochzeitstorte – genau nach Steiners Geschmack. Auf der Fensterbank und auf dem Kaminsims standen Vasen mit Lilien, und die Tapete war mit einem bunten Blumenmuster bedruckt. Über dem Kamin konnte man ein dunkles Rechteck erkennen; vielleicht ein Spiegel. Steiner war vor einer Weile fortgegangen, zwanzig Minuten später jedoch noch einmal zurückgekommen, um eine schwarze Aktenmappe zu holen. Seine Frau – oder wer auch immer sie sein mochte – hatte das Haus ebenfalls verlassen.

Es war ein stürmischer Tag mit heftigen Böen und Schauern, aber ab und an riss der Himmel auf, und helles Sonnenlicht ließ die Verzierungen des Hauses aufleuchten. Hüte flogen von den Köpfen, und Frauen banden den Kindern hastig Kopftücher um. Doch selbst wenn die Sonne schien, hörte ich Donnergrummeln, wenn ich also beim Wetter nach Vorzeichen gesucht hätte, wäre für alle denkbaren Varianten etwas dabei gewesen.

Ich fragte mich, ob es nicht gegen meine Loyalität Charlotte gegenüber verstieß, wenn ich wieder Kontakt zu Walter aufnahm, aber gleichzeitig wusste ich, wenn er in dem Haus war, wollte ich ihn sehen.

Ich ging über den dezent knirschenden Kies zur Haustür und

klingelte. Eine Frau, offenbar eine Hausangestellte, öffnete die Tür einen Spalt und musterte mich misstrauisch, und sofort fühlte ich mich wieder wie damals als Bauhäusler. »Sie wünschen?«

Bevor ich antworten konnte, hörte ich Walters Stimme. »Wer ist denn da, Anneliese?«

Herzstolpern, ein aufgeregtes Kribbeln. Er war hier!

»Ich würde gerne mit Herrn König sprechen.«

Sie fragte nach meinem Namen, und ich nannte ihn ihr.

»Ein Paul Beckermann für Sie«, sagte sie nach hinten gewandt. Einen Moment lang herrschte Stille, dann fragte sie, noch immer mit dem Rücken zu mir: »Soll ich ihn wegschicken?«

»Nein, nein. Bitten Sie ihn herein.«

Walter trug einen seidenen Morgenmantel mit Paisleymuster, und darunter lugte seine knochige Brust hervor. Er war wieder schlank geworden. Seine Hand zitterte, als er den Kragen zusammenzog. »Paul. Was für eine Überraschung.«

»Hallo, Walter.« Da war er: mein Freund und Verräter. Die Lippen immer noch üppig, das Haar voll, wenn auch mit Geheimratsecken.

»Meine Güte, ich dachte, ich würde dich nie wiedersehen.«

»Ging mir genauso.«

Sein Lächeln war so herzlich, dass ich wusste, es war richtig gewesen herzukommen.

»Bitte«, sagte er und deutete auf einen Raum neben der Eingangshalle, doch in dem Moment, als er die Hand auf die Türklinke legte, zögerte er kurz. Dann öffnete er die Tür, und ich verstand sofort, denn über dem Kamin hing das Gemälde aus Weimar. Jetzt erkannte ich es als das, was es war: ein Meisterwerk. Mit seinem geradezu überirdischen Licht passte es perfekt in diesen Raum mit den schweren Möbeln und den Liliensträußen.

Er kam näher, so nah, dass ich seine Fahne riechen konnte. Er bewegte sich immer noch so lautlos wie eine Katze. »Das Zeugnis meines Untergangs. Ernst hat den Trick nie durchschaut. Er denkt, es liegt an der Pinselführung.« Er schnaubte spöttisch. »Er ist ein Kunstbanause. Genau wie seine Frau.« Rechts unten in der Ecke stand *Atelier Steiner 1923*.

»Das Licht kommt von zwei Seiten, stimmt's?«

»Die meisten Leute sehen es nicht«, sagte er. »Ich war in dem Sommer ziemlich durcheinander.«

Ein japanischer Paravent verbarg einen Teil des Raums. Er zeigte eine Frau mit einem Fächer und einen schwarzen Vogel mit gezackten Schwingen. Ein Stück daneben hing das Foto von uns allen auf dem Metallischen Fest, Walter und ich mit unseren Radhüten auf dem Kopf. Charlotte sah aus, als wäre sie high, aber was mich am meisten überraschte, war Walters Gesichtsausdruck. Ich kannte das Foto, aber mir war bisher nie aufgefallen, wie glücklich er darauf wirkte. Es musste zu Beginn des Abends aufgenommen worden sein, als wir noch alle zusammen waren. »Das ist für mich das Bauhaus.« Er deutete mit dem Kopf auf das Gemälde. »Nicht das da.«

Das Hausmädchen brachte ein Tablett mit Kaffee, und ich setzte mich auf das Sofa. Der vollgestopfte Raum erinnerte mich an Walters Zimmer in Weimar: ein Mann verloren in einer Schatzkammer. Ich fragte mich, wo Steiner arbeitete. Vielleicht im Ministerium für Kultur? Oder in einer noch mächtigeren Position? Vielleicht hatte er einen der Obernazis mit Gemälden versorgt – denen gefiel der völkische Stil bestimmt – und im Gegenzug einen Posten bekommen. Er war schon immer ehrgeizig gewesen und liebte die Macht.

Das Zittern in Walters Hand, als er sich Milch in den Kaffee goss, verriet, wie er die letzten Jahre zugebracht hatte. »Wie hast du mich gefunden?«

»Irmi arbeitet im Kaiserhof.«

»Ah. Verstehe.«

»Gehst du denn nicht dorthin?«

»Nein. Das ist Frau Steiners Aufgabe. Zucker?«

Ich schüttelte den Kopf.

»Ich bin offiziell sein Neffe. So können alle gut damit leben.« Walter reichte mir mit beiden Händen die Kaffeekanne. »Auch Frau Steiner. Wie geht es Irmi?«

»Sie hat einen Freund und ist sehr glücklich.«

»Ich würde sie gerne mal wiedersehen. Sie war immer sehr nett zu mir.«

»Sie wohnt in Kreuzberg.«

Allmählich wurden wir lockerer und erinnerten uns daran, wie es war, befreundet zu sein. Gleichzeitig fragte ich mich, wie es weitergehen sollte. Ich konnte Charlotte nicht sagen, wo ich gewesen war. Ich wäre nie auf die Idee gekommen, dass Walter und ich beide hier in Berlin sein würden, aber vielleicht wäre es ja schön, unsere Freundschaft wieder aufleben zu lassen. Und vielleicht wäre Charlotte auch irgendwann bereit, ihm zu verzeihen.

»Siehst du noch irgendwen vom Bauhaus?«, fragte ich.

»Franz kommt ab und zu vorbei. Sonst eigentlich nicht. Und du?«

»Nur Kaspar und Irmi. Warst du beim Fackelzug?«

Er schüttelte den Kopf.

»Ich war ziemlich überrascht, als ich Steiner dort gesehen habe. Eigentlich wollte ich gar nicht dahin, aber Charlotte wollte diesen geschichtsträchtigen Moment nicht verpassen.« Ich fragte mich, wie er darauf wohl reagieren würde. Würde er mir gratulieren, sagen, dass er sich freute, dass zumindest einer von uns bekommen hatte, was er wollte? »Wir leben jetzt zusammen«, fügte ich sicherheitshalber hinzu.

Doch es kam nichts. Als hätte ich nur eine Bemerkung über das Wetter gemacht. Draußen harkte jemand den Kies. Von der Villa gegenüber flog eine große Möwe auf. Ich sah wieder zu Walter. Er wirkte befangen, aber das ging mir nicht anders. Er trank einen Schluck von seinem Kaffee, dann wanderte sein Blick zu dem Bild. »Ach, Paul«, sagte er. »Du machst mir bewusst, wie viel Zeit vergangen ist.«

»Sehe ich so alt aus?«

Er antwortete nicht. »Wie geht es Charlotte?«

»Gut. Sie malt viel. Für einen Webstuhl reicht das Geld nicht.«

»Sie ist eine gute Malerin, soweit ich mich entsinne.«

Einen Moment lang schloss er die Augen, als würde er beten. Als er sie wieder öffnete, waren sie feucht. Das war selbst für Walter ziemlich seltsam.

Mir kam der Gedanke, dass es vielleicht doch ein Fehler gewesen war hierherzukommen.

»Hast du gehört, dass das Bauhaus jetzt hier in Berlin ist?«, fragte ich.

»Ja, Jenö hat es mir erzählt.«

»Oh. Ich wusste nicht, dass ihr noch Kontakt habt.«

Walter zuckte die Achseln. Der Morgenmantel rutschte ihm von der Schulter, und er schob ihn wieder hoch, aber ich hatte es trotzdem gesehen. Eine alte Brandnarbe. »Als Jenö in Dessau war und ich in Weimar, waren wir beide ziemlich einsam. Ich weiß nicht, ob er mich als Freund ansah, aber er hat auf meine Briefe geantwortet.«

»Liebst du ihn noch?«

Er lächelte spöttisch. »Was ist Liebe nach zehn Jahren? Eine vertrocknete leere Hülle. Damit kann ich nichts anfangen.« Er leckte sich über die Lippen. Dann blickte er wieder zu dem Bild, als suchte er nach etwas. »Jenö war letzte Woche hier.«

»Oh.«

Bei allen Unwägbarkeiten dieses Gesprächs wäre mir nie in den Sinn gekommen, dass Jenö mir zuvorgekommen war. »Wie war es, ihn wiederzusehen?«

»Schön.«

»Ich bin ihm auf Irmis Weihnachtsparty begegnet. Es war ziemlich seltsam.«

»Das hat er erzählt.«

»Und was hat er sonst noch gesagt?«

»Er hat mich um Hilfe gebeten.«

»Um Hilfe? Wobei denn?«

Walters Miene war angespannt, sein Blick unruhig.

»Walter. Wobei wollte Jenö Hilfe?« Mich packte ein lähmender Schwindel, wie ein Strudel, der mich in die Tiefe zu ziehen drohte.

»Aber nicht wütend werden.«

»Jetzt sag schon.«

»Er will Deutschland verlassen. Ich habe ihm Arbeit bei meinem Onkel in London verschafft.« Er hielt inne und blies die Backen auf. »Er will Charlotte mitnehmen.«

»Was soll das heißen?«

»Er will, dass Charlotte Deutschland verlässt.«

»Was? Warum?«

»Weil es hier zu gefährlich für sie ist.«

Ich lachte. Das war absurd. »Unsinn.«

»Paul, hör mir zu …«

Die Haustür wurde aufgeschlossen. Walter blickte erschrocken auf. »Sie dürfen dich hier nicht sehen.« Er sprang auf und zog mich hinter den Paravent. Draußen in der Halle erklangen die Schritte des Hausmädchens, und ich überlegte, was ich sagen sollte, falls Steiner mir gleich gegenüberstand. Doch die Stimmen waren beide weiblich.

Hinter dem Paravent stand Steiners Schreibtisch, bedeckt mit

Stiften und Papieren, darunter auch eine Blaupause von einem Büro- oder Fabrikgebäude, auf der mit blauer Tinte etwas Unleserliches geschrieben war.

Mit einem Mal wollte ich nur noch weg. Ich wollte nicht hören, was sich nur ein Spinner wie Walter König ausdenken konnte. »Das hat keinen Sinn. Tut mir leid. Es ist meine Schuld. Ich sollte jetzt gehen. Ich hätte gar nicht herkommen sollen.«

Er legte die Hand auf meinen Arm und wartete darauf, dass Frau Steiner die Eingangshalle verließ.

»Was willst du?«, fragte ich und zog meinen Arm weg.

»Jetzt hör mir doch mal zu! Charlotte will nicht gehen.«

»Natürlich nicht. Wieso auch? Das ist doch vollkommen verrückt!«

»Nein. Ernst hat mir alles erklärt. Ausländer, Zigeuner und Juden werden in Deutschland bald nicht mehr erwünscht sein. Und das Bauhaus auch nicht. Du weißt doch, dass sie am Bauhaus arbeitet?«

»Natürlich«, sagte ich, ohne mir etwas anmerken zu lassen. »Wir werden vorsichtig sein. Danke für deinen guten Willen, Walter, aber das ist absurd. Wohin sollte Charlotte denn gehen?«

»Verdammt, Paul, lass mich doch mal ausreden! Jenö hat Tickets für sie beide. Der Flug geht in zwei Wochen.«

Erst hielt ich es für einen schlechten Scherz, aber dafür war Walters Miene zu ernst. »Nein.«

»Paul ...«

»Ich werde Charlotte nicht sagen, dass sie mit Jenö fortgehen soll.«

»Du musst. Hier ist sie in Gefahr!«

»Ich werde sie bitten, mit *mir* wegzugehen.«

»Ich dachte, ihr hättet kein Geld?«

»Noch nicht.«

»Jenö fliegt in zwei Wochen. Charlotte muss in dem Flugzeug sein.«

»Warum willst ausgerechnet du ihr helfen? Du hast doch bisher alles getan, um ihr zu schaden!«

Er sah mich an. »Du verstehst mich falsch«, sagte er kühl. »Es ist mir vollkommen egal, was aus Charlotte wird. Ich habe Angst, dass Jenö hierbleibt, wenn sie nicht mitgeht. Und ich will, dass zumindest er rauskommt.«

SIEBENUNDVIERZIG

Im Dresdener Schloss gibt es eine Porzellanmenagerie. Kleine Vögel hocken an den Wänden, und auf dem Boden stehen Hunderte anderer Tiere: Pfauen, Nashörner, Affen, ein Fuchs mit einem Huhn im Maul, ein Geier, der einem Kuckuck das Herz herausreißt. Der damalige Herrscher, August der Starke, litt, wie er selbst sagte, unter einer *maladie de porcelaine*. Im Flur, der zum Porzellansaal führt, stehen Hunderte blau bemalter Vasen. Augusts »Porzellankrankheit« war so ausgeprägt, dass er dem preußischen König ein ganzes Bataillon überließ, um diese Vasen zu bekommen. Die Soldaten marschierten in dem Wissen von Dresden nach Berlin, dass sie gegen einen Haufen Porzellan getauscht worden waren.

Ein Bataillon für eine Sammlung Vasen.

Mein Herz für Charlottes Leben.

Ich verließ Charlottenburg und fuhr direkt nach Steglitz. Von der Fahrt bekam ich nichts mit, aber ich wusste, wo mein Ziel lag. Die U-Bahn brachte mich nach Süden, und als wir den Tunnel verließen, schlug Regen gegen die Scheiben des Waggons. Von der Haltestelle marschierte ich wie ein Automat zum Bauhaus, ohne irgendetwas wahrzunehmen, außer meinen Fäusten, die im Takt meiner Schritte schwangen.

Walters Worte kreisten unablässig in meinem Kopf. Ich hatte

erwartet, dass er mich mit morbider Sanftheit in meinem Verdacht bestärken würde: *Folge ihr. Geh zum Bauhaus. Sieh dir an, was sie treibt.* Doch nichts dergleichen. Kein geheucheltes Mitgefühl, keine Sticheleien, dass Charlotte mir nur Unglück bringen würde.

Stattdessen hatte er mich gebeten, Jenös Fürsprecher zu sein.

Es war unfassbar.

Walter hatte dort hinter dem Paravent etwas Wildes gehabt. Vielleicht war das Ganze wieder eines seiner Hirngespinste, ein Keil, den er zwischen uns treiben wollte. Es war ihm durchaus zuzutrauen. Was hatte ich damals in Dessau zu Franz gesagt? Dass Walter nicht nachtragend war? Von wegen.

Ich ging durch die unsichtbaren Straßen, bis das Bauhaus auftauchte. Es war in einer heruntergekommenen Fabrik untergebracht, und das Brachland drumherum war mit Müll übersät. Das *bauhaus*-Schild (alles in Kleinbuchstaben) schwang leicht im Wind. Was für ein Kontrast zu dem Schriftzug in Dessau – wie groß wir damals gewesen waren, wie großartig!

Eine Gruppe Studenten betrat gerade einen der Räume. Der Dozent – Josef! – hielt nacheinander verschiedene Materialien hoch: Holz, Stein, Stoff, Metall, und hob vermutlich die jeweiligen Eigenschaften hervor.

Ich wartete. Charlotte müsste bald herauskommen, wenn sie zur gewohnten Zeit zu Hause sein wollte. Da ich nicht wollte, dass mich jemand sah, ging ich zur Seite des Gebäudes. Als ich um die Ecke kam, sah ich in einem weiß gestrichenen Raum Meister Kandinsky. Er saß vor einem Ofen, wärmte sich die Hände und blickte ins Feuer. Er trug Anzug und Krawatte, und seine Brille war ein Stück heruntergerutscht. Es war das erste Mal, dass ich ihn tatenlos sah. Ich fragte mich, wer von den Meistern sonst noch der Vision des Direktors treu geblieben war. Kandinsky beugte sich vor und legte ein Brikett nach. Ich ging weiter, damit er mich nicht entdeckte: ein neugieriger Student aus der fernen Vergangenheit.

Ich kletterte auf die Böschung, um in das obere Stockwerk sehen zu können, und da war sie: blonder Kurzhaarschnitt, einen Männerhut in der Hand. Irmi hatte sich geirrt. Die ganze Zeit über war sie da gewesen, wo ich sie vermutet hatte: im Bauhaus.

Sie zieht ihren Mantel an, fährt sich mit der Hand durchs Haar, setzt den Hut auf. Dann umarmt sie jemanden. Vielleicht ist es harmlos, ich kann es nicht erkennen.

Sie verlässt den Raum, verschwindet. Und ich stehe allein dort draußen.

Und zum ersten Mal denke ich, dass Walter vielleicht doch nicht verrückt ist. An diesem Tag hat sich eine unerwartete, bedrohliche Zukunft eröffnet. Vielleicht wird sie mich verlassen. Vielleicht hat sie bereits beschlossen, in dieses Flugzeug zu steigen. Vielleicht wird Charlotte in zwei Wochen nicht mehr hier bei mir sein, sondern mit Jenö in England.

An dem Abend hielt ich es nicht mehr aus und durchsuchte ihre Tasche, während sie im Bad war. Ich fand ein paar U-Bahn-Fahrkarten nach Steglitz, die sie gar nicht zu verstecken versucht hatte – und die ich längst hätte finden können, hätte ich nicht auf Irmis Rat gehört. Ein Flugticket nach England war nicht darin. Ich hatte unsere Lebenshaltungskosten überschlagen, und es war kein Pfennig übrig, um uns auch nur aus Berlin herauszubringen, ganz zu schweigen davon, Deutschland zu verlassen. Die Hälfte meiner Ersparnisse hatte ich für Charlottes Herrenhemd ausgegeben. Aber selbst wenn nicht – was hätte ich für das Geld kaufen können? Höchstens eine Zugfahrkarte nach Hannover.

Die Zinkwanne stand in der Küche, und Charlotte saß darin, die Knie bis an die Brust gezogen, und sang eins von ihren tschechischen Wiegenliedern. Aus der Wohnung nebenan klangen Stimmen herüber. Ich konnte ihre Brustwarzen sehen, die aus dem Wasser ragten wie kleine Pfeilspitzen. War es Jenö gewesen, den sie an im Bauhaus umarmt hatte? Sie neigte den Kopf zur Seite, sodass der Dampf ihren ungeschützten Hals umspielte. Ich dachte an das Gefühl meiner schwingenden Fäuste und den dumpfen Drang, etwas damit zu tun.

»Die beiden von nebenan streiten schon den ganzen Abend«, sagte Charlotte. »Ich frage mich, warum sie zusammenbleiben.«

»Ich war heute bei Walter.«

Sie wandte abrupt den Kopf. »Walter aus Weimar?«

»Genau der.«

»Wo um alles in der Welt hast du *den* denn gefunden?«

»In Charlottenburg. Er lebt mit Ernst Steiner zusammen. Sie sind beide hier in Berlin.«

»Oh.« Ich sah, wie sie nachdachte. »Was hat er gesagt?«

»Nicht viel. Ich habe nur herausgefunden, was er gerade so treibt.«

»Und das wäre?«

»In erster Linie ist er Ernsts Liebhaber.«

Sie begann, sich einzuseifen. »Walter König. Ich hätte ihn mir nie hier in Berlin vorstellen können. Sag mir bitte Bescheid, wenn du dich wieder mit ihm anfreundest, ja? Oder wenn er Kontakt zu Irmi oder Kaspar aufnimmt. Ich möchte ihm nicht über den Weg laufen.«

»Natürlich.«

»Mir ist egal, was er damals getan hat, aber ich will ihn nicht wiedersehen.«

Ich wusste nicht, was ich tun sollte. Walters Worte brodelten in meinem Kopf. *Du musst sie überreden fortzugehen. Charlotte muss in dem Flugzeug sein.* »Wünschst du dir manchmal, wir hätten mehr Geld?«

»Nein. Warum? Wünschst du es dir?«

»Ich frage mich bisweilen, ob du nicht mehr vom Leben willst.«

»Es geht uns doch gut. Oder?«

Hinter der beschlagenen Fensterscheibe blitzte ein rotes Licht auf.

»Würdest du weggehen, wenn du die Gelegenheit dazu hättest?«

»Weggehen? Wohin denn?« Sie warf mir einen scharfen Blick zu. »Was hat Walter dir erzählt, Paul?«

»Nichts.«

»Du meinst, aus Berlin weggehen?«

»Nein, aus Deutschland.«

»Nein.«

»Und wenn es hier richtig schlimm wird?«

»Ich weiß nicht. Ja. Vielleicht.«

»Du kannst gehen. Wenn du gehen willst, dann solltest du es tun.«

Sie richtete sich auf. »Ich weiß nicht, wovon du redest. Kannst du mir ein Handtuch holen? Mir wird kalt.«

Als ich zurückkam, strich sie sich das Wasser vom Körper. Ich legte das Handtuch um sie, und sie stieg mit einem unsicheren Schritt aus der Wanne. »Triffst du dich im Bauhaus mit Jenö?« Ich spürte, wie sie sich unter meinen Händen versteifte. »Ich habe dich heute dort gesehen.«

Sie sah mich mit demselben kühlen Blick an wie im Kaufhaus Rosenberg. »Bist du mir nachgegangen?«

»Nein. Walter hat gesagt, dass du öfter dort bist.«

»Der gute alte Walter.« Sie lächelte bitter. »Lass mich los, Paul. Du erdrückst mich.« Sie wich einen Schritt zurück. »Der Direktor hat mir erlaubt, die Webstühle zu benutzen, weiter nichts.«

»Seit Neujahr?«

»Ja«, erwiderte sie herausfordernd. »Seit Neujahr.«

Sie verließ die Küche, und ich folgte ihr ins Schlafzimmer. Mit schnellen fröstelnden Bewegungen zog sie ihren dicken Pullover und eine schwarze Hose an, dann rubbelte sie sich mit dem Handtuch durchs Haar.

»Warum hast du mir nichts davon gesagt?«

»Warum wohl?«

»Redest du mit ihm? Mit Jenö?«

»Was soll das? Ich wollte einfach nur in Ruhe arbeiten, ohne dass du misstrauisch wirst. Ich wusste, was du denken würdest. Deshalb habe ich nichts gesagt.« Charlotte sah mich unverwandt an. »Ich konnte jahrelang nicht arbeiten! Ich bin keine Malerin, Paul. Ich brauche einen Webstuhl und Fäden.« Sie setzte sich aufs Bett und zog mich mit sich. »Zwischen mir und Jenö ist nichts passiert, das schwöre ich dir.« Doch sie sah, dass ich ihr nicht glaubte. »Paul, was hat Walter dir erzählt?«

Ich stand am Abgrund. Wenn ich den Schritt tat, gab es kein Zurück. Ich dachte an Meister Kandinsky: ein alter Mann, der allein und untätig auf seinem Stuhl saß. »Walter hat gesagt, Jénö will mit dir nach London.«

»Ah«, sagte sie. »Das.«

»Und?«

»Er hat mir angeboten, das Flugticket für mich zu bezahlen, sonst nichts. Als Freund.«

»Wann hat er mit dir darüber gesprochen?«

»Keine Ahnung. Vor ein paar Wochen. Ich habe sofort nein gesagt.«

Ich fühlte mich plötzlich ganz schwach und haltlos. »Willst du fort?«

»Nein«, sagte sie. »Ich will hierbleiben, bei dir. In unserem Zuhause.«

»Warum hast du mir nichts davon gesagt?«

»Weil ich keine Lust auf diese Diskussion hatte. Für mich war das Thema erledigt, und dabei wäre es auch geblieben, wenn Walter sich nicht eingemischt hätte. Bitte hör mir zu: Walter wird dir immer wieder Gift ins Ohr träufeln, weil er mich loswerden will. Seit jeher versucht er, mir das Leben schwerzumachen und mir alles zu nehmen, was ich habe.«

Hin- und hergerissen zwischen Zweifel und Hoffnung hörte ich ihr zu.

»Mit der Zählung wollte er mich loswerden. Mit dem Kokain wollte er uns alle auseinanderbringen. Und jetzt das! Begreifst du denn nicht? Immer wieder versucht er, alles kaputt zu machen. Mich nach England zu schaffen ist seine neueste Strategie. Er will zerstören, was wir haben. Er wird Misstrauen säen, wo er kann, und alles in den Schmutz ziehen. Hast du immer noch nicht verstanden, dass man Walter nicht trauen kann? Wer weiß, vielleicht warten Steiner und seine Lakaien am Flughafen, um mich zu verhaften. Das ist bloß wieder eine von seinen Intrigen, Paul. Die dritte, um genau zu sein. Und wenn sie gelingt, seine letzte.«

ACHTUNDVIERZIG

Am nächsten Morgen waren die Scheiben mit kleinen Muscheln aus Eis überzogen. Ich weckte Charlotte mit einem Kuss, sie sagte mir, dass sie mich liebte, und in ihren Augen lag eine Art Versprechen.

Die ganze Nacht hatten mich Walters Worte gequält. *Du musst sie überreden, mit ihm zu gehen.* In meinen Träumen hatte ich wieder hinter dem Paravent gestanden, und Walter hatte mich zitternd gepackt und auf mich eingeredet.

»Hör auf, dir Sorgen zu machen, Paul«, sagte sie. »Bitte. Uns wird nichts passieren.« Sie drehte sich um und schloss die Augen.

Bald darauf schien die Sonne aufs Bett, ein Rechteck aus blassem Orange, in dem Charlotte schlief. Dann stieg sie höher und schmolz das Eis am Fenster. Ich hatte das Gefühl, dass sich zwischen uns etwas erneuert hatte, und während wir dort lagen und vor uns hin dösten, wurde mir klar, dass es keine gute Idee gewesen war, Walter aufzusuchen. Charlotte hatte recht. Wir hatten keinen Grund, ihm zu trauen, das hatte sein bisheriges Verhalten nur zu deutlich gezeigt. Er konnte es nicht ertragen, Charlotte glücklich zu sehen. Er wollte uns auseinanderbringen. Als Jenö ihm von dem Plan mit England erzählte, hatte er wahrscheinlich gedacht, das sei eine gute Möglichkeit, ihr alles zu nehmen, was sie hatte.

Und so schob ich Walters Drängen beiseite.

Wir verschliefen den ganzen Vormittag, und ich dachte an das kalte Januarwochenende, als Gefahr über Berlin gelegen hatte, wir aber zusammen und in Sicherheit gewesen waren.

Später brachte ich ihr Kaffee, und wir sahen hinunter auf die Straße. Ein Kellner mit Weste und Fliege kippte einen Eimer Wasser in den Rinnstein. Im Schaufenster des Schuhmachers schlug eine mechanische Puppe mit dem Hammer auf einen Stiefel. Eine Frau ging mit einem Blumenstrauß vorbei, ein Mann mit einem Schäferhund. Ein Junge im Matrosenanzug lief hinter einem anderen Jungen her. »Er sieht aus wie du«, sagte Charlotte und küsste mich auf den Hals. »Ein bisschen wütend.«

Ich stieß sie in gespielter Empörung von mir weg, und sie lachte.

»Ich fahre nachher ins Bauhaus«, sagte sie. »Ich hoffe, das ist in Ordnung?«

»Ja, nur zu«, erwiderte ich. Der Junge verschwand um die Ecke. »Hast du das mit dem Kind ernst gemeint?«

»Ja. Wenn du es auch willst. Das wäre doch bestimmt lustig, oder? Eine Mischung aus dir und mir. Ein kleines Baby, das für immer uns gehört.«

»Dann lass es uns tun. Bald«, sagte ich und dachte im Stillen: *und nicht das andere.* Dann schloss ich meine Hand zu einer Faust. »Komm, lass uns noch einmal spielen. Um der alten Zeiten willen.«

»Du hast doch gar nichts da drin.«

»Doch. Diesmal ist es etwas Abstraktes.«

»Aber es muss hier sein. Greifbar«, wandte sie ein, genau wie damals an der Ilm. »So ist die Regel beim Versteckspiel.«

»Du bist der Schläfer«, sagte ich unbeirrt.

»Dann gib mir wenigstens Hinweise.« Sie schloss die Augen,

öffnete sie aber noch einmal. »Es sei denn, es ist alles nur heiße Luft.«

»In Ordnung. Mal sehen. *Berlin. Familie. Reichtumswahrscheinlichkeit.*«

»Ist es unser Leben?«

»Nicht ganz.« Ich öffnete meine Faust. »Unsere Zukunft.«

»Reichtumswahrscheinlichkeit!«, sagte sie lachend und küsste mich. »Was für ein Wort!«

Charlotte begann, sich ihre Kleider zusammenzusuchen. Vielleicht war das mit dem Reichtum gar nicht so verrückt. Nun, da sie die Webstühle im Bauhaus benutzen durfte, konnte sie ihre Arbeiten verkaufen. Vielleicht gelang es ihr ja sogar, ein Design zu patentieren oder Stoffe zu erfinden, die industriell nutzbar waren, wie damals ihre Schalldämmung. Hatte Jenö nicht gesagt, dass Otti direkt nebenan eine eigene Textilwerkstatt eröffnet hatte? Und ich könnte Josef fragen, ob er einen Assistenten brauchte. Schließlich würde Jenö ja bald weg sein.

Ich setzte mich aufs Bett und überlegte, wie wir die Zeit bis dahin am besten herumkriegen konnten. »Kaspar hat mich gefragt, ob wir Lust haben, eislaufen zu gehen.« Das war erfunden, aber etwas Besseres fiel mir auf die Schnelle nicht ein.

»Nette Idee. Kommt Irmi auch mit?«

»Irmi spricht im Moment nicht mit mir.«

»Oh.« Charlotte fragte nicht warum. »Aber sie liebt eislaufen. Sie macht dabei immer eine ganz ernste Miene, als wäre sie Feldmarschall von Hindenburg. Du triffst dich nicht wieder mit Walter, oder?«

»Nein.«

»Irmi ist nämlich nicht die Einzige, die in dich verliebt gewesen ist.«

»Wovon redest du?«

»Ach komm. Walter hatte doch schon immer eine Schwäche für dich.«

»Unsinn. Für ihn gab es immer nur Jenö.«

»Das bedeutet aber nicht, dass er nicht noch ein bisschen Reserve für dich hat. Was glaubst du, warum er mich unbedingt nach England schaffen will?« Charlotte legte sich Hose, Hemd, Pullover und Jacke auf dem Bett zurecht. Auf der Straße ertönte ein lauter Knall, offenbar eine Fehlzündung. Sie blickte mit wachsamer Miene nach draußen. »Meinst du, wir sind in Gefahr?«

»Nein.«

»Und Jenö?«

»Er ist Meister am Bauhaus und dadurch exponierter als wir, aber das ist auch alles. Wir dagegen sind Niemande.«

»Ich bin ein tschechoslowakischer Niemand«, sagte sie. »Das ist etwas anderes.«

Dann zog sie sich an, und nach unserem Frühstück oder Mittagessen oder was auch immer es nun war, sah ich ihr nach, wie sie in ihren Männerkleidern die Straße hinunterging. Ich hätte sie nicht in dem Aufzug gehen lassen sollen. Aber wenn ich etwas gesagt hätte, wäre ich Walters Warnungen gefolgt, und wie ich schon erwähnte, bin ich schwach, selbstsüchtig und sehr gut darin, mich selbst zu belügen. Schlimme Dinge sind meinetwegen geschehen. Charlotte bei mir zu haben war mir wichtiger als ihre Sicherheit. Und dann verschwand sie aus meiner Sichtweite. Dies war erst der erste Tag, den ich überstehen musste. Jeden Tag würde Jenö im Bauhaus versuchen, sie zum Gehen zu überreden. Und jeden Abend würde ich hier in Kreuzberg versuchen müssen, sie zum Bleiben zu überreden. Ich liebte sie zu sehr, um das Richtige zu tun.

NEUNUNDVIERZIG

Es ist ein seltsames Gefühl abzuwarten, ob der andere einen verlässt. Und noch seltsamer ist es, sich ständig zu fragen, ob man den anderen bitten sollte zu gehen. Jeden Abend wartete ich darauf, dass Charlotte nach Hause kam und mir sagte, dass sie ihre Meinung geändert hatte. Und jede Nacht, nachdem sie nicht gegangen war und nicht von London oder England gesprochen hatte, raubten Walters Worte mir den Schlaf.

Du musst sie überreden zu gehen.

Denn obwohl ich den ersten Tag recht gut überstanden hatte, merkte ich bald, dass die Dunkelheit alles veränderte. Je nachdem, wie spät es war (um drei war es am schlimmsten), kam ich bei der Frage, was ich tun sollte, zu unterschiedlichen Ergebnissen. Sollte ich sie überreden zu bleiben oder zu gehen? Ich musste oft an die Worte Jesajas denken, die mein Vater zitiert hatte: »… bis er weiß, Böses zu verwerfen und Gutes zu erwählen«.

Ich hörte, wie nebenan die Paare das Hotel betraten, und wartete auf das Geräusch des Aufzugs und das Lachen im Flur, während die Lichter der vorbeifahrenden Autos über die Decke glitten und Charlotte neben mir tief und fest schlief.

Doch selbst da wusste ich, dass sich mein Dilemma mit dem ersten Tageslicht in Luft auflösen würde. Charlotte würde nichts passieren. Keinem von uns würde etwas passieren. Nach einem starken Kaffee hatte ich wieder einen klaren Kopf. Und die Tage waren sogar recht gut auszuhalten. Ich schob die Frage beiseite (bemerkenswert, wie leicht es mir tagsüber gelang), verabschiedete Charlotte mit einem Kuss und machte mich an die Arbeit. In der Woche wurde ich wie eine von Charlottes Dessauer Webarbeiten: ein »Beinahe nichts«. Nur um drei Uhr nachts packte mich bisweilen eine so panische Angst, dass ich sie am liebsten am Arm gepackt und zu Jenö geschleift hätte.

In der Woche wurden mehrere Leichen aus dem Landwehrkanal gefischt. Es schneite erneut. Jemand malte einen Judenstern auf das Schaufenster von Rosenberg. Wir trafen uns mit unseren Freunden und spazierten durch Berlin, Charlotte webte im Bauhaus, und ich malte (so produktiv, dass es beinahe pathologisch war).

Einmal gingen wir sogar richtig groß aus. Dacia hatte irgendwo Karten für die Vorstellung einer russischen Ballerina aufgetrieben, die in die Stadt gekommen war, um für die Sankt Petersburger Emigranten zu tanzen. Charlotte trug ausnahmsweise ein Kleid. Es verlieh ihrer Haut einen bläulichen Ton wie auf einem Bild von Sargent oder Hammershøi. Im Foyer des Theaters trafen wir auf Dacia und Kaspar, der eine Nelkenzigarette rauchte.

Charlotte erzählte ihm von Jenös Angebot, sie mit nach London zu nehmen. »Was der sich immer für Sorgen macht!«, sagte Kaspar und wedelte den parfümierten Zigarettenrauch weg. »Völlig übertrieben! Nein, du bleibst schön hier bei uns. Was willst du denn in London?«

»Einen Aristokraten heiraten?«, schlug Dacia vor.

Kaspar warf ihr einen Seitenblick zu. »Das ist nicht besonders hilfreich.«

Ich drückte Charlottes Hand, aber sie sah besorgt aus.

Als wir auf unseren Plätzen saßen, blickte Charlotte immer wieder zu den Eingängen, und ich fragte mich, nach wem sie Ausschau hielt. Die Regierungsloge war noch leer.

»Kommst du morgen mit ins Bauhaus?«, fragte sie flüsternd, als der Vorhang sich hob. »Ich möchte dir etwas zeigen.«

»Was denn?«

»Ein Geheimnis.«

Ich ertrug den Gedanken an noch mehr Geheimnisse nicht. »Sag's mir jetzt«, flüsterte ich.

»Nein, du musst bis morgen warten.« Sie legte ihre Hand in meine, bis der Applaus sie mir wegnahm.

Charlotte verfolgte den Tanz der Ballerina so konzentriert, als wäre es ein Code, der ihr verriet, was sie tun sollte. Der wehmütige Klang der Geigen erfüllte den Saal. Tränen glitzerten in ihren Augen und rollten dann über ihre Wangen. Ich konnte mich nicht entsinnen, wann ich sie das letzte Mal hatte weinen sehen.

Was hatte das alles zu bedeuten?

Sie schwankt, dachte ich. Sie überlegt, ob sie Jenös Angebot annehmen soll.

Die Russin tanzte allein, einen Tanz nach dem anderen, und es sah verzweifelt aus, als wäre sie kurz davor zu fallen.

Am nächsten Tag gingen wir einen Teil des Wegs nach Steglitz durch den verschneiten Park. Wegen des Streuguts, das überall auf den Straßen lag, sah es so aus, als wäre die Stadt auf Sand gebaut.

Das Bauhaus wirkte nicht ganz so düster wie beim letzten Mal. »In den Räumen oben liegen immer noch Telefongabeln und Kerzenhalter herum«, sagte Charlotte. »Und zerbrochene Wählscheiben und Bakelitstücke. Alles, was wir finden, sollen wir sofort in den Vorkurs bringen. Befehl von Josef.«

Das Schild am Eingang quietschte im Wind. Die Schrift war so minimalistisch, dass sie von Franz hätte stammen können.

Charlotte schien mein Zögern zu spüren. »Keine Sorge«, sagte sie. »Er ist nicht hier.«

Sobald sie die Tür öffnete, trug mich der Geruch zehn Jahre zurück: Lösungsmittel, Harz, der Leim, der nach Marzipan roch, der mineralische Geruch nach Metall. Und dazu dieses Bohrgeräusch, von dem man nie wusste, woher es kam, das aber immer da war. Genau wie in Dessau gab es hier Studenten und Meister in weißen Kitteln. »Hier hast du dich also versteckt.«

»Ja, oben zwischen den Webstühlen. Komm mit.«

In der Weberei arbeiteten mehrere Frauen an den Maschinen und bedienten mit den Füßen die Pedale. Ich kannte keine von ihnen. Es waren Studentinnen, und für sie war Dessau – ganz zu schweigen von Weimar – längst Geschichte.

Als wir den Raum betraten, verließen ihn einige der Frauen gerade. »Hallo, Lotti«, grüßte eine.

»Kommst du mit zum Essen?«, fragte eine andere.

Charlotte schüttelte den Kopf und sagte, sie gebe gerade eine private Führung.

»Lotti?« Ich sah sie mit hochgezogenen Brauen an.

»So nennen sie mich hier. Ich habe ihnen gesagt, dass mir der Name nicht gefällt, aber sie benutzen ihn trotzdem weiter.«

In dem großen Werkstattraum standen Tische mit Wollknäueln und ein halbes Dutzend Webstühle. Ich konnte sehen, dass es die billigeren waren, und selbst die waren für den Direktor wahrscheinlich kaum zu bezahlen gewesen. »Ist Anni auch hier?«

»Ich glaube, sie hat jetzt Unterricht.«

In dem Moment kam Otti herein, ganz in Schwarz gekleidet. Sie verzog keine Miene. Es war, als hätten wir uns vor ein paar Tagen zuletzt gesehen, dabei waren es mehrere Jahre. »Hallo,

Paul. Ich hatte mich schon gefragt, wann du uns beehren würdest.«

»Ich habe schon gehört, dass du auch in Berlin bist«, sagte ich.

Sie sah noch genauso aus, wie ich sie in Erinnerung hatte. Genau wie Charlotte trug sie Hemd und Hose. Ich küsste sie auf die Wange. Ihr Haar war von Grau durchzogen, aber ihre Augen funkelten hellwach und spöttisch. »Ich habe jetzt ein eigenes Atelier. Aber manchmal lerne ich am Bauhaus noch etwas Neues. Oder die anderen lernen etwas von mir.«

Otti zog mich zu ihrem Webstuhl und erzählte von ihrer neuen Arbeit, wobei sie Ausdrücke aus der Fotografie verwendete: Belichtung, Schärfe, Kontrast. Man hätte denken können, typisch Otti, erklärt mal wieder etwas, wovon sie keine Ahnung hat, aber im Grunde war es schlau: Pack die weibliche Kunstform in eine männliche Sprache, dann hören die Leute dir zu.

»Und was sind eure Pläne für den großen Exodus?«, fragte sie, als wäre dies das Hauptthema aller Gespräche. Sie drehte sich eine Zigarette, obwohl sie noch eine hinter dem Ohr hatte.

»Wir bleiben hier«, sagte ich mit etwas wackeliger Stimme. Ich zog die Zigarette hinter ihrem Ohr heraus und zeigte sie ihr. »Zumindest fürs Erste.«

Doch Otti rauchte die neue, und so steckte ich die andere ein. »Schön für euch. Ich verschwinde nach England.«

»Mit wem?«, fragte Charlotte überrascht.

»Allein. Ich spare für das Ticket. Schwerhörige sind in England der letzte Schrei. Lilly hat mir einen Kontakt zur Webereigilde in Norwich vermittelt.«

Dann sagte Otti, sie müsse jetzt los, sie habe einen Termin beim Direktor und dürfe nicht zu spät kommen. »Er ist sauer, weil ich die Patente auf meine Stoffe habe. Merk dir das, meine liebe Charlotte: Wenn der Direktor wütend auf dich ist, weißt du, dass du etwas richtig gemacht hast.«

Sie gab mir die Hand, und wir verabredeten uns für die kommende Woche im Aschinger. All diese Unternehmungen waren gut für uns, sie zeigten Charlotte, wie verwurzelt wir hier waren. Das Ballett mit Kaspar. Nächste Woche ins Aschinger. Am Sonntag danach eislaufen. Das hier war unser Leben. *Unser* Leben.

Als Otti gegangen war, verdrehte Charlotte die Augen. »Ihr zwei könnt's aber auch nicht lassen, oder?«

»Wovon sprichst du?«

»Von eurem Geflirte.«

»Wieso meinst du, dass auf einmal alle in mich verliebt sind?«

»Willst du jetzt sehen, warum ich dich hierhergebracht habe?«

Charlotte öffnete einen großen Metallschrank, in dem mehrere Jutesäcke auf Bügeln hingen. Auf den vordersten hatte sie mit gelbem Faden ihren Namen gestickt: *Charlotte F.* »Das ist es«, sagte sie und beobachtete meine Miene. Dann schmunzelte sie, entfernte den Jutesack und legte den Wandbehang, der sich darunter befand, auf den Tisch. »Na, was sagst du?«

Der Wandbehang war leuchtend bunt: Kadmiumblau, Dottergelb, Senffarben und verschiedene Rot-, Rosa- und Orangetöne. Die Muster waren gestochen scharf, und in ihrer geometrischen Anordnung ähnelten sie ihren Dessauer Arbeiten, aber im Gegensatz dazu war dieses Werk pure Wärme, endloser Sonnenschein. »Oh, Charlotte«, sagte ich. »Das ist wunderschön.«

Ittens Versprechen hatte sich erfüllt: Charlotte hatte endlich ihr Paradies der Farben gesehen.

FÜNFZIG

Später, als ich zurück zur Haltestelle ging, hörte ich, wie jemand meinen Namen rief. Es war die Stimme eines Mannes, und mir sackte das Herz in die Knie. Ich beschleunigte meinen Schritt. Als ich die Haltestelle betrat, hörte ich, wie eine Bahn einfuhr. Ich rannte zum Gleis und sprang im letzten Moment in den Waggon. Hinter mir hallte mein Name über den Bahnsteig. »Paul! Warte!«

Der bayerische Einschlag war unverwechselbar.

Als ich in Kreuzberg ausstieg, konnte ich Jenö nirgends entdecken, aber ich war kaum in der Wohnung angekommen, als ich Schritte im Treppenhaus hörte. Ich erstarrte. Es konnte nur Jenö sein. Ich ließ den Blick durch den Raum wandern, in dem dumpfen Gefühl, dass nach seinem Besuch nichts mehr so sein würde wie zuvor, dass die Wohnung ihre Unschuld verlieren würde. Es war eine Sache, Walters Worte in den Wind zu schlagen, aber eine ganz andere, sie aus Jenös Mund zu hören.

Es klopfte.

Jenö stand in der Tür, außer Atem und mit gerötetem Gesicht. »Hallo, Paul.« Er warf einen Blick in die Wohnung, obwohl er wissen musste, dass Charlotte im Bauhaus war.

Da mir kaum etwas anderes übrigblieb, ließ ich ihn herein.

Er bat mich um ein Glas Wasser. Ich fragte ihn, ob er etwas Stärkeres wollte, und als er ja sagte, begriff ich, dass er genauso nervös war wie ich. Ich schenkte uns einen Schnaps ein und kippte meinen sofort hinunter.

Wir gingen ins Wohnzimmer. Jenö nahm sein Glas mit, trank aber nicht daraus. Ich dachte, er würde zunächst über irgendetwas Unverfängliches reden oder eine Ausrede erfinden, warum er mir gefolgt war, aber er kam sofort zur Sache.

»Walter sagt, du stellst dich stur. Du weigerst dich, Charlotte zu überzeugen.«

»Stimmt. Das tue ich.«

Jenö wandte den Blick ab und schwieg.

»Du hast Angst«, sagte ich ruhiger, als ich mich fühlte. »Das ist verständlich. Was in den letzten Wochen passiert ist, ist sehr unschön. Aber bald wird es Neuwahlen geben und einen neuen Reichskanzler. Und einen Monat später wieder. Das Geld wird an Wert verlieren und die Leute ihre Arbeit. Und dann wird alles wieder zur Normalität zurückkehren genau wie damals in Weimar.«

Jenö sah mich wieder an. »Diesmal ist es anders.«

»Woher willst du das wissen?«

»Es wird schlimmer werden.«

»Dann gehen wir. Du verstehst doch sicher, dass es mir lieber ist, wenn sie später mit mir weggeht als jetzt mit dir.«

»Ich verspreche dir, zwischen uns wird nichts passieren. Ich kümmere mich nur um sie, bis du auch nach London kommst.«

Ich zwang mich, ihm in die Augen zu sehen. »Das muss sie selbst entscheiden.«

»Sie hat Angst. Du musst sie überreden zu gehen.«

Ich wollte Walters Worte nicht hören, die mich jede Nacht quälten. »Es ist ihre Entscheidung. Sie hat gesagt, sie will nicht fort.«

»Sie ist Ausländerin«, sagte er. »Eine Frau, die sich anzieht wie ein Mann! Selbst im Bauhaus fällt sie damit auf. Verstehst du denn nicht, was sie dadurch für diese Leute ist? *Persona non grata*. Eine ausländische Aufrührerin. Eine Staatsfeindin genau wie die Kommunisten. Sie ist in Gefahr.«

Draußen fing es an zu schneien. Wir blickten beide zum Fenster.

Er trank seinen Schnaps. »Paul, ich schwöre dir, dass nichts passiert. Und wenn ich genug Geld hätte, würde ich dir auch einen Platz in dem Flugzeug buchen. Wir fliegen nach London. Ich habe eine Stelle bei Walters Onkel. Du kannst nachkommen, sobald du das Geld dafür zusammenhast.«

»Als ich dich auf der Weihnachtsparty gesehen habe, hätte ich nie gedacht, dass du es auf die Tour versuchen würdest«, sagte ich, obwohl ich wusste, dass es armselig klang. »Ich dachte, du würdest direkter vorgehen.«

»Wovon redest du?«, fragte er ruhig. Ich wünschte, er würde die Fäuste benutzen statt dieser zermürbenden Diplomatie. »Das ist keine Strategie, keine ›Tour‹. Begreifst du denn nicht? Alles hat sich verändert. Mit Hitler an der Macht ist nichts mehr wie zuvor.«

Ich trat ans Fenster. Ich wollte ihn nur noch loswerden mit seiner gespielten Unschuld, seiner vermeintlichen Selbstlosigkeit. Wie damals in Weimar packte mich die Lust, Jenö Gewalt anzutun. »Werdet ihr dann zusammenwohnen?«, fragte ich mit Verbitterung in der Stimme. »Eine hübsche kleine Wohnung beim Buckingham-Palast?«

»Nur weil es nicht anders geht, Paul.«

»Verstehst du denn nicht, warum ich das nicht fertigbringe?«, fragte ich, den Blick aus dem Fenster gerichtet. »Wie kannst du so blind sein? Wie kannst du mich zwingen, eine solche Entscheidung zu treffen?«

»Ich bin doch nicht derjenige, der blind ist! Warum ist dir ihre Sicherheit so egal?«

Ich drehte mich um und sah ihn an. »Weil es unser Leben ist! Weil es das Einzige ist, was ich je gewollt habe! Weil ich noch nie etwas so sehr gewollt habe wie das hier, und ich gebe es nicht freiwillig auf! Um keinen Preis, Jenö!«

Danach herrschte Schweigen. Jenö blickte sich im Zimmer um. Er griff nach dem Klee-Buch, schlug es dort auf, wo das Lesezeichen lag, und betrachtete das Bild. »Hast du ihre neue Arbeit gesehen?«

»Ja.«

»Großartig, nicht wahr?« Seine Stimme klang ein wenig resigniert. »All das Gelb.«

»Ja, finde ich auch.«

Er legte das Buch wieder auf den Tisch. »Walter sagt, Steiner hat das Bauhaus im Visier.«

Mir wurde flau im Magen, und ich wusste, dass ich in der Falle saß, dass mich diese Worte nicht wieder loslassen würden. »Was heißt das?«

»Das weiß ich nicht, mehr hat Walter nicht dazu gesagt. Aber es bedeutet bestimmt nichts Gutes.« Er schwieg einen Moment. »Versprich mir, dass du es wenigstens versuchst.«

»Was glaubst du, warum Walter euch helfen will?«

»Er will nur, dass uns nichts passiert.«

»Meinst du nicht, dass noch etwas anderes dahintersteckt?«

»Er ist kein Ungeheuer, Paul. Ganz gleich, was er früher getan hat.«

Danach herrschte erneut Schweigen, und schließlich wandte er sich zum Gehen.

»Ich fliege nächsten Montag«, sagte er, als wir an der Tür standen.

»Ich weiß.«

Und dann umarmte er mich. Es war mir ebenso unerklärlich wie damals im Mausoleum. Während er die Treppe hinunterging, fragte ich mich, was ich ihm bedeutete. Und was er mir bedeutete. Erst später begriff ich, dass Jenö sich für immer verabschiedet hatte.

EINUNDFÜNFZIG

Laut Montaigne gibt es einen Unterschied zwischen lügen und die Unwahrheit sagen. Wir können die Unwahrheit sagen, ohne zu wissen, dass das Gesagte unwahr ist. Aber wer lügt, täuscht bewusst. Ich weiß nicht, ob ich die Unwahrheit sagte oder log. Auf jeden Fall gelang es mir, so zu tun, als wüsste ich nicht, was ich wusste. Verleugnung. Das, was die Einwohner von Weimar in Bezug auf Buchenwald taten.

Wir haben von nichts gewusst.

Und das ist meine Schuld, mein Geheimnis. Das ist der Grund, warum ich es nicht schaffe, meine Augen zu malen. Es liegt nicht nur daran, dass ich nach den Gesprächen mit Walter und Jenö nichts unternahm. Sondern auch an dem, was ich hinter dem Paravent gesehen hatte, auf dem Schreibtisch von Ernst Steiner. Auf der Blaupause hatte *STEGLITZ* gestanden, in Walters eigentümlicher Carlotta-Schrift.

Jenö hatte recht gehabt: Steiner hatte das Bauhaus im Visier.

Seit jenem Tag habe ich dieses Wissen tief in mir begraben. Ich redete mir ein, dass ich nichts von dem wusste, was ich gesehen hatte. Erst sagte ich mir, die Schrift war undeutlich gewesen, dann, dass ich es mir vielleicht nur eingebildet hatte, und schließlich sogar, dass es eine Blaupause vom Reichstag gewesen war, was wegen des Brandes durchaus gepasst hätte. Aber nur weil etwas logisch erscheint, muss es nicht wahr sein.

Irgendwo in meinem Innern habe ich immer gewusst, was ich wusste, ich konnte es mir nur nicht eingestehen. Ich hätte wissen müssen, dass die Razzia kommen würde. Ich hätte sie warnen müssen. Ich hätte dafür sorgen müssen, dass sie das Land verließ.

Jenös Worte vergifteten für mich in der Woche vor seinem Abflug nahezu alles. Ich konnte mich nicht konzentrieren. Ich konnte nicht malen. Ich konnte nicht spazieren gehen. Ich versuchte, einen von Charlottes Liebesromanen zu lesen, aber sie waren zu viel für meinen eigenen Herzschmerz. Stattdessen lag ich verkatert auf dem Sofa. Ich fing schon am Nachmittag an zu trinken, und Charlotte warf mir irritierte Blicke zu. Wir sprachen nicht miteinander, wir schliefen nicht miteinander, und in den Nächten – die der Alkohol erst leichter und dann noch quälender machte – berührten wir uns kaum.

Ich sehnte mich geradezu nach einer Migräne. Dann wäre ich offiziell krank und unzurechnungsfähig und somit nicht in der Lage zu handeln. Ich hätte eine Entschuldigung.

Doch ich bekam keine und musste die Tage irgendwie hinter mich bringen. Ich hätte gern mit Irmi darüber gesprochen, aber sie wollte mit alldem nichts zu tun haben. Immer wieder musste ich an das Bild des aufbrechenden Asphalts denken und an die Flut, die alles überschwemmte.

Eine Migräne oder die Apokalypse – das war meine letzte Hoffnung.

Ich war so mit mir selbst beschäftigt, dass ich kaum mitbekam, was Charlotte tat. Ich nehme an, sie verbrachte die Tage im Bauhaus. Ich wusste, Jenö würde auch dort sein und ihr dasselbe sagen, was er mir gesagt hatte. Jeden Abend versuchte ich, drei einfache Worte hervorzubringen. *Geh mit ihm. Geh mit Jenö.*

Aber wenn ich sah, wie sie zur Tür hereinkam, sich den Schnee vom Mantel klopfte und ihren Männerhut an die Garderobe hängte, wusste ich, dass ich hier ohne sie nicht leben konnte. Und so schwieg ich.

Am Freitag kam ein Brief von Walter. Sie hielt ihn in das Licht am Fenster, aber ich konnte ihr Gesicht nicht richtig sehen. Vielleicht war sie kurz davor aufzugeben, nachzugeben. In der Nacht war ich überzeugt, dass sie bald fort sein würde. London wäre ihre neue Heimat, und in dem fremden Land, wo sie niemanden kannte, wäre Jenö ihr einziger Freund.

Am nächsten Tag war Walters Brief verschwunden. Sie verließ für ein paar Stunden die Wohnung. Ich wusste nicht, wohin sie ging und was sie vorhatte. Wieder suchte ich in ihrer Tasche nach dem Flugticket, doch ich fand noch immer nichts.

Am Sonntag warteten wir an der Eisbahn auf Kaspar. Charlotte starrte mit angespanntem Blick auf die Eisläufer. Unter ihren Augen waren dunkle Ringe. »Es wird immer schlimmer«, sagte sie. »Klee ist in die Schweiz gegangen. Der Direktor, Kandinsky und die Albers reden nur noch davon, wohin sie gehen werden. Jemand hat mich gefragt, wohin ich gehe, und ich wusste nicht, was ich darauf erwidern sollte.« Sie lächelte schwach. »Ich habe dann gesagt, nach Kreuzberg. Aber was hilft uns das?«

Die Kufen scharrten über das Eis, die Leute zogen ihre Kreise, eine Frau machte einen Sprung und drehte sich. Eine andere stürzte. Kinder wirbelten vorbei.

»Es ist deine Entscheidung.«

»Nein, es ist unsere«, sagte sie. »Ein paar Monate, dann könntest du nachkommen.«

»Ich dachte, das wäre nur eine hinterhältige Strategie von Walter?«

»Jenö meint, wir können ihm vertrauen.«

Jenös Worte ballten sich in meinem Kopf zusammen, rissen sich los, verschwanden.

»Dann geh doch mit ihm. Los, geh.« Ich stieß sie von mir. Ich konnte ihre Nähe nicht mehr ertragen. »Es ist deine Entscheidung. Tu nicht so, als wäre es meine.«

Tränen kamen, unaufhaltsam. Die Leute starrten zu uns herüber. Ein paar Jungen lachten.

»Ich habe Angst! Ich weiß nicht, was ich tun soll!«

»Gib mir ein halbes Jahr«, sagte ich schnell, denn ich wusste, wenn ich langsamer sprach, würde meine Schuld in all ihrer Hässlichkeit zu sehen sein. »Ich verspreche es dir. In einem halben Jahr gehen wir zusammen weg.«

»Hallo!«, rief eine laute Stimme aus der Menge. Noch nie war ich so froh gewesen, Kaspar zu sehen. Er musterte uns beide. »Warum diese Trauermienen?«, fragte er und fügte dann *sotto voce* hinzu: »Hat sich Adolf höchstpersönlich aufs Eis gewagt?«

Sie lächelte kurz, doch dann siegten wieder die Tränen.

Kaspar schloss sie in seine Arme. »Charlotte, Charlotte. Bitte mach dir keine Sorgen. Sind wir wieder bei Jenös Angebot?« Leise murmelte er: »Alles halb so wild. Was habe ich dir neulich im Theater gesagt? Uns passiert nichts, versprochen. ›Wie im Meere lebtest du in der Einsamkeit, und das Meer trug dich. Wehe, du willst ans Land steigen?‹«

Charlotte löste sich von ihm. »*Zarathustra?*«

»Was sonst?«

Sie atmete tief durch. »Was hat das denn damit zu tun?«

»Keine Ahnung«, erwiderte Kaspar grinsend.

Die Welt würde sich weiterdrehen, Kaspar würde Nietzsche zitieren, und Charlotte würde hierbleiben.

Zu meiner Überraschung sah ich Irmi auf uns zukommen,

mit Schlittschuhen über der Schulter. »Ich dachte, du hast keine Lust?«

»Man hat mich überredet«, erwiderte sie. »Von wegen vielleicht das letzte Mal.«

Ich hätte Irmi gern alles erzählt – das mit Jenö und Walter und Charlotte und mir –, aber sie hatte klargemacht, dass sie nichts davon wissen wollte, deshalb hielt ich den Mund. Das immerhin hatte ich gelernt.

Auf dem Rückweg kamen wir am Kaiserhof vorbei. Irmi duckte sich, weil sie nicht von ihrem Chef gesehen werden wollte, und Kaspar versteckte sie in seinem Mantel, sodass er aussah wie ein übergewichtiges Kamel. Ich warf einen Blick in die Bar, um zu sehen, ob Steiner dort war, aber ich sah weder ihn noch seine Frau und Walter natürlich auch nicht. Nur lauter uniformierte Männer mit Brillantine im Haar und Cocktails in der Hand.

»Du könntest dir hier nicht mal ein Glas Wasser leisten«, sagte Irmi. »Komm schon.«

Wir gingen Unter den Linden hinunter. Noch vor wenigen Wochen waren Männer mit Fackeln die Straße entlangmarschiert. Jetzt alberten Kaspar und Charlotte hier herum. Irmi drängte sie immer wieder zur Eile, sie wollte zu Teddy. Schließlich ließen wir sie ohne uns weitergehen, und bevor Kaspar zu seiner Dacia zurückkehrte (ich staunte, dass es schon so lange hielt), kehrten wir noch an der Friedrichstraße ein und aßen Bratkartoffeln mit Speck. Der Kellner zuckte netterweise nicht mit der Wimper, als wir für uns drei nur zwei Portionen bestellten.

Während ich mich hungrig über das Essen hermachte, hörte ich, wie draußen die Straßenbahn quietschend über die Schienen fuhr. Das Geräusch erinnerte mich an Charlottes Kreischen auf der Eisbahn, als sie und Kaspar übereinandergefallen waren. Irmi und ich hatten versucht, den beiden hochzuhelfen, waren dabei aber selbst auch noch gestürzt, und als wir alle vier in einem Knäuel da lagen, hatte ich mit plötzlicher Klarheit gedacht: Da sind sie, meine Berliner Freunde!

ZWEIUNDFÜNFZIG

Einige Wochen später bewahrheitete sich Jenös Warnung. Steiner hatte das Bauhaus tatsächlich im Visier, und es gab eine brutale Razzia. Zum dritten Mal in der Laufbahn des Direktors wurden die Webstühle der Schule zertrümmert, die Leinwände aufgeschlitzt und die Fenster eingeschlagen. Die Inhalte sämtlicher Schubladen und Ordner – Unterlagen und Aufzeichnungen aus vierzehn Jahren, einschließlich der Bauhaus-Zählung und dem Metallischen Fest – wurden von SS-Männern herausgerissen und auf den Boden geworfen. Durch die zerstörten Fenster kam Regen herein und durchnässte alles.

Unsere Geschichte, unsere Geheimnisse – alles war weg.

Ich stelle mir Charlotte an jenem Aprilmorgen vor, eine Schürze über ihrem Hemd und ihrer Hose. Sie arbeitet am Webstuhl. Ihr Gesicht ist entspannt, die endlich entdeckten Farben strömen nur so, ein neues leuchtendes Leben. Otti ist auch dort. Das ist wichtig, ich will sie in der Nähe haben, wenn sie beide abgeführt werden. Anni und Josef unterrichten in anderen Werkstätten, Franz feilt an seiner unheilbringenden Schrift. Vielleicht sieht nur der Direktor die uniformierten Männer kommen: Er ist der Einzige, der nach draußen blickt.

Ernst und Charlotte: Ich frage mich, ob ihre Blicke sich kreuzten, als er durch die Räume ging und die Juden, Ausländer und Kommunisten herausholte, wie er es zuvor schon auf dem Papier getan hatte. Ich stelle mir vor, dass sie stattdessen zu Jenös Schreibtisch geschaut hat, der seit Februar leer geräumt war. Bestimmt hat sie an das nun erloschene Versprechen von London gedacht.

Steglitz. Ich hatte das Wort auf der Blaupause gesehen. Eindeutig.

DREIUNDFÜNFZIG

ENGLAND

Am Mittwoch steht, wie angekündigt, Jenö vor der Tür. Sein Haar ist weiß, und er wirkt schmaler als früher. Mein erster Blick geht zu seinen Händen. Ob sie immer noch so schlagfreudig sind? Ein kurzer Anflug von Ärger, dass er hier ist, dann erinnere ich mich, dass wir wieder Kameraden sind. Wir sind beide ihre Witwer.

»Hallo, Paul«, sagt er. »Ich hoffe, ich störe nicht.«

Seltsam, dass wir englisch sprechen. Vielleicht eine Art Schutzreaktion. Ich kann es nicht fassen, dass er wirklich vor mir steht. Charlottes Kiste lehnt an der Mauer, so schwarz, dass sie das Nachmittagslicht aufzusaugen scheint. Ich frage mich, was wohl darin ist und wie viel Vergangenheit ich verkraften kann.

»Hallo, Jenö.«

Ich führe ihn hinauf in mein Atelier. Jenö blickt sich kurz um und stellt die Kiste auf den Fußboden. Dann steht er da in seinem Armeemantel. Ich frage mich, ob er für die Briten gekämpft hat. Vielleicht weiß Irmi es.

Die Kiste ist wie ein schwarzes Herz zwischen uns.

»Wo warst du die ganze Zeit? Ich habe dich gesucht, als ich hierherkam. Herr König, der Onkel« – ich bringe Walters

Namen nicht über die Lippen – »hatte auch nichts von dir gehört.«

»Ich war eine Zeitlang in Newcastle.« Mit einer fast zärtlichen Geste berührt er die Lampe. »Dann bin ich nach London gegangen.«

Jenö Fiedler, gesprächig wie eh und je.

Ich frage mich, ob er Charlottes gelben Wandbehang über meinem Schreibtisch bemerkt hat. Doch stattdessen betrachtet er ein Foto aus Dessau: wir alle übermütig auf einem der Balkone. Charlotte versucht zu lächeln, aber das Licht blendet sie, sodass sie die Stirn runzelt. Franz und Walter sind auch da, nur Jenö fehlt. Vielleicht hat er die Aufnahme gemacht.

Ich blicke aus dem Fenster. Auch Jenö vermeidet es, mich anzusehen. Zwei Männer in einem geschlossenen Raum, all das Unausgesprochene wie ein unsichtbarer Dritter.

Ich möchte sagen, wie sehr sie mir fehlt.

Ich möchte sagen, wie leid es mir tut.

Ich möchte sagen, dass ich sie dazu hätte bringen müssen, mit ihm zu gehen.

Aber er weiß, dass ich es nicht getan habe und dass sich nichts mehr ändern lässt. »Du warst bei der Beerdigung.«

»Irmi hat eine schöne Trauerrede gehalten.«

»Wie geht es ihr?«

»Gut. Sie hat sich überhaupt nicht verändert.«

»Und Teddy?«

»Auch gut. Er ist jetzt Küchenchef. Er hat ja nie viel von Dacias Blätterteigpasteten gehalten.«

»Sie war nicht gerade eine begnadete Köchin. Und ihre sogenannten alten russischen Rezepte waren einfach nur furchtbar.«

Er lächelt. Dann wird er wieder ernst. »Wir haben Walter unter einer Linde begraben.«

»Dann kann er jetzt ja endlich den jungen Werther geben.«

»Du konntest nicht kommen? Irmi sagte, du wärst mit einer Ausstellung beschäftigt gewesen.«

»Nein. Ich wollte nur einfach nicht dabei sein.«

Sein Gesichtsausdruck verändert sich, aber ich kann ihn nicht deuten.

»Wie ist Berlin denn jetzt?«, frage ich ihn.

»Der Grenzübergang von West nach Ost ist sehr unangenehm. Wusstest du, dass sie den Übergang an der Friedrichstraße Tränenpalast nennen?«

»Nein, das wusste ich nicht.«

Friedrichstraße. *Friedrichstraße.*

Ich biete Jenö einen Tee an und frage mich, ob er eine Bemerkung darüber machen wird, wie englisch wir geworden sind, doch er schweigt. Als ich zurückkomme, hockt er vor dem Selbstporträt, von dem ich dachte, ich hätte es gut genug versteckt. »Das ist nichts«, sage ich hastig und stelle das Tablett ab.

»Du solltest nicht so streng über dich urteilen.«

Jetzt erkenne ich mit einem Mal, was mich an meinem Blick gestört hat: Das, wovor ich ausweiche, ist nicht Feigheit, sondern Scham. »Du hast mich gewarnt. Du hast gesagt, dass Steiner es auf das Bauhaus abgesehen hat. Ich habe es ignoriert.«

Jenö erhebt sich. Seine Kniegelenke knacken. »Es war nicht deine Schuld.« Seine Stimme klingt neutral, aber es ist kein Freispruch. »Kennst du das Bild *La réproduction interdite* von Magritte?«

Es zeigt einen Mann von hinten, der in einen Spiegel blickt, aber man sieht beide Male nur den Hinterkopf. »Ja.«

»Manchmal denke ich, so müsste ich mich malen. Ich habe mich auch mal an einem Selbstporträt versucht, aber es hat genauso wenig funktioniert.«

Wir trinken unseren Tee, und Jenö macht ein paar anerkennende Bemerkungen zu meinen bekannteren Bildern, den strengen leuchtenden Farbblöcken. »Du bist berühmt geworden, Paul.«

»Na ja, so wild es nun auch nicht.«

»Komm schon, du hast es doch weit gebracht. Irmi meinte, du wärst jetzt reich genug, um ihr das Geld zurückzuzahlen. Das sollte ich dir übrigens von ihr ausrichten.«

Nun lächele ich. »Ich habe ihr schon mehrere Schecks geschickt. Sie hat keinen davon eingelöst.«

Jenö sieht mich fragend an.

»Irmi hat mir damals die Zugfahrkarte nach Amsterdam bezahlt.«

Ich bin davon ausgegangen, dass er die Geschichte meiner Ausreise kennt. Aber warum sollte er mehr über mich wissen als ich über ihn? »Was ist denn passiert?«, fragte er.

»Nach der Razzia hat die Gestapo mich zweimal verhört. Irmi hat mich überzeugt, dass es beim dritten Mal nicht bei Fragen bleiben würde. Deshalb bin ich 1934 abgehauen.«

»Ein Jahr nach mir.«

»Wie konnte ich nur?« Meine Stimme bricht. »Wie konnte ich sie einfach dort zurücklassen?«

»Vergiss nicht, ich habe dasselbe getan. Ich bin genauso abgehauen.«

Wir sitzen beide da und wissen nicht weiter. Wir haben uns nie nahegestanden, und jetzt beäugen wir uns unbehaglich wie zwei Krähen. Wir müssen über Charlotte reden, darüber, was mit ihr geschehen ist, aber es ist ebenso furchtbar wie offensichtlich, und ich frage mich, ob einer von uns die Kraft hat, das Thema anzusprechen. Aber es nicht zu tun würde bedeuten, ihr die letzte Ehre zu verweigern, sie ein zweites Mal zu verleugnen.

Trotzdem weiß ich nicht, wie ich anfangen soll.

Schließlich blickt Jenö zu dem gelben Wandbehang. »Was ist nach der Razzia mit ihr passiert?«

»Sie kam vor Gericht. Das wusstest du aber, oder?«

»Ja.«

»Sie wurde als Staatsfeindin verurteilt und kam für vier Jahre nach Plötzensee.«

Jenö nickt.

»Als sie entlassen wurde, wollten Kaspar und Irmi sie nach Amsterdam bringen, aber sie sagte, sie wollte nach Hause.«

»Sie hat Prag doch immer gehasst.«

»Das habe ich auch nie verstanden«, sage ich mit einem Lächeln.

»Hast du noch mal was von ihr gehört?«

Ich schüttele den Kopf. »Sie war wütend auf mich. Weil ich fortgegangen war und weil ich sie nicht zum Gehen überredet hatte. Und du?«

»Nein, ich habe nichts mehr von ihr gehört.«

»Irmi und Kaspar auch nicht. Ich glaube, sie wollte einen Strich unter ihr Berliner Leben ziehen.«

»Und was geschah dann?«

»Sie wurde in Prag verhaftet und mit einem Frauentransport nach Buchenwald gebracht. Dort ist sie gestorben.«

»Ich dachte, du wüsstest vielleicht mehr als ich.«

»Nein, das ist alles.«

»Gibt es aus der Prager Zeit Arbeiten von ihr?«, fragt er.

»Wenn, dann sind sie wohl noch hinter dem Eisernen Vorhang. Ich weiß nicht, ob das Bauhaus irgendwelche Vereinbarungen mit dem Osten hat.«

Die Kiste wartet. Die Atmosphäre ist angespannt.

»Franz hat gesagt, da drin sind Arbeiten von ihr aus dem Lager.«

»Soll ich die Kiste aufmachen?«, frage ich halbherzig.

Vielleicht geht er ja, ohne dass ich hineinschauen muss.

»Alleine habe ich es nicht fertiggebracht«, sagt Jenö. »Armselig, oder?«

»Nein. Ich habe mich auch vor diesem Moment gefürchtet.«

Ich stelle die Kiste zwischen uns auf den Tisch. Ich sehe ihn an, er nickt, und ich öffne die Schlösser. Innen liegen mehrere vergilbte Blätter. Ich breite sie auf dem Fußboden aus: eine Kohlezeichnung von einem Fluss, möglicherweise die Ilm, die Dessauer Balkone, eine mir unbekannte Parklandschaft, ein Strand mit Steilküste, wahrscheinlich Rügen. Das letzte Bild zeigt – da bin ich mir sicher – unseren Wald bei Weimar: zahllose Linien von Buchenstämmen, fast vollkommen abstrakt.

Lauter Landschaften. Ein Genre, das Charlotte nie interessiert hat. Die Welt als letzter Trost, vermute ich. Keine Zeichnungen von ihm und keine von mir. Jenö und ich sehen uns an, und wir müssen beide lächeln.

»Sie sind wunderschön«, sagt er.

»Ja, nicht wahr? Damit hatte ich nicht gerechnet.«

»Ich auch nicht.«

Wir sitzen still da und betrachten die Bilder.

»Wie ist Walter denn daran gekommen?«

Jenö sieht mich unverwandt an. »Er hat ihr das Papier zukommen lassen.«

Ich ahne, was jetzt kommt, warum Jenö mich vorhin so merkwürdig angeschaut hat. »Was soll das heißen?«

»Walter hat versucht, sie da rauszuholen. Er hat getan, was er konnte, erst bei Steiner, dann bei den Wärtern. Aber da war nichts zu machen, weder mit Geld noch mit Gefälligkeiten. Das Einzige, was Franz und Walter erreichen konnten, war, dass sie ihr Essenspakete bringen durften, Kleider, Papier und Stifte und dergleichen.«

Jetzt begreife ich, dass das Papier Walters letztes Geschenk war. »Warum hat er mir nichts davon gesagt?«

»Hast du ihn denn gefragt?«

»Er hat mir Briefe geschickt. Ich habe nicht geantwortet, weil ich wütend auf ihn war. Ich dachte, er unternimmt nichts, um sie dort rauszuholen.«

»Ich weiß«, sagt Jenö. »Mir ging es genauso. Franz hat es mir erst bei der Beerdigung erzählt. Niemand wusste davon.«

»Warst du auch wütend auf mich?«

»Ja. Aber ich war auf alle wütend, vor allem auf mich selbst. Ich bin einfach weggegangen und habe mir hier ein neues Leben aufgebaut.« Er sieht mich an und schluckt. »Ich habe nur mich selbst gerettet.«

Jenö bleibt nicht mehr lange. Wir reden über die anderen: was aus dem Direktor geworden ist, aus den Albers und aus Franz, der jetzt kurioserweise als Stadtplaner in Dresden arbeitet. Ich frage ihn, ob ich eine von Charlottes Zeichnungen behalten darf, und er überlässt mir die, um die ich ihn bitte.

Als wir uns verabschieden, frage ich mich kurz, ob er mich wieder umarmen wird, doch er tut es nicht. Er steigt in das Taxi, und mir wird klar, dass wir uns wahrscheinlich nicht wiedersehen werden.

Da ich nicht weiß, was ich mit mir anfangen soll, gehe ich hinunter an den Strand. Es sind nicht mehr viele Leute dort, die Familien mit den Kindern sind in ihre Häuser zurückgekehrt. Es ist Ebbe, und ich muss ein gutes Stück laufen, bis ich beim Wasser bin. Meine Augen brennen. Die Welt verschwimmt. Ich war blind.

Ich dachte immer, irgendwann würde sich das Geheimnis um Charlotte klären, und dann würde ich sagen können, dass ich sie verstand. Ich weiß nicht, ob ich sie je verstanden habe.

Doch das ist im Moment nebensächlich, denn ich begreife jetzt, dass meine Geschichte viel mehr mit Walter zu tun hat als mit Charlotte. Walters Moral hat mich viel mehr beschäftigt und gequält als Charlottes wankelmütige Strahlkraft. Moralisch betrachtet, war Walter das Problem. Und jetzt bin ich es genauso.

Der Strand leert sich, bis ich ganz allein bin.

Was mache ich mit Walters Briefen? Soll ich sie verbrennen? Oder aufbewahren? Ich wünschte, ich hätte ihm geantwortet. Ich hätte ihn nach Charlotte fragen können, nach dem Lager, dann hätte ich vielleicht erfahren, wie es wirklich war. Er war nie ein Ungeheuer.

Als ich wieder im Atelier bin, nehme ich Charlottes Zeichnung und schalte die Lampe ein. Es ist das Bild mit den Buchen. Obwohl es nur aus Kohlestrichen besteht, trägt es mich zurück in die Vergangenheit: zum Duft des Waldes, dem hellen Sonnenschein und dem weiten Himmel, und ich sehe mich und meine Freunde auf unseren Fahrrädern – Kaspar und Irmi, Jenö und Walter, Charlotte und ich –, wie wir lachend durch das flirrende Licht rollen, uns etwas zurufen und uns fragen, wie wir am besten Transzendenz erreichen. Und jetzt lausche ich endlich, als wäre es das erste Mal, den Bäumen, den Bäumen, den Bäumen!

DANK

Wie immer ein großes Dankeschön an meine Freundin und Agentin Cathryn Summerhayes von Curtis Brown; außerdem an meine großartigen Lektor*innen Kris Doyle und Francesca Main sowie das ganze übrige Team von Picador, insbesondere Paul Baggaley, Gillian Fitzgerald-Kelly und Alice Dewing. Weiterhin danke an: Melissa Pimentel, Luke Speed und Irene Magrelli von Curtis Brown; Katharina Hierling von Hoffmann und Campe und meine Übersetzerin Claudia Feldmann; und an »Madame Bauhaus« alias Magdalena Droste. Ich danke den Mitarbeiter*innen in den Bibliotheken und Archiven in Weimar, Dessau und Berlin, die dieses Bauhaus-Baby nie im Stich gelassen haben. Danke auch an Claudia Ballard von Endeavor, die mich bei dieser Idee von Anfang an unterstützt hat.

Danke an meine Eltern Pamela und Michael und an meine Schwester Katherine; außerdem an Ed und die Harknesses: Philippa und William; Fran und Henry; Gabi und Letitia; Hannah Nixon, Alaina Wong, Eve Williams, Nicola Richmond, Nicky Blewett, Tori Flower, Jonathan Calascione, Bridget Dalton, Eleni Lawrence, Sarah Hall, Toby Oddy, Jack Underwood sowie Mel und Ali Claxton. Ein besonderer Dank geht an Jonathan Beckman, Fraser McKay und Ben Pester, die sich die frühen Manuskriptfassungen angesehen und mir mit ihrem klugen Rat weitergeholfen haben.

Danke an die Literary Encyclopaedia, die mir eine Recherchereise nach Deutschland finanziert hat; an das Goldsmiths College der University of London für ein Freisemester, um die erste Fassung zu schreiben; und an alle meine Kolleg*innen an der University of East Anglia, insbesondere an Andrew Cowan, der mir mit wertvollem Rat zur Seite gestanden hat.

Das Bauhaus, das 2019 sein hundertjähriges Jubiläum feiert, war eine Kunstschule von unermesslicher Produktivität, Kreativität und Freude. Selbst nach der endgültigen Schließung durch die Nationalsozialisten lebte es weiter: in Chicago, im Black Mountain College in North Carolina und in Tel Aviv. Die Bauhäusler des 21. Jahrhunderts werden wissen, dass es in Wirklichkeit drei Direktoren in Weimar, Dessau und Berlin gab, nämlich Walter Gropius, Hannes Meyer und Mies van der Rohe. Aus erzählerischen Gründen habe ich die Funktion der drei jedoch zu einer Figur zusammengefasst. Außerdem habe ich an einigen Stellen, wo es mir für den Verlauf der Handlung notwendig schien, Ortsbeschreibungen verändert und zeitliche Abläufe komprimiert.

Pauls Vortrag vor seinen Studenten auf Seite 171 beruht teilweise auf Schilderungen in dem Buch *My Years at the Bauhaus / Meine Jahre am Bauhaus* von Werner David Feist (Bauhaus-Archiv Berlin, 2012).

Wer mehr über die Inspirationen zu diesem Buch erfahren möchte, findet auf www.naomiwood.com Fotografien aus der damaligen Zeit und von den außergewöhnlichen Menschen, die diese Seiten bevölkern: Johannes Itten, Paul Klee, Wassily Kandinsky, Anni und Josef Albers, Franz Ehrlich und Otti Berger.

Alle anderen Figuren entstammen meiner Phantasie.

Naomi Wood
Als Hemingway mich liebte
Roman
Aus dem Englischen von
Gerlinde Schermer-Rauwolf und Robert A. Weiß
368 Seiten, Taschenbuch
ISBN 978-3-455-00044-3

Im Sommer 1926 fahren Hemingway und seine Frau Hadley von Paris in ihr Haus in Südfrankreich. Sie verbringen ihre Tage mit Schwimmen, Bridge, Drinks und Hadleys bester Freundin Pauline. Dass sie zugleich Hemingways Geliebte ist, scheint Mrs. Hemingway Nr. 1 in Kauf zu nehmen – vorerst. Bald ist klar: Weder sie noch Pauline wird die letzte Ehefrau sein. Basierend auf Briefen und anderen authentischen Quellen beschwört Naomi Wood nicht nur die immer wieder scheiternden Ehen des Schriftstellers herauf, sondern auch die Atmosphäre in den Kreisen der Bohème jener Zeit.
Eine tragische, herzzerreißende, großartig erzählte Geschichte über das Scheitern vierer Frauen an einem charismatischen Mann und erfolgreichen Schriftsteller.

»Ein anrührender, sehr unterhaltsamer Ausflug in die Zwanziger Jahre des vorigen Jahrhunderts.« ***Gala***